GOLDMANN

D1867262

Buch

Mgungu Yabba Mgungu, ehemaliger Kannibale und letztes Stammesoberhaupt der beinahe ausgestorbenen Lesser Pimbas, kann eigentlich nicht klagen, führt er doch auf der idyllischen und abgelegenen Südseeinsel New Burnt Norton ein geruhsames und geordnetes Leben. Doch das ändert sich schlagartig, als eines schönen Tages Maria Fishburn, von Beruf Alleinerbin des Fishburn-Vermögens und nebenbei freiwillige Entwicklungshelferin, auf der Bildfläche erscheint. Maria überredet Mgungu, seine drei Frauen, die zahlreichen mißratenen Söhne und sogar seine heißgeliebten Schweine zu verlassen und mit ihr nach New York zu gehen, um dort endlich in den Genuß der Errungenschaften eines modernen und zivilisierten Lebens zu gelangen.

In Manhattan überstürzen sich jedoch die Ereignisse: Plötzlich von Maria auf seltsame Weise auf Distanz gehalten, geblendet und schokkiert von dem grellen Licht der Großstadt und der Hektik und Brutalität des Alltagslebens, taumelt Mgungu in ein Leben voller Abenteuer und Fallgruben. Überall wird er als Kannibale begafft und bestaunt, in Discos und Kaufhäuser geschleppt, ja sogar ins Museum für primitive Kulturen geführt. Die Schickeria der Stadt nimmt ihn begeistert auf, läßt ihn aber ebensoschnell wieder fallen. Und dann verschwindet auch noch Maria auf mysteriöse Weise spurlos ...

Ein Kannibale in Manhattan ist ein intelligenter und zugleich äußerst unterhaltsamer Roman über den Zusammenprall von Zivilisation und Wildnis; eine turbulente und bissige Satire über den Dschungel der Großstadt und den Irrsinn unserer schönen, teuren Welt.

Autorin

Seit ihrer Erzählsammlung *Großstadtsklaven* gilt Tama Janowitz als eine der wichtigsten Stimmen der jungen amerikanischen Literatur. In San Francisco geboren, besuchte sie verschiedene Schulen in Massachusetts und Israel und studierte in Princeton und am Hollins College. 1981 erschien ihr erster Roman *Nervensägen*. Heute, nach 38 Umzügen, lebt Tama Janowitz in New York, wo sie zur Zeit an einem neuen Roman arbeitet.

Von Tama Janowitz
sind als Goldmann-Taschenbücher außerdem erschienen:

Nervensägen · Roman einer Familie (9423)
Sonnenstich · Erzählungen (9554)

TAMA JANOWITZ

Ein Kannibale in Manhattan

Roman

Aus dem Amerikanischen
von Michael Schulte

Mit Illustrationen
von Tony Wright

GOLDMANN VERLAG

Die amerikanische Originalausgabe erschien unter dem Titel
»A Cannibal in Manhattan« bei Crown Publishers, Inc., New York

Die Übersetzung der zwei Strophen aus Lewis Carrolls Gedicht
»Das Walroß und der Zimmermann« wurde dem Band:
Lewis Carroll, Alice im Spiegelland. Ins Deutsche übertragen und mit einem Nachwort versehen von Dieter H. Stündel, München 1988
(= Goldmann-Taschenbuch 9239) entnommen.

Der Goldmann Verlag
ist ein Unternehmen der Verlagsgruppe Bertelsmann

Made in Germany · 6/90 · 1. Auflage
Copyright © 1987 by Tama Janowitz
All rights reserved
Copyright © der deutschsprachigen Ausgabe 1988
by Wilhelm Goldmann Verlag, München
Umschlaggestaltung: Design Team München
Umschlagfoto: G. Dubose
Druck: Presse-Druck Augsburg
Verlagsnummer: 9803
G. R. · Herstellung: Sebastian Strohmaier
ISBN 3-442-09803-3

FÜR
ANDY WARHOL

»Ein ganzes Brot«, das Walroß sprach,
»Ist wichtig zu begehren;
Und Pfeffer wird mit Essig noch
Den Wohlgeschmack vermehren –
Wenn ihr bereit seid, Austerlein,
Dann können wir verzehren.«

»Doch wohl nicht uns«, der Austern Chor
Verfärbte sich ganz blau.
»Denn solches wäre hundsgemein,
Daß keiner euch mehr trau!«
»Oh, welche Sicht«, das Walroß sprach,
»Und ist die Nacht nicht lau?«

Lewis Carroll,
»Das Walroß und der Zimmermann«

Sehr geehrter Herr Verleger,

Sie bitten mich, diesen wirren Blättern ein erklärendes Wort voranzustellen, das ein möglichst umfassendes Bild vom Lebensweg dieses seltsamen Wesens vermittelt. Obwohl ich meine, daß seinen Schriften kaum noch etwas hinzuzufügen ist, zumal ich nur spärliches Informationsmaterial über ihn besitze, möchte ich Ihnen nicht vorenthalten, was ich über den alten Kannibalen und seine letzten Freunde weiß, so wie er es mir selbst geschildert hat. Ich werde Ihnen auch kurz mitteilen, was ich über ihn in seinem Heimatort erfahren habe.

Die ihn in seiner Jugend kannten, versichern, er sei ebenso ausgelassen und fröhlich wie alle seine Spielkameraden gewesen. Zuweilen jedoch sei er in ein dumpfes Brüten versunken, das tagelang währen mochte, und wobei er weder auf Umweltreize reagierte noch für seine Freunde ansprechbar war. Beschäftigungen reichlich stumpfsinnigen Charakters frönte er am liebsten, um so unentwegt und ununterbrochen seinen Gedanken nachhängen zu können.

Später sollte er den Entschluß fassen, sich der zivilisierten Gesellschaft anzuschließen, doch konnte er den hohlen Umgangsformen und zwanghaften Höflichkeitsfloskeln nichts abgewinnen. Er schloß Männerfreundschaften wie jeder andere auch. Doch blieben Enttäuschungen nicht aus, worauf er seinen Glauben an die Menschheit einbüßte.

Er war ehrgeizig – das werden Sie fast von der ersten Seite an merken. War er zur Liebe fähig? Lesen Sie seinen eigenen Bericht. Wohlstand bedeutete ihm nichts. Mit dem Schicksal haderte er nicht. Ein gütiges Wort, eine hilfreiche Geste vergaß er nie, und fügte ihm jemand Schaden zu, war er alles andere als nachtragend. Als er die zivilisierte Gesellschaft wieder verließ, hatte diese ihn auch schon vergessen.

Für mich ist es natürlich hochinteressant, wie ich in den Besitz des vorliegenden Manuskripts gelangt bin, doch andere dürfte das eher langweilen, weswegen ich die näheren Umstände nicht erzählen möchte. Dies ist die Geschichte zweier Menschen, deren Schicksalsfäden sich aufs schönste ineinander verweben. Ein Heiligtum, dieses Manuskript – und ich tue nur meine Pflicht und Schuldigkeit, wenn ich es veröffentliche. Niemandes Gefühle werden verletzt, soweit ich das beurteilen kann. Seine Eltern sind tot, und was seine Frauen anbelangt, die einen kümmert es nicht, die anderen haben ihn vergessen, und jedwede Erinnerung an ihn hat die Zeit zu Grabe getragen.

Als das Mädchen ankam, lungerte ich gerade auf meinem bevorzugten Kapokbaum herum, schluchzte leise vor mich hin und summte ein monotones Klagelied.

Es war schon fast Abend. Die Berggipfel, rot, bröckelig und porös, sahen aus wie morsche Pilze. Heiß und grau dampfte der Dschungel. Der Ast, auf dem ich saß, war mit abgestorbenen Stacheln gespickt und mit mattweißer Asche bestäubt. Als sich das Mädchen direkt unter mir befand, ließ ich ihm ein Stück Kartoffelschale auf den Kopf fallen, und es schrie kurz auf. Immerhin verständlich; noch vor wenigen Jahren hätte mich nichts daran hindern können, mich mit einem Leopardensprung auf es zu stürzen, um es Yerba fürs Abendbrot zu bringen. Ich täuschte einen Hustenanfall vor, es blickte hoch und rief: »Sprechen Sie englisch?«

Ich sagte nichts, sondern nahm die Leiermelodie wieder auf, während ich eine Banane schälte.

»Wissen Sie, wo ich mich melden muß?« Ich antwortete nicht, und das Mädchen setzte sich an den Rand der Klippe und blickte pathetisch in den Sonnenuntergang und das schwelende Tal. »Ich suche einen Mr. Mgungu«, sagte es schließlich mit unsicherer Stimme. »Ich bin die neue Lehrerin vom Peace Corps. Sie haben mir gesagt, ich sollte mich bei meiner Ankunft an Mr. Mgungu wenden, er würde mir weiterhelfen.«

»Das bin ich«, entgegnete ich.

Ich war mir zunächst nicht einmal sicher, ob sie ein Junge oder Mädchen war. Sie schielte. Ein Auge war auf mich im Baum gerichtet, während das andere die Berge betrachtete. »Möchten Sie eine Zigarette?« fragte sie ein wenig nervös.

»Welche Marke?« fragte ich. Es war eine Marlboro, und so willigte ich ein. »Der Geschmack von Freiheit und Abenteuer«, sagte ich und sprang von meinem Baum. Dem Mädchen war unbehaglich zumute. »Na ja«, sagte ich, »Zeitschriften sind hier Mangelware. Die paar, die ich habe, hüte ich wie meinen Augapfel. Wollen wir rauchen?«

Ich setzte mich auf den Felsen neben sie. »Sie sind also vom Peace Corps«, sagte ich, während ich ihr Feuerzeug nahm und die Zigaretten ansteckte. »Erzählen Sie weiter.«

»Wo soll ich anfangen?« fragte sie. »Nun, ich wollte schon immer ins Peace Corps eintreten. Ich bin eine Fishburn.«

»Eine was?«

»Ich bin Maria Fishburn«, sagte sie. »Wirklich, ich bin die einzige noch lebende Fishburn und somit Alleinerbin des Fishburn-Vermögens.«

»Ausgezeichnet«, sagte ich.

»Meine Großmutter war ein Tennischampion, damals war Tennis noch ein Rasensport. Man hat sogar ein Turnier nach ihr benannt, den Fishburn-Pokal, vielleicht haben Sie davon gehört. Von allen Angehörigen der Fishburnfamilie bin ich auf niemanden mehr stolz als auf Großmutter Fishburn.«

»Sie bewunderten diese Dame«, sagte ich und fuhr mit den Fingern eine Narbe entlang, die von meinem Nabel bis zur Brust reichte.

»Das ist doch verständlich, oder?« sagte Maria. »Welche Frauen in meiner Familie konnten sich schon mit Lorbeeren schmücken? Einer Familie von raffgierigen Männern leichtlebigen Gaunern, und zwar vom ersten an – das war Albany Phillip Fishburn der Familiengründer, der sein Geld in der Eisenbahnindustrie machte. Er hat den Bremswagen erfunden. Inmitten all dieser Männer zählten Frauen nichts. Die meisten von ihnen haben als Putzfrauen angefangen und in die Familie eingeheiratet. Und was die anderen anbelangt...«

»Erzählen Sie weiter«, sagte ich.

»Dichterinnen. Sie sehen also, daß ich in gewissem Sinne

etwas wiedergutzumachen und einen kleinen Teil der angehäuften Schulden abzutragen habe.«

Ich hüstelte höflich und inhalierte den letzten Zug der würzigen Marlboro.

»Wie auch immer«, sagte Maria und schnippte ihren Zigarettenstummel fort, »ich bin fix und fertig nach den sechsunddreißig Stunden Flug, dem Blitzkurs unmittelbar danach, dem Flug zur Missionsstation, plus sechsstündiger Wanderung. Lieber Himmel!« Sie sah einigermaßen verzweifelt aus. »Wozu erzähle ich Ihnen das alles? Sprechen Sie überhaupt englisch?«

»Oh, weiterhin alles Gute«, sagte ich. »Weiterhin alles Gute. Würde es Ihnen etwas ausmachen, Ihre Zigarette auszutreten? Rauchen und offenes Feuer verboten! Waldbrandgefahr!«

»Entschuldigen Sie, daß ich Sie so überfallen habe. Das ist ansonsten wirklich nicht meine Art. Wenn Sie eine Ahnung hätten, wie erschöpft ich bin, würden Sie verstehen.« Dann hielt sie inne, um sich zu sammeln.

Mir fiel auf, daß ihre Kleidung nicht so ganz den lokalen klimatischen Bedingungen entsprach. Ihre Schildpattbrille, durch die sie schiefäugig blickte, war beschlagen. Ungeachtet der brüllenden Hitze trug sie ein schweres, graubraunes Gewand mit einem Rock, der weit über die Knie reichte, ferner einen gewaltigen Schal und einen Tropenhelm, unter dem ihr seidenweiches, braunes Haar hervorhing. »Können Sie mir verraten«, fragte ich, »wer Ihr Modeberater ist?«

»Ach, dieses Zeugs«, sagte sie. »Das sind nur ein paar Plünnen, die ich in einem alten Koffer gefunden habe. Würde es Ihnen sehr viel ausmachen – ich möchte Ihnen bestimmt nicht zu nahetreten –, wenn ich ein Foto von uns beiden machte? Meine Kamera hat einen Selbstauslöser.« Sie nahm ihre Brille ab und gleich darauf ihren Tropenhelm. Ihr Seidenhaar hatte die Farbe eines tarngefiederten Vogels, gesprenkeltes Braun von Gold durchwirkt und von Staub zerzaust. Und sofort fing sie an, ihren Büschelschopf zurechtzuzupfen. Ich kletterte wieder auf meinen Kapokbaum und konnte nun von oben sehen, daß die Haare,

Maria und Mgungu auf New Burnt Norton

denen ihre ganze Aufmerksamkeit galt, von spärlichem Wuchs waren und, federartigen Stiften gleich, ein flatterndes Eigenleben führten. Die westlichen Menschen sehen für mich fast alle gleich aus, und einzig Marias Brüste, die unter ihrem Hemd hervorsprangen, verrieten mir, daß sie weiblichen Geschlechts war. Ich will es nicht verleugnen, sie wirkte äußerst attraktiv auf mich – mein Herz war tief berührt. Ihre braunen, leuchtenden Augen schienen alles gleichzeitig wahrzunehmen, obwohl das auch an ihrem Silberblick gelegen haben mag. Und ihre Lippen erinnerten an die gemeißelten Münder alter Steinstatuen, ein erregender Anblick.

Ich ließ mir jedoch nicht anmerken, daß sie mir wie eine Blutsverwandte vorkam. »Niemand hat mir gesagt, daß wieder jemand vom Peace Corps kommt«, sagte ich. Mit meinem Zeh schnellte ich ein Blatt von ihrem Haar.

»Das darf doch nicht wahr sein!« sagte sie. »Man hat mir gesagt, daß hier kein Mensch englisch spricht. Sie sprechen wohl eher Pidgin-Englisch, hm?«

»Ja ja«, sagte ich, »ganz richtig.«

»Tut mir leid. Da bin ich zur Zeit selbst nicht ganz auf der Höhe. Wir hatten nur einen dreimonatigen Sprachkurs, allerdings kann ich französisch. Sie können nicht zufällig französisch? Das ist doch die Verkehrssprache auf New Burnt Norton, oder?«

»Mein Gott«, sagte ich, »ich weiß nicht einmal, wie Sie hierhergekommen sind?« Dieses verrückte Huhn brachte mich noch völlig durcheinander. Meine Laune verschlechterte sich merklich, ich hatte die Beine über einen Ast geschwungen und kaute an ein paar Bananenresten und an einer Süßkartoffel, die ich vorsorglich eingesteckt hatte. Zahnketten zierten meinen Hals und meine Hüfte, und in meinem Haar steckten, wie es auf New Burnt Norton üblich war, farbenprächtige Papageienfedern. Mein einziges Kleidungsstück war ein drei Fuß langer Flaschenkürbis, typisch für unser Dorf, der von jedem Mann über zwölf Jahren getragen wurde, um seinen Penis zu bedecken.

Dieser Kürbis, von Yerba extra gezüchtet, war in Spiralen und Schleifen gedreht und gedrechselt und ragte bis zu meiner Brust empor, wo er mit einer Nackenschlinge aus Orchideenfasern festgebunden war. Betont gelangweilt ließ ich meine Finger über den Kürbis trommeln.

»Nun, äh«, sagte Maria, sichtlich peinlich berührt, »vielleicht könnten Sie mir zeigen, wo ich wohnen soll?«

Sie müssen schon entschuldigen«, wandte ich mich an Maria, als wir den Pfad zum Dorf hochgingen, »daß ich mich Ihnen nicht gleich vorgestellt habe. Andererseits – ich bin halt nur ein Wilder. Von Elektrizität zum Beispiel versteh' ich nicht die Bohne.«

»Nun, ja«, sagte Maria und wischte mit einem Baumwolltaschentuch die Schweißperlen von ihrer Stirn, »ich glaube wirklich nicht, daß Sie das schon zum Wilden stempelt.«

»Nein, nein, lassen Sie mich ausreden«, sagte ich. »Warum halten einige Elektriker starrsinnig daran fest, daß der Ladestrom von Plus nach Minus läuft? Das will mir nicht in den Kopf. Entweder einigt man sich auf eine wissenschaftliche Tatsache oder eben nicht.«

»Ich weiß nicht«, sagte Maria ein wenig verwirrt. »Ich glaube dennoch nicht ...«

»Oh, ich bin sogar ein ganz furchtbarer Wilder«, fuhr ich fort. »Vor langer Zeit war ich mal in der Hauptstadt, und da hat jemand versucht, mir Fahrunterricht zu geben. Sofort habe ich den Wagen an eine Zapfsäule gesetzt, aber gottlob herrschte mal wieder Benzinknappheit, so daß nichts auslaufen konnte. In den Vereinigten Staaten von Amerika kann jeder Auto fahren, weil sie zivilisiert sind, aber ich ...«

»Aber deswegen sind Sie noch lange nicht ... nicht ...«

»Einen Moment noch, bitte. Hier ein endgültiger Beweis: meinen Kindern vermag ich weit weniger Zuneigung entgegenzubringen als meinen Schweinen.«

»Das deutet schon eher auf einen Wilden hin«, bemerkte Maria nach einer Pause.

»Tatsache ist«, sagte ich und blieb stehen, damit Maria aufholen konnte, »daß ich meine Schweine lieber mag als meine Kinder. Wissen Sie, warum ich auf dem Baum dahinten dieses Klagelied gesungen habe? Ich habe um den Tod meines Lieblingsschweins, Prinzessin Beatrice, getrauert.«

»Das ... das tut mir leid«, sagte Maria.

»Schweine sind liebevoller, intelligenter als Menschen«, sagte ich und setzte meinen Weg wieder fort. »Jedes Schwein weiß seinen Namen und kennt seine Schlafstätte. Kindern kann man das nicht nachsagen. Jedes Schwein blickt mit Güte und Verständnis in die Welt, obwohl das ein oder andere schon mal ganz schön gemein werden kann. Nichts kann sie ersetzen – ich meine die Prinzessin Beatrice – ihren Liebreiz, ihren geschmeidigen, ständig wuselnden Rüssel! Ich habe sie heute nachmittag gegessen, und ihr Fleisch war zart und rosa.«

»Sie haben sie gegesssen?« fragte Maria.

»Schade, daß Sie nicht ein wenig früher eingetroffen sind. Wußten Sie, daß Schweine nicht nur wertvoll, sondern auch dankbar sind? Noch in ihrem Todeskampf blickte mich die Prinzessin inbrünstig an, fast als wollte sie sich entschuldigen. ›So froh bin ich, von deiner Hand zu sterben‹, schien sie zu sagen, als ihr letztes Blut aus der geschlitzten Drosselader spritzte. Ach, Maria Fishburn, wem bräche das nicht das Herz? Nur einem Wilden wie mir. Und darum kommen mir jetzt die Tränen.«

»Ich möchte ja nicht unhöflich sein«, sagte Maria, »aber mir wäre wohler, wenn Sie mir sagen könnten, wo ich wohnen soll.«

»Laufen Sie mir deswegen hinterher?« fragte ich. »Keine Ahnung. Mir hat niemand was von Ihrer Ankunft erzählt, und in der Hütte, die der andere Peace Corps Arbeiter hatte – oder war das dieser Anthropologe aus Kolumbien? –, hausen inzwischen jede Menge Ratten, außerdem regnet es vermutlich durch. Nein, es kann auch dieser Reporter von *Life* gewesen sein, der hier zuletzt gewohnt hat.«

Kleine Tränenperlen liefen über Marias sonnengerötetes Gesicht. »Nicht weinen«, sagte ich. »Hoffentlich haben Sie Salztabletten dabei, um den Salzverlust kompensieren zu können. Ist schon gut, ist schon gut, und jetzt ist Schluß – wir werden schon was für Sie finden, ganz bestimmt.«

Das Dorf war noch eine Stunde entfernt. Früher hat noch ab und zu mal eine Cessna auf der Landebahn hinter dem Dorf aufgesetzt, aber dummerweise habe ich die Bahn total verrotten lassen, weswegen Maria von der Missionsstation aus leider eine längere Bergwanderung hatte in Kauf nehmen müssen.

»Wo ist übrigens Ihr Gepäck?« fragte ich.

»Ich hab' nur meinen Schlaf- und meinen Rucksack dabei«, sagte sie. »Ich habe mir halt gedacht, daß ich hier das anziehe, was die Frauen in dieser Gegend tragen.«

»Wenn's Ihnen nichts ausmacht«, sagte ich und warf einen Blick in den Rucksack. »Aber, das sind, wenn mich nicht alles täuscht, ja nur Kontaktlinsenbäder«, sagte ich.

»Ich kann die Haftschalen im Moment nicht tragen«, sagte Maria, »darum hab' ich meine Brille auf. Aus irgendeinem Grund sind meine Augen entzündet, seit ich die Staaten verlassen habe.«

»Darf ich?« sagte ich. »Lassen Sie mich das tragen. Ist ein wenig zuviel für Sie in dieser Hitze und Höhe, obgleich Sie zweifellos in hohem Maße emanzipiert sind.« Ich warf mir ihren Rucksack über die Schultern.

»Ich bin vor zwei Tagen angekommen und hatte seitdem nur mit Regierungsbeamten und Peace Corps Leuten zu tun«, sagte sie. »Unten in ...«

»Jaranekta?« fragte ich. Jaranekta, die Hauptstadt, lag auf der anderen Seite der Insel und versank in Schmutz und Smog und stank nach ranziger Kopra.

»Genau. Ich kann Ihnen nicht sagen, wie abgeschlafft ich bin«, sagte sie. »Die Zeitverschiebung macht mir noch immer zu schaffen.«

Aber so erschöpft war sie nun auch wieder nicht, daß sie nicht mit ihrer Chronik der Fishburn-Familie hätte fortfahren können, während wir den Weg zum Dorf erklommen, ein Spaziergang, den ich lieber in Ruhe und Frieden mache. Es muß ihr gleichwohl reichlich schwergefallen sein – das Reden, meine ich –, für jemanden, der Höhenwanderungen nicht gewohnt war, und das ließ sie auf seltsame Weise meine Zuneigung gewinnen.

Ihr Interesse für die Eingeborenen von New Burnt Norton war geweckt worden, nachdem Mitte der sechziger Jahre ein entfernter Verwandter von ihr während einer Expedition an der Küste von New Burnt Norton gestorben war. Dieser Verwandte, ein gewisser Oscar Fishburn, hatte die Insel in der Hoffnung durchstreift, primitive religiöse und erotische Skulpturen aufzuspüren. Nachdem er in ganz New Burnt Norton nicht ein einziges der fraglichen Objekte gefunden hatte, konzentrierte er seine Sammlerleidenschaft auf seltene Schmetterlinge, eine der wenigen Dinge, für die New Burnt Norton berühmt ist. Eines Tages habe er, so erzählt man sich, eine ungewöhnlich hohe Honigfichte erklommen, um einer scheuen fleischfressenden Spezies habhaft zu werden, als der Ast, den er beklettert hatte, abbrach, worauf Oscar Fishburn sechzig Fuß in den Tod stürzte. Der Leichnam wurde jedoch nie geborgen, wenn auch ein paar Wochen später an der Westküste ein Pygmäe auftauchte, der eine Rolex mit dem Fishburn Familienwappen trug und ein T-Shirt mit der Aufschrift *Spar Wasser, Dusche mit einem Freund* um den Kopf geschlungen hatte.

Seit Maria denken konnte, war der Name ›Oscar Fishburn‹ ständig in ihren Ohren. Auf der Vassar Universität hatte sie im Hauptfach Anthropologie studiert, aber als sie erfuhr, daß New Burnt Norton in dieser Hinsicht schon seit geraumer Zeit erforscht war, beschloß sie, dem Peace Corps beizutreten. Obwohl die Regierung von New Burnt Norton nichts unversucht ließ, Peace Corps Leute von der Insel fernzuhalten, war es ihrem einflußreichen Vormund gelungen, sie in einem entlegenen Dorf als Englisch- und Algebralehrerin im Zentrum für

Erwachsenenbildung unterzubringen, das unter der Schirmherrschaft des Peace Corps und der amerikanischen Botschaft auf New Burnt Norton stand.

»Glauben Sie, daß wir einen *carnivorus lepidoptera* zu Gesicht bekommen?« fragte sie ein wenig keuchend und japsend – das gleichzeitige Marschieren und Reden schien sie nun doch anzustrengen. »Gucken Sie mal da! Ist das einer?« Über unseren Köpfen schwebte gerade ein riesiger, blauer Schmetterling, der sich erstaunlicherweise trotz seiner zerzausten Flügel in der Luft zu halten vermochte. Ein Vorzeichen, ein Omen? »Nein, das ist ein anderer«, sagte ich. »Der, den Sie meinen, ist winzig klein – ein häßlicher Schmetterling mit einer Totenkopfzeichnung auf den Flügeln. Früher spielte er bei Kopfjagdzeremonien eine Rolle. Ich kann mich erinnern, daß mein Großvater ganze Tage im Dschungel verbrachte, um einen zu erspähen, ehe er sich entscheiden konnte, einen Raubzug zu wagen. Wird so ein Schmetterling verletzt, wimmert er wie eine Maus.«

Der Pfad stieg nun steil zwischen den Felsen an, und trotz der trockenen Jahreszeit war er von einem glasklaren Bach gesäumt. Hier, so nah den Wolken, war das Wasser noch frisch und unverbraucht, aber hatte es einmal, nach eisiger Flut zwischen den Felsen, den Ozean erreicht, war es bar jeglicher Lebenskraft.

Die Sonne war nun fast untergegangen und lugte wie ein zorniges Auge hinter der rot zerklüfteten Mount Bawwaar-Yaas-Pyramide hervor. Der Dschungel unten war schon vollständig in Dunkelheit gehüllt. Die Blätter, die den Weg bedeckten, glichen großen, porösen Schwämmen, und hinter den Felsen kauerten pflanzenfressende Ratten und fliegende Füchse, die gut durchgebraten mit ihren pergamentdünnen, knusprigen Flügeln eine Delikatesse waren. Ganz selten sah man mal einen Kasuar, Federbüschel an Kopf und Schwanz, und lässig an einen Baum gelehnt, wie ein Mann an einer Straßenlaterne.

Dorniges Gestrüpp links und rechts des Weges machte es einem nahezu unmöglich, vom Pfad abzuweichen. Bougainvilleas rankten sich mit ihren zinnober- und magentaroten Blüten um jeden Baumstamm. Bis auf die kahlen Berggipfel war hier alles von einem gierigen Pflanzenreich umhüllt. Ich hatte ein paar Gartenparzellen, aber ich mußte jeden Tag die Machete schwingen, um den wuchernden Dschungel in seine Schranken zu weisen. In diesem Teil der Welt, wo jeder Moskito einen roten Schmarotzerfloh auf seinem Rücken sitzen hat, ist es nicht verwunderlich, daß sogar die Schirmtannen von einem weichen Schwammbelag überzogen, und die riesigen, lila Pilze, die überall aus der Erde schießen, von einer gelben und auberginefarbenen Flechte befallen sind.

Ms. Fishburn bat um eine kurze Pause, aber ich sagte ihr, daß es gleich dunkel werde, außerdem seien wir schon so gut wie da. Dann bogen wir um eine Ecke und erreichten die kleine Lichtung, in der das Dorf lag. Eigentlich konnte man kaum von einem Dorf sprechen, obwohl ich der offiziell gewählte Häuptling war. In der Lichtung waren sechs Hütten kreisförmig angeordnet, die mit silbergrünem Moos bedeckt waren, so daß sie von dem Hintergrund der Bäume fast nicht zu unterscheiden waren. Rauchwölkchen kringelten sich aus der Mitte des Dachs einer Hütte – es war diejenige meiner Frau Yerba – und schwarze Schwaden quollen aus Nitsas Haus, die keine gute Köchin war und schon mal was anbrennen ließ. Hinter den Hütten versank die Sonne, klein und rotäugig, und ich stieß einen Schrei aus: »Juuuh!« Meine Frauen sollten wissen, daß ich zurück war.

Als meine Schweine mich hörten, kamen sie aus ihren Ställen gehoppelt, wo sie sich bereits für die Nacht eingerichtet hatten, und stießen verzückte Freudenschreie aus, dieses niedliche Grunzen, das Schweine von sich geben, wenn sie galoppieren und ihre Bäuche schwabbeln. Da war der alte Eber, zweihundert Pfund schwer, der in seiner gewichtigen Würde mit den anderen nicht mithalten konnte und seine Hauer in seniler Gemächlichkeit wetzte; da waren die jungen Kastraten mit ihren schwarzen Streifen auf dem Silberrücken, und die beiden Säue mit ihren fröhlich-rosa Zitzen, die fast am Boden baumelten, und die sülzigen Ferkelchen folgten hinterdrein. »Wo ist denn die

Prinzessin Beatrice?« fragte ich, als die Schar sich mir näherte, dann fiel mir ein, was ich zu Mittag hatte und wandte mich ein wenig verschämt Maria Fishburn zu – aber sie sah mich nicht. Allzu nervös machte sie der Anblick der frohgemut tollenden Schweine, wie sie sich um Bananenschalen oder faule Süßkartoffeln oder Kartoffelschalen oder ein paar alte Fleischbrocken balgten, denn gewöhnlich brachte ich ihnen etwas mit. Maria Fishburn fing nun ihrerseits ein wenig zu quieken an, als die Schweine um ihre nackten Beine holperten und schnüffelnd und schnuppernd der irrigen Hoffnung verfielen, ich hätte sie mit einem neuen Leckerbissen überraschen wollen.

»Darf ich euch eine Freundin vorstellen?« wandte ich mich in unserem lokalen Dialekt an die Schweine – die Schweine konnten kein englisch, und obwohl ich es ganz gern gehabt hätte, wenn Maria meine wohlwollende Einführung verstanden hätte, ging es mir zunächst um ihre Sicherheit, denn die Biester konnten ganz schön ruppig werden, wenn sie hungrig waren. Nachdem ich sie begrüßt hatte, kehrten die Schweine ohne viel Aufhebens in ihren Stall zurück. Ich muß schon sagen, daß es sich um eine außergewöhnlich gut erzogene Schweineherde handelte. Wie immer, waren meine älteren Kinder weit und breit nicht zu sehen. Als wieder Ruhe eingekehrt war, ließ ich mein »Juuuh!« noch einmal los, und diesmal schlenderten meine Frauen träge aus ihren Hütten. – Nitsa, ein Baby an der Brust, hatte einige Mühe über den Zaun zu steigen, den sie vor ihrer Tür errichtet hatte; Oola schlief noch halb und rieb ihre großen, geheimnisvollen Dschungelfuchsaugen; und Yerba, die noch auf war, um meine Süßkartoffeln zuzubereiten, hatte an der einen Hüfte den Zweijährigen und an der anderen das Baby, und ihre Zähne funkelten in der Dunkelheit. Alle waren sie glücklich, mich wiederzusehen, das heißt, bis sie auf Maria aufmerksam wurden, die sich verschrocken an meinen Arm klammerte.

Obwohl ich körperlich recht kurz geraten bin, kann man mir eine gewisse achtunggebietende Autorität nicht absprechen, dennoch entziehen sich meine Frauen weitgehend meiner Kontrolle. Das liegt weniger an mir, als an dem Umstand, daß Männer und Frauen hier weniger miteinander zu schaffen haben als in den zivilisierten Teilen der Welt. Ich habe mein Haus, sie haben die ihren. Wenn die Jungens so um die zwölf sind, ziehen sie zu mir und gehen mir auf den Geist, bis es mir endlich gelingt, sie loszuwerden. Wenn die Mädchen dieses Alter erreicht haben, werden sie einfach verkauft. Irgendwie bin ich nicht mehr zeitgemäß, eine Schutzfunktion wie früher habe ich nicht länger, und was die Gartenarbeit anbetrifft, so kämen meine Frauen nicht einmal auf den Gedanken, mich um Rat oder Hilfe zu bitten.

Kein Zweifel, sie verachten mich, dennoch glaube ich, daß sie mich auf ihre eigentümlich weibliche Weise lieben; hin und wieder lockt mich die eine oder andere in den Wald und scheint dann voll auf ihre Kosten zu kommen. Aber meistens stecken sie einverständlich unter einer Decke und betrachten mich als Luxusgegenstand.

Das war nicht immer so. Ich war erst dreizehn, als mein Vater mir Yerba, meine erste Frau kaufte. Ich schämte mich in Grund und Boden. Sie war bereits einundzwanzig oder zweiundzwanzig oder so, ein großes, reizloses Wesen, dessen Mann wegen angeblicher Teilnahme an einem Kopfjägerraubzug ins Gefängnis gesteckt und dort zu Tode geprügelt worden war. Was sollte ich bloß mit dieser Trulle anfangen, die den ganzen Tag im Dorf rumhing und flennte? Als mein Vater dann drauf und dran war, sie selbst zur Frau zu nehmen, überlegte ich es mir und brachte sie ordentlich in einer Hütte unter.

Und so meckerte und mäkelte sie die nächsten zehn Jahre an mir herum, und ich war sehr glücklich mit ihr, bis mein Vater starb, und ich ein paar Schweine erbte. Wenig später verliebte ich mich in die fünfzehnjährige, bildschöne Oola.

Ich kaufte sie also und glaubte, nun noch glücklicher zu werden, doch kamen die beiden Frauen leider nicht miteinander aus. Wenn ich mit Yerba in den Wald ging, kam Oola hinterdrein und warf brennende Holzscheite auf mich; schenkte ich Oola ein Stück Stoff, bekam Yerba einen Schreikrampf und versuchte, Oola die Haare auszureißen. Lehnte ich mich mal an den Zaun, um mit Oola ein wenig zu schwatzen, bekam ich von Yerba prompt eine total verfaulte und von Maden bevölkerte Süßkartoffel zum Abendessen vorgesetzt. Und so ging das die ganze Zeit. Ich hatte die Nase derart voll, daß ich mit keiner von beiden mehr was zu tun haben wollte.

»Schluß jetzt!« sagte ich. »Ich hab' dieses ewige Hickhack satt. Ich zieh' mir eine neue Frau an Land, eine, die lieb und sanft ist, und ihr könnt sehen, wo ihr bleibt.« Ich tauschte also ein paar Schweine ein und bekam Nitsa, ein schlichtes Gemüt, aber im gebärfähigen Alter und gefügig. Sie machte alles, was ich ihr sagte. Nun wurden plötzlich Oola und Yerba die dicksten Freundinnen und rotteten sich gegen Nitsa zusammen und man sah sie dauernd miteinander tuscheln und kichern.

Jetzt war natürlich Nitsa kreuzunglücklich. Sie quälten sie auf die übelste Art und Weise. So schlichen sie nachts, während sie schlief, in ihre Hütte und rückten das Feuer von der Mitte des Raumes neben ihre Schlafstatt, und wenn sich Nitsa umdrehte, landete sie in den Flammen und zog sich Brandwunden zu. Außerdem nahm ihr Yerba ihr erstes Kind weg, und ich konnte nichts dagegen tun.

Dann geschah etwas Seltsames – auf die Einzelheiten möchte ich hier nicht eingehen –, alle drei schlossen Freundschaft. Dabei sollte man allerdings nicht vergessen, daß ich damals bereits einen zwölfjährigen Leidensweg hinter mir hatte. Nachdem die drei nun Freundinnen waren, sank ich auf den Status eines geliebten Haushundes. Und sie gebärdeten sich robust und ungestüm wie wilde Schimpansinnen oder ein Haufen verrückter Gören.

Als sie aus ihren Hütten traten und mir entgegenkamen, lächelten sie, mit Ausnahme von Oola. Sie schienen froh zu sein, mich wiederzusehen. Nitsa, das Baby an ihrer Brust, Oola noch halb schlafend und ihre tropischen Katzenaugen reibend, und Yerba, die ihre Kinder absetzte und wieder in die Hütte ging, um gleich darauf mit einem Topf voll wohlriechenden Joy Paul Guilfords zurückzukommen. Das war unsere Lokaldroge, gebraut aus seltenen Schmetterlingen.

Ich war etwa zwanzig Tage fortgewesen, seit fünf Jahren das erstemal wieder unten in Jaranekta, um rauszufinden, wie viele Schweine ich an Steuern zu zahlen hatte, und die Frauen mochten es überhaupt nicht, wenn ich nicht bei ihnen war. Dann hatten sie niemanden, über den sie spotten und sich lustig machen konnten, und ich glaube, sie hatten auch Angst, daß ich eine vierte Frau zurückbringen könnte, noch jemanden, der einen Teil des Gartens für sich beanspruchen, Süßkartoffeln essen und Kinder austragen würde. Darum waren sie stinksauer, als sie Maria Fishburn erblickten.

»Wer, zum Teufel, ist das, du stinkender Pavian?« keifte Yerba, dieser wabbelnde Sexpudding, diese Ehefrau mit ihrem schlabbernden Fettwulst um den Hüften. Oola war auf einmal knallwach und versuchte wieselflink, Maria Fishburns Hemd aufzuknöpfen und an sich zu reißen, während Nitsa Ms. Fishburn am Haar zupfte. Währenddessen plärrte das Baby, was das Zeug hielt. Yerbas Zweijähriger hatte sich Maria Fishburns Brille bemächtigt – sofern sie überleben, sind hier in den Bergen sogar die Babies kraftstrotzend. Gottlob war ihnen ihr Rucksack entgangen, der von meinen Schultern hing.

»Hört auf, hört auf!« flehte Maria Fishburn.

»Diese Schlampe wird sich ja wohl gleich wieder auf die

Socken machen, oder?« wetterte Yerba. Maria Fishburn verstand natürlich kein Wort – später habe ich erfahren, daß sie geschlagene drei Monate einen Sprachkurs des Peace Corps mitgemacht, aber leider die falsche Sprache erlernt hatte. Oola zog sich das Hemd an, das sie schließlich doch Maria entwunden hatte und sagte: »Schon für uns hier reicht das Essen kaum, und falls du dir einbildest, daß sie hier wohnen kann, zähl' mal lieber nicht auf unsere Hilfe. Schau doch nur, wie schwach und klapprig sie ist, lang macht's die sowieso nicht mehr. Was hast du mir aus Jaranekta mitgebracht?«

»Laßt sie in Ruhe«, sagte ich, aber ich traute mich auch nicht, mich schützend vor Maria zu stellen, da mich meine Frauen sonst gnadenlos zerbeult und gebissen hätten, und ein Schlag in die Leistengegend kann einen tagelang außer Gefecht setzen.

Aber sie hörten nicht auf, an ihr zu zupfen und zu zerren, bis Maria Fishburn schließlich anfing zu heulen. Sie hätten sie noch umgebracht, hätte ich nicht gesagt: »Schluß jetzt! Das ist nicht meine Frau! Die Regierung schickt sie! Laßt sie in Ruhe!« Das wirkte, da sie abergläubisch bis auf die Knochen waren, und wenn man Regierungsleute belästigt, bedeutet das Unglück. Und augenblicklich ließen sie von Maria Fishburn ab. Sogar das Baby hörte auf zu schreien. Dann sagte ich: »Sie ist gekommen, um uns etwas beizubringen. Wo bringen wir sie unter?«

»Was soll sie uns beibringen?« fragte Oola mißtrauisch.

»Algebra.«

»Algebra?« Sie hatten schon mal die Schule der methodistischen Missionsstation da unten besucht, ohne allerdings den geringsten Nutzen davongetragen zu haben. »Algebra?« Und ein allgemeines Prusten und Kichern begann.

»Nun haltet mal das Maul und überlegt, wo wir sie unterbringen könnten. Die leere Hütte kommt nicht in Frage, da hausen Schweineflöhe und dutzendweise Ratten. Sie kann ja erst mal bei einer von euch wohnen, bis ich was Besseres gefunden habe.«

»Bei mir nicht«, sagte Yerba. »Es ist schon eng genug mit den fünf oder sechs Kindern und dem Scheißhund.«

Oola und Nitsa winkten ebenfalls ab.

»Und jetzt? Soll sie etwa bei mir wohnen? Ihr tickt wohl nicht richtig.« Wir haben so eine Art Regel oder Gesetz, wonach eine Frau niemals das Männerhaus betreten darf – es wird schon mal eine Ausnahme gemacht, aber nur solange sie nicht älter als fünf sind, ansonsten herrscht das Tabu, daß keine Frau in die Männerquartiere gehen darf, da ansonsten die Räume verseucht werden. Ich glaube das nicht unbedingt, will aber auch kein unnötiges Risiko eingehen. Meinen Frauen jedoch schien es ziemlich egal zu sein, ob Maria bei mir wohnte oder nicht. Inzwischen hatte Nitsa den Rucksack entdeckt und versuchte, ihn zu durchwühlen. Ich stieß sie immer wieder zurück, während ich mit der anderen Hand Ms. Fishburns Hemd wiederzuergattern versuchte. »Also gut, ich laß sie unten in meinem Haus schlafen«, sagte ich. »Gott allein weiß, was geschehen wird.«

Ich geleitete sie zu meiner Hütte, wobei ich sie geflissentlich auf die Schweineköddel aufmerksam machte, in die sie sonst reingetappt wäre. Und die ganze Zeit hielt sie sich ängstlich an mich geklammert. »Ich glaube kaum, daß es mir hier gefallen wird«, sagte sie und drehte sich um, da sie fürchtete, die Frauen könnten erneut angreifen. »Wo sind meine Valium? Hoffentlich hat sie Ihre Frau nicht aus dem Rucksack genommen.«

Das Mädchen war eindeutig am Durchdrehen. »Entspannen Sie sich erst mal«, sagte ich, als wir die Hütte betraten. Im Dämmerlicht konnte ich meine Söhne ausmachen, die sich aus ihrer Schlafstatt lehnten und rauskriegen wollten, was los war. »Ich versuch' gleich mal, meinen Frauen ein bißchen Joy Paul Guilford abzuschwatzen. Das wird Sie beruhigen.«

Aber zuerst wollte ich es ihr ein wenig gemütlich machen. Die Jungens hatten natürlich weder das Feuer in Gang gehalten noch die Moskitos aus dem Haus vertrieben – vermutlich hatten sie die ganzen drei Wochen während ich fort war alle viere von sich gestreckt –, und nun beugten sie sich aus ihrer sechs Fuß hohen Schlafstatt und johlten, als ich Maria hineinführte und ihr ihren Rucksack reichte. »Haltet das Maul! Wer hat euch erlaubt, überhaupt etwas zu sagen, ihr Idioten?« wandte ich mich an die drei Ältesten, allesamt große, ungehobelte Kerle, fünfzehn Jahre und älter, die von ihren Müttern pausenlos mit heißen Süßkartoffeln vollgestopft wurden, aber keinen Finger krümmten, um im Garten zu helfen, wirklich zu nichts zu gebrauchen. Allerdings muß ich zugeben, daß sie ausgezeichnet mit Pfeil und Bogen umgehen konnten und gute Krieger abgegeben hätten, wenn Krieg nicht gesetzlich verboten gewesen wäre. Zwei von ihnen hatten oft ein goldenes Händchen bewiesen, wenn das Radio nicht funktionierte, bis dann eines Tages die Batterien leer waren, und sie konnten sogar aus Naturfasern Ersatzteile für den Filmprojektor herstellen.

»Was macht die denn hier?« fragte Ugatame, der Älteste, ein langer, achtzehnjähriger Lulatsch, dessen Zahnstummel schwarz und verfault waren von den Schokoriegeln, die er unten in der Missionsstation klaute. »Hast du mir endlich 'ne Frau mitgebracht, du Jammerlappen von einem Vater?«

»Diese Dame ist von der Regierung und wird euch Unterricht geben. Und damit eins gleich klar ist, ihr werdet sie in Ruhe lassen, oder ihr könnt was erleben. Wenigstens könnt ihr jetzt mal was lernen, falls ihr nicht zu doof dafür seid, was vermutlich der Fall ist.« Kein einziges meiner Kinder hatte jemals überredet werden können, die Schule der Methodistenmission zu besuchen. Das sei sinnlos, meinten sie, da man auf New Burnt Norton selbst mit einem Hochschulabschluß allenfalls Hausmeister oder Hilfsarbeiter ohne nennenswerten Verdienst werden könnte.

Ich stellte Marias Gepäck neben die Feuerstelle. »Sie schlafen hier, Madame«, sagte ich.

»Aber wird mir auch nichts passieren?« fragte sie ängstlich zu den lüsternen Gesichtern aufblickend.

»Das ist die *Männer*hütte«, sagte ich. »Selbstverständlich wird Ihnen nichts passieren.« Dann wandte ich mich den Jungens zu: »Vergeßt nicht, was ich euch gesagt habe. Hände weg von ihr.«

Dann ging ich zu Oola rüber. Ich steckte meinen Kopf durch den Türeingang. »Hey«, sagte ich. »Ich bin's, Mgungu.« Sie schlief schon halb, winkte mich aber ihr heran. Meine zweite Frau war ja so zärtlich, und liebevoll umfing sie mich mit ihren kleinen Armen. Und wir wären als Mann und Frau in einer Art gemeinsamer Wonne versunken, hätte sie mir nicht plötzlich einen mörderischen Schlag in die Magengrube versetzt. »Urg«, stöhnte ich und sackte zusammen.

»Es ist mir egal, ob sie von der Regierung ist oder nicht«, sagte Oola. »Ich will, daß sie verschwindet. Und du wirst bald spitzkriegen, daß Nitsa und Yerba da nicht viel anders denken. Drei Frauen in diesem Dreckskaff sind genug für einen Kerl wie dich.«

Ich war ziemlich deprimiert und machte mich davon, um von Yerba ein wenig von diesem Joy Paul Guilford zu ergattern, aber als ich ihr auf die Schulter tippte, drehte sie sich um und ein Messer blitzte in ihren Händen. »Laß deine Pfoten von mir«, sagte sie. »Und untersteh' dich, dir was von diesem Joy Paul zu krallen. Wundere dich nicht, wenn du morgen kein Frühstück bekommst. Ich will, daß sie verschwindet.«

Habe ich mein Leben lang hart gearbeitet, um mich derart anpfeifen zu lassen? Mein Herz tobte vor Wut, gleichzeitig war mir klar, daß es mir dreckig gehen würde, wenn dieses Mädchen nicht bald abhaute. So blieb ich viele Stunden auf dem Vorplatz sitzen, grübelte vor mich hin, bis die Morgendämmerung hinter dem Mount Bawwaar-Yaas aufzog und seine grauen Schatten in dunstiges Licht verwandelte. Dann endlich ging ich schlafen.

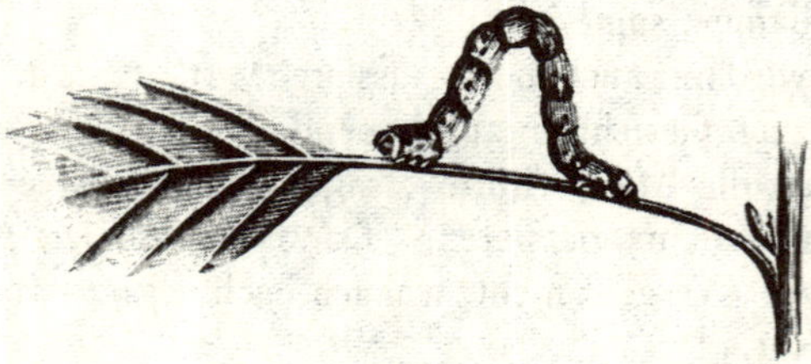

Als Wilder zu leben, hatte mir nie gefallen. Immer hatte ich das Gefühl gehabt: Das hat nichts mit dir zu tun, das ist nicht dein wahres Selbst. Als Kannibalismus noch Mode war, wußte ich, wofür ich lebte: ich hatte sozusagen ein Lebensziel. Wenigstens gab es was zu tun.

Vorräte horten, Vorräte horten, lautete meine Devise, genau wie die der fleißigen Ameise, und das hatte mir ein klein wenig den Respekt meiner Kameraden gesichert. Dauernd wollte jemand wissen, wie ich Pfeil und Dolch hinter meinem Knie befestigt hatte, oder wollte die alten Narben bewundern, die von meiner Zeit als Krieger zeugten. Aber jetzt – nichts mehr. Darum hatte ich mir schon längst, nach jahrelangem und gleichgültigem Gammeln in meiner Hängematte eine neue Devise erkoren: *Mach dir nix draus*. Ob das nun das Gelbe vom Ei war, war ziemlich egal – bis jetzt zumindest.

Am Vormittag erleuchtete die Sonne das Innere der Männerhütte, obgleich diese keine Fenster hatte. Die Sonne drang einfach durch die ritzigen und löchrigen Wände – und Maria Fishburn sah nun all die Fetische und Knochen und anderen magischen Dinge von der Decke hängen. Einige waren übrigens so alt, daß ich selbst nicht mehr wußte, was sie bedeuteten.

Ich war modern eingestellt und schenkte diesen primitiven Dingen keinerlei Beachtung, war sogar manchmal versucht, das alles für eine Ansammlung von Delikatessen zu halten – die Dachsparren muteten wie die reinste Vorratskammer an: Eier, die in hundert Jahren reif zum Verzehr sein sollten, die mumifizierten, gerupften Vögel, die man, wären sie nicht heilig gewesen, mit schwungvollem Biß verschlungen hätte, nicht zu vergessen die getrockneten Käfer und Totenkopfschmetterlinge, die schön nebeneinandergenagelt das Lager vor Eindringlingen schützen sollten. Wie gesagt, ich war modern eingestellt, dennoch hielt ich es für das beste, mit diesen Dingen nicht rumzualbern.

Ich hörte deutlich, wie Maria sich an der Feuerstelle zu schaffen machte und ihren Rucksack durchkramte; und als es endlich nach Frühstück roch, stieg ich aus dem Bett, vorsichtig, um meine Söhne nicht zu stören, und setzte mich neben sie. »Was ist das?« fragte ich und blickte auf das gelbe Geblubber, das sie hastig in ihren zusammenklappbaren Campingtopf geworfen hatte und nun über der spärlich züngelnden Glut zu braten versuchte.

»Dehydrierte Rühreier«, sagte sie. »Wollen Sie mitessen?«

»Nichts lieber als das«, sagte ich und ließ mich im Schneidersitz neben sie nieder, nachdem ich ihr zwei Schädel als Geschirr hingestellt hatte. Der Eierpamps war eine willkommene Abwechslung zu den alten Süßkartoffeln. Ich beschloß, ihr nicht zu sagen, daß sie im Dorf nicht erwünscht war; wenn meine Frauen erst mal herausgefunden hätten, daß sie eine willige Köchin war, würden sie sie vielleicht bleiben lassen.

»Was ist eigentlich mit diesem Zeug?« fragte sie. »Dieses Joy Paul Guilford?«

Ich stand auf und holte einen alten Wälzer, aus dem sämtliche Seiten, bis auf eine, entfernt worden waren. »›Guilford, Joy Paul‹«, las ich vor, »›geboren 7. März 1897 in Marquette, Neb., US-Psychologe und Begründer der Psychophysik, d. h. der quantitativen Messung subjektiver psychologischer Phänomene. Guilford lehrte an den Universitäten von Kansas (1927–1928) und Nebraska (1928–1929), ehe er 1930 auf rätselhafte Weise verschwand. Führender Vertreter der Faktoranalyse, die eine generelle Persönlichkeitsbewertung anstrebt. Guilford hat für seine Zwecke stapelweise Testbögen entwickelt und Datenbanken angelegt. Seine umfassende, systematische Theorie der intellektuellen Fähigkeiten, unter der Bezeichnung *Intellekt-*

struktur bekannt, hat die sogenannte *informatorische Funktionspsychologie* begründet.‹«

»Was geschah nach seinem rätselhaften Verschwinden?« fragte Maria.

»Er kam hierher«, sagte ich. »Er war kein glücklicher Mensch; es hatte sich nämlich herausgestellt, daß seine Frau mit fast allen Studenten in Kansas und Nebraska geschlafen hatte, worauf er sie verließ und eine der damals gottverlassensten Gegenden der Welt ansteuerte. Zusammen mit meinem Vater hat er hier dann kannibalistische Rituale studiert – damals als wir Männer noch den Totenkopfschmetterling jagten und uns vor den Beutezügen dieses primitive Insekt einverleibten, wie der Brauch es forderte. Aber das heißt nicht, daß wir andere Insekten verschmähten – einige wurden von den Frauen verspeist, andere von den Kindern, und die Wirkung war immer anders. Manche dienten als Beruhigungsmittel, andere riefen Halluzinationen hervor. Nach jahrelangem Experimentieren, gelang es Joy Paul eine Mischung aus Kräutern, Gräsern, Käfern und Schmetterlingen herzustellen, kurz, unser beliebtes Joy Paul Guilford. Da ist allerdings noch was anderes drin, aber das darf ich nicht verraten. Unglücklicherweise hat er sich mal mit meinem Vater gestritten, und sein Schädel hängt jetzt irgendwo da oben.« Ich deutete zur Decke.

»Was passiert, wenn man das Zeug einnimmt?« wollte Maria wissen.

»Na ja, jeden Tag sollte man es vielleicht nicht nehmen. Es geht so: Geschmack wird Sicht, Sicht wird Ton, Ton wird Geschmack. Und die Gefühlsskala kann unheimlich erweitert werden. Männer haben die Empfindungen von Frauen, oder zwei Fremde bewohnen ein und denselben Körper. Natürlich ist diese Droge so launisch wie nur was und wirkt jedesmal anders.«

»Ich hab' noch nie was von dieser Droge gehört«, sagte Maria mit einem seltsamen Ausdruck in ihrem Gesicht.

»Ein rein lokaler Knüller«, sagte ich. »Nur in meinem Dorf.

Taugt wirklich nicht viel – wir nehmen das nur zum Spaß und zur geistigen Erholung.«

»Ich habe Freunde in den Staaten, die das ausprobieren und chemisch analysieren würden«, sagte Maria.

Aber ich winkte mit einer kurzen Handbewegung ab, da plötzlich meine alte Tante auftauchte, eine Matrone von fünfeinhalb Fuß und dreihundert Pfund. Ihr Gesicht war von einem bärtigen Flaum überzogen.

»Was geht hier eigentlich vor?« sagte sie und steckte den Kopf durch die Tür. »Warum mußt du Halunke eine Frau mitbringen? Was ist mit dir los, alter Knabe?«

»Komm nicht rein!« sagte ich. »Komm nicht rein, Tante DaBore! Hast du vergessen, daß dies die Männerhütte ist?« Sie beugte sich vor und packte mich am Arm. »Entschuldigen Sie mich einen Moment«, sagte ich auf englisch zu Maria.

»Was soll das heißen, dieses Mädchen hierherzubringen, Mann?« sagte Tante DaBore und drehte mir kurz den Arm um. Da sie zahnlos war, entwich ihrem Plappermaul ein ständiger Spuckeniesel. »Ich hab' dir was aus Jaranekta mitgebracht«, sagte ich.

»Laß es mich holen, Tantchen.«

»Du hast schon genug Ärger am Hals, Mann. Dieses Mädchen hat gerade noch gefehlt. Du kannst nicht mal für deine Ehefrauen sorgen. Scheiße, Mann, was ist bloß los mit dir? Du bist so dumm wie ein Christ«, sagte sie. »Du bist verrückt, soviel ist sicher. Ich hoffe nur, daß niemand weiß, daß du mit mir verwandt bist.«

»Hör zu, ich habe dieses Mädchen nicht hierher eingeladen! Die Regierung hat es geschickt. Es möchte euch was beibringen und gebildete Leute aus euch machen. Du hast doch schon mal was vom Peace Corps gehört!«

Drinnen im Männerhaus husteten und spuckten meine Söhne, als sie sich die ersten Zigaretten des Tages ansteckten.

»Mach' mich nicht an, Typ«, sagte Tantchen. »Du kapierst nicht, daß man die Quelle nationaler Unterdrückung, den

Kapitalismus, zerschlagen muß, da die proletarische Alternative zur bürgerlichen Herrschaft Revolution und Sozialismus heißt. Jetzt treib dieses Mädchen fort, sonst könnte man dich zwingen, dich wieder der alten primitiven Methoden zu bedienen. Ich hätte sowieso nichts gegen ein leckeres Gulasch, die Dame sieht recht wohlgenährt aus.« Sie rammte mir ihren Ellbogen in die Rippen und trollte sich, um sich um die Schweine zu kümmern.

Ich rief das Mädchen raus.

»Miss Fishburn!« sagte ich. »Könnten Sie mal kurz herkommen?«

Und sie trat ins Sonnenlicht und sah recht zufrieden aus, und ihre Augen schienen nun beide auch in eine Blickrichtung zielen zu können. Sie ergötzte sich an den Nebelschleiern, die sich langsam im Licht des jungen Tags auflösten. »Stolpern Sie nicht«, sagte ich. »Was ich sagen wollte – haben Sie ein paar *Times* oder *Newsweek* mitgebracht?«

»Ja, ein oder zwei«, sagte sie. »Ich weiß nicht, ob sie von dieser Woche sind, aber ...«

»Das ist egal«, sagte ich. »Ob ich die wohl ausleihen darf?«

»Natürlich, ich hol' sie gleich. Ist es das, was Sie mir sagen wollten?«

»Nein«, entgegnete ich, während wir wieder in die Hütte gingen. »Also ich weiß nicht, ob Sie mitbekommen haben, worüber wir da draußen eben gesprochen haben, aber da ist was schiefgelaufen. Die Dame ist meine Tante und sie hat sich aufgeregt, daß man Sie hergeschickt hat, da wir alle schon eine Schulbildung haben. Sie ist zutiefst verletzt und beleidigt.«

»Oh, das tut mir leid – hab' ich nicht gewußt.« Ihre sanften Augen blickten verwirrt drein.

»Konnten Sie auch nicht wissen. Wie denn? Um Ihnen die Wahrheit zu sagen, das ist nicht mal ein Dorf hier, eher ein Familienverbund, und ich glaube, daß Sie in einer größeren Siedlung glücklicher wären – dort, wo es ein paar Leute mehr gibt, denen Sie was beibringen könnten, Kinder oder so – vielleicht eine Leprakolonie. Leprakranke sind immer dankbar. Verstehen Sie mich nicht falsch, wir behielten Sie natürlich gerne hier und wir lassen Sie nur ungern ziehen. Aber was soll man machen? Es wäre den bedürftigeren Eingeborenen New Burnt Nortons gegenüber nicht fair.« Diese letzte Äußerung war etwas verfänglich, weswegen ich wiederholte: »Die bedürftigeren Eingeborenen New Burnt Nortons brauchen Sie nötiger als wir. Und obwohl wir dankbar sind, daß Sie gekommen sind, sollten Sie vielleicht gehen.«

Damit hatte ich einen groben Fehler begangen.

Maria Fishburn fing auf einmal zu schreien und zu kreischen an und sagte, sie habe vor Jahren mein Foto auf dem Titelbild des *National Geographic* gesehen und sich in mich verliebt, ohne allerdings zu ahnen, daß ich nur fünf Fuß groß sei (fünf Fuß und zwei Inches genaugenommen), und wie ich nur jetzt versuchen könne, sie loszuwerden?

Ich kapierte nicht schnell genug und dachte: Schon möglich, daß sich jemand nur nach dem Titelbild des *National Geographic* in mich verliebt, meine Hakennase, meine Hausschaf- oder Pudelhaare und meine ungestümen, klaren Augen waren auf dem Foto gut zur Geltung gekommen. ›Der letzte Kannibalenhäuptling‹ hieß, glaube ich, die Titelgeschichte, und man hatte mir alle möglichen Fragen gestellt, zum Beispiel: ›Wie schmeckt eigentlich Menschenfleisch?‹ – ›Sehr zart und saftig, viel besser als gebratene, junge Kaulquappen‹, hatte ich wohl geantwortet. Für das Interview hatte ich keinen roten Sou bekommen, statt dessen hatte man mir gnädig eine Stahlaxt geschenkt. Ich forderte die beiden Journalisten und den Fotografen auf, eine monatliche Fünfzehn-Dollar-Patenschaft für meine Kinder zu übernehmen. Sie unterschrieben, aber schon nach zwei Monaten hörte der Geldsegen auf.

Jetzt weiß ich zwar, daß Maria Fishburn ein wenig daneben war, und obwohl sie zunächst eine reiche, amerikanische Abenteuerin wie jede andere zu sein schien, ihre Suche nicht entlegenen Weltgegenden, sondern etwas ganz anderem galt. Ihre Persönlichkeit war schwer zu fassen und entsprach nicht den gängigen Erwartungen. Verwöhnt wie sie nun mal war, wurde sie stinkwütend und zog eine Eifersuchtsszene nach der anderen ab. Und sie drohte noch Schlimmeres an, falls ich sie nicht bleiben lassen würde. Irgendwie war sie verrückt, und tatsächlich habe ich später herausgefunden, daß sie während ihrer Zeit im College mal einige Monate in einer Anstalt für emotional gestörte Jugendliche verbrachte, wo sie bei einem Tagessatz von tausend Dollar im Rahmen der Beschäftigungstherapie lernte, wie man Batiken herstellt.

Langsam konnte ich sie überreden, uns zu verlassen; schließlich könne sie ja jederzeit zurückkommen, und wenn ihre Gefühle sich nicht geändert hätten, würde man weitersehen. Und sie ließ ihre weiße Bluse als eine Art Treuesymbol zurück, außerdem hatte ich sie gebeten, mir die Klamotte als Kinoleinwand dazulassen, da wir unseren einzigen Film, von einem fahrradbetriebenen Projektor abgespult, schon Jahre nicht mehr hätten ansehen können.

Ich begleitete sie zur Mission und überließ sie ihrem Schicksal. Als ich mich noch einmal umdrehte, entging mir nicht, daß sie sehnsuchtsvoll meine Haut anstarrte, die von Schweinefett und Kokosölen glänzte. Ehrlich gesagt, mir war schleierhaft, wie mich jemand attraktiv finden konnte, aber als ich damals in ihre triefenden und schlürfenden Augen blickte, war ich nicht mehr so sicher.

Gleichzeitig war ich froh, dieses sprunghafte Wesen loszusein. Dachte ich wenigstens. Wie sie da vor der ehemaligen Mission stand – da mußte ich einfach an meine Schulzeit denken, die ihr jähes Ende fand, als mein Vater den Missionar in einer Kopfjägeraktion tötete und uns zum Abendessen mitbrachte.

Wie all die anderen Kinder, war ich heilfroh, da uns dieser Gottesmann bei jeder Gelegenheit schlug und mit dem Absingen beliebter amerikanischer Volkslieder zu tyrannisieren pflegte.

Wie gesagt, als dieser Geistliche den Weg alles Irdischen gegangen war, habe ich ihm keine Träne nachgeweint. Sein Nachfolger kam, nachdem man meinen Vater geschnappt und ins Gefängnis geworfen hatte, aber da war ich für die Schule schon zu alt, hatte ich doch bereits meine erste Frau geheiratet.

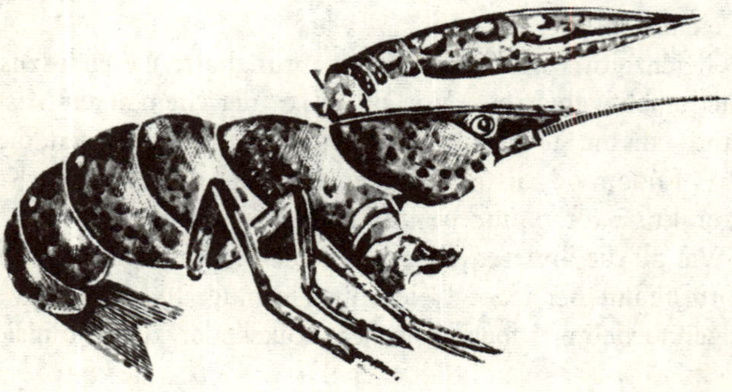

Die nächsten beiden Jahre lungerte ich vor allem in meiner Hängematte rum. Ich las Bücher aus der ehemaligen Missionsbibliothek, redete mit meinen Ferkeln, schlief mit meinen Frauen und führte alles in allem ein friedliches, wenn auch eintöniges Leben. Ab und zu dachte ich mal an Maria, aber nicht sehr oft. Und eines Tages war sie plötzlich wieder da, als ob nichts geschehen sei.

Diesmal war sie in Begleitung von zwei oder drei Eingeborenen, unter ihnen mein Sohn Ugatame, der im Jahr zuvor davongelaufen war, nachdem ich ihn gebeten hatte, mir bei der Gartenarbeit zu helfen. Es überraschte mich nicht, daß Maria ihm den üblichen Tageslohn von zwei Schachteln Streichhölzern zahlte, auch war ich nicht erstaunt, daß sie ihr Haar zu einem Pferdeschwanz zurückgebunden hatte. Sie war nicht mehr so hippelig wie früher, nur rauchte sie ihre Zigaretten inzwischen noch schneller, und ihre Augen blinzelten nach wie vor hinter der Schildpattbrille.

»Kannst du noch immer keine Haftschalen tragen?« fragte ich.

»Ich hab' sie verloren«, sagte sie. »Als ich im Rahmen eines zehntägigen Überlebenskurses eine Hängebrücke überquerte, bin ich ausgerutscht und in den Wildbach einer Schlucht gefallen, und nachdem sie mich rausgefischt hatten, waren die Haftschalen weg. Ich wäre beinahe ums Leben gekommen.« Sie nahm das Dorf kurz in Augenschein und stellte vermutlich fest, daß die Hütten verkommener denn je waren und die Schweine den Garten in eine Schlammwüste verwandelt hatten.

»Niemand, der mir hilft«, sagte ich und sah meinen Sohn

Ugatame vorwurfsvoll an. »Und die kleinen Kinder darben und haben die Nase voll von Süßkartoffeln.«

»Ich hab' Medikamente dabei, falls deine Kinder was brauchen«, sagte sie.

»Schon gut«, erwiderte ich. Fast alle zwei Wochen kam irgendein Weltverbesserer hier hoch, der uns mit Pickelsalbe und Typhusimpfungen versorgte. Mit Feuereifer untersuchte er sogar die kleinsten Kinder auf Geschlechtskrankheiten, oder er schmierte uns eine infernalisch schmeckende Salbe – Gentiana Violett – aufs Zahnfleisch.

»Ich habe lange über dich nachgedacht«, sagte sie. »Ich glaube, du solltest mit mir zurück in die Staaten kommen. Ich kann einfach nicht mitansehen, wie du hier oben lebst, von niemandem beachtet oder geschätzt. Ich sorge dafür, daß du jederzeit heimkehren kannst, ich werde mich um alles kümmern.«

Ich hatte es in der Tat ganz schön satt, ein Wilder zu sein, und irgendwo in meinem Hinterkopf hatte die ganzen zwei Jahre über die Erinnerung an Maria Fishburn weitergedämmert. Es stank mir einfach, jeden Tag mit einem Kinderschäufelchen im Garten zu arbeiten und nur ein oder zwei Filme zu haben, die wir Abend für Abend spielten, wobei ein Fahrrad ohne Räder als Generator diente, von Oola in Gang gehalten, die so besessen in die Pedale trat, daß ihre Brüste flogen, und das nur, um im Dunkeln einen flimmernden Marx-Brothers-Film abzuspulen.

Aber ich war vorsichtig genug, auf Marias Vorschlag nicht einzugehen, und lud sie statt dessen wieder in meine Hütte ein, wo ich das alte Grammophon aufzog und eine total verkratzte Platte auflegte. Django Reinhardt und Le Hot Jazz Club de Paris spielten ›Sweet Georgia Brown‹.

»Ich weiß nicht so recht«, sagte ich ausweichend und summte die Musik mit.

»Warum denn nicht?« entgegnete sie. »Es wird toll werden. Wir werden überall hingehen. Du wirst die Welt sehen. Man wird dich wie einen Menschen behandeln und dich nicht mehr verachtungsvoll für einen Wilden halten, der im eigenen Land auf eine Weise gedemütigt und verkannt wird, wie die Indianer in den Vereinigten Staaten.«

»Ich weiß nicht«, sagte ich. »Ich würde ganz gerne mal eine Zeitlang ein anderes Leben ausprobieren in einem Land mit Autobussen und der Concorde und mit Filmen für die Polaroidkamera, die ich mal bei einem Preisausschreiben gewonnen habe, denn bis heute ist es mir nicht gelungen, einen entsprechenden Film zu kaufen. Ein neues Leben, schön, andererseits muß man bedenken, daß ich schon fast vierzig bin« – das war gelogen, da ich Maria Fishburn nicht in Angst und Schrecken versetzen wollte, außerdem hält einen die Bergluft ungewöhnlich jung – »und mich an mein Leben gewöhnt habe. Des weiteren werde ich den Verdacht nicht los, daß die Welt verderbt und korrupt ist. Wer garantiert mir, daß ich hier oben nicht am glücklichsten bin?«

Nun ging sie einen Schritt weiter und ergriff sanft meine Hände; wenn sie sprach, konnte ich ihren Atem riechen, der so süß wie unser Tropenklee duftete. Und bald war ich völlig in ihren Bann geschlagen. »Ich hab' immerzu an dich denken müssen«, sagte sie. »Wenn du mitkommst, würdest du es bestimmt nie bereuen. Ich möchte so viel mit dir bereden. Ich weiß, daß du gescheit bist – und in New York würdest du Leute kennenlernen, die dich verstehen; zusammen könnten wir das Leben voll auskosten.« Sie ließ meine Hände los, aber anstatt wegzurücken, beugte sie sich vor und träufelte mir beschwörende Worte ins Ohr.

Was soll ich sagen? Ich ließ mich nach und nach überzeugen, und schließlich sagte ich, ich würde vielleicht tatsächlich mit ihr kommen, aber erst wollte ich noch Tante DaBore um Rat fragen.

Während der letzten beiden Jahre war Tante DaBore bedenklich zusammengeschrumpft; sie war jetzt alt, und die Fettwülste hingen schlaff von ihrer Taille und ihrem Specknacken.

»Tante DaBore, dieses Mädchen möchte, daß ich mit ihm

nach New York gehe und wird die Reisekosten übernehmen. Ich werde nicht lange fortbleiben.«

»Gütiger Himmel! Junge, ich bin dreiundsiebzig. Ich bin älter als Moses. Du bist doch das größte Rindvieh, das mir je untergekommen ist!« sagte sie.

»Wie bitte, Tantchen?«

»Wie stellst du dir das vor, einfach abhauen und deine Familie im Stich lassen? Nitsa ist im siebten Monat schwanger, und sämtliche Süßkartoffeln im Garten sind vorige Woche an der Trockenfäule zum Teufel gegangen!«

»Machen Sie sich keine Sorgen«, sagte Maria Fishburn, die inzwischen unseren Lokaldialekt ein wenig beherrschte, »ich werde dafür sorgen, daß hier oben niemand Not leiden muß. Ich werde per Hubschrauber Lebensmittel einfliegen lassen.« Tante DaBore schnaubte verächtlich und zerbiß einen Floh, den sie gerade auf ihrem Arm gefunden hatte.

»Was ich dich fragen wollte«, sagte ich, »wie wird das alles enden? Wie wär's mit deinem Wahrsagedingsbums: was immer dabei rauskommt, soll die Antwort sein.« Und Maria sah mich besorgt und beleidigt an.

Tante DaBore ließ sich also dazu herab, alle möglichen Haare und Fingernägelreste in einem Mörser zu zerstampfen, und wir schnitten einem quiekenden Ferkel die Ohren und den Schwanz ab und kochten alles über der Feuerstelle. Die Antwort lautete: nix gut.

Eine unheilvolle Zukunft zeichnete sich ab.

Ginge ich, würde ich nie wieder zurückkommen.

Aber ich tat das alles als abergläubisches Zeug ab und drückte Tante DaBore eine Münze in die Hand und versprach ihr, im Fall meiner Abreise, mein größtes, kastriertes Schwein und bat sie, noch einmal von vorne anzufangen.

»Vielleicht solltest du doch besser abhauen«, sagte sie. »Ich sehe hier gerade, daß, wenn du bleibst, die Sonne möglicherweise nie wieder über dem Mount Bawwaar-Yaas aufgehen wird, und das könnte das Ende der Welt bedeuten. Geh' meinetwegen. Es lebe die Revolution! Marxisten, Leninisten vereinigt euch! Verhilf dem Kommunismus zum Sieg! Bau' eine Revolutionspartei auf, die den Kapitalismus zertrümmert und dem Sozialismus zum Sieg verhilft. Rindvieh, Trottel!« Und mit ihrem Segen und dem Wissen, daß meine Frauen in den Bergen waren und erst am späten Nachmittag zurückkommen würden, ging ich zu meinen Schweinen, um ihnen Lebewohl zu sagen.

Meine Lieblingssau lag mit Magenkrämpfen in den letzten Zügen, und ich küßte sie tränenden Auges, wußte ich doch, daß ich sie wohl nie mehr wiedersehen würde. Dann ging ich ins Männerhaus, um zu packen.

Im Garten wartete Maria und summte einem Kind, das im Schlamm spielte, eine Melodie vor, während Tante DaBore finsteren Blickes in der Tür ihres Hauses stand und von einem Fuß auf den anderen wippte, als warte sie noch auf ein unausgesprochenes Wort.

»Wo ist mein Leben, Tantchen?« wollte ich sagen, »wo die Töpfe mit gebratenem Schweinefleisch und prickelndem Ingwer, die dicken Süßkartoffeln, die Ginflaschen? Hier nicht. Oder besser, sie sind hier, aber das genügt mir nicht mehr.«

»Wo sind die Dividenden von dem Schwindel mit dem Kinderhilfswerk?« fragte sie unvermittelt.

Der Börsenhandel mit dem Geld vom Kinderhilfswerk hatte, ehrlich gesagt, in den letzten Jahren überhaupt nicht mehr geklappt. Der Betrug war überhaupt nur mit den Briefen aller Kinder meines Stammes aufrechtzuerhalten. »Bitte helfen Sie mir und meiner Familie mit Ihren Spenden. Für Sie sind fünfzehn Dollar leicht zu verschmerzen, aber wenn Sie uns helfen, kann mein Vater endlich ins Betelnußgeschäft einsteigen, und mein Bruder kann endlich ins Krankenhaus, um sich das neue Holzbein anpassen zu lassen, das er dringend braucht. Meine Mutter kann sich ein Kleid kaufen und vielleicht auch so eine Maschine, mit der man nähen kann. Und meine kleine Schwester wird nachts nicht mehr in ihrem Bettchen liegen und nach Essen schreien.«

Das Geld, das sie uns überwiesen, wurde dann in Kopra, Kaffee und Goldanleihen in der Schweiz investiert.

So hab' ich mancherlei ausgefressen, aber immer ohne böse Absicht. Wirklich. Und meistens war es auch gar nicht so einfach. Alle zwei Wochen mußten die Kinder für die ›Vorher-nachher-Fotos‹ in Reih und Glied gestellt werden. Die ›Vorher-Fotos‹ zeigten sie dreckverschmiert und mit verrotzten Nasen – »Bauch raus, Kinder!« rief ich dann jedesmal, um sie in Hungerpose einzufangen – und dann die ›Nachher-Bilder‹, auf denen die Kleinen in die neuesten, eigens zu diesem Zweck erworbenen Kaufhauskleider gestopft waren: Lacklederschuhe für die niedlich herausgeputzten Mädels, und Jeans und Cowboystiefelchen für die Jungens – vielleicht war das schon längst nicht mehr Mode, aber egal.

Um der Wahrheit die Ehre zu geben, nach einiger Zeit ist mir das Hilfswerk auf die Schliche gekommen und hat alle Zahlungen eingestellt. Und als dann noch die allgemeine Wirtschaftsflaute einsetzte, stand ich ganz schön blöd da. Kopra und Kaffee purzelten in den Keller, und das Gold hatte ich im ungünstigsten Moment verkauft. Auf einen Schlag hatte ich alles verloren. Natürlich nur, weil mein Börsenmakler nichts taugte.

»Von Schwindel kann keine Rede sein, und ich mag es überhaupt nicht, wenn du das so nennst«, sagte ich Tante DaBore, »und was mit den Dividenden passiert ist, ist eins der Dinge, die ich rausfinden möchte, wenn ich in der zivilisierten Welt bin. Ich will wissen, wo zum Teufel all das Geld abgeblieben ist? Weiß mein Börsenmakler eigentlich, daß er die Wohlfahrt eines ganzen Dorfes zerstört hat?« geiferte ich. »Ich könnte mir denken, daß sich eine ganze Menge Zeitungen dafür interessieren.«

Von den Zinsen der Aktien und Effekten hatten wir ohnehin nie einen Pfennig gesehen – alles sollte wieder in eine Art Pensionskasse zurückfließen, aber auch das ist, wie man mir mitgeteilt hatte, schiefgelaufen.

Tante DaBore blickte nicht sehr wohlwollend drein, und ihr Schnurrbart sträubte sich furchterregend.

Ich war noch immer ganz aus dem Häuschen, da ich fortgehen würde und redete mir unentwegt ein, daß ich es schon richtig und im Grunde nur für meine Familie machen würde, ja, ich würde es ihnen zeigen und reich und mächtig werden, um uns aus der Steinzeit ins zwanzigste Jahrhundert zu führen.

Ich beschloß, Maria Fishburn so schnell wie möglich aus dem Dorf zu schaffen, da ich in weiter Ferne, auf dem Gipfel eines anderen Berges, die leuchtend bunten BHs meiner Frauen sehen konnte, und die Damen näherten sich wie eine Herde Elefantinnen. Doch dann wurde mir klar, daß sie noch Stunden entfernt waren, und ich bat Maria um ein wenig Geduld und bastelte schnell ein paar Stücke Eingeborenenkunst zusammen, die ich eventuell würde verkaufen können.

Aus einem weggeworfenen hohlen Stück Holz machte ich drei Tropenflöten, Instrumente, die kein Mitglied meines Stammes jemals gesehen, geschweige denn gespielt hatte und die bei meiner schrecklichen Kinderschar wahre Heiterkeitsstürme auslösten. Meine beiden ältesten Söhne beauftragte ich, eine Statue mit riesigem Phallus und spitzen Brüsten zu schnitzen, wozu sie aber erst bereit waren, nachdem ich ihnen als Gegenleistung Maria Fishburns bunt gestreifte Socken und Kniestrümpfe ausgehändigt hatte. Und aus einem Bündel Stroh knüpfte ich rasch einen kümmerlichen Fetisch zusammen, der als sexuelles Stimulans oder Zaubermittel gegen Durchfall dienen sollte, je nachdem wie herum man ihn hielt. Das alles war in Null Komma nichts fertig, der reinste Schund.

Dann packte ich mein Zeug in ein Tragenetz, das von Nitsa aus Orchideenfasern gewoben und dann dezent gefärbt worden war.

Leider konnte ich nicht soviel mitnehmen, wie ich gerne gewollt hätte, da wir einen langen Fußmarsch vor uns hatten. Dennoch bepackte ich mich wie einen Esel und krümmte mich unter der Last.

Um nach Jaranekta zu gelangen, mußte man ganze acht oder zehn Tage einen mörderischen und glitschigen Bergpfad über Sturzbäche und Schluchten entlangwandern.

Mit im Gepäck war eine Halskette aus Spinnweben, ein äußerst zartes und kompliziertes Gebilde, von Yerba angefertigt, die sich extra eine Spinnenzucht hielt, um meine Halsbänder und kultischen Hemden herzustellen; ferner hatte ich einen Kugelschreiber eingepackt, der mir als Nasenschmuck diente, indem ich ihn durch das Loch in meiner Nase steckte und als meine vom Kurs geratene Scheidewand zu bezeichnen pflegte. Er gehörte Maria; ich hatte ihn mir mal ausgeliehen und zurückzugeben vergessen. Außerdem besaß ich als Nasenschmuck einen Trinkhalm aus Plastik, den ich mal vor Jahren in Jaranekta gefunden hatte, dann die Köpfe von fünf Nashornkäfern, die ich mir, wenn mir danach war, auf die Nase haftete und zwar mit einer klebrigen Masse, die ich aus den toten Käfern quetschte. Vervollständigt wurde mein Gepäck durch ein Bambusrohr für die Nase, durch eine Schnur mit aufgereihten Hundezähnen, eine kleine Hanfperücke, ein Halsband aus Kaurischneckenhäusern, das meinem Großvater gehört hatte und damals mein kostbarster Besitz war, sowie ein Halsband aus Schweinezähnen, einen Gurt aus Menschenschädeln, eine Armbinde aus Schweinehoden und -schwänzen, einen Büschel Kasuarfedern, nicht zu vergessen ein paar menschliche Körperteile, wie Oberschenkel- und Kieferknochen etc. und schließlich noch durch drei Jockey-T-Shirts.

Dann machten wir uns auf den Weg und stöhnten unter dem Joch meiner irdischen Habseligkeiten. Ich sah noch, wie die BHs meiner Damen sich stoßtruppartig näherten, wußte aber zugleich, daß sie sich aus Furcht vor Notzucht nicht über die Grenze des Dorfes hinauswagen würden. Mehr als einmal wandte ich mich zurück, um zu winken und meine Nase zu putzen, denn meine Augen waren tränenschwer; und während wir voranschritten, stiegen aus dem Dschungel unten die wabernden Nebelwolken auf, bis sie uns vollständig verhüllten und meine Frauen, die kleinen Kinder und die Hütten meines Dorfes meinen Blicken entschwunden waren.

Wer war ich schon? Bereits zu diesem Zeitpunkt war ich einigermaßen verwirrt. Ein winziger Mann, der nur fünf Fuß und zwei Inches maß – sogar das stimmte nicht ganz, wie ich zugeben muß, da ich mich beim Messen immer ein wenig auf die Zehenspitzen gestellt hatte – und zugleich das reinste Muskelpaket war. Ein brutaler und märchenhaft ungebildeter Wilder – zwar auf seine primitive Weise nicht ohne Charme –, der von seinen Frauen und dreizehn Kindern abhaut, da er den Reizen einer jungen Amerikanerin erlegen war.

Diese Art Selbsteinschätzung wurde mir mehr und mehr unbehaglich, weswegen ich versuchte, an was anderes zu denken, während wir den Schlammpfad hinuntergingen, und mit dem Verlust an Höhe fing es in meinem Kopf immer stärker zu blubbern und zu rumoren an.

»Du hast doch nichts dagegen, wenn ich mein Hemd ausziehe?« fragte Maria Fishburn und wischte sich den Schweiß aus dem Gesicht.

»Nein, nein, alles klar. Nur zu. Viel zu heiß, um die Etikette zu wahren.« Ich dachte mir nichts dabei, da meine Frauen schließlich auch keine Blusen trugen. Man könnte nun denken, daß ein Mann, der ständig solchem Anblick ausgesetzt ist, allmählich sein Interesse einbüßt – dem war aber keineswegs so.

Als Maria meine verstohlenen Blicke bemerkte, sagte sie: »Versteh' mich nicht falsch, Mgungu, ich will mich dir nicht nähern – noch nicht –, nur die Hitze macht mir zu schaffen. Du weißt, wie sehr ich dich mag. Aber erst muß sich eine Freundschaft entwickeln.«

So gingen wir halt weiter, und ich machte mir seufzend meine Gedanken – das hatte ich mir alles ein wenig anders vorgestellt; statt meine blumigen Phantasien verwirklicht zu sehen, hatte ich mich in die Fänge eines Mädchens begeben, das nicht viel anders war als meine Frauen.

Aber schon als Kind war ich stets unzufrieden gewesen, hatte immer mehr gewollt – eine neue Frau, noch ein Schwein, neuerliche Ausflüge in unerforschte Berggegenden oder – wenn auch selten – einen Streifzug durch Jaranekta. Und wenn mir dann meine Wünsche erfüllt worden waren, blieb eine Enttäuschung selten aus.

Wir gingen weiter, tagelang.

Nachts schliefen wir in Maria Fishburns raffiniertem Zelt, das sich auf die Größe einer Pillenschachtel zusammenfalten ließ und überall aufgebaut werden konnte. Äußerlich klein, bot es innen mit seinen beiden Schlafgemächern erstaunlich viel Platz, wenn die Luft auch muffig blieb und gelegentlich auf vierzig Grad anstieg, was nichts ausmachte, da nachts oft genug die schwersten Gewitter niedergingen, eisig kalt und durchaus geeignet, auch den stärksten Mann hinwegzuspülen. Es war Regenzeit, ich konnte nichts dafür.

Ich mußte allerdings verdammt vorsichtig sein, wo ich das Zelt aufbaute. Die tropische Krume konnte über Nacht weggespült werden, und wenn es regnete, verwandelte sich das Innere des Zeltes in eine Art Sauna.

Ich hätte dieses Ding unheimlich gerne selbst gehabt, da ich auf amerikanisches Hab und Gut scharf war, vor allem aber auf dieses Zelt. Obwohl Maria meine Gönnerin war, sann ich auf Wege, es ihr zu stehlen und hätte sie um ein Haar abgemurkst, hätte ich mir nicht klargemacht, daß man mit fünfundfünfzig so etwas nicht mehr tut. Aber ich kann Ihnen versichern, daß ein jeder meiner Söhne, Ugatame, Umii-tou, Gonzila, ja sogar Radiocity sie für weit weniger umgebracht hätten, wären sie nicht solche Feiglinge gewesen. Maria konnte von Glück sagen, daß sie mich als Beschützer dabeihatte. Gleichzeitig fühlte ich mich ihr immer näher, zumindest in meinem Herzen.

Jeden Abend, wenn wir uns für die Nacht einrichteten, setzte sie Wasser auf und kramte aus ihrem Rucksack alle möglichen Stanniolpäckchen hervor, deren Inhalt sie in die Töpfe schüttete, und im Handumdrehen waren die herrlichsten Mahlzeiten fertig, ohne daß ich in den Wald auf Nahrungssuche hätte gehen müssen. Die Sachen schmeckten nach Apfelgelee und Zwiebelsuppe und Corn-flakes. Außerdem gab es Makkaroni, verschiedene Käsesorten und dehydrierte Rühreier.

Eine bemerkenswerte junge Dame, diese Maria Fishburn, mit

Brüsten wie die eines Mastschweins, was sie nicht hinderte, weder BH noch Bluse zu tragen, bis wir in die Nähe der Stadt gelangt waren. Tag für Tag gingen wir schweigend bergab, und sie hat nie eine Berührung zugelassen, wenn sie mich auch liebevollen Auges ansah und einmal sagte: »Als ich mich nach zweijähriger Abwesenheit entschlossen hatte, zu dir zurückzukommen, bewegten mein Herz andere Gefühle. Im Moment bist du mein Edelwilder, und ich bin der erste weibliche Robinson Crusoe.«

»Was?« fragte ich.

Aber sie antwortete nicht, und da wir bald einen breiten Fluß, den Ijaaj, erreicht haben würden, kümmerte ich mich nicht um sie, sondern machte mich daran, Bäume zu fällen und ein Floß zu bauen. Ich rollte die Stämme den Weg hinunter.

Am Ufer wimmelte es von Krebsen, die herumkrabbelten oder sich sonnten, ein Anblick, der mich an eine Cocktailparty erinnerte. Sie waren orange und lila gesprenkelt, aber einige waren von leuchtendem Blau. Letztere, wohl kleiner als die anderen, waren äußerst boshaft. Näherte sich ihnen ein anderer Krebs, was auf diesem Strand häufig der Fall war, machte sich solch ein blauer Krebs sofort mit wild klappernden Scheren zum Kampf bereit und verfolgte manchmal sogar die größeren und schüchterneren Krebse, bis er sie eingeholt hatte. Dann schlug er mit einem Karatehieb seinem schwächerem Opfer eine Schere ab, verschlang sie mit großem Appetit und überließ den derart verkrüppelten Gegner der Gnade seiner Gefährten.

Als ich versuchte, ein paar dieser Krustentiere für uns zum Abendessen zu fangen, machten sie sich wie eine Schar Vögel davon und verschwanden im Sand. Nur hier und dort lugten zwei höchst menschliche Augen unter dem Sand hervor und schwenkten und drehten sich auf ihren Augenstielen, bis sie mich erblickt hatten; dann sahen mich diese Geisteraugen verschreckt an, um sich gleich wieder zurückzuziehen, ein kleines Staubwölkchen aufwirbelnd. Manchmal kam eine blaue Schere zum Vorschein und wedelte wie eine weiße Friedensflagge. Und die Schalenkörper zerknackten unter meinem Tritt im Sand.

Die Welt war für mich schon immer ein überwältigender Aufenthaltsort gewesen. Darum habe ich es auch nie zu etwas gebracht. Während meines ganzen Lebens hatte ich jeden Tag beim Aufwachen das Gefühl, es sei ja so aufregend zu leben. Zuweilen war dieses Gefühl so stark, daß ich mich überhaupt nicht aus meinem Bett bewegen konnte. Und nun auf unserem Weg nach unten in die zivilisierte Welt, kam mir die Luft oft so durchdringend vor, daß ich sie kaum einzuatmen wagte, aus Angst, meine Lungen könnten sonst platzen. Und all die Lebensmittel um mich rum: die schmackhaften Süßkartoffeln, die wir in einem Dutzend Varianten mitgenommen hatten – weiche und saftige, feste und knackige, und von Yerba gesalzen und mit der Asche von Bananenstrünken eingerieben.

Selbst die Krokodile lächelten uns mit ihren blitzweißen Zähnen an, und ihr hämisches Grinsen erinnerte mich liebevoll an Tante DaBore.

»Auf Wiedersehen, auf Wiedersehen!« rief ich, und mein Herz wurde mir schwer. Wir näherten uns Jaranekta.

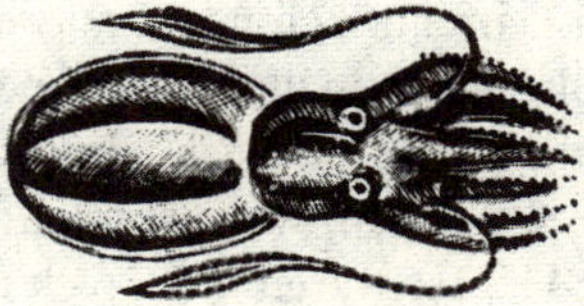

Wir hatten endlich die Randbezirke der Stadt erreicht. In den verdreckten Vorhöfen und auf den Gehsteigen hörten die Kinder zu spielen auf, um uns anzustarren und sich kichernd in die Ohren zu flüstern. Die Häuser, gedrungen und zimtfarben, waren aus Lehm erbaut und hatten eierbecherförmige Dächer. Maria Fishburn starrte vor Schmutz, ihr Rucksack beugte ihren Rücken, und ihre spiegelnde, rotgeränderte Sonnenbrille ließ ihre Augen wie die eines Käfers erscheinen. Um meine Stirn hatte ich das Zugband meines Tragenetzes geschlungen, die übliche Weise, ein solches Gepäckstück zu tragen. Es war bis zum Bersten mit selbstgefertigten Geschenken vollgestopft, und darum sah mein Rücken wie der eines buckligen Touristen aus. Und da ich nie Schuhe getragen hatte, waren meine Füße lang und breit geworden und bildeten einen lächerlichen Kontrast zu meinem kurzen Körper.

So schritt ich voran, gefolgt von Maria, die unter dem Gewicht der Dinge ächzte, auf die sie nie und nimmer verzichten mochte – Vidal Sassoon Shampoo, eine Batterie Flaschen mit biologischer Gesichtsmilch und eine bestimmte Sorte Cracker, die sie über alles schätzte, *Escort Crackers* genannt, ›der butterhaltigste Keks der Welt‹. Keins dieser Produkte war im Dschungel leicht zu bekommen, und sie zweifelte, sie überhaupt jemals wieder erstehen zu können.

Ein weißer, wild kläffender Hund stürzte aus einem der Höfe auf uns zu und wollte Maria in die Knöchel beißen. Ich versetzte ihm einen Fußtritt, worauf er sich jaulend zurückzog. Die Straßen, durch die wir zogen, wurden noch öder und leerer.

Die Vorhöfe der Häuser waren mit Dreck und Schutt gefüllt,

wiesen aber doch eine reiche Vegetation auf. Ableger des Dschungels, wie Waldreben, rankten sich an den niedrigen Mauern empor; die Zäune bestanden aus verschlungenen Kakteen, die in der feuchten Luft an erschlafften Sex erinnerten; und grün keimende Kiefern überall; viele Kletterpflanzen, die sich blütengeschmückt an den Häusern emporrankten.

Wir gingen weiter, und die Kinder erstarrten und hörten sogar zu kichern auf, und aus den Fenstern blickten schwarze, ängstliche Gesichter, und die Kinder wurden von zischenden Stimmen reingerufen, da mein kannibalisches Fluidum offenbar noch zwanzig Jahre nach der letzten Mahlzeit nichts an Schrecken eingebüßt hatte. Aber Maria bekam von alledem nichts mit, sie machte einen Schnappschuß nach dem anderen und sagte: »Merkst du, daß diese Leute nicht fotografiert werden wollen, da sie fürchten, daß die Kamera ihnen einen Teil ihrer Persönlichkeit raubt?« An einer öffentlichen Wasserpumpe machte sich eine alte, verschrumpelte Frau davon und ließ ihren Eimer stehen. Sogar die Ziegen und kleinen, verkümmerten Schweine hörten auf, im Müll zu wühlen und hoppelten in die Häuser, um uns von dort aus anzustarren.

Der Nachmittag neigte sich dem Ende zu, und wir waren noch immer in den Vororten der Stadt, als der Himmel sich rosa verfärbte wie der Mörtel eines alten Gemäuers. »Ich will jetzt ein Taxi«, sagte Maria, obwohl wir uns noch immer auf autoleeren Staubstraßen befanden. Sie setzte sich stöhnend nieder und lehnte sich an eine Mauer. Dann zog sie ihre Brieftasche hervor und mußte feststellen, daß all ihr Bargeld verschwunden war, ohne Zweifel von meinem Sohn gestohlen, und sie hatte nun nur noch ihr Scheckheft, das leider von geringem Nutzen war, wenn man ein Taxi oder auch nur eine der Rikschas auftreiben wollte, die nun ab und zu an uns vorbeiradelten.

Also setzten wir unseren Weg fort: die Straßen waren bald gepflastert und gingen in wahre Boulevards über, die in der Mitte mit büscheligen Jakarandabäumen bepflanzt waren. Links und rechts der Straße standen die Regierungsgebäude, einstöckig und aus Zement, und mit ihren verglasten Fronten sahen sie doch recht bedeutsam aus. Ein Hotel war allerdings weit und breit nicht in Sicht: wir gingen weiter, bogen ab und zu mal in Seitenstraßen ein, stets in der Hoffnung, auf ein Hotel zu stoßen, und hätte mich Maria gefragt, hätte ich ihr gleich sagen können, daß es derlei in diesem Stadtteil nicht gab.

Da die Sonne früh untergeht in diesen Breiten, blinkten schon bald die Sterne auf, wirbelnde Nadeln in den himmlischen Plafond gespickt, und ein kränkelnd fahler Mond erschien, kein freundlicher wie in den Bergen oben, sondern gefährlich und wenig geheuer.

Maria hatte schlechte Laune, aber schließlich fanden wir ein großes, internationales Hotel mit Schwimmbad, und jedes Zimmer hatte einen Farbfernseher, was wenig besagte, da Jaranektas Fernsehstation aufgrund politischer Probleme den Betrieb eingestellt hatte. Das Beste, das sie jemals zuwege gebracht hatte, waren Reruns von »Die Munsters« und »Zorro«.

»Setz dich hin«, sagte Maria. »Ich melde uns an.«

Ich setzte mich in den eleganten, braunen Kunststoffsessel in der Halle und stellte fest, daß kaum Touristen anwesend waren, wahrscheinlich wegen der politischen Lage. Nur ein paar dicke Holländer mit milchigweißer Haut waren da, und später ging ein Australier mit Cowboyhut an mir vorbei, ein Mann, dessen Haut so rot und sonnenverbrannt war, als wäre sie nicht recht gargekocht worden. Auberginefarbene Menschen waren nicht zu sehen, wohl verständlich, da die letzten auberginefarbenen Menschen der Welt alle meinem Stamm angehörten, den Lesser Pimbas, und alle zwanzig lebten noch in den Bergen, mit Ausnahme von mir und meinem Sohn Ugatame, der abgehauen war.

Nach kurzer Zeit kam Maria zurück und sagte: »Alles in Ordnung. Ich habe zwei Zimmer genommen, und du mußt rübergehen und das Anmeldeformular ausfüllen. Außerdem wollen die deinen Paß oder Ausweis.«

Als ich zur Rezeption kam, sah mich ein junger, fast nasenloser Mann an und sagte, er hätte sich bedauerlicherweise geirrt, die Zimmer seien reserviert.

Und so erging es uns in allen anderen Hotels, bis wir schließlich ein trostloses, verkommenes, altes Gebäude gefunden hatten, das uns aufnahm. Der grauhaarige Besitzer sagte, wir könnten ein Zimmer haben, aber nur für zwei Nächte und wir müßten es uns teilen.

Die Toilette war am Ende eines schmalen Gangs gelegen, von der Decke hing eine Glühbirne, die kaum den Klodeckel beleuchtete. Ein paar braune Papierstücke ersetzten das Klopapier. Mir machte das alles nichts aus, aber Maria, obwohl sie gerade zwei Jahre in der Dschungelmission verbracht hatte, fühlte sich wie vor den Kopf gestoßen. Das Doppelbett im Zimmer war seitlich gegen die Wand gestellt, neigte sich aber deutlich in die andere Richtung. »Nun, das muß genügen«, sagte sie und sah mich mißmutig an, als sei das alles meine Schuld, ein Blick der mir wohlvertraut war, da ich Kinder hatte.

Nachdem sie sich gründlich gewaschen hatte, wollten wir essen gehen. Aber offenbar gab es in keinem Restaurant einen freien Platz für uns, weswegen sie in jedem Restaurant Essen zum Mitnehmen kaufte. Dann ging sie noch in ein kleines, ausländisches Delikatessengeschäft, der einzige Laden, der so spät am Abend noch aufhatte, um erneut zuzuschlagen. Da sie zwei Jahre lang nichts Vernünftiges mehr gegessen hatte, und wir nicht mehr miteinander sprachen, drehte sie durch und kaufte den halben Laden leer.

Zurück in unserem Zimmer, kippte ich alles in Marias Campinggeschirr: einen fleischigen Fisch, Barramudi genannt und in Kokossauce zubereitet, Mango- und Tamarindenfrüchte, hauchdünnes und blätteriges, indisches Brot, glitschige, chinesische Speisen, riesige Brocken rosigen und nahezu rohen Fleisches argentinischer Ochsen, ein russisches Kaviarsandwich, in Weinbrand eingelegte, französische Pfirsiche, und Rot- und Weißwein, und kleinfingergroße, scharf gewürzte Fische, die einen aus ihren starren Äuglein so glühend und schamlos anblickten, daß einem die Tränen kommen konnten.

Außerdem gummiartige Fingeraale, die sich in Gelee eingedickt, auf einem Teller mit weißen Teigwaren krümmten, und knackiges, grünes Junggemüse, und seltsame Blümchen und Knospen und Blätter, die auf einer schwarzen, klebrigen Sauce schwammen, umgeben von Stücken schleimiger Pilze. Zum Nachtisch gab es gebratene Früchte in fettigem Eierteig und zähem Honigsirup, dazu Eis der eigentümlichsten Geschmacksrichtungen, Eis mit Curryaroma etwa, oder Eis mit Hackfleischaroma.

Danach hingen wir abwechselnd über der Kloschüssel und dem Waschbecken.

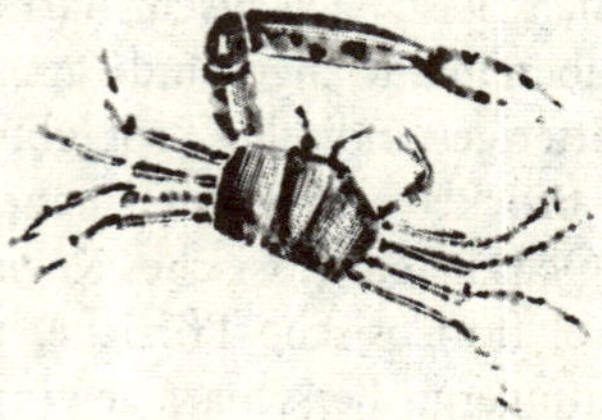

Am nächsten Morgen teilte mir Maria mit, sie würde mir jetzt ein Visum, ein Flugticket und ein wichtiges Päckchen holen. »Ich werde dich vielleicht bitten, ein paar Sachen für mich mitzunehmen«, sagte sie, »du sollst so eine Art Bote für mich sein. Ich weiß nicht, ob wir zusammen werden fliegen können. Hör zu – verlaß das Zimmer nicht, während ich fort bin, ich möchte nicht, daß hier eingebrochen wird.«

Nachdem sie gegangen war, durchschnüffelte ich eine Zeitlang ihre Habseligkeiten. Als mir das zu langweilig wurde, kletterte ich auf den massiven, mit reichem Schnitzwerk versehenen Schrank, der von Staub und Spinnweben bedeckt war. Eine riesige Küchenschabe huschte davon, und ich erstarrte in katzenartiger Angriffsposition.

Wenig später kam Maria zurück. Sie summte leise vor sich hin, während sie über das Waschbecken gebeugt ihre neuen Haftschalen auflegte, die im American Express Büro bereits für sie bereitgelegen hatten. Sie zog ihr neu erworbenes Batikkleid aus, das schon jetzt verstaubt und verschwitzt war, und fing an, sich zu waschen. Als sie völlig ausgezogen war, versuchte ich, von dem Schrank zu springen und mich ihr unbemerkt von hinten zu nähern, aber ich war nicht mehr so beweglich, wie ich geglaubt hatte und plumpste mit lautem Knall auf den Boden. Für einen Moment blieb mir die Luft weg.

Maria wirbelte herum und zog blitzschnell ein Messer unter der Matratze hervor, das sie ungeschickt auf mich richtete: »Ich kann Karate.«

»Sehr gut«, sagte ich, immer noch ein wenig benommen.

»Obwohl ich nach wie vor beabsichtige, dich in die Vereinigten Staaten mitzunehmen, werde ich dich umbringen, wenn du auch nur versuchst, mich zu berühren. Wir teilen dieses Zimmer nur, weil wir kein zweites bekommen konnten.«

»Keine Sorge«, sagte ich. Ich blieb auf dem Fußboden liegen und stöhnte ein wenig. »Ich bin jetzt nicht beleidigt. Glaub' mir, ich habe das nur getan, damit du dich begehrenswert fühlst. Drei Frauen am Hals, das laugt einen ganz schön aus, und obwohl ich zwanzig oder dreißig Jahre jünger aussehe, als ich tatsächlich bin, hält sich mein Interesse an Sex mit reichen und jungen Amerikanerinnen in deutlichen Grenzen.«

Maria saß auf dem Bett und hielt ihren Kopf umklammert. »Gott, hast du mich erschrocken!« sagte sie.

»Es war nur eine Höflichkeitsgeste«, sagte ich, »da ich der Meinung war, daß du mich aus recht eindeutigen Gründen mitgenommen hast.« Ich versuchte aufzustehen, aber mein Rücken tat zu weh.

»Damit eins ein für allemal klar ist«, sagte Maria. »Ich glaube, daß ich nach zwei Jahren im Wald gelernt habe, ohne Männer auszukommen. Ich möchte, daß du dich als meinen Diener Freitag betrachtest.«

»Siehst du«, sagte ich, »es ist immer besser, die Dinge offen auszusprechen. ›Du armes Ding‹, hatte ich oft gedacht, ›wie begierig mußt du nach all der Zeit in dieser gottverlassenen Gegend sein, wo du zweifellos dauernd von der legendären Manneskraft des Mgungu Yabba Mgungu gehört hast, dem Präsidenten und gewählten Häuptling der Lesser Pimbas.‹ Aber jetzt verstehe ich dich endlich, und du hast meine Gefühle nur ein klein bißchen verletzt.« Ich erhob mich endlich und machte mich vor dem Spiegel zurecht, während sich Maria Fishburn anzog. Ich dekorierte meine Frisur mit Spinnennetzen und klebte mir einen Knopf, den ich vom Boden aufgelesen hatte, auf die Nase. »Da«, sagte Maria, »das hab' ich dir gekauft.« Sie reichte mir eine Krawatte mit dem aufgedruckten Portrait einer Person, die Andy Warhol hieß.

Ich entschuldigte mich, und wir gaben uns die Hand und umarmten uns. Dann versuchte Maria, mir einen Walzer beizubringen, um mich auf das Internationale Tanzfestival in Manhattan vorzubereiten. Sie hatte diesen Tanz mal als Kind in einer Art Schule gelernt, und es machte großen Spaß, mit ihr in flottem Tempo durchs Zimmer zu wirbeln.

Wir Eingeborenen haben fürchterliche Schwierigkeiten, wenn wir uns einen Paß ausstellen lassen wollen, und obwohl Maria mit Schmiergeldern nicht geizte, mußte sie immer wieder versichern, daß ich vom Museum für primitive Kulturen in New York eingeladen worden war und schon darum geeignet sei, das Ansehen der Insel ein wenig zu fördern. Schließlich klappte es, und während der Papierkram erledigt wurde, ging Maria mit mir zu einem Schneider, um mir einen Anzug machen zu lassen. Sie mochte zwar meine Urwaldaufmachung, den Penisschutz und die Kopffedern, doch hielt sie das nicht für die angemessene Kleidung eines Fernreisenden.

So lockte sie mich in einen winzigen Laden in einer Seitenstraße, wo drei Asiaten – Vater und zwei Söhne – über mich herfielen und Maß nahmen. Ich wehrte mich nach Kräften, aber als der Anzug dann fertig war (rosa Leinen, Weste und gestreifte Hosenträger), schätzte ich mich überglücklich.

Kurz vor dem Abflug sollte ich nun meine Neuerwerbung anlegen, doch ich war einigermaßen verwirrt, da ich überall Löcher und Kanäle erblickte, die ich bei keinem Kleidungsstück je zuvor gesehen hatte, und in die ich nun meine Gliedmaßen stecken sollte. Maria packte meine Sachen und kümmerte sich nicht um mich. Offenbar hatte ich die Hosen falschrum angezogen – als ich nämlich pinkeln wollte, merkte ich, daß ich keinen Latz hatte.

Als ich ins Zimmer zurückkam, warf Maria einen Blick auf mich und fing zu lachen an.

»Hör mal«, sagte sie und hatte alle Mühe, mich richtig anzuziehen, »ich habe dir das nicht früher erzählt, damit du nicht noch nervöser wirst, aber ich hab' nur *ein* Flugticket nach

Manhattan kriegen können. Du gehst also zuerst, und ich bleibe noch einen Tag hier und fliege dann nach Paris, wo ich sowieso noch was zu erledigen habe, und da wärst du mir nur im Weg.«

»Muß ich alleine reisen?« fragte ich, während ich meine Weste neu zuknöpfte. »Ich soll ohne jede Hilfe in die zivilisierte Welt fliegen?«

»Nun beruhig' dich mal«, sagte Maria, die meine Verzweiflung spürte. »Hier ist das Telegramm von Parker Junius, deine offizielle Einladung zum Tanzfestival und die Bestätigung, daß sie deine Spesen übernehmen. Falls es Probleme bei der Paßkontrolle geben sollte, zeigst du es einfach vor. Du mußt nur zum Kennedy-Airport fliegen, mit einem Taxi zum Holiday Inn fahren, dann ruhst du dich aus und vergnügst dich. In ein, zwei Tagen bin ich da, und wenn du dich einsam fühlst, besuch' einfach Parker Junius im Museum – er wird sich freuen, deine Bekanntschaft zu machen.«

Ich versuchte, ihr klarzumachen, daß sie mir eine solche Gemeinheit nicht antun dürfe, aber sie packte seelenruhig weiter, zerrte mich die Treppe runter und schubste mich in ein Taxi. »Ich kann dich nicht zum Flughafen begleiten«, sagte sie und klemmte mir mein Ticket in die Hand. »Wird schon werden.« Sie gab mir und dem Fahrer Geld, und dann fuhr das Auto los, während ich mein Gesicht gegen das Rückfenster preßte, da ich sie recht liebgewonnen hatte und mir unser Abschied ein wenig abrupt vorgekommen war. Wir hatten noch nicht einmal die erste Kreuzung erreicht, als ich zu meiner Überraschung weiter hinten einen Mann um die Ecke kommen sah, der Maria begrüßte und meinem Sohn Ugatame ungewöhnlich ähnlich sah. Das war natürlich ein Hirngespinst, doch suchten mich jetzt alte Erinnerungen heim, und es tat mir leid, daß ich mich nicht besser um meinen ältesten Sohn gekümmert und ihn zu den qualvollen Initiationsriten gezwungen hatte, anstatt ihm Baseball oder so etwas beizubringen. Er war mir nie sonderlich sympathisch gewesen, aber wenn ich mich mehr mit ihm beschäftigt hätte, wäre er vielleicht ein wenig wohler geraten.

Unter diesen Gedanken erreichte ich schließlich den Flughafen, der nur wenig außerhalb der Hauptstadt lag, ein längliches Grundstück am Ozean, ein kleines Zementhaus mit Wellblechdach und eine halbasphaltierte Rollbahn, das war alles. Die ganze Gegend roch nach verbranntem Maschinenöl und ranziger Kokosmilch.

Im Flughafengebäude war es so heiß, daß ich fast in Ohnmacht gefallen wäre. Die Halle war leer, sieht man von ein paar Eingeborenen ab, die mir eine gefälschte Steinaxt und einen Sack voll vergammelter Süßkartoffeln zu verkaufen suchten. Diese Eingeborenen waren freilich nicht von meinem Stamm, den stolzen Lesser Pimbas von den Bergen, sondern von den Greater Pimbas, die an Geist und Seele gebrochen, hier unten in regierungseigenen Sozialbauten wohnten. Ich ignorierte diese Typen und begab mich zum Check-in-Schalter. Auf einer Tafel stand, daß heute nur ein Flugzeug die Insel verlassen werde. Als die Bodenstewardeß mich sah, konnte sie einen kleinen Schrei nicht unterdrücken; vielleicht mochte sie meinen Anzug nicht, der zu meiner matten lila Haut einen fürchterlichen Kontrast bildete. Doch dann beherrschte sie sich, nahm mein Ticket und sagte: »Sie sollten sich beeilen, das Flugzeug ist schon auf der Rollbahn und wird jeden Moment starten. Haben Sie etwas zu verzollen? Nahrungsmittel und Eingeborenenkunst dürfen nicht ausgeführt werden.«

»Nein, nein«, sagte ich. Maria hatte im Hotel meine Sachen gepackt, und obwohl ich etlichen Plunder dabei hatte, konnte man meiner Ansicht nach schwerlich von Kunstwerken sprechen.

Mein Gepäck bestand nur aus ein paar Tragetüten, darunter eine kleine mit Maria Fishburns Kosmetika. Auf der anderen Seite hatte sie darauf beharrt, viele meiner Sachen selbst mitzunehmen, einen Pelzmantel etwa, den sie spontan für mich gekauft hatte. Meine Aufgabe war es, meine Stahlaxt zu schleppen und vierzig Schachteln Streichhölzer, die ich vor ein paar Monaten als Träger einer amerikanischen Expedition auf den Mount Bawwaar-Yaas verdient hatte.

Aber als ich durch eine kleine Pseudotür schritt, löste ich dummerweise ein mysteriöses Alarmsystem aus, von dem ich beim besten Willen nichts hatte wissen können. Ein Sicherheitsbeamter eilte mir teuflisch grinsend entgegen. Ich wußte sofort, daß er ein Angehöriger der Greater Pimbas, diesen Uraltfeinden, war und danach lechzte, mich in dasselbe Gefängnis werfen zu lassen, in dem sie meinem Vater den Garaus gemacht hatten.

Ich sah mich schon den Rest meiner Tage auf der Insel verbringen, ohne auf eine Fluchtmöglichkeit hoffen zu dürfen, was mich zutiefst verbitterte, da ich auf einmal das starke Gefühl hatte, immer dahin gehen zu müssen, wo Maria hinging. Glücklicherweise tauchte in diesem Augenblick eine Gruppe Touristen auf, deren Reiseführer sie lautstark darauf aufmerksam machte, wie ich mißhandelt wurde: »Seht mal den Burschen da drüben – ein Angehöriger des fast ausgestorbenen Kannibalenstammes der Lesser Pimbas, dessen Heimatdorf auch noch auf dem Programm steht.« Und dieser Reiseleiter drückte dem Beamten, der mich noch immer festhielt, ein wenig Geld in die Hand und fragte, ob die Touristen mich wohl fotografieren dürften? Der Beamte nickte und ließ mich los, und ich nahm die Beine unter die Arme, da die Lautsprecher gerade verkündeten, meine Maschine sei startklar. Einer der Touristen – er trug ein buntes Hemd, das seiner Verbundenheit mit der Bananenrepublik Ausdruck verlieh – rannte mir bis zur Rollbahn hinterher und bat mich, in seine Kamera zu lächeln. Er wollte wissen, wo er »Ganja« kaufen könnte, und ich erkundigte mich neugierig, was das sei? So hätte ich um ein Haar das Flugzeug versäumt.

Sie waren gerade dabei, die Rolltreppe fortzuschieben, und die Stewardeß riß mir mein Ticket aus der Hand und sah mich mißtrauisch an, da ich der einzige Lesser Pimba in der ersten Klasse, ja, sogar im ganzen Flugzeug war. Aber sagen konnte sie nichts.

Endlich war ich an Bord und ich blähte meine Nüstern und sah mich um. Ich war tief beeindruckt. Die Luft war leblos und trocken, und die Sitze waren mit blauem und rotem Stoff bezogen, durchwirkt von orangegenopptem Zwirn.

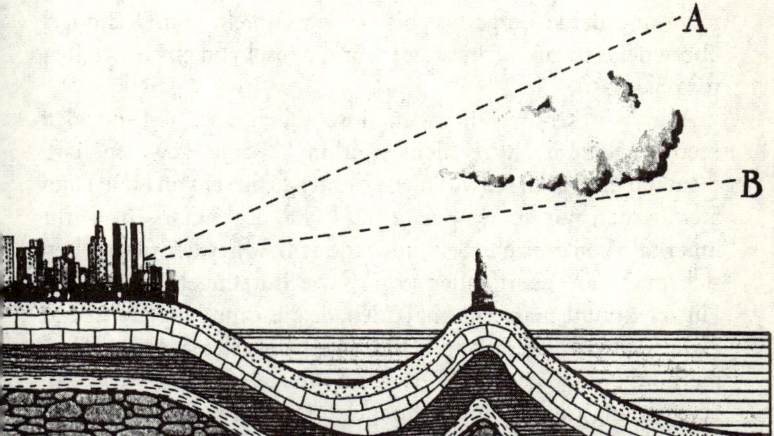

Das Flugzeug hob ab.

Angsterfüllt in meinen Sitz gepreßt, konnte ich nie länger als ein paar Sekunden aus dem Fenster schauen und auch dann hatte ich doch stets das trostreiche Luftventil über mir im Blick. Unwillkürlich griff ich an den Schritt meiner Hose, als hätte ich vergessen, daß ich inzwischen keinen Flaschenkürbis mehr über meinem Penis trug.

Ich versuchte, aus dem Fenster zu blicken, war aber so nervös, daß ich meine Augen schnell wieder abwandte. Was ich in diesem kurzen Moment erspähte, war nur das Meer am Ende der Rollbahn, zähflüssig geschwollen und träge wie Sirup. Als das Flugzeug an Höhe gewann, konnte ich mir einen Überblick über die Insel verschaffen, die wie eine Kokosnuß aus dem Ozean ragte und deren Berge fast bis zu den Gipfeln von Dschungel überwuchert waren. Umsäumt war die Insel von einem Streifen rosa Sandes.

Ach, wie schön sah meine Insel doch aus, reif für den Fremdenverkehr, wäre nicht weithin bekannt gewesen, daß niemand im Ozean schwimmen konnte, da dieser von Haien und Steinfischen nur so wimmelte. Das Gift des Steinfischs wirkt innerhalb von dreizehn Sekunden tödlich. Außerdem tummelten sich im Ozean Feuerquallen so groß wie Stutzflügel. Auch in den Flüssen konnte man schlecht baden, da diese mit Nilpferden und Zahnfischen vollgepfercht waren und sechs Meter langen Würmern, die sich gerne unter die Zehnägel fraßen. Auch ein Spaziergang durch den Dschungel versprach kein ungetrübtes Vergnügen, allein wegen der tomatengroßen Moskitos und der Blutegel, die in wogenden Trauben von den Bäumen hingen und nur auf arglose Leute warteten, um sich auf sie fallen zu lassen und sich festzubeißen.

Schon bald war die Insel nicht mehr zu sehen, und wir waren weit über dem Ozean. Mein Nachbar stippte mich leicht am Arm, worauf ich beinahe erschreckt aus meinem Sitz hochgefahren wäre; er spürte offenbar meine Beklemmungsgefühle, da er mir ein paar Kopfhörer über die Ohren stülpte. Dann ertönte ein schreckliches Geheul, und eine Stimme grölte: »Frei geboren, so frei wie der Wind, der weiterzieht, so frei wie das Gras, das im Felde blüht.« Dieses Gejaule, in Verbindung mit dem Dröhnen der Flugzeugmotoren, schien direkt in mein Rückgrat zu fahren, und wie ein bedauernswertes Schwein klebte ich in meinem Sitz und hoffte auf das Ende dieses Alptraums.

Schließlich riß mir mein Nachbar die Kopfhörer von den Ohren. »Fühlst du dich jetzt besser, Kumpel?« fragte er. »Laß uns ein wenig schwatzen.« Und er umklammerte meine kraftlose Hand. Sein Haar stand wirr nach oben, und er trug eine streng riechende Lederjacke. Er schien unter Strom zu stehen, da seine Nase ständig bebte und seine Augen in stechendem Glanz vibrierten. »Kent Gable«, sagte er.

»Mgungu Yabba Mgungu«, sagte ich, »angenehm.«

»Ich bin nach New York unterwegs«, sagte er. »Hab 'ne Show dort.«

»Was für eine?« fragte ich.

»Radio und Glotze«, sagte er.

»Oh«, sagte ich. Das interessierte mich. »Wie kommt man zu so was?«

»Bin eigentlich Musiker«, sagte er. »Hab' grad 'ne Platte rausgebracht. Aber das Fernsehen will mich haben, weil ich vor drei Jahren von einem dieser Flugkörper aus dem Weltraum entführt worden war...«

»Einem UFO?«

»Genau. Hätt' ich nicht gedacht, daß du diesen Ausdruck kennst. Jedenfalls hat mich dieses UFO mit in den Weltraum genommen.« Kent Gable blickte plötzlich finster drein. »Was ist

Mgungus Freund, der Musiker Kent Gable,
abgebildet auf seiner neuesten LP

los? Glaubst du mir nicht? Hör mal, Kumpel, du scheinst ein wenig unterbelichtet zu sein.«

»Nein, nein«, sagte ich. »Ich glaube dir.«

»Okay, okay. Als ich dann kurze Zeit später zurückkam, hab' ich jede Menge Lieder über meine Erlebnisse geschrieben – das ist alles auf der Platte. Ich darf sie dir mal zeigen.«

Er durchwühlte die Tasche zu seinen Füßen und zog eine

Platte mit seinem Bild auf der Hülle hervor. »Kent Gable, das bin ich«, sagte er. Und tatsächlich sah er dem Bild ähnlich, mit seinen phosphoreszierenden Augen und seiner Nagelbrettfrisur. Ich hätte mir diese Platte jetzt gerne angehört. »Vorige Woche«, sagte Kent, »sind sie zurückgekommen. Wieder haben sie mich geschnappt, mitten aus Catford raus, haben mich meiner Familie, meiner Rockgruppe, meinem Manager und meinen Freunden entrissen. Zwei Jahre vergingen, und als sie mich wieder auf der Erde absetzten, war erst ein Tag vergangen, und ich fand mich auf einer popeligen Insel namens New Burnt Norton wieder.«

»Toll«, sagte ich.

»Ich hab' natürlich sofort meinen Manager angerufen, und der hat mich gleich bei einer Talkshow untergebracht. Dieser Tage kommt meine Platte raus. Das Timing könnte nicht besser sein.«

»Und was wirst du in der Talkshow erzählen?« fragte ich.

»Ich hab' ein paar heiße Neuigkeiten auf Lager.«

»Zum Beispiel?«

»Oh, dies und das«, sagte Kent. Er sah mich scharf an, wobei mir sein flehender Blick auffiel, den ich nicht zu deuten wußte. »Ein paar Dinge möchte ich dir verraten. Wirklich reizende Leute, diese Weltraumtypen. Keine Arbeitslosigkeit, viel frisches Obst und so.«

»Du wirst dich also nicht sehr lange in New York aufhalten?« fragte ich weiter. Mir war nämlich gerade der Gedanke gekommen, daß wenigstens Kent mein Freund sein könnte, und einen Freund in meinem neuen Wohnort zu wissen, wäre mir schon recht angenehm gewesen.

»Nein«, sagte Kent. »Zwei Wochen, vielleicht weniger. Aber ich geb' dir meine Telefonnummer, dann können wir vielleicht mal einen heben gehn.«

Das überwältigte mich so sehr, daß ich seine Hand ergriff. »Wie gut du doch bist!« sagte ich. »Wie liebenswürdig! Jetzt weiß ich, daß ich in dir einen wahren Bruder gefunden habe.«

Er sah mich ernst aus seinen blaßblauen Augen an. »Wo du herkommst, deine Insel – fürchterlich ist kein Ausdruck«, sagte er. »Ich hoffe, du nimmst mir das nicht krumm, Kumpel. Dennoch muß ich dir in diesem Zusammenhang gleich was sagen. Das ist deine erste Auslandsreise, stimmt's?«

»Ja«, sagte ich. »Ich bin kein zivilisierter Mensch, habe aber kürzlich eine junge Frau kennengelernt, die es auf sich genommen hat, mich zu zivilisieren. Wegen ihr laß ich mich auf dieses Abenteuer ein. Ich fahre nach Manhattan, um an einer Reihe kultureller Veranstaltungen teilzunehmen.«

Kent Gable schien sich plötzlich in Schmerzen zu winden, er preßte die Hände gegen seine Schläfen. »Das Klingeln! Das Klingeln! Kannst du es nicht hören?«

»Nein«, sagte ich, da ich nur die Motorengeräusche vernahm.

»Sie sind es, die Leute von dem UFO.« Dann ließ er seinen Kopf los, der von Schweißperlen bedeckt war. »Das wollte ich dir sagen: Ich glaube, du tust dir einen Gefallen, wenn du in New York schnurstracks umkehrst und gleich wieder zurückfliegst. Machst du das?«

»Ich ...«

»Jetzt hör' mir mal zu«, sagte er. »Du tust, was ich dir gesagt habe! Meine inneren Stimmen täuschen mich nie. Und wenn du nicht schon jetzt in bösen Schwierigkeiten steckst, so wird das in Kürze der Fall sein.«

»Nun«, sagte ich und wußte nicht, was die Etikette in einer solchen Situation vorschrieb, »glaube mir, wenn ich dir versichere, daß ich dich als meinen wahren Freund und Bruder betrachte. Und ich werde über deinen Vorschlag nachdenken.«

»Verdammte Scheiße«, sagte Kent. »Du benimmst dich unmöglich, Kumpel! Ich seh' schon, meine weisen Ratschläge sind Perlen vor die Säue!« Er stopfte seine Platte wieder in die Reisetasche, lehnte sich zurück und schlief ein. Ich beugte mich verstohlen vor, um sein Gepäck einer Inspektion zu unterziehen, aber ausgerechnet in diesem Moment öffnete er eines seiner blauen Kuhaugen und versetzte mir einen gewaltigen Schlag.

So vergingen die Stunden. Ich war jetzt ein wahres Nervenbündel, da das Flugzeug ächzte und stöhnte und die weißen Wolken mehr als merkwürdig aussahen. Schon jetzt machte ich mir Sorgen, was mich nach der Landung in Manhattan wohl alles erwarten würde, obwohl wir noch mindestens achtzehn Stunden Flugzeit vor uns hatten. Außerdem war meine sterbliche Hülle nicht frei von Flöhen und Wanzen, die sich mir im Hotel angeschlossen haben mußten und mich nun beängstigenden Juckreizen aussetzten.

Eine Zeitlang später wagte ich mich auf die Toilette. Da gefiel es mir außerordentlich gut. Ich ließ eine Menge höchst possierlicher Seifenstückchen und parfümierter, kleiner Papiertücher in meinem Handbeutel verschwinden. Die Toilette selbst faszinierte mich besonders, das Spülwasser war so blau, daß ich bald merkte, daß es nicht Wasser, sondern flüssiger Himmel war, der direkt von draußen reingepumpt wurde. Ich drückte die Spülung immer wieder, warf mehrere Papierhandtücher rein und dachte mir, wenn ich schnell genug zu meinem Platz zurückeilte, könnte ich diese Papiertücher an meinem Fenster vorbeiflattern sehen. Nachdem ich aber die Spülung zum viertenmal betätigt hatte, floß der flüssige Himmel nicht mehr ab, sondern stieg und stieg und schwappte bald auf den Fußboden, und ich konnte nichts dagegen tun.

Was sollte jetzt jemand wie ich machen? Ich eilte zur Tür, aber der Riegel klemmte, und ich kam nicht raus. Wenn der flüssige Himmel weiter ins Innere strömte, würde bald das ganze Flugzeug voll davon sein und uns in verdammte Schwierigkeiten bringen. Ich wollte mich jedoch vor der Verantwortung drücken und nahm einen verzweifelten Kampf mit der Tür auf, bis das Schloß endlich nachgab, worauf ich wie besessen den Gang entlang eilte, um zu meinem Sitz zu gelangen.

Zitternd saß ich da, wußte ich doch, wie hart Eingeborene bestraft werden. Jeden Moment sah ich die Stewardeß und den Kapitän auf mich zukommen, um mich in den hinteren Teil des Flugzeugs zu zerren und aus der Tür zu stoßen.

Aber dann kam bloß eine Stewardeß mit einem Eimer und einem Putzlumpen vorbei, gefolgt von einer zweiten, mit festlich beladenen Tabletts, welche sie den Fluggästen reichte. Welch eine Freude! Auf jedem Tablett befand sich eine kleine Mahlzeit, und auf meinem war etwas, was sich *warmes Rindfleischsandwich* nannte: ein steinhartes Brötchen, außen mit mückenähnlichen Samen bestreut, und innen matschig und ein paar Strähnen fettigen Fleisches enthaltend. Es gab auch noch einen *Salat*, der aus grünlichen, glitschigen Blättern und einem winzigen, roten Gummibällchen bestand. Kents Anweisungen folgend quetschte ich einen gelben Glibber aus einem Plastiktütchen darüber. Außerdem war da noch ein *Kuchen*: das war ein braunes, viereckiges Objekt, von einer harten, weißen Masse überzogen. Ich ließ mir das alles gründlich schmecken, wälzte es in meinem Mund hin und her, um des vollen Geschmacks teilhaftig zu werden.

Neben diesen Köstlichkeiten gab es alle möglichen Souvenirs, Tütchen mit der Aufschrift *Pfeffer* und *Salz*, Plastikbesteck, schön säuberlich in durchsichtiges Zellophan verpackt, gut als Wand- oder Haarschmuck geeignet. Ich packte das alles in meinen Handbeutel, reinen Gewissens übrigens, da meine Mitreisenden ein Gleiches taten.

Völlig übersättigt lehnte ich mich zurück. Kent hatte sich aufgerichtet und fing wieder zu reden an. »Als die Wesen aus dem Weltraum mich auf New Burnt Norton abgesetzt hatten, fand ich mich auf dem Gipfel des Mount Bawwaar-Yaas wieder. Warst du da schon mal?«

»Aber natürlich«, sagte ich stolz. Der Gipfel des Mount Bawwaar-Yaas war pyramidenförmig und in seiner natürlichen Beschaffenheit wohl einmalig auf der Welt. Mehr als einmal hatte ich Expeditionen weißer Männer dahinauf begleitet. »In meiner Jugend war ich als Führer und erster Träger so oft dabei, daß ich bald fließend Englisch konnte.«

»Dieser Mount Bawwaar-Yaas ist keine natürliche Formation«, sagte Kent. »Er wurde vor Urzeiten von Weltraumwesen errichtet. Was ist los, Kumpel? Glaubst du mir nicht? Du bist schon ein unheimlicher Kleingeist.«

»Nein, nein, ich glaube dir«, sagte ich. »Bitte erzähl weiter.« Aber ich muß ihn irgendwie beleidigt haben, da er nichts mehr sagte. Die Wahrheit war, daß ich ihm tatsächlich glaubte.

»Hör zu, Typ«, sagte ich. »Mein Vater, Gott sei seiner armen Seele gnädig, hat mir immer erzählt, daß der Gipfel des Mount Bawwaar-Yaas vor Millionen Jahren von Astronauten aus einer anderen Galaxis errichtet worden sei, weil sie eine Pyramide brauchten, um ihre Fleischvorräte zu konservieren.«

Kent schlug sich auf die Stirn. »Verdammte Scheiße«, sagte er. »Entschuldige bitte, ich hab' dich unterschätzt. Genau das ist es!« Er schüttelte meine Hand. »Bitte fahre fort.«

»Also gut«, sagte ich. »Wie ich schon erwähnt habe, bin ich gelegentlich bei gipfelstürmenden Expeditionen dabeigewesen. Natürlich wußte nur mein Stamm um das Geheimnis der Pyramide. Wann immer sich eine Gelegenheit ergab, stahl ich mich von der Expedition fort, um das sogenannte Fleischloch zu suchen, das mir mein Vater so oft beschrieben hatte – die verborgene Öffnung, die in eine kleine Kammer im Inneren der Pyramide führte, wo angeblich Fleisch und alte Rasierklingen verborgen waren.«

»Mein Gott, du bist ein Hexenmeister, genau, was mir die Weltraumwesen erzählt haben«, sagte Kent. »Sie brauchten um jeden Preis einen Platz für ihre gebrauchten Rasierklingen, und die geheimnisvollen Kräfte der Pyramide sollten bewirken, daß sie sie bei ihrer Rückkunft frisch geschärft vorfanden.«

»Aber laß mich bitte zu Ende erzählen«, sagte ich. »Gewöhnlich taten sich vier wohlhabende Forscher zusammen, um die Pyramide zu erklimmen. Natürlich waren fünf oder sechs Reporter mit von der Partie, um das Ereignis festzuhalten. Nun mußten diese Männer auch essen, und dazu brauchte man zwanzig Träger, die die Maiskuchen und die Hähnchenkroketten und das Dörrfleisch und was sie sonst noch brauchten, schleppen mußten. Überdies wurden noch zehn Männer benötigt, um die Expeditionsausrüstung zu tragen, die Kameras, die Schlechtwetterkleidung etc. Aber das bedeutete, daß man nun noch Nahrung für dreißig weitere Leute mitnehmen mußte, weswegen noch einmal fünfzehn Männer angeheuert wurden, um die Lebensmittel für diese dreißig Männer zu tragen, aber diese fünfzehn Männer wollten ernährt sein, was zur Folge hatte, daß man noch einmal zehn Männer benötigte, die das Essen für die fünfzehn trugen, aber nun mußte man wieder für diese 10 Männer sorgen. Für fünfundzwanzig Punkte und die Chance, eine Runde weiterzukommen, beantworten Sie folgende Frage: Wie hieß der Mann, der die Expedition anführte?«

»Uff«, sagte Kent, und auf seiner Stirn bildeten sich wieder Schweißperlen.

»Zeit ist um!« sagte ich fröhlich. »Ich hab's dir doch schon gesagt – ich war's. Das heißt, ich war nicht eigentlich der *Führer* der Expedition, aber ohne mich, das kann ich versichern, wären sie nicht weit gekommen. Ich war der einzige, der Englisch konnte. Ich hatte schon immer eine Ader für Sprachen gehabt.«

So vergingen die Stunden in angenehmer Konversation. Ich wußte, daß mir der Abschied von Kent schwerfallen würde und ich versuchte ihn zu überreden, noch ein paar Tage mit mir zu verbringen, aber er sagte, am Flughafen würden sich unsere Wege erst einmal trennen. Und er redete mir noch einmal zu, doch bloß wieder in mein Heimatland zurückzukehren, aber obwohl ich wußte, daß er wahrscheinlich recht hatte, sagte ich, daß jeder Mensch seinem Weg folgen müsse, und meiner führe zu einem reservierten Zimmer in das Holiday Inn.

Als das Flugzeug an Höhe zu verlieren und sich Manhattan zu nähern begann, brachen wir in Tränen aus und mußten uns wiederholt schneuzen; wir waren richtige Blutsbrüder geworden, obgleich unser Zusammensein sich nur nach Stunden messen konnte. Aber manchmal beschert einem das Leben die richtigen Zufälle. Würde ich jemals wieder einen solchen Freund finden?

Das Flugzeug landete schließlich auf Mr. Kennedys Flughafen. Es war noch früh am Morgen, und alles erschien undeutlich grau und bedrohlich vor meinen Augen. In meinem rosa Leinenanzug klapperte ich vor Kälte.

Am Zoll wurden Kent und ich getrennt, da ein freundlicher Mann sich für ihn und seine Habseligkeiten interessierte. Ich fand das geradezu rührend, aber zu meiner Überraschung schien Kent die gute Laune des Mannes nicht zu erwidern. »Hör zu«, sagte Kent, »das kann ein Weilchen dauern. Ich würde gerne mit dir in die Stadt fahren, Kumpel, aber es hat keinen Sinn, wenn du wartest. Hier ist meine Telefonnummer für die nächste Zeit« – und er schrieb etwas auf einen Fetzen Papier, den er mir reichte. »Und wenn dich der Schuh drückt, ruf' mich ruhig an. Wir werden uns bald wiedersehen.«

Ich wollte ihn umarmen, aber der Mann in Uniform hatte Verstärkung erhalten, und Kent wurde abgeführt. Ich ging weiter, Kents Telefonnummer in meine Faust gepreßt.

Das Flughafengebäude war schlecht geheizt und zugig. Schlamm- und Schmutzspuren zogen sich über den Fußboden, und Reisende schossen massenweise in allen Richtungen an mir vorbei. Da waren Männer in Anzügen und Frauen in Kostümen, und Leute, die einander in fremden Sprachen anbrüllten, während andere auf Gebetsteppichen knieten. Dann rempelte mich zu meinem Entsetzen, doch zweifellos aus Versehen, ein Mann in einem lindgrünen Anzug an. Das Papier, das Kent mir gegeben hatte, entglitt meiner Hand, und ich suchte es verzweifelt auf dem Boden, aber es wurde von den zahllosen Fußgängern immer weiter fortgewirbelt. Als ich es endlich wiederfand, war die

Schrift hoffnungslos verpatzt. Ich hielt noch verzweifelt nach Kent Ausschau, aber er war verschwunden. Marias Päckchen ebenfalls. Kaum angekommen, hatte ich schon versagt, ich war ganz schön deprimiert.

Lange wußte ich nicht, wohin ich gehen sollte und stand unbehofen herum. Marias Wegbeschreibung hatte ich vergessen, und ich glaubte schon, nie mehr von hier fortzukommen, als sich mir zwei Frauen näherten – die eine in einem bezaubernden rosa Regenmantel, die andere in einem blaukarierten Kleid.

»Nehmen Sie bitte unser Gepäck«, sagte der rosa Regenmantel.

»Wir brauchen ein Taxi.«

»Aber natürlich«, sagte ich und wuchtete das zahlreiche Gepäck hoch. »Wohin soll ich gehen?«

Die beiden Frauen schüttelten ihre Köpfe. »Ausländer«, sagte Blaukaro. »Es wundert mich, daß er Englisch kann.«

»Das kann ich erklären«, sagte ich, aber die beiden Damen setzten sich in Bewegung, und ich folgte ihnen nach draußen, wo ich ihre Koffer abstellte und mich verabschiedete. Die eine wollte mit ein paar Geldscheinen Eindruck schinden, aber ich lehnte ab. »Es genügt, daß Sie mir gezeigt haben, wie man hier rauskommt«, sagte ich.

Da standen nun die Taxis aufgereiht, und vor ihnen war ein riesiger, lindgrüner Cadillac, den ich mir gründlich ansah, so gut gefiel er mir. Ich durchwühlte meine Taschen nach dem Zettel mit Marias Wegbeschreibung. Dann näherte ich mich dem vordersten Taxi, dessen Chauffeur ich genau musterte. Er sah recht interessant aus und war mein erster New Yorker Taxifahrer, eine Gattung, von der ich schon einiges läuten gehört hatte. Er hatte einen kleinen, verhutzelten Bart und schlaffe Augenlider und glich einer gemütvollen Ratte. Er wischte sich mit seiner frostbeuligen Rechten die Nase, räusperte sich, hustete und spuckte aus. »Taxi gefällig?« fragte er.

»Ja«, sagte ich und ging über die Straße. Der lindgrüne

Cadillac startete durch und beschmutzte meine Hose mit der Dreckbrühe, die überall rumschwappte.

Das rief Kindheitserinnerungen wach. Als ich noch auf die Missionsschule der Methodisten ging, hatten wir mal einen Klassenausflug in den Zoo von Jaranekta gemacht. Dieser Zoo beherbergte lediglich ortsübliche Tiere – Kasuare und Schweine, die wir alle bis zum Überdruß kannten. Die Ausnahme bildete ein räudiger Löwe, an dessen Käfig ein Schild angebracht war: *Vorsicht! Wenn Löwe rückwärts steht, bitte zurücktreten.* Der Missionar las uns das vor und übersetzte es in Lesser Pimbanesisch, als der Löwe sich tatsächlich umdrehte und einen fünf Meter langen Strahl auspißte und zwar genau auf mich, was den Missionar und meine Klassenkameraden köstlich amüsierte. Nur wenig später fand einer der letzten Aufstände der Eingeborenen New Burnt Nortons statt. Mein Vater ging nämlich eines Nachts zur Missionsschule runter und tranchierte den Lehrer, den wir am folgenden Abend mit schmatzendem Appetit verspeisten.

Der Taxifahrer sah mich mißtrauisch an, betrachtete mit seinen Rattenaugen meinen Körper, meinen Anzug und dann den Filzschreiber und den Strohhalm, die waagrecht in meiner Nase steckten. Mein vernarbtes Gesicht mit meiner vom Kurs geratenen Scheidewand paßte wohl nicht so recht zu meinem adretten Anzug. »Wohin?« fragte er. Er steckte sich eine Zigarette an und drehte sich kurz um, dem Hintern eines Mädchens nachzugaffen. »Bockstark«, sagte er. »Bäng, bäng, bäng. Wie gefällt dir diese Ische?«

»Wirklich sehr hübsch«, sagte ich. »Ich weiß nicht genau, wohin ich muß? Ich muß nur den Zettel finden. Das Holiday Inn – wissen Sie, wo das ist? Ich hab' irgendwo die Wegbeschreibung. Ich habe eine gute Freundin in dieser Stadt, Ms. Maria Fishburn – ich bin sicher, daß Sie sie gut kennen. Unglücklicherweise kann sie mich nicht in ihren Räumlichkeiten beherbergen, darum hat sie Vorkehrungen für einen Hotelaufenthalt getroffen.«

»Schon gut«, sagte mein rattenäugiger Fahrer. »Ich weiß, wo das ist. Wollte nur sichergehen, daß Sie nicht nach Brooklyn oder so wollten. Wo sind Sie her?«

»New Burnt Norton«, sagte ich. »Mgungu Yabba Mgungu, stets zu Ihren Diensten.«

Er nahm brummend mein Gepäck und legte es in den Kofferraum des Autos. »Danke«, sagte ich. »Freut mich aufrichtig, Ihre Bekanntschaft zu machen.« Ich mochte diesen Burschen wirklich. »Ich wollte schon immer mal einen echten New Yorker Taxifahrer kennenlernen.«

»Ja, natürlich«, sagte er kurz. »Wo liegt dieses New Burnt Norton überhaupt?« Ich versuchte, es ihm zu erklären, aber er raste jetzt so verrückt drauf los, daß ich auf meinem Rücksitz von der einen Seite des Wagens zu der anderen geschleudert wurde und mir vor Schreck fast die Zähne ausgefallen wären. »Ist das alles, was Sie an Kleidung dabeihaben?« erkundigte sich Rattenauge. »Haben Sie keinen Mantel?«

»Oh, doch«, sagte ich stolz. »Pelz, aber hab' ich nicht dabei.«

»Ich weiß nicht, wo Sie herkommen, aber vielleicht wäre es ganz gut gewesen, wenn Ihnen jemand gesagt hätte, daß es hier kalt ist«, sagte er. »Manchmal ist es um diese Zeit schon Frühling, aber in den letzten beiden Wochen hatten wir noch dreißig Zentimeter Schnee, und ich glaube kaum, daß Sie warm genug angezogen sind. Ich trage nur keinen Mantel, weil es mir sonst beim Fahren zu heiß wird. Ich weiß nicht so recht«, sagte er, drückte seine Zigarette aus und steckte sich eine neue an. »Wo sind Sie her? Sie sind nicht von hier, oder?«

»Ich bin aus New Burnt Norton«, sagte ich.

»Ja? Wo ist das? Nie davon gehört.« Und so ging das die ganze Zeit. Die Fahrt dauerte Stunden, und ich wäre am liebsten gestorben, so stark war mein Brechreiz, jedenfalls war das schlimmer als der schlimmste Langstreckenflug, das kann ich Ihnen flüstern. Wirklich idiotisch, den Flughafen so weit draußen vor die Stadt zu bauen! Und die Gegenden, durch die wir fuhren, glichen sich oft aufs Haar. Mein erster Eindruck von der

Stadt war denkbar unerfreulich. Obwohl ich erwartet hatte, tief beeindruckt zu sein, hatte der tägliche Anblick der Mount Bawwaar Pyramide mir mehr Ehrfurcht eingeflößt, als diese zerklüfteten Gebäude, ungestüm und wie böse Omen.

Meiner Stimmung entsprechend war der Tag trüb und düster, und ich war heilfroh, daß ich nicht zu Fuß gehen mußte. Vom Himmel strömte grauer Schmutz, und als ich einen Blick auf meinen Anzug warf, mußte ich feststellen, daß er nicht mehr rosa, sondern dreckbeschichtet war. Auspuffgase drangen durch ein gesprungenes Fenster in das Innere des Wagens, weswegen ich von einem üblen Reizhusten heimgesucht wurde.

Und als der Fahrer endlich vor dem Holiday Inn hielt, mußte ich erst mal einen neuen Schock verwinden, da er mir hundertneunundachtzig Dollar abverlangte. Doch gemessen an der Dauer der Fahrt war das wohl nicht übertrieben. Ich hatte genug Bargeld dabei, da Maria in New Burnt Norton einen Scheck eingelöst und mir was zugesteckt hatte. Sonst wäre ich wirklich aufgeschmissen gewesen.

Man hätte mich vielleicht verhaftet und sogar abgeschoben, aber, wie gesagt, ich hatte genug, um den Typen zu entlohnen. Doch war mir gründlich schlecht, und erschöpft nahm ich mein Gepäck und schleppte mich ins Hotel.

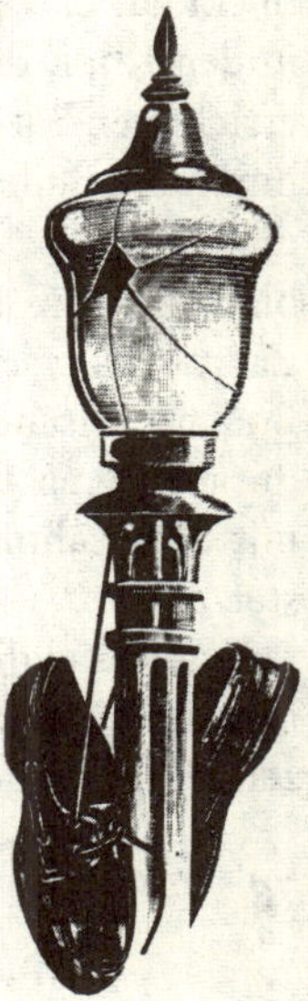

Ich erwachte in der Morgendämmerung und wußte zunächst nicht, wo ich war. ›Wie ist das möglich?‹ dachte ich – denn ich bin ja nicht dumm. Glücklicherweise verschwand dieses beklemmende Gefühl recht bald, aber nun hatte ich plötzlich Heimweh. Ich ging zum Fenster und schaute raus. Ich war im fünfzehnten Stock und blickte auf zahllose, hohe Gebäude. Das also war Manhattan.

Wie öde und monumental doch alles aussah in diesem grauen Schnee, der wie Schuppen vom Himmel fiel. Und die Tausende von Fenstern und hinter jedem lauerte fraglos ein Bewohner. Der leichte Schneeregen bedeckte den Zementgehsteig unten mit einem funkelnden Schleier. An meinem Fenster war ein weißer Fleck, der wie eine schiefe Amöbe geformt war und sich tropfend nach unten verlängerte, als hätte sich ein Vogel an der Scheibe zu Tode geflogen. Immer wenn ich ein paar Sekunden hinausgeblickt hatte, wurde mir schwindelig. Es wollte mir einfach nicht in den Kopf, daß man in einem so hohen, von Menschenhand errichteten Bauwerk wie dem Holiday Inn bleiben konnte, ohne hinunterzufallen. In diesem Hotelzimmer war nichts, woran man sich zur Not hätte klammern können. Die Tapeten waren blau und weiß, die Vorhänge aus blau-rotem Kunstkaschmir, die Lampe hing an einer Weidenkette nur eine Handbreit vom Boden, zwischen den beiden Betten stand eine Art Bücherregal mit mehreren Telefonbüchern und einer Bibel. Die Betten waren mit papierähnlichen Stoffen bedeckt, die riesige Kohlkopfmuster zierten.

Wahrscheinlich hätte ich jetzt den als Lift bezeichneten Raum betreten sollen, um nach unten zu fahren und irgendeine Mahlzeit aufzutreiben. Doch fühlte ich mich so einsam, daß ich kurzerhand beschloß, mich mal richtig zu verwöhnen: Ich ging zu meinem Gepäck und zog meine Tüten mit Käfern, Kräutern und Schmetterlingen hervor und begann mit den ausgedehnten Vorbereitungen, die nun mal unumgänglich zur Herstellung des Joy Paul Guilford sind. Schritt 1: Fingernägel saubermachen, da das Rauschgift nicht das winzigste Quentchen artfremder Zutaten verträgt. Zu meiner Überraschung fanden sich in meinem Gepäck noch ein paar andere Tüten mit gedörrten Insekten – da konnte nur Maria Fishburn dahinterstecken, und ich wußte jetzt, warum sie darauf bestanden hatte, meine Sachen zu packen. Die gute Seele muß geahnt haben, daß ich hier auf mein gewohntes Halluzinogen nicht würde verzichten wollen.

Mgungus Zimmer im Holiday Inn

Die Vorbereitungen für dieses Joy Paul Guilford sind mühsam und schwierig, da rituelle Gesänge und ein kleiner Kochherd unerläßlich sind. Ich war jedoch noch nicht weit gekommen, als das Telefon auf meinem Nachttisch läutete, und ich ging hin, um es zu bedienen. Das bewerkstelligte ich, indem ich den Hörer abnahm und den oberen Teil gegen mein Ohr preßte, während ich laut und deutlich in die Scheibe mit den kleinen Löchern sprach.

»Hallo?« sagte ich. »Wer ist da?«

Es war Maria. Sie war in der Hotelhalle und gerade mit einer Concorde aus Paris angekommen. »Mach schon«, sagte sie. »Bist du angezogen? Wir müssen zu dieser Cocktailparty. Und nimm was von diesem Joy Paul mit.«

»Aber ich bin nicht angezogen«, sagte ich. »Und mit dem Joy Paul hab' ich noch nicht mal angefangen. Das dauert seine Zeit.«

»Zieh dich an und laß uns gehen«, sagte sie. Sie bestand darauf, daß ich nichts weiter als meinen Penisköcher und um meine Hüfte eine Kette aus Hundezähnen tragen sollte. Um meinen Hals hatte ich den Schmuck aus Menschenkiefern gelegt, und obwohl sie mich ausdrücklich gebeten hatte, alles Künstliche fortzulassen, steckte ich noch den Filzschreiber durch meine Nase und schmückte mein Ohr mit dem Deckel einer Erdnußbutterdose.

Die Party fand in einem Wohnhaus auf der East Side statt, und die Einrichtung bestand aus großen Stahl- und Ledervorrichtungen, die meinem ungeübten Auge wie Autoteile vorkamen, obwohl das natürlich nicht der Fall war. Andere Sachen waren, wie ich sofort feststellte, ganz und gar nicht neu, vor allem die zerschlissenen Orientteppiche hätte man schon längst ersetzen müssen, was ich natürlich nie laut gesagt hätte.

Maria Fishburn gab mir ein paar kurze Informationen über die Gäste: ein berühmter lateinamerikanischer Dramatiker mit Baskenmütze, ein Drehbuchautor brutaler Filme, ein Modedesigner, ein Kunstkritiker, ein Investmentberater, der Erfinder des Gefrierbeutels, leidenschaftlicher Sammler alter Musikinstrumente, ein texanischer Ölbaron und viele andere.

Nachdem sie mich dergestalt eingeweiht hatte, verschwand sie im Gewühl, und dann blamierte ich mich bis aufs Blut.

Allzuschön sahen die Blumen auf der Mitte des Tisches aus,

die eine Platte mit rohem Gemüse umgaben. Und als ich einen schnurrbärtigen Mann in einer Lederjacke sagen hörte: »Es ist mir ein Rätsel, wie Richard eine so geschmacklose Blumendekoration ertragen kann, wo wir in New York doch wahrhaft begabte Floristen haben«, stieg ich auf den Tisch, um die Blumen mal kurz selbst zu probieren. Ich zerpflückte die Dekoration und mampfte nach Herzenslust. Schmeckte nicht mal schlecht, nur ein wenig nach Wachs.

Am anderen Ende des Raums stand ein Mann, der mich ebenso entsetzt wie amüsiert ansah. »Sie müssen Mgungu sein«, sagte er. »Ich bin Parker Junius, Kurator des Museums für primitive Kultur. Erlauben Sie mir, Sie in New York willkommen zu heißen. Ich freue mich, daß Sie am Internationalen Tanzfestival teilnehmen werden.«

»Schön, Ihre Bekanntschaft zu machen«, sagte ich.

»Vielleicht sollten Sie mal von diesem Tisch runterkommen«, sagte Parker Junius.

Ich merkte auf einmal, daß ich einen Fehler gemacht hatte und starrte fasziniert auf seine Augenbrauen. Diese struppten sich wuchernd und ungezähmt wie das Fell eines Terriers über den Rand seiner Brille. Ich kniete noch immer auf dem Tisch, als ich plötzlich merkte, daß sich meine Penishülle selbständig gemacht hatte, wohl schon, als ich unten meinen Pelzmantel allzu hastig abgelegt hatte.

Vor Scham wäre ich am liebsten gestorben. Ich kroch vom Tisch, ging zur Bar und ließ mich vollaufen. Was hatte ich da nur angerichtet!? Ich hatte mich so lächerlich gemacht, wie sich ein Mann nur lächerlich machen kann. Überall kicherte und gickelte man über mich, aber sprechen wollte keiner mehr mit mir. Ich stand in der Mitte des Raumes und rauchte eine Zigarette nach der andern, da ich so unpassend gekleidet war und die Blumendekoration aufgegessen hatte. Noch immer schämte ich mich in Grund und Boden und kam mir wie der letzte Idiot vor.

An der Bar reichte man mir einen Drink, eine braune und nervenberuhigende Flüssigkeit, gleichzeitig süß und scharf, die mich an ein Gebräu erinnerte, das Yerba aus fermentierten Kokosnüssen und Bananen herzustellen wußte und das brennend in die Kehle strömte und einen schon nach dem ersten Schluck auf die Matte haute.

Aber diese Flüssigkeit hatte eine andere Wirkung, und ich ging wieder und wieder zum Barkeeper, einem verhutzelten und verrunzelten Männchen, das so verkrümmt und zittrig war, daß es sich beim Nachfüllen der Gläser immer beinahe selbst vollgegossen hätte.

Meine erste Cocktailparty hatte mich derart angestrengt, daß mir der Schweiß wie heiße Tränen über die Brust rann, und der Filzschreiber und der gelbweiße Fangzahn durch meine Nase sahen nicht schneidig und männlich aus, sondern höchst albern.

Wenn sie Pasteten oder gehackte Leber angeboten hätten, wäre ich wahrscheinlich nicht so betrunken geworden. In einem der Sessel saß Maria von ihren Freunden umgeben und ignorierte mich, in einem anderen der Mann, der die Bemerkung über das Blumenarrangement gemacht hatte, und der Rest der Gesellschaft hatte höchstens ein verstohlenes Kichern für mich übrig. So versuchte ich, mit dem Barkeeper ein Gespräch anzuknüpfen, doch ohne nennenswerten Erfolg, da er einen starken Akzent hatte, wegen seiner teilweisen Gesichtslähmung oder ganz einfach, weil er New Yorker war.

»Was machen Sie tagsüber?« fragte ich, in der Annahme, daß er jemand war, dessen Lebensstil noch am ehesten dem meinen glich.

»Was ich tagsüber mache? Rausfinden, wo ich abends arbeiten werde, Leute treffen, mich von der vorigen Nacht erholen. Haben Sie schon mal was von Reflexologie gehört? So was ähnliches wie Akupunktur. Einer Theorie zufolge ist der Körper in zehn Zonen aufgeteilt, die alle in den Handflächen und auf den Fußsohlen zusammenlaufen.« Er unterbrach sich, um einen Cocktail zu mixen. »Eine Freundin von mir hatte eine Zyste auf der Zunge. Es war qualvoll. Sie ließ nichts unversucht, dieses Ding loszuwerden. Sie ließ es wegätzen, aber es kam immer wieder. Ein Chirurg schnitt es raus. In drei Tagen war's wieder da. Mit den Mitteln der Reflexologie hab' ich's endgültig wegbekommen. Schließlich funktionierten sogar ihre Geschmacksnerven wieder. Was sagen Sie nun?« Offenbar dachte er, ich sei so etwas Ähnliches wie ein Arzt.

»Sie müssen mich jetzt entschuldigen«, sagte ich, da sich mir in leichtem Zickzackkurs der Mann näherte, der mich in den Vereinigten Staaten willkommen geheißen hatte. Sein weißes Haar stand wie bei einem halbnackten Vogel in wilden Büscheln empor.

»Die Ontogenese repetiert die Phylogenese«, sagte Parker Junius, Kurator des Museums für primitive Kulturen. Sein Gesichtsausdruck war fröhlich und gewichtig zugleich. »Wissen Sie, was das bedeutet?«

Ich antwortete nicht, sondern sah ihn nur verlegen an, da ich an die Blumen denken mußte, die ich verspeist hatte.

»Haben Sie das jemals zuvor gehört?«

»Nein.«

»Wollen Sie mal raten? Oh, ich befürworte keineswegs die Anwendung dieser These. Aber niemand kann über seinen Schatten springen. Ihr Verhalten, Mgungu, ist das beste Beispiel. Es wird sicher nicht vom Instinkt diktiert. Wir tun vieles aus reiner Gewohnheit. Auch die Moral wird von der Gewohnheit bestimmt. Wir handeln so und so, weil wir es nicht anders gewohnt sind, was nicht heißt, daß unsere Handlungsweisen ewig gleichbleiben müßten.«

»Mm, sicher.«

»Sie werden bald feststellen, Mgungu, daß Sie sich hier in New York nicht länger der Wissenschaft werden entziehen können. Herbert Spencer. Entwicklungsgesetz. Er steht heute nicht mehr hoch im Kurs, obwohl er seine Theorie schon zu Papier gebracht hatte, ehe Darwin auch nur an Evolution gedacht hatte. Aber für den heutigen Geschmack ist er zu eklektisch. Wissen Sie, was das heißt, Mgungu? Eklektisch.« Ich wußte nicht, wovon er sprach, ich wußte nur, daß er noch betrunkener war als ich.

»Probiert alles mal aus?« sagte ich.

»Ja! So kann man es auch definieren. Er hat dauernd eine Apologie parat – Analogie meine ich natürlich. Aus philosophischer Sicht reichlich verwirrend, aber aus anderer Sicht doch wieder recht amüsant.«

»Kann ich mir vorstellen. Darf ich Ihnen ein paar Fragen stellen? Ich habe nämlich diverse Bücher gelesen, die ich nicht ganz verstanden habe.« Aber Parker Junius war an meinen Fragen nicht interessiert und schlenderte davon.

Seit mein Vater mit dem Missionar und ich mit seiner Bibliothek aufgeräumt hatten, war ich immer ein eifriger Leser gewesen, um mich, wie mir jetzt klar wurde, für diese Cocktailparty, das Leben in New York und das hohe Niveau dieser Leute hier geistig zu rüsten. Aber die Bücher waren furchtbar langweilig, und für nichts auf der Welt hätte ich mich durch den *Ulysses* beißen können. Wo immer ich das Buch aufschlug, die Geschichte kam nicht vom Fleck, und ich schlief regelmäßig ein. Sogar die Inhaltsangaben in einer Literaturgeschichte waren mir zu ausführlich. Also fing ich an, die Heftchen mit den Interpretationshilfen für Schüler zu lesen, aber selbst da verstand ich nicht alles.

Ich glaubte die Gelegenheit gekommen, jetzt alles herauszufinden. Ich näherte mich verschiedenen Gruppen und stellte Fragen wie: »Was soll an Spencers ›Fünf Gesängen der Feenkönigin‹ eigentlich so unterhaltsam sein? Ich fand es leider sterbenslangweilig.« Oder: »Worüber hat Thoreau in ›Walden‹ eigentlich gesprochen, oder hatte er vielleicht einen Vogel?« Da fühlte ich mich ein wenig kompetent; da ich den größten Teil meines Lebens in der freien Natur zwischen Moskitos und mörderischen Ameisen verbracht hatte, war mir klar, daß nur ein Irrer sich freiwillig einer solchen Existenz würde aussetzen wollen. – Aber die Leute auf der Party sahen mich an, als hätte ich sie gefragt, wie man wohl am besten einen menschlichen Kopf in der Küche zubereite?

Maria trat an meine Seite und flüsterte mir ins Ohr: »Du

machst dich ganz schön lächerlich. Ich hab' allen erzählt, wie toll du bist, und nun streichst du nur rum und belaberst die Leute mit dem größten Quatsch. Wenn dir nichts Gescheites einfällt, lehn dich halt irgendwo an die Wand und versuch wie ein Wilder auszusehen.«

Derart zurechtgewiesen, ließ ich ein Gemälde auf mich einwirken, das aus äußerst sorgfältig gemalten, grünen Vierecken bestand und dem Auge wohltat. Dabei versuchte ich, den Gesprächen der Gäste zuzuhören. Kurz darauf näherte sich mir eine Dame, die ich schon vorher wahrgenommen hatte. Diese überkandidelte Person trug über ihrem vollen, schwarzen Haar einen verwegenen Federhut, und obgleich ich mit dem Rücken zu ihr stand, spürte ich genau, wie ihre Katzenaugen meinen nackten Körper verschlangen. Und ich hatte mich nicht getäuscht, da ich sie deutlich sagen hörte: »Mein Gott, seht euch nur diesen Arsch an! Nicht ein Gramm Fett. Ich hab' gar nicht gewußt, daß im Hintern eines Mannes so viele Muskeln sind! Wenn die da alle so gebaut sind, fahr ich sofort nach New Burnt Norton. Richard, warum trainierst du nicht deinen Arsch ein bißchen?« Ich war peinlich berührt, und mein Gesicht nahm die Farbe einer zermatschten Himbeere an.

Gottlob kam just in diesem Moment Parker Junius wieder auf mich zu: »Wenn Sie Ihr Leben richtig führen wollen, Mgungu, müssen Sie die Spielregeln beherrschen. Die Vergangenheit, mit der wir brechen, sollten wir nicht samt und sonders verdammen. Nicht nur die Gegenwart ändert sich ständig – ich glaube, das ist von George Eliot –, sondern auch die Vergangenheit.«

»Yes, Sir«, sagte ich respektvoll.

»Es liegen so viele Dinge in der Luft, und so viele Leute plappern immer das gleiche«, fuhr er fort und ging zur Bar, um sich von meinem lieben Freund, dem verkrüppelten Männchen in der weißen Jacke, einen neuen Drink reichen zu lassen. »Man kann nur unheimlich schwer beurteilen, wie die Menschen einander beeinflussen. Aber Sie haben den Durchblick, das merk' ich schon.« Ich hatte keine Ahnung, wovon er sprach, doch schien man meiner plötzlich zu begehren, da die schwarzhaarige Dame auf uns zukam und meinen Arm ergriff. »Parker, Schätzchen, du hast doch nichts dagegen, wenn ich ihn dir mal kurz entführe?«

»Natürlich nicht«, sagte Parker Junius. »Verzeihen Sie, Mgungu, wenn ich Ihnen die Ohren vollgeschwatzt habe. Ich bin es einfach gewohnt, dauernd im Unijargon zu dozieren. Hauptseminare. Ich seh' Sie jedenfalls morgen bei der Pressekonferenz. In Ihrem Hotelzimmer ist sicher ein kleiner Stadtplan.« Und schon war er verschwunden.

Diese Cocktailparties sind schon recht eigenartig, führte mich diese Frau nun doch einen langen Gang hinunter und in ein elegantes Schlafzimmer mit Spiegelwänden – zumindest nahm ich an, daß es ein Schlafzimmer war, da ein Bett darin stand, und sie fragte: »Willst du Sex?«

»Nun«, sagte ich, »sicher doch.« Ich war schließlich nur ein Gast, und vielleicht war das eine amerikanische Sitte.

»Warum ziehst du dich dann nicht aus?« fragte sie. Seltsam genug, da ich außer ein paar Schmuckstücken und meinen Schuhen und Socken nichts anhatte. Diese muß sie wohl gemeint haben, und ich setzte mich auf das rosa und silber gehaltene Bett und sagte: »Ich bitte um Entschuldigung, aber ich fürchte, daß meine Füße ziemlich intensiv riechen.«

Was hätte ich sonst machen sollen? Schön, ich habe mich entschuldigt und meine reinigungsbedürftigen Socken ausgezogen. Hätte ich vielleicht meine Schuhe anbehalten sollen, um den Duft zu bändigen? Das wäre wirklich schlecht gewesen, für das Bett wie für die Füße. Jahrelang war ich barfuß durch den Dschungel gelaufen, und meine Fußsohlen waren von einer leguanartigen Hornhaut überzogen, und wenn sie in Schuhe gesteckt wurden, wehrten sie sich, als seien sie unschuldig eingekerkert worden, und schwollen rasend schnell an. Zunächst glaubte ich, dieser Dame würde das nichts ausmachen, da sie so glücklich schien, auf der Party einem echten Wilden begegnet zu sein, und mir sogar zugeflüstert hatte, sie sei nicht

mehr so erregt gewesen, seit sie mit der vollen Truppe des New York City Balletts ausgegangen war. Ich dachte mir, sie würde darum auch meinen Fußgeruch mögen und sagen: »Du bist ja so wundervoll originell.«

Aber ihre unvermittelte Schweigsamkeit und ihr Gesichtsausdruck verrieten mir, daß ich einem Irrtum aufgesessen war und ihr irgend etwas heftige Übelkeit verursachte. Sie mied meine Nähe, und ich wollte gerade gehen, als Maria hereinplatzte und mich wie eine verärgerte Mutter bei der Hand nahm und mich ausschimpfte: »Ich hab' überall nach dir gesucht. Kann man dich denn keine Sekunde allein lassen?«

An der Haustür mußte ich meine Schuhe und Socken wieder anziehen, auch meinen Pelzmantel, da es draußen schneite, ein grauer oder brauner Schnee, der nichts mit der weißen Materie auf dem Mount Bawwaar-Yaas zu tun hatte, vielmehr einen Matsch bildete, der es mir unmöglich machte, in meinem Eingeborenenkostüm zurück zu meinem Hotel zu gehen – so sehr Maria Fishburn daran auch gelegen haben mochte.

Sie selbst hatte mir damals in New Burnt Norton diesen Wintermantel aufgedrängt – zu Tode frieren würde ich mich sonst. Jetzt hatte ich also diesen phantastischen Mantel, der mir bis an die Knöchel reichte und aus verschiedenen Pelzstücken vertikal zusammengenäht war, um so ›die tatsächliche Körpergröße des Herrn ein wenig günstiger erscheinen zu lassen‹. Der Mantel war so riesig, daß ich in ihm wie ein Eisbär ausgesehen haben muß.

In hündischer Ergebenheit folgte ich Maria Fishburn zu ihrer Mietskaserne, wobei ich ständig ihren sanften Rücken und Nacken anstarrte. Sehnlich hatte ich mir gewünscht, daß sie mich wenigstens noch auf eine Tasse Kaffee und ein klein wenig Körpernähe einlud, aber in der Eingangshalle drehte sie sich um und sagte: »Du gehst jetzt am besten in das Holiday Inn zurück, solange das Museum dafür bezahlt.« Und sie ging zum Aufzug.

»Bis dann«, sagte ich und blickte ihr verlangend nach, obwohl sie meine Tochter hätte sein können – allerdings hatte keine meiner Töchter das Glück gehabt, auch nur ihr bescheidenes Alter zu erreichen.

»Wir sollten heiraten«, rief sie unvermittelt.

»Was?« sagte ich wie betäubt, aber die Aufzugstür hatte sich bereits geschlossen. Minutenlang stand ich in der Eingangshalle, ich wußte nicht, wie mir geschehen war?

Wieder in meinem Zimmer, wollte ich den Joy Paul Guilford weitermixen, um mir rauchend noch einmal ihre letzten Worte durch den Kopf gehen zu lassen. Ich suchte und suchte, aber zu meiner Überraschung waren alle Ingredienzen verschwunden.

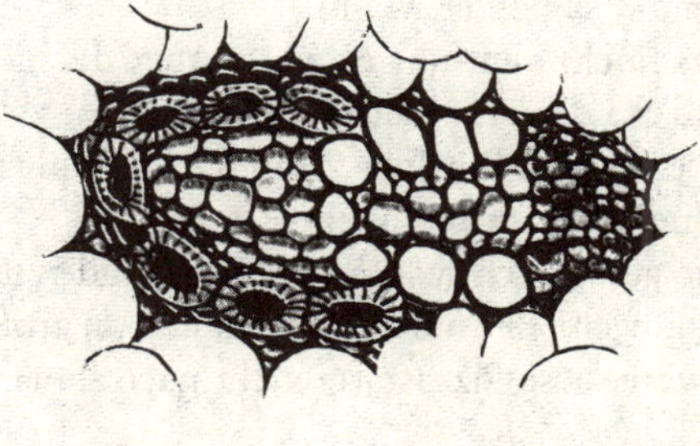

Seltsam, seltsam!

Ich war nun so geknickt, daß ich wieder meinen Mantel anzog und auf die Straße ging. Da ich jetzt kein Joy Paul Guilford mehr hatte, konnte ich nur noch hoffen, daß sich meine *Moodla* – eine höchst geistige Angelegenheit – bald einstellen würde. Irgendwie war sie mir seit meiner Ankunft auf Mr. Kennedys Flughafen abhanden gekommen. Obwohl es schon spät nachts war, war ich unruhig und angespannt. Mechanisch marschierte mein Körper die Straße entlang.

Ein paar Ecken weiter sah ich ein hellerleuchtetes Lokal mit einem Schild, auf dem *Joe's Pizza* stand. Die Tür war unverschlossen, und ich ging rein, da ich mir dachte, daß dieses Zeug, Pizza genannt, vielleicht genau das war, was ich suchte.

Hinterm Tresen stand ein Mann mit schwarzem, vollem Haar und kräftigen Armen und warf einen weißen Fladen in die Luft. Sein Gesicht war mit dichten Stoppeln bedeckt, ein Problem, mit dem ich nicht zu kämpfen hatte, zum Glück, muß ich sagen, da Bartwuchs auf New Burnt Norton als ausgesprochen häßlich gilt. Meine paar kümmerlichen Barthaare entfernte ich mit Hilfe einer Pinzette, gefertigt aus einem gegabelten Stück Holz.

»Feierabend«, sagte der Mann.

»Auch das noch!« entfuhr es mir. »Aber darf ich Sie etwas fragen – sind Sie der berühmte Joe?«

»Ja«, sagte er. »Ich bin Joey. Sind Sie von außerhalb?«

»Ich bin hier und ich bin allein.«

»Nun, wie gesagt, ich wollte wirklich gerade zumachen.«

»Joey«, sagte ich. »Sie müssen ein Mann von großer Weisheit sein, sonst wäre diese Pizzastätte nicht nach Ihnen benannt.«

»Ja?« sagte Joey geschmeichelt. »Wer sind Sie übrigens?«
»Nennen Sie mich Mgungu«, sagte ich.
»Also schön, Mgungu«, sagte Joey, »ich wollte mir grad noch eine Pizza vor dem Heimweg machen. Bleib halt solange hier, ein wenig Gesellschaft beim Essen mag ich ganz gern.« Und er füllte mir ein Glas mit einer dunkelbraunen, süßen und schäumenden Flüssigkeit.
Während die Pizza im Ofen war, wischte Joey die Tische ab, und ich stellte die Stühle umgedreht darauf, dann ging ich zur Herrentoilette, die aus einem urnenförmigen Pissoir neben dem Hintereingang bestand. Ich blickte durch ein kleines, schmutziges und vergittertes Fenster auf eine schmale Gasse und sah in der Dunkelheit einen Mann in einem grün phosphoreszierenden Anzug. Mit einem Knüppel schlug er auf einen Mann ein, der auf dem nassen Boden lag und vor Angst und Schrecken winselte: »Bring mich nicht um! Laß mich leben! Ich hab' es ja, ich hab's mir nur kurz ausgeliehen und du bekommst es auch zurück! Du kannst sogar noch mehr von dem Zeug haben! Aber bring mich nicht um.« Ich machte ein Foto mit der kleinen Kamera, die Maria mir geschenkt hatte und ging in die Küche zurück, um Joey von dem Vorfall zu erzählen.
»Einfach ignorieren«, sagte er. »Wir sind hier in New York.«
Aber ich ging wieder nach hinten und drohte dem Mann in dem grünen Leuchtanzug: »Lassen Sie diesen Mann in Ruhe«, rief ich aus dem Fenster. »Lassen Sie ihn in Ruhe, oder ich ruf' die Polizei.« Der Mann blickte kurz auf, um festzustellen, wo der Lärm herkam, dann fuhr er fort, dieses Häufchen winselnden Elends systematisch zu verprügeln. Wären wir hier im Dschungel von New Burnt Norton gewesen, hätte ich mich nicht darum gekümmert, da in meiner Jugend Überraschungsangriffe und Mordkomplotte an der Tagesordnung waren. Niemand, ob Mann, Weib oder Kind, konnte damals einen Gebirgspfad entlanggehen, ohne um Leib und Leben fürchten zu müssen, ja, eine Frau konnte nicht einmal ohne bewaffneten Leibwächter im Garten arbeiten.

Sogar wenn jemand tagsüber allein im Dorf zurückblieb, ein alter Großvater oder so, standen die Chancen nicht gut, daß er den Abend noch erleben würde. Bei erstbester Gelegenheit würden sich zwei oder drei Kerle eines feindlichen Stammes einschleichen, um ihm einen Dolch ins Gedärm zu rammen oder ihn mit Pfeilen zu durchbohren und dann mit der Leiche abzuhauen. Wenig später konnten wir dann diese feindlichen Krieger auf der anderen Seite des Berges stehen sehen und uns zurufen hören: »Hey, ihr Dummbeutel, hört auf, Nase zu bohren, und schaut mal einen Moment hierher! Wir müssen euch was sagen!«

»Ja? was ist los, ihr alten Sautitten?«

»Wir haben gerade euren Onkel Grabnetz gegessen!« und vor Freude sprangen sie laut lachend auf und ab, und sie waren zu weit fort, um irgend etwas gegen sie unternehmen zu können.

»Der alte Scheißkerl war so zäh wie ein ranziger Eber!« Und dann gingen wir alle zurück ins Dorf, um Onkel Grabnetz zu suchen, aber er war und blieb verschwunden.

Aber das hier sollte ja ein zivilisiertes Land sein, und ich wollte ein zivilisierter Mensch werden. So rief ich wieder aus dem Fenster: »Wenn Sie diesen Typ nicht sofort in Ruhe lassen, komm' ich raus und knöpf' mir Sie vor!« Der Leuchtanzug blickte wieder kurz auf, schneuzte sich in ein langes, grünes Taschentuch und spuckte auf den Boden.

Es gelang mir, das Gitter vor dem Fenster zu lösen und in die Gasse zu klettern. Überall standen Mülltonnen, und ein abgenadelter Weihnachtsbaum und zahllose alte *New York Times* und *New Yorkers* flogen durch die Gegend. Kaum hatte ich mich die Mauer hinuntergelassen und Boden unter den Füßen, stieß ich den Kriegsruf aus, den mir mein Vater beigebracht hatte, als ich das erstemal in den Krieg zog. Das klang ungefähr so: »UUUUURRRRRGGGGGHHHHH-Ya!« Und schon warf ich mich von hinten auf den Mann, der den anderen verprügelte und preßte ihm meine Hände auf die Augen, so daß er nichts mehr sehen konnte und den ungleichen Kampf abbrach.

Dann probierte ich eine alte Kampftechnik und rammte mein Knie in seine Achselhöhle. »Laß mich los, Arschloch!« brüllte dieser tobsüchtige Amerikaner. Und er versuchte, mich abzuschütteln, wobei er seinen Kopf hin und her warf, da ich ihn wie einen Hund würgte. Beinahe wäre der Wilde in mir durchgebrochen, und ich hätte ihm die Gurgel abgedreht. Wäre ich nicht in letzter Sekunde auf einen Mann aufmerksam geworden, der neben einem Auto mit laufendem Motor Schmiere stand.

Plötzlich bekam ich einen über den Schädel gezogen und sank grunzend zu Boden, wonach mich zwei Männer mit ihren Schuhen traktierten und dann in das wartende Auto stiegen, das, wie ich noch gerade wahrnehmen konnte, so lindgrün wie der Anzug des Schlägers war.

Ich lag in dem dreckigen Schnee, die Welt um mich herum wurde kalt und dunkel. Da näherte sich der verprügelte Mann und durchwühlte meine Manteltaschen. Er grapschte nach meiner Brieftasche, entnahm ihr das Geld und warf sie fort, wobei er mich gleichzeitig in die Seite trat. Im selben Moment schwanden mir die Sinne.

Als ich mit heftigen Kopfschmerzen erwachte, schien mich schon das Licht des neuen Tages zu umfangen, und ich lag auf einer Art Plattform und ein ekelhafter, irgendwie bekannter Schmalzgeruch stach mir in die Nase.

Ein Auge war völlig zugeschwollen, und wenn ich das andere öffnete, schwebten zwei schimmerige Leuchtröhren und eine schwarz-wogende Krake über mir.

An der Wand klebte ein riesiger, roter Fleck, umgeben von ein paar braunen Spritzern. Ich schloß ein Auge und als ich es wieder öffnete, wedelte die Krake mit ihren Fangarmen über meinem Gesicht. »Hey, Typ, bist du okay? Hey, komm zu dir! Willste 'n Stück Pizza?« Die wabernde Krake nahm allmählich feste Gestalt an. Ich war drauf und dran, sie mir zu schnappen, um sie fürs Mittagessen zuzubereiten. Eine gekochte Krake, das hatte Yerba mich gelehrt, gab allemal eine gute Mahlzeit ab – man mußte nur die Saugnäpfe vorher ordentlich durchwalken. »Mgungu?« Jemand wischte mir mit einem nassen Handtuch über die Stirn, und ich konnte wieder besser sehen.

Ich lag auf dem Tresen in Joe's Pizza, und was ich für das Licht des nächsten Tages gehalten hatte, waren in Wahrheit zwei Neonröhren. Der rote Fleck an der Wand stellte sich als Pizza heraus, aus der Joey ein Stück herausgeschnitten hatte und mir nun reichte. »Da, möchtste 'ne Scheibe Pizza? Geht auf meine Rechnung. Ist schön kalt.«

Ich schüttelte den Kopf.

»Nein? Soll ich's warm machen?«

»Nein, ist schon gut.«

»Was, zum Teufel, ist da draußen eigentlich passiert? Ich

mußte meine Pistole holen, um diesen Kerl zu vertreiben. Der hätte dich sonst glatt zu Tode geprügelt. Mein Gott, für jemanden, der so kurz geraten ist, bist du ganz schön schwer. Konnte dich nicht hochkriegen, mußte dich hier reinschleifen.«

»Hinterhalt«, sagte ich schwach.

»Hab' dir doch gesagt, du sollst dich nicht drum kümmern. Wir sind hier in New York. Hier mischt man sich nirgends ein. In dieser Stadt schert sich jeder um seinen eigenen Dreck.«

»Ja, ja. Man hat mir allmählich oft genug gesagt, daß wir hier in New York sind. Ich kann's nicht mehr hören.«

»In New York kannst du kriegen, was du willst, nur die Kohle muß stimmen«, sagte Joey und brachte mir ein Glas von der dunkelbraunen Brühe. »Tut mir leid, die Cola ist warm. Hab' aus Versehen die Kühlanlage abgeschaltet. Was war da eigentlich los?«

Ich erzählte ihm kurz, was sich auf der Gasse zugetragen hatte.

»Du sagst, er habe einen grünen Anzug getragen?« sagte Joey. Er hatte meinen Kopf mit einer Salbe eingerieben und aß teilnahmsvoll seine Pizza. »Es hat keinen Sinn, dich ins Krankenhaus zu fahren. Du sitzt da nur rum, und sie fragen dir wegen deiner Aufmachung ein Loch in den Bauch.« Ich hatte ganz vergessen, daß ich unter meinem Pelzmantel lediglich den Flaschenkürbis, einen Hundezahngürtel und das Halsband aus menschlichen Kieferknochen trug. Auf meinem momentan etwas lädierten Kopf steckten ein paar Federn von Kasuaren und Loripapageien, und durch meine Nase war ein goldglänzendes Schreibwerkzeug gezogen, das ich am frühen Abend vom Flurtischchen meines Gastgebers gemopst hatte.

»Du sagst, dieser Kerl habe einen grünen Anzug getragen?« fragte Joey wieder.

»Ja, eine geradezu erstaunliche Farbgebung. Eine Art Lindgrün, ein phosphoreszierendes Grün. Es schien in der Dunkelheit zu leuchten und stand ihm ausgezeichnet. Im großen und ganzen sind die amerikanischen Designer ziemlich einfallslos, und dieser Anzug schien mir ein europäischer Schnitt zu sein.«

Joey sah mich interessiert an. »Europäischer Schnitt? Weißt du, Mgungu, manchmal bist du schon recht eigentümlich.« Nachdenklich schob er ein neues Stück Pizza in den Mund. Der widerliche Geruch fing allmählich an, mich hungrig zu machen. »Ich glaube, daß du gerade eine unsanfte Begegnung mit Reynard Lopato hattest, einem sehr bekannten Kriminellen. Er ist fast eine Berühmtheit, könnte man sagen. Die Polizei hat ihm bislang nichts anhaben können. Und ich weiß, daß er seine schmutzige Arbeit selbst erledigt, einfach weil es ihm Spaß macht. Ich kann mich natürlich täuschen. Es mag in dieser Stadt mehrere Kriminelle geben, die ihre Schmutzarbeit selbst erledigen und lindgrüne Anzüge tragen. Wahrscheinlich tragen hier sogar tausende von Männern lindgrüne Anzüge, die Stadt hat immerhin sechzehn Millionen Einwohner. Woher soll ich denn wissen, wie viele von ihnen in lindgrünen Anzügen mit dazu passenden Autos rumrennen? – Andererseits, so viele können es auch wieder nicht sein. Der Anzug schon, aber mit passendem Auto, da bin ich mir nicht so sicher. Wie sah sein Gorilla aus?«

»Sein was?«

»Sein Gorilla, sein Büttel, sein Schmierensteher?«

»Ein Schrank von einem Kerl, ungefähr zwei Meter lang und mit einer großen, plattgedrückten Nase und mit hornumrandeten Ohren.«

»Was für Ohren?«

»Sie glichen denjenigen einer bestimmten Spezies gepanzerter Eidechsen, die wir auf New Burnt Norton haben. Ich weiß nicht, wie sie auf englisch heißen, aber ihr Panzer besteht aus ...«

»Jaja. Jetzt können wir sowieso nichts machen. Wo wohnst du?«

»Im Holiday Inn, in der Nähe eines großen Theaters.«

»Ich fahr' dich hin, wenn ich zugesperrt habe. Ich muß eh in diese Richtung – ich wohne bei meiner Schwester und hab' mir ihr Auto geliehen.«

Vor dem Hotel drückte ich ihm fest die Hand. »Auf Wiedersehen, erhabener Joey«, sagte ich. Wußte ich doch, wie kurzlebig solche Beziehungen in der modernen Welt waren, und ich wollte, daß wir als gute Freunde auseinandergingen.

»Hör mal«, sagte Joey, »bist du noch 'ne Zeitlang hier? Warum kommst du nicht morgen abend vorbei, wenn du nichts vorhast? Ich mach früh Schluß, und wir könnten ausgehen.« Er blickte auf das Steuerrad. »Ich bin grad erst geschieden und oft ziemlich einsam.«

»Aber mein Freund!« sagte ich. »Das ist doch wundervoll. Ich nehme deine Einladung mit dem größten Vergnügen an. Und du könntest auch gleich meine Verlobte kennenlernen, Maria Fishburn, die ich am besten gleich mitbringe.«

So verblieben wir erst mal und verabschiedeten uns.

Zurück in meinem Hotelzimmer konnte ich nicht einschlafen. Ich saß auf dem Bett und blickte durchs Fenster auf die Straße hinunter, wo ein Mann einen riesigen Fernseher in einem Einkaufswagen spazierenfuhr.

Ich hatte es Joey nicht gesagt, aber mein Schädel brummte immer noch sehr stark. Es klopfte und pochte, als ob da drinnen etwas Lebendiges sei, das hinaus wollte. Ich stand schließlich auf, um mir das Bild an der Wand näher zu betrachten – es stellte ein Schiff in einer sturmgepeitschten See dar. Leider war es so fest angepinnt, daß ich es nicht abnehmen konnte, um es in die Reisetasche zu stecken, die mir die New Burnt Norton Airlines als Reklamegag geschenkt hatte. Ich machte mir zwar nicht allzu viel aus dem Gemälde, aber ich hätte es auf New Burnt Norton leicht als Kunstwerk eines echten Amerikaners an einen gutgläubigen Eingeborenen verkaufen können.

Aber würde ich jemals wieder auf New Burnt Norton leben können? Das Großstadtleben hatte mich völlig gefangengenommen.

Der Fernseher gab einen fortwährenden Pfeifton von sich. Ich hatte keine Ahnung, wie man das abstellen konnte und legte mich bis zur Morgendämmerung aufs Bett.

Dann schleppte ich mich in den All-American Coffee Shop runter und aß mehrere Vogeleier, Toast, Speck, Corn-flakes und trank Saft und Kaffee. Die Rechnung belief sich auf dreiundzwanzig Dollar.

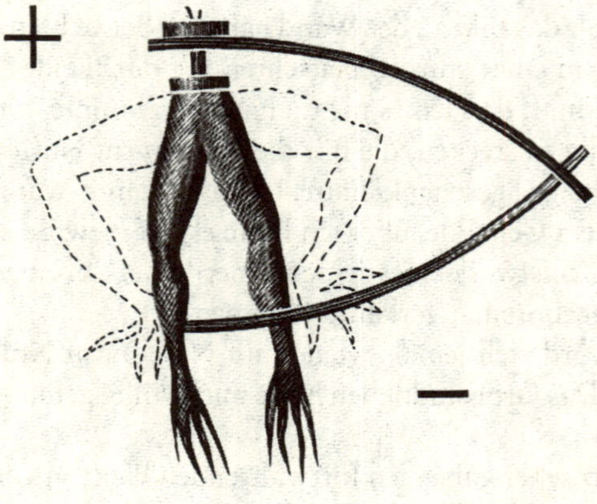

Während der letzten Jahre auf New Burnt Norton hatte ich mich ständig gefragt: Was mach' ich hier? Hier gehöre ich nicht hin; ich bin nicht zum Wilden berufen, der pausenlos Bäume fällt, um Brennholz zu hacken. Und doch hatte ich jetzt das Gefühl, daß ich niemals hätte fortgehen sollen. Meine Ehefrauen, meine Schweine, mein Dschungelleben, das alles hatte mich zu deutlich geprägt. Und dieses Gefühl durchschoß mein Inneres wie ein Strahl heißen Fetts. Man mochte es drehen und wenden, wie man wollte, ich würde nie zivilisiert *genug* werden. Das Tier in mir würde sich kaum bändigen lassen.

Nach dem Frühstück kam mir der Gedanke, Maria anzurufen, die mir zweifellos sogleich trostreich zur Seite eilen würde, wie es meine Frauen zuhause getan hätten. In meinem Zustand war es gar nicht so einfach, ein Telefon in Gang zu setzen. Ich mußte mich höllisch konzentrieren, um herauszufinden, welche Zahl zu welchem Loch der Wählscheibe gehörte. Und hatte ich die Scheibe einmal in Bewegung gesetzt, verschwand sofort die Zahl unter dem Loch. Aber irgendwie habe ich es dann doch geschafft.

»Liebling«, sagte Marias schläfrige Stimme, »bist du's? Ich hab' noch geschlafen und grad so schön von dir geträumt. Hast du auch nicht vergessen, daß du heute zur Pressekonferenz ins Museum mußt?«

»Natürlich«, sagte ich. »Ich hab' übrigens eine wichtige Einladung für dich. Gestern nacht habe ich nämlich mit einem hochbedeutenden Mann Freundschaft geschlossen, dem berühmten Joey. Du hast zweifellos von ihm gehört.«

»Nein, Liebling«, sagte Maria.

»Joey von Joe's Pizza möchte uns heute abend ausführen. Ich habe für uns beide zugesagt.« Ich war sehr stolz, einen Freund gewonnen und eine Einladung für Maria ergattert zu haben, um mich bei ihr für die Cocktailparty revanchieren zu können.

»Ich hab' aber keine Zeit, Mgungu«, sagte Maria. »Aber geh' du ruhig. Es wird dir Spaß machen. Ich denke an dich. Bis später dann.« Sie hatte aufgelegt.

Obwohl ich einen Stadtplan hatte, mit dessen Hilfe ich recht schnell den Weg zum Museum finden konnte, mußte ich plötzlich feststellen, daß ich in die falsche Richtung lief. In Gedanken war ich bei Maria, die ich noch kaum gesehen hatte, und ich fragte mich schon, ob sie nicht ein Geist oder Dämon jener Sorte war, die zuweilen in der Nähe meines Dorfes lauern. Doch war es keinem dieser Phantome jemals gelungen, mich fortzulocken. Das Pflaster brannte unter meinen Füßen, und die Augen der Passanten feixten erbarmungslos und flößten mir mehr Furcht ein als meine Ahnen, die zur Zeit vermutlich damit beschäftigt waren, den Dschungel zu verhexen.

Wie von selbst stand ich plötzlich vor einem Delikatessengeschäft, das meinem Stadtplan zufolge im Diamantendistrikt lag, obwohl die Straßen aus purem Zement schienen. Minutenlang blieb ich stehen, da ich mich nicht entscheiden konnte, ob ich hungrig war oder nicht. Doch schließlich war ich ein Wilder: Ich mußte essen, um zu überleben.

Ich ging also rein und betrachtete ausgiebig den gefilte Fisch, die rosa Cornedbeefscheiben in plätscherndem Fett, die sauren Heringe in Yoghurtsauce. Auf der Theke lagen in Plastikfolien verpackte Cremetaschen. Angesichts dieser betörenden Auswahl verging mir erst mal der Appetit, und ich setzte mich an eins der Tischchen, um in Ruhe meine Wahl zu treffen.

Doch wußte ich genau – was immer ich bestellen würde, ich würde schon nach dem ersten Bissen etwas anderes wollen. Was Süßes? Ein Stück Ananaskäsekuchen? Oder lieber eine chinesische Frühlingsrolle? Was bloß, was bloß?

Jetzt muß ich aber erst mal von meinen Rauchgewohnheiten berichten. Diese Raucherei war schon in jungen Jahren so etwas wie ein religiöses Ritual für mich. Seitdem mußte ich einfach rauchen. Wo Rauch aufstieg, mußte auch ein menschliches Wesen sein. Aber in den Bergen vermischte ich den Tabak mit Ingwerblättern. Meine Frauen, die so ausnahmslos qualmten, wie auch die jüngsten meiner Kinder, kultivierten den Tabak und den Ingwer im Garten. So wußten wir, daß wir nicht nur Gefangene der Berge und der Regierung waren, sondern eine Macht, mit der man zu rechnen hatte. Ständig entströmten unseren Mündern bedrohliche Dampfwolken.

Der Ingwer verlieh der Zigarette einen kühlen, süßlichen Geschmack, der mir hier schmerzlich abging. Was sollte ich nur machen? Ich hatte ein Tabakbeutelchen dabei, auch Zigarettenpapier, aber Ingwerblätter hatte ich nicht. Doch im Schaufenster dieses Delikatessengeschäfts war eine Pflanze, deren dürre Blätter denen des Ingwers nicht so ganz unähnlich waren. Ich stand also auf und beraubte das Gewächs seiner Blätter, worauf ich mich wieder hinsetzte und mir eine Zigarette drehte. An den Wänden allerdings hingen große Schilder: *No smoking*, und wenn mehr als ein oder zwei Leute rumsaßen, mußte ich meine Zigarette ausdrücken.

Nur weil die Amerikaner eine geradezu panische Angst vor dem Tod und vor Krankheiten haben, zwei Dinge, die auch auf New Burnt Norton, wie ich vielleicht schon erwähnt habe, nicht gerade selten waren. Aber ich hatte nicht damit gerechnet, daß man mir meine Zigaretten mit roher Gewalt entreißen würde. Ich überlegte noch immer, was ich zu essen bestellen sollte, während ich behutsam meine Zigarette drehte, nachdem ich den Tabak mit den Pflanzenblättern und einem süßen Gewürz aus meinem Beutel versetzt hatte. Sollte ich ein Roastbeefsandwich bestellen? Oder etwas Einfacheres: ein Thunfischbrötchen und dazu Wackelpudding mit Obstsalat? Oder vielleicht sogar etwas aus dem Mixgerät, einen Erdbeer-Bananen-Milkshake zum Beispiel.

Die Kunden in dem Delikatessengeschäft gehörten zu jenen Leuten, die ich wegen der Unbeschwertheit beneidete, mit der sie ihr Leben akzeptiert hatten. Ein alter Mann in knallgrünen Hosen konnte kaum seine Suppe essen, so sehr zitterten seine Hände von der Schüttellähmung. Eine spindeldürre Frau trug einen Schlangenledermantel aus Plastik, der schlaff an ihr herunterhing, als würde sie sich häuten. Zwei junge Frauen mit verkrümmten Nasen pickten von ihren Tellern eine Speise, die wie Kieselsteine aussah. Kaum hatte ich zu rauchen angefangen, als die Leute sich umdrehten und nervös in die Luft schnupperten. »Hier kokelt was. Irgendwo brennt's.« Die Leute hatten nichts gegen das Rauchen, nur der Geruch der frischen Blätter und meines Tabaks kam ihnen abartig vor.

Eine dralle Frau wälzte sich hinter dem Tresen hervor und mir entgegen: »Tut mir leid, das ist hier verboten«, sagte sie, wobei mir ihr starker Akzent auffiel. Ich sah sie erstaunt an. Ich konnte deutlich erkennen, wie ein Mann an einem anderen Tisch unbehelligt rauchte. Mir war es rätselhaft, warum man ausgerechnet an mir herummäkelte. Sie war nicht der Typ, der sich an dem weißen Fangzahn in meiner Nase stören würde.

Ich kam mir ungerecht behandelt vor. »Aber...«, sagte ich.

»Machen Sie das Ding aus oder gehen Sie. Zwingen Sie mich nicht, die Bullen zu rufen. Ich hab' auch so schon genug Ärger.«

»Schon gut, aber...« Sie nahm mir die Zigarette fort und drückte sie in den Aschenbecher. Dann pulte sie sie auf, zerrieb den Tabak zwischen ihren Fingern und beschnupperte ihn.

»Haschisch, was? Sie halten mich vielleicht für eine alte Schachtel, aber ich bin nicht von gestern. Manche glauben, sie könnten sich alles erlauben. Aber ich bin doch nicht doof. Oder?« Dann sah sie mich ein wenig genauer an und sagte: »Wo sind Sie überhaupt her?«

»New Burnt Norton.«

»Sie kamen mir doch gleich bekannt vor. Sie sind der Kannibale! Ich hab' in der Zeitung gelesen, daß Sie am Internationalen Tanzfestival teilnehmen. Ich bin auch fremd in diesem Land.

Warten Sie einen Moment, gehen Sie bitte nicht fort.« Sie rief in Richtung Küche: »Hey, Mikey, komm mal her. Wir haben einen Kannibalen hier, wirst staunen.« Die Gäste drehten sich wie vom Blitz getroffen um. Aus der Küche kam ein riesiger Mann mit einem Turban und einem Schnurrbart, der protzig sein bärtiges Kinn umrahmte. Er wischte seine Hände an einem bluttriefenden Kittelschurz ab, den er sorgfältig an einen Haken hängte.

Die dicke Frau stöhnte und setzte sich zu mir an den Tisch. »Ich bin ja so kurzatmig«, sagte sie. »Hey, Mikey, rat mal, wer das ist? Der Kannibale, von dem wir in der Zeitung gelesen haben.«

Mikey betrachtete mich wohlwollend und hobelte an der elektrischen Schneidemaschine ein Stück Fleisch ab.

»Lieber Freund«, fuhr die Frau fort, »ich bin ganz auf Ihrer Seite. Ich weiß, was es heißt, allein in dieser Stadt mit ihren seltsamen Gebräuchen zu sein. Wenn ich Ihnen einen guten Rat geben darf, verzichten Sie in diesem Land an öffentlichen Plätzen auf Ihr Haschisch, auch wenn das bei Ihnen daheim gang und gäbe sein mag. Wie auch immer, ein junger Mann wie Sie, sollte die Finger von dem Zeug lassen, ist ganz schlecht für die Gesundheit. Glauben Sie mir, ich hab' gesehen, was das Zeug anrichten kann, auch wenn Sie mich für eine alte Schachtel halten mögen.« Sie wandte sich Mikey zu, der die Messer wetzte. »Diese jungen Leute meinen, das Ei des Kolumbus erfunden zu haben, und wissen nicht, daß sie noch nicht mal trocken hinter den Ohren sind.«

»Schöne Frau, ich bin über fünfzig«, konnte ich mir nicht verkneifen zu sagen.

»Über fünfzig, was? Und haben Sie nie Scherereien gehabt? Können 'Se 'nem anderen weismachen. Ich bring' Ihnen erst mal 'n Sandwich und dann unterhalten wir uns. Wie heißen Sie eigentlich?«

»Mgungu.«

»Mgungu! Nee, kommt nicht in Frage. Ich werde Sie Perry

Sophie Tuckerman, Besitzerin eines Delikatessengeschäfts
und Mgungus treue Freundin

nennen, nach'm alten Freund von mir, 'nem Liebhaber aus Alaska. Und mich dürfen 'Se Sophie nennen, obwohl ich Sie hätte bitten dürfen, mich mit Mrs. Tuckerman anzureden, immerhin bin ich die Besitzerin dieses Delikatessengeschäfts hier. Die meisten Kunden reden mich sogar respektvoll mit Mama Tuckerman an, so heißt der Laden nämlich, aber Sie sagen einfach Sophie zu mir.«

Dennoch hätte ich gerne eine Zigarette geraucht und rutschte unruhig auf meinem Sitz hin und her, während ich mir überlegte, was wohl geschehen würde, wenn ich zu spät zum Fototermin und dem anschließenden Treffen mit dem Anwalt käme.

Mrs. Tuckerman war inzwischen in der Küche gewesen, um mir ein Sandwich zu machen, das sie mir nun servierte. Sie hatte ihre weiße, fettige Schürze abgenommen, und ich konnte jetzt ihr wunderschönes lila-weißes Chiffonkleid mit einer geriffelten Halskrause sehen. An den Füßen trug sie winzige, an den Seiten geknöpfte Stiefelchen, und die großen Wulste an der Seite deuteten auf Hühneraugen hin. Eine Brille zierte ihre Nasenspitze, und auf einem der dicken Gläser waren am Rand in goldenen Ringelbuchstaben die Initialen »N. N.« angebracht.

»Ihre Initialen . . .«, begann ich.

»S und T hatten sie nicht mehr, als ich die Brille kaufte«, unterbrach sie mich und ließ sich schwerfällig nieder, wobei sie sich kurz auf meine Schulter stützte: ihr beinharter Griff war fester, als ich vermutet hatte. »War die Idee meiner Tochter«, sagte sie. »Wer braucht schon eine neue Brille? Es gibt nichts, was ich sehen möchte.«

Das Sandwich bestand aus mehreren, übereinandergeschichteten Brotscheiben, zwischen denen nasse Salatblätter lagen, auf die wiederum ganze Lagen von Truthahnfleisch und grünlich gewürzter Salami gepreßt waren. Mit lebhaftem Interesse verfolgte Sophie Tuckerman meinen Versuch, einen ersten Bissen zu machen, aber schon platschte der ganze Inhalt des Sandwiches mit einem feuchten Knall auf den Pappteller und begrub die pickelige Essiggurke unter sich.

»Na, wie schmeckt's? In dieser Stadt finden Sie nirgends ein besseres Delisandwich, das kann ich Ihnen flüstern. Geheimrezept. Mikey mag zwar Ausländer sein, aber seine Delisandwiches sind einsame Spitze. Benutzt nur koscheres Fleisch.« Eine knorpelige Sehne hatte sich zwischen meine Zähne geklemmt, und ich versuchte, sie heimlich mit meinem kleinen Finger rauszuzerren. Immer wenn ich mit Fremden sprach, bildeten sich auf meiner Stirn Schweißperlen, und ich fuhr mir mit einer Papierserviette kurz übers Gesicht. »Ich weiß, wie Ihnen zumute ist«, sagte meine neue Freundin. »Ich bin praktisch unverwüstlich, obwohl ich meist nicht weiß, wo mir der Kopf steht.

Glauben Sie vielleicht, es ist leicht so 'nen Laden in Schwung zu halten? Dann versuchen Sie's mal. Den ganzen Tag hinter der Theke stehen, und alle naselang kommt irgendso 'n Irrer reingetobt, der uns ausrauben oder eine Haschischzigarette rauchen will. Das ist alles kein Zuckerschlecken, wirklich nicht. Essen Sie doch Ihr Sandwich, geht auf meine Rechnung. Wo sind Sie überhaupt her? Neuguinea? Das Leben ist wohl dort auch nicht allzu einfach. Sagen Sie mal, das interessiert mich wirklich, wie verteidigt man sich dort? Was benutzen Sie?«

»Na ja, früher haben wir uns gegenseitig mit Steinäxten zu Tode geknüppelt. Wir hatten auch Pfeile mit Widerhaken, die man nicht mehr rausziehen konnte, wenn sie einmal in einem steckten. Aber das alles ist vor zwanzig Jahren von der Regierung verboten worden.«

Sophie schien enttäuscht zu sein. »Ja? Und womit jagen Sie jetzt? Mit Gewehren? Oder immer noch mit Pfeilen?«

»Um ehrlich zu sein, New Burnt Nortons Fauna ist mittlerweile ganz schön mickrig. Ich gehe kaum noch auf die Jagd.«

»Ja? Wie kommt es dann, daß Sie so gut in Form sind? Ist es die Höhlenmenschendiät, über die ich gelesen habe? Wenn jemand von Ihrer Größe zu viele von diesen Sandwiches ißt, muß er früher oder später eine Diät machen. Die Leute reden nur noch von Diät. Meine Tochter sagt, ich soll eine machen, mein Arzt sagt, ich muß abnehmen; wie soll ich abnehmen, wenn ich den ganzen Tag mit Essen zu tun habe? Ich esse sowieso fast nichts, vielleicht mal ein Stück Gurke, ein Häppchen da, ein Häppchen dort, und selbst wenn ich mich halb zu Tode hungern würde, eine blühende Schönheit würde dann noch lange nicht aus mir. Ich habe zuviel durchgemacht, Perry, als daß ich noch für meine Sünden büßen müßte. Sachen, die ich Ihnen nicht mal andeutungsweise erzählen könnte. Und Sie haben auch einiges hinter sich – seh' ich an Ihren Augen.«

»Warum ich so gut in Form bin, das wollten Sie doch wissen? Ich weiß es selbst nicht so recht. Körperlich tu' ich fast nichts.

Die Arbeit machen alle meine Kinder und Frauen. Ich habe eine Hängematte.«

Das Sandwich hatte sich jetzt derart mit seinem eigenen Saft vollgesogen, daß es wie ein toter Klumpen auf dem Teller lag. Sophie sah es neugierig an. »Mögen Sie Karate?« fragte sie.

»Das weiß ich wirklich nicht.«

»In New York muß man sich zu verteidigen wissen. Mikey kann das aus dem Effeff. Wenn er da ist, fühle ich mich sicher. Eines Nachts ging er von seinem Karatekurs durch eine dunkle Straße heim. Ich hab' ihm schon hundertmal gesagt, er soll sich eine Karateschule in einer weniger gefährlichen Gegend suchen, aber er hört nicht auf mich. Jedenfalls, plötzlich schleicht sich jemand von hinten an ihn ran und klemmt ihm eine Pistole zwischen die Rippen. Überfall. Er dreht sich um, und zack, bäng, haut er dem Kerl eins in die Fresse, zertrümmert ihm die Nase. Da hat ihn der Bursche in Ruhe gelassen. Stimmt's, Mikey?« Mikey reagierte nicht. »Redet nicht viel. Nun, bei Ihnen ist das was anderes. Sie sind Mitglied eines Stammes. Vor vielen Jahren gab es hier nichts anderes als Stammesleben. Und war jemand ein wenig unterbelichtet, wußte er doch, daß seinem Stamm niemand das Wasser reichen konnte. Die Last lag nicht auf dem Individuum. Aber heute heißt es, jeder gegen jeden. Wettbewerb, Konkurrenz, jeder kämpft ums Überleben. Da vorne auf der Straße ist ein Delikatessengeschäft, da unten auf der Straße ist ein Delikatessengeschäft, und ich kann zusehen, wie ich im Geschäft bleibe, ohne pleite zu machen. Stimmt's?«

»Was will man machen?« sagte ich.

»Ich möchte Ihnen mal eine persönliche Frage stellen. Sie brauchen nicht zu antworten, wenn Sie nicht wollen, obwohl ich glaube, daß Sie mir vertrauen können. Gibt es bei einem Wilden so etwas wie Familienverhältnisse? Das würde ich gerne wissen.«

Und ich erzählte ihr von Maria Fishburn. »Ich kann mir keinen Reim auf sie machen. Was führte sie bloß im Schilde, als sie mir einen Heiratsantrag machte? Ich kann weit und breit kein

Motiv sehen. Sie hat genug Geld, um unabhängig zu sein – dazu die nötige Schönheit, Intelligenz und Jugend. Nicht, daß ich selbst so ganz ohne wäre, aber ich bin fünfundfünfzig, ein Wilder, ein halber Analphabet, ich spreche kaum englisch und wüßte außerdem nicht, wohin mit meinen drei Frauen ...«

»Vielleicht will sie Kinder«, sagte Sophie. »Ein zeugungskräftiger Mann ist heutzutage auch nicht mehr so ganz leicht aufzutreiben.«

»Ich bin kein guter Vater, das kann ich Ihnen schriftlich geben«, sagte ich. »So habe ich einmal ... schon gut.«

»Wahrscheinlich hat sie Kummer«, sagte Sophie.

»Ja, aber warum ist sie so unglücklich? Das Leben ist kurz und sollte möglichst unkompliziert gelebt werden, aber ich glaube, sie fühlt sich nicht lebendig, wenn nicht der Teufel los ist.«

»So ist das halt«, sagte Sophie und krallte sich mit ihren Stummelfingern mein Sandwich. »Jeder muß sich auf andere Art und Weise beschäftigen, wenn auch nur als Schweine- und Frauenzüchter und Kulttänzer auf einem Tanzfestival, oder als Anlageberater oder Zugschaffner. Aber wenn ich Sie richtig verstanden habe, tut dieses Mädchen überhaupt nichts. Das trifft auf fast jeden zu, den ich kennenlerne. Alle sind unausgefüllt und glauben, sie hätten nichts, außer einem Fernseher und dem bescheidenen Wunsch, in einem Einkaufszentrum irgendwelchen Kram zu kaufen. Mir ist das alles egal, meistens bin ich froh, daß ich überhaupt lebe, aber das hat mit meiner Vergangenheit zu tun, in der ich manch' bittere Lektion habe lernen müssen.«

Ich stand auf und sagte, ich müsse nun gehen, da ich sonst zu spät zu dem Fototermin und der Pressekonferenz käme. Aber ich fühlte mich jetzt wohler, nachdem ich mich bei einem grämlichen und mütterlichen Wesen ausgesprochen hatte.

Sophie fing an, mein zermatschtes Sandwich zu essen. »Hier habe ich alles, was die Welt zu bieten hat«, sagte sie, »und die Menschen um mich herum sind nicht sie selbst, sondern nur Marionetten. Aber was ich Ihnen noch sagen wollte, Sie vermitteln mir ein Gefühl, das ich nur noch selten habe. Und dieses Gefühl sagt mir, daß bei Ihnen alles so kommen wird, wie es kommen muß. Auch wenn Ihnen das nicht immer gefällt. Sie brauchen sich keine Sorgen zu machen, glauben Sie mir.«

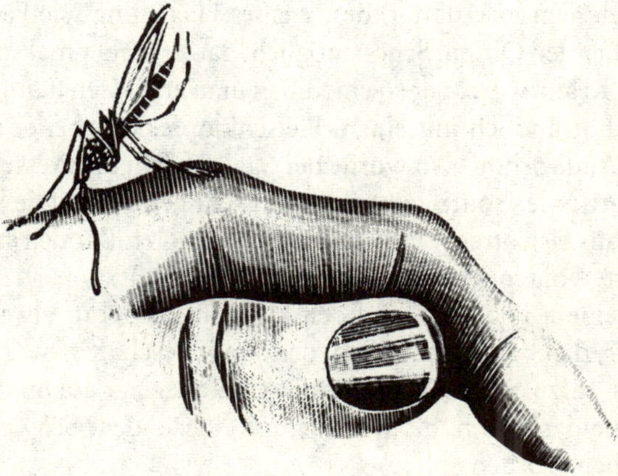

Irgendwie erinnerte mich dieser Parker Junius an eine Art Seeungeheuer, das an Land gekrochen war und menschliche Gestalt angenommen hatte. Im Museum angekommen, hatte ich erneut Gelegenheit, mir diesen genialen Mann aus der Nähe anzusehen. Seine dicken Brillengläser glichen zwei kupierten Teleskopen, hinter denen das Weiß seiner Augen fast völlig verschwand und durch eine feuchtglänzende Flüssigkeit ersetzt war, wie sie nur Unterwasserwesen eigen ist. Seine Haut schien aus gesprenkeltem, teilweise grobgeflecktem Papier zu sein, von äußerst zarter, fast durchsichtiger Beschaffenheit und von einem reizvoll verzweigten Adernnetz durchpulst.

Seine hundeähnlichen Augenbrauen habe ich wohl schon erwähnt, dieses dicke Gestrüpp, das auf dem Nasenansatz zusammengewachsen war und nach oben in die Stirn wucherte, während es abwärts, hinter der Brille, wie seine Augen vergrößert erschien. Sein lose flatterndes, weißes Haar hing wie Federbüschel über den Ohren. Schon möglich, daß er früher mal so etwas wie ein Krake war, aber so einer, den man erst essen kann, wenn man ihn gründlich mit einem Fleischklopfer bearbeitet hat.

Das Auditorium – so wurde der Saal, in dem die Pressekonferenz stattfinden sollte, genannt – war sehr geräumig. Die Wände waren aus eisglattem Stahl, und auf dem Holzfußboden standen hunderte von rotbezogenen Stühlen aufgereiht.

Auf einem Podium stand der Museumsfotograf, ein junger, bärtiger, dickbäuchiger Mann, der damit beschäftigt war, Fotolampen aufzustellen. Wenn er die eine oder andere anknipste, leuchtete der Raum, als wäre er mit glänzendem Schweinefett bestrichen worden.

Mir war ernsthaft daran gelegen, einen guten Eindruck zu machen, schon Maria zuliebe. Obwohl das Museum für primitive Kulturen von den großherzigen finanziellen Zuwendungen ihrer Familie abhängig war, hatte Maria all ihre Überredungskunst aufwenden müssen, um Parker Junius zu bewegen, mich zu dem Tanzfestival einzuladen. Mir hätte klar sein müssen, daß ein Mann seines Formats natürlich wußte, welche Stämme eine Tanzkultur pflegten und welche nicht. Naiv wie ich nun mal war, dachte ich, man hätte dem amerikanischen Volk einen Bären aufbinden wollen, indem man mich, einen Mann, der von Tanz keinen blassen Schimmer hatte, zu einem Tanzfestival in einem Museum eingeladen hatte.

»Mgungu«, rief Parker Junius von der Bühne, »kommen Sie, mal her. Darf ich Sie mit Arthur Gornell, dem Fotografen, bekannt machen?« Der Mann war in Schweiß gebadet, er näherte sich mir in einem spitzen Winkel und als er meine ausgestreckte Hand schüttelte, durchzuckte es ihn derart heftig, als sei er einem Veitstanz nahe.

»Was ist los, Arthur Gornell?« fragte ich höflich, da mir sein Verhalten ein bißchen merkwürdig vorkam und er Anstalten machte, sich hinten um mich herumzuschleichen.

»Er ist heute ein klein wenig nervös«, sagte Parker in seinem sonoren, schleppenden Tonfall. »Während der letzten Tage haben wir all die Eingeborenen fotografiert, die am Tanzfestival teilnehmen, und das hat ihn ganz schön fertiggemacht. Er muß sich wohl an irgendein schreckliches Ereignis während einer Amazonasexpedition vor ein paar Jahren erinnert haben.« Arthur lächelte mir gequält zu, wobei er den Blick auf sein gelbes, ausgezacktes Gebiß freigab.

»Kommen Sie mit mir nach oben«, sagte Parker Junius. »Es wird noch ein Weilchen dauern, bis er die Lampen wieder richtig aufgebaut hat.« Wir fuhren mit dem Lift in das oberste Stockwerk, wo er – er hatte sich das vor Übernahme seines Postens eigens vertraglich zusichern lassen – eine Schar junger Knaben eingesperrt hielt. Sie mühten sich damit ab, seine jeweils neuesten Ideen zu verwirklichen, denn dieser Parker genoß auch den Ruf, ein hervorragender Künstler zu sein.

Die Knaben standen in einem atelierartigen Raum auf einem Gerüst, das die drei Meter hohe Statue einer spindeldürren, nackten Frau umgab. »Sie kann jeden Moment zusammensakken«, rief einer der Knaben in unsere Richtung. Die Statue war noch ganz aus Gips und sollte, sobald sie fertig war, mit Bronze gehärtet werden. Sie war unendlich schlank und grazil, und man bekam den Eindruck, als sei die ideale Frau für Parker Junius aus Gespinsten und Fäden gewoben. Mit der Herstellung und dem Vertrieb solcher Plastiken verdiente er Unsummen, doch sollte sich der Film, den er gerade konzipierte, als noch lukrativer erweisen: ein Horrorfilm über zwei stinkreiche Schwestern, die in der Upper East Side in einem Abwasserkanal lebten und Männer in einen Hinterhalt lockten. Er trug sich mit dem Gedanken, nach Hollywood zu ziehen. Erstaunlich nur, daß er sich bei unserer ersten Begegnung so überaus schockiert zeigte. Aber vielleicht wollte er nur Kunst und Leben auseinanderhalten. Er galt als ein fast ebenso begnadeter Künstler wie Geschäftsmann und Museumskurator.

Wenn man ihn so ansah, hätte man ihm das alles sicherlich nicht zugetraut. Als einer der Knaben drauf und dran war, von dem Gerüst zu purzeln, fuhr er mechanisch wie ein Krake seinen Arm aus, um den Jungen abzustützen, während seine Augen teilnahmslos und kalt durch die Brillengläser starrten. Da wurde mir klar, wie mächtig und bedeutend er doch war.

Schließlich fuhren wir wieder runter, da ich mich auf der Bühne zwischen die Lampen zu stellen hatte. Es war so heiß, daß mir die Schminke bald über den nackten Oberkörper rann. Parker Junius korrigierte meine Körperhaltung – ihm machte die Hitze der Lampen überhaupt nichts aus, er schien sich so wohl zu fühlen wie ein sonnenbadender Haifisch im seichten Gewässer.

»Nur ein paar Schnappschüsse fürs Museum, Mgungu«, sagte er zu mir. »Kein Grund zur Aufregung. Die Reporter werden auch bald kommen. Man hat Sie übrigens auserwählt ...« Er unterbrach sich, da in diesem Moment ein fast zweieinhalb Meter großer, schwarzer Jüngling mit rot gefärbten Haaren hinter einer spanischen Wand hervorkam. Der Riese hatte einen Basketball unter den Arm geklemmt und war über und über mit Farbe beschmiert. Offenbar war er gerade fotografiert worden. Jetzt trug er eine Latzhose und Turnschuhe, während sein Kostüm über der spanischen Wand hing. Es ähnelte einem Hularöckchen und bestand darüber hinaus aus einem kunstvollen Kopfschmuck aus Gabeln, Löffeln, verfaulten Dattelpflaumen und Grapefruits. Der Hüne knurrte den Fotografen kurz an, worauf dieser wie Espenlaub erzitterte.

»Vielen Dank, MiCarwo«, sagte Parker Junius. »MiCarwo ist ein Watussi; er nimmt auch am Tanzfestival teil. Sie werden sich bestimmt noch näher kennenlernen. Er wohnt auch im Holiday Inn. MiCarwo, das ist Mgungu von der Insel New Burnt Norton.«

MiCarwo zuckte die Achseln und machte sich daran, seine Kriegsbemalung abzukratzen, die klümpchenweise zu Boden fiel.

»MiCarwo war gestern abend im Kino«, sagte Parker Junius. »Ein Film über die New Yorker Straßengangs. Er ist immer noch ganz aus dem Häuschen. Sie kennen nicht zufällig eine Straßengang, der MiCarwo sich anschließen könnte, Arthur?«

»Nein«, röchelte Arthur und versteckte sich hinter seiner Kamera.

»Das wär's für heute, MiCarwo. Und vergessen Sie bitte nicht, morgen nachmittag tanzen Sie im Central Park für die Dokumentarfilmer. Können Sie sich das merken?« MiCarwo starrte haßerfüllt auf den Boden. »Finden Sie jetzt zum Hotel zurück, MiCarwo?« Parker Junius sprach langsam und betonte jede Silbe, als hätte er es mit einem kleinen Kind zu tun. MiCarwo antwortete nicht. Er war kaum älter als achtzehn oder neunzehn und sein Stolz quoll ihm förmlich aus allen Poren.

»Schon gut, schon gut, ich lasse ein Taxi rufen«, sagte Parker Junius, und Arthur Gornell stob zum Telefon. Er war heilfroh, daß MiCarwo endlich ging. »MiCarwo sagt, er sei sauer, daß er alles zu Fuß machen muß. Zuhause würde jeder seinen Strandbuggy fahren, und er würde wieder zurückfliegen, wenn er nicht ständig ein Taxi nehmen dürfe. Um ehrlich zu sein, Mgungu, mir hängt das alles zum Hals raus. Ich weiß allmählich nicht mehr, wo mir der Kopf steht. Ich habe extra darum gebeten, daß sie einen Watussi rüberschicken, der Englisch kann, und während der ersten Tage ging es ihm fließend von den Lippen, aber dann ist er in der U-Bahn überfallen worden, und seitdem kann er kein Wort mehr. Er will sich nur noch einer Straßengang anschließen und für die New York Knicks Basketball spielen. Dauernd drängt er mich, mit ihm in irgendwelche Läden zu gehen, wo er BHs für seine Freundinnen daheim kaufen kann. Alle schreien sie nach BHs! Ist das Mangelware in der Dritten Welt, oder was? Ich hab' für so was einfach keine Zeit.

Ich wünschte, Sie würden sich seiner annehmen, Mgungu. Wenn Sie sich ein wenig um ihn kümmern, wird er vielleicht wieder normal. Was die Kunst des Tanzens anbetrifft, die beherrscht er wirklich, aber er ist da voller Hemmungen, obwohl wir vor zehn Jahren einen großartigen Film über den Tanz der Watussikinder gedreht haben – aber er behauptet, die Leute würden ihn nur auslachen. Dieses ganze Festival wird die reinste Katastrophe. Das polynesische Mädchenensemble ist seit seiner Ankunft nur damit beschäftigt, Männer aufzureißen. Ich glaube, die wissen nicht einmal, wo ihr Hotel ist. Tagsüber können sie nicht proben, da sie von ihrer nächtlichen Discotour noch völlig erschöpft sind. Die Tanzenden Derwische weigern sich, ihr Zimmer zu verlassen, es sei denn, ich brächte ihnen eine Ziege für ihren Opferaltar. Wo soll ich um Himmelswillen eine Ziege herkriegen? In ihrem Hotel sind Tiere außerdem grundsätzlich verboten. Und die drei Assistenten, die mir zur Hand gehen sollen, kann man sowieso vergessen – dabei steht das Festival unmittelbar vor der Tür.«

Der Watussi hatte das Haus inzwischen verlassen, nachdem es ihm mit Arthurs Hilfe gelungen war, die Eingangstür zu öffnen.

»Wie auch immer, Mgungu, ich hab' eine erfreuliche Nachricht für Sie. Ich wollte es Ihnen nicht sagen, solange MiCarwo noch hier war – zuweilen versteht er ja Englisch und wäre sicherlich nur eingeschnappt gewesen. Ich habe beschlossen, daß Ihr Konterfei das Reklamesymbol des Tanzfestivals sein soll. Die Leute, die jetzt gleich kommen, werden von Ihnen Probeaufnahmen für das Titelbild des *Time*-Magazins machen. Meiner Meinung nach haben Sie mit das interessanteste Gesicht aller Teilnehmer am Tanzfestival – keiner ist älter als Sie, keiner spricht besser Englisch, und Sie sind der einzige Kannibale. Plaudern Sie halt bloß nicht aus Versehen aus, daß Sie nicht tanzen können.«

»Mein Gott«, sagte ich, »woher wissen Sie das?«

»Hör doch auf!« sagte Parker Junius. »Mgungu.« Seine Stimme klang geradezu sarkastisch, als er meinen Namen aussprach und seine feuchte, schlaffe Hand auf meinen Arm legte. »Ich bin Kurator eines anthropologischen Museums. So ein ganz klein wenig weiß auch ich, welche Stämme mit den Hüften wackeln und welche nicht.« Und er blinzelte mich mit seinen wäßrigen Augen an. »Das bleibt unser kleines Geheimnis, ja? Und kurz vor dem Tanzfestival bringe ich Ihnen den Foxtrott bei – ich schwöre Ihnen, kein Mensch wird was merken.«

Der Fotograf hantierte noch immer an seiner Kamera, wobei ihm sein Bauch gelegentlich im Wege war. »Das bleibt zwischen Ihnen und mir und Arthur, abgemacht, Mgungu?« sagte Parker Junius. »Und Maria Fishburn.« Und ich kapierte endlich, daß ich wegen ihr zu dem Festival eingeladen worden war und nicht um meiner selbst willen. »Darf ich Sie jetzt noch bitten, dieses kleine Lendentuch anzulegen, Mgungu? Das könnte uns eventuellen Ärger ersparen, da Sie sich gegenwärtig im zivilisierten Teil der Welt aufhalten. Die Leute würden sich vielleicht allzu sehr dafür interessieren, was unter diesem gelben Penisköcher ist, den Sie da tragen, und das dürfte schwerlich die geeignete Publicity sein.« Parker Junius zog ein winziges Seidentuch hervor, total zerknittert und von einem verheerenden Rosa. »Verdammte Tat, das Ding ist ja völlig verkrumpelt. Ich weiß wirklich nicht, wie das passieren konnte?«

Er ging zum anderen Ende des Raumes, wo ein Bügelbrett mit Bügeleisen bereitstand. »Gut, daß Sie das schon mal aufgestellt haben, Arthur. Diese Kostüme mußten wohl alle gebügelt werden, was? Waren ja auch ganz schön lange im Lager.« Er stöpselte das Bügeleisen ein. »Mgungu, ich muß ein paar Anrufe erledigen. Sie wissen doch, wie man bügelt, oder?«

Ich nickte. »Oh, natürlich, Sir. Mr. Parker Junius.« Ich schämte mich noch immer in Grund und Boden, daß er wußte, daß ich kein Tänzer war, sondern nur eingeladen worden war, um das Verlangen einer Frau zu befriedigen. Und dann zeigte er mir auch noch, wie man ein Bügeleisen über ein Stück Seide schiebt.

»Ich bin gleich wieder zurück«, sagte er, »und dann soll Arthur die Aufnahmen für den Museumskatalog machen. Vielleicht können wir uns dann noch darüber unterhalten, was Sie den Reportern erzählen sollen.« Er nahm das tragbare Telefon und zog sich in einen Raum mit Spiegelwänden und einer Badewanne und einer Toilette zurück. Ich war fest entschlossen, diese Toilette zu benutzen, wenn er mit seinen Telefonaten fertig war, da ich stets jede Gelegenheit ergriff, diese kulturelle Errungenschaft auszuprobieren. Das war ein Quell ständiger Freude, nachdem wir jahrelang nur tragbare Campingklos und davor sogar nur ein Loch im Boden gehabt hatten. Jedesmal wenn ich auf so einem Ding thronte, genoß ich es aus vollem Herzen.

Ich nahm das Bügeleisen zur Hand und führte es über das rosa Gewebe, das zu tragen man mir empfohlen hatte. Zu meinem Entsetzen schmolz ein guter Teil des Tuchs unter dem Gewicht des Bügeleisens einfach weg und löste sich in ein schwarzes Rauchfähnchen auf. Ich war fassungslos. »Du lieber Himmel!« rief ich. »Das darf doch nicht wahr sein. Was habe ich da angerichtet?!«

»Was ist los?« fragte der Fotograf Arthur mit sanfter Stimme und näherte sich dem Bügelbrett.

»Dieses Lendentuch hat sich gerade in Wohlgefallen aufgelöst, und Parker Junius wird sicherlich sehr böse sein. Was bin ich doch für ein Idiot!«

Arthur hielt das Lendentuch hoch, das nur noch aus einem umrandeten Loch bestand. Obwohl er anfangs recht schüchtern auf mich wirkte, schien er mir jetzt doch ein recht netter, warmherziger Kerl zu sein. »Schiet«, sagte er. »Gut gemacht. Wo sagten Sie, sind Sie her?«

»New Burnt Norton.«

»Jetzt ist es zu spät, ein Ersatztuch aufzutreiben. Besteht Ihr Stamm aus lauter Deppen? Es ist ja allgemein bekannt, daß die Pygmäen ein wenig bescheuert sind.«

»Ich bin kein Pygmäe, mein guter Freund.«

»Richtig, ja. Nur ein Kannibale.« Ich wußte natürlich, daß er nur Spaß machte. »Ich weiß auch nicht, was wir jetzt nehmen sollen«, sagte er, »aber mit dem, was Sie jetzt anhaben, können wir keine Aufnahmen machen. Der Verwaltungsrat lehnt Nacktheit strikt ab, es sei denn, es handelt sich um anthropologische Titten.«

Parker Junius war noch immer mit seinem Telefon auf der Toilette, und Arthur sagte, er wisse nicht, was er machen solle. »Moment mal«, bemerkte er plötzlich, »wie wär's mit meinem Taschentuch?« Er zog einen großen roten Fetzen aus seiner Hosentasche, der, wie er sagte, von der Insel Woolworth stammte, schlang ihn um meine Hüfte und verknotete ihn hinten so, daß er vorne fast vollständig runterhing. »Sie dürfen sich nur nicht umdrehen«, sagte er. »Glauben Sie mir, die wollen zwar einen Eingeborenen sehen, aber einige dieser weiblichen Reporter werden Sie vergewaltigen, wenn die sehen, was Sie da haben.« Wie gesagt, ein liebenswürdiger Kerl.

Als Parker Junius wieder auftauchte und sah, was ich anhatte, erkundigte er sich sofort nach dem Lendentuch.

»Hat nicht gepaßt«, sagte Arthur.

»Was reden Sie da?!« entgegnete Parker Junius. »Ein Lendentuch, da gibt es doch keine verschiedenen Größen.«

»Ich hab' es weggeschmolzen«, beichtete ich.

»Sie haben was?«

»Ich war so nervös, als ich plötzlich dieses Ding bügeln sollte, daß es mir einfach weggeschmolzen ist.«

Grimmig näherte sich Parker Junius dem traurigen Rest, den ich bei meiner Aktion von dem Tuch übriggelassen hatte. Nur ein Fleck auf dem Bügelbrett zeugte noch von dem fraglichen Gegenstand. »Aber das war ein Schmuckstück der Museumskollektion!« sagte er und wollte noch immer nicht seinen Augen trauen. »Haben Sie auch nur eine blasse Ahnung, wie solche Sachen in einem Museum gelagert werden? Dieses Lendentuch wurde zwanzig Jahre lang in einem Raum mit automatischer Temperaturkontrolle aufbewahrt. Da darf kein Tageslicht eindringen und das ganze Lager wird mit dreifach gefilterter Luft ventiliert. Der große Sammler Minton Heathcliffe hat das Tuch vor zwanzig Jahren während seiner letzten Expedition unter Lebensgefahr ergattert! Der große Fleck auf der Rückseite war analysiert worden und hatte sich als Mintons eigenes Blut erwiesen! Seine Erben werden mir den Schädel einschlagen!«

»Tut mir leid, Mr. Parker Junius«, sagte ich tränenüberströmt. Am liebsten hätte ich mir mit dem Bügeleisen, mit dem ich das Tuch versaut hatte, eine Brandwunde oder sonst ein Leid zugefügt.

»Ich habe Ihnen nur aus Gutmütigkeit dieses Lendentuch zur Verfügung gestellt! Ich wollte, daß Sie beim Fototermin nett aussehen! Nun ja, ich glaube, Sie haben sich die einmalige Chance, auf der Titelseite von *Time* zu erscheinen, gründlich versaut! Für eine solche Gelegenheit würde sich jeder andere, mich nicht ausgenommen, ein Bein ausreißen – aber damit ist es jetzt Essig. Schließlich gibt es genug Leute, die ich fragen kann.«

Ich war verzweifelt und sehnte mich nach der trostspendenden Gegenwart meiner Maria oder wenigstens einer kleinen Prise meines geliebten Joy Paul Guilford. Sollte ich einfach davonlaufen? Zu spät. Die Reporter und Fotografen hatten an die Tür geklopft, und Arthur öffnete ihnen mit einer unterwürfigen Verbeugung.

Die Reporter, zehn oder zwölf an der Zahl, traten ein, und Parker Junius ließ endlich von mir ab und stierte verbittert in die Luft. »Hereinspaziert, hereinspaziert«, ermunterte er sie.

Die Presseleute standen herum, scharrten mit den Füßen, und ihre Blicke verrieten, daß ich keineswegs ihren Erwartungen entsprach. Sie kamen mir wie ein Haufen zusammengewürfelter Primaten vor – da war eine Schimpansendame mit schlaffer Oberlippe, ein großer, roter Gibbon von der *New York Post*, dessen Arme fast auf dem Boden schleiften, ferner eine Reihe minderer Affen, ein Klammeraffe, ein Mandrill und ein Nachtaffe. Alle tappten sie ziellos umher.

»Ich begrüße Sie«, sagte Parker Junius. »Die meisten von Ihnen kenne ich ja schon. Ich bin Parker Junius, Gründer und Kurator des Museums für primitive Kulturen. Wie Sie wissen, veranstaltet das Museum demnächst ein internationales Tanzfestival, und es freut mich, Ihnen mitteilen zu dürfen, daß fast jedes Land, das wir zur Teilnahme aufgefordert haben, durch seine besten Tänzer repräsentiert sein wird. Wir haben Vertreter aus der Türkei, aus elf afrikanischen Ländern, aus dem polynesischen Raum – es würde zu weit führen, hier alle Nationen aufzuzählen. Das Festival fängt am Wochenende auf der UN Plaza an und endet drei Wochen später im Brunnen beim Lincoln Center. Das genaue Programm finden Sie in Ihren Pressemappen. Ich hoffe, daß Sie wenigstens ein paar unserer Veranstaltungen werden besuchen können. Aber nun zum eigentlichen Grund dieser Pressekonferenz – ich darf Ihnen einen Ehrengast unseres internationalen Tanzwettbewerbs vorstellen, einen Mann, der wie kein anderer den Sinn unseres Festivals, den weltweiten Willen zum Frieden nämlich, zu repräsentieren imstande ist. Meine Damen und Herren – Mr. Mgungu Yabba Mgungu ...«

Mir war nicht entgangen, daß der Reporter von der *Time* sich keine Notizen machte, sondern nur an einem winzigen Tonbandgerät rumgefummelt hatte. Parker Junius konnte es währenddessen nicht unterlassen, mir einen mißmutigen Blick zuzuwerfen, während er mich vorstellte. »... von der Insel New Burnt Norton. Er gehört einem fast ausgestorbenen Stamm an, einem Stamm, der sich durch sein einmaliges, wunderschönes auberginefarbenes Hautpigment auszeichnet. Mr. Mgungu ist ein reformierter Kannibale.« Daraufhin schien das Interesse für mich kurzfristig aufzuwallen; man hoffte, daß jetzt irgendetwas passierte. »Mit ›reformiert‹ meine ich, daß auf der Insel New Burnt Norton der Kannibalismus vor gut zwanzig Jahren gesetzlich verboten worden ist. Aber wer einmal Geschmack am menschlichen Fleisch gefunden hat, kann nur mit Mühe davon lassen, was viele von Ihnen wohl bestätigen werden können.« Das war offenbar eine Anzüglichkeit, da im Publikum verhaltenes Gelächter laut wurde. »Habe ich Ihre Entwicklung richtig beschrieben, Mgungu?« fragte Parker Junius.

Ich zögerte. Wie sollte ich bloß mit Leuten reden, die ich nicht einmal kannte? Ich hatte Lampenfieber, was sich in einem stinktierartigen Körpergeruch niederschlug.

»Mr. Mgungu?«

»Um die Wahrheit zu sagen, und ich hoffe, das ist der richtige Zeitpunkt, ich war nie ein begeisterter Kannibale, ich habe es immer vorgezogen, junge Schweine zu schlachten. Ich bin Schweinezüchter und besitze eine ansehnliche Herde ...« So hätte ich noch ewig weiterreden können, hätte mich Parker Junius nicht mit derart wildem Grimm angestarrt, daß es mir die Sprache verschlug. Das war weiter nicht schlimm, da ohnehin niemand zuhörte, aber dann kamen die Fragen so kurz hintereinander, daß ich keine einzige beantworten konnte.

»Mr. Mgungu, wo liegt New Burnt Norton?« »Mr. Mgungu,

wieso können Sie Englisch?« »Magnungu, mal ehrlich, wann haben Sie zum letztenmal Menschenfleisch gegessen?« »Mugnu, wie schmeckt Menschenfleisch? Stimmt es, daß man es sich nicht mehr abgewöhnen kann, wenn man es einmal gegessen hat?« »Ihre Haut – ist die wirklich lila, oder benutzen Sie ein Färbemittel?«

Weitere persönliche Fragen folgten, und ich erzählte ihnen von Yerba, Oola und Nitsa. »Und wer macht die Haushaltsarbeit? Sie oder die Frauen?«

»Ausschließlich die Frauen. Ich kümmere mich nur um die Schweinezucht, ansonsten ruhe ich mich in meiner Hängematte aus. Ein Mann, der drei Frauen hat, ist schnell erschöpft.«

Die Schimpansin sah mich wütend an und machte sich wie eine Furie Notizen. »Leben Sie alle zusammen?«

»Nein, jeder hat sein eigenes Haus.«

»Wohnen Sie immer abwechselnd bei Ihren Frauen?«

»Nie und nimmer. Die Männer dürfen nicht bei ihren Frauen wohnen. Die Männer haben ihr eigenes Haus, und sollte es eine Frau, die älter als fünf Jahre ist, betreten, gilt es als verseucht. Frauen sind nämlich mit einer Materie versehen, die man auf Englisch vielleicht am besten mit Anti-*Moodla* bezeichnet. Das ist etwas, das die Wirkung der *Moodla* zunichte macht.«

»Und was genau ist *Moodla*?«

»Etwas Hochgeistiges und nur schwer zu erlangen. Es ist gefährlich und machtvoll. Mehr kann ich dazu nicht sagen, außer daß ich selbst nicht übermäßig stark damit ausgestattet bin.«

Aber die meisten hörten nicht einmal zu, so kam es mir wenigstens vor. Ich ließ sie meinen Spezialtabak probieren, was ihnen großes Vergnügen bereitete. Allmählich taute ich ein wenig auf und fand Gefallen an diesen freundlichen Leuten, sehr zum Mißvergnügen von Parker Junius, der sie nun recht gerne wieder losgeworden wäre.

»Was ich von Amerika halte?« sagte ich. »Es erinnert mich an die gute alte Zeit auf New Burnt Norton, ehe die Regierung einfiel und die meisten der Greater Pimbas und neunundneunzig Prozent der Lesser Pimbas tötete. Das waren noch goldene Zeiten, Junge, Junge. Damals konnte man noch tun und lassen, was man wollte. Nur ein Beispiel – Yerbas Vater ging mir gewaltig auf den Keks. Und wissen Sie, was ich gemacht habe? Als er uns eines Tages besuchen kam, habe ich ihn einfach aufgegessen.« Wider Erwarten lachte niemand, im Gegenteil, es herrschte Totenstille, wahrscheinlich hatte ich mich ungeschickt ausgedrückt. »Falls es Ihnen nichts ausmacht«, sagte ich, »würde ich Ihnen nun gerne meinerseits ein paar Fragen stellen, die Sie mir vielleicht beantworten können.« Sofort baute sich Arthur vor mir auf und fotografierte mich wie besessen, was meinen Kontakt zum Publikum ziemlich erschwerte. Später habe ich erfahren, daß dies eine taktische Maßnahme von Parker Junius war, der die Leute um jeden Preis von mir ablenken wollte, da ich wie ein Idiot quasselte und in ein Fettnäpfchen nach dem anderen trat.

»Ich wäre Ihnen sehr dankbar«, sagte ich und zog einen Zeitungsausschnitt hervor, »wenn Sie mir diese wichtige Frage erklären könnten, die ein sehr kluger Mensch oder ein Guru gestellt hat, und die ich nicht verstehe. Es handelt sich hierbei zweifellos um ein amerikanisches Problem.«

Ich las also vor:

Lieber Dr. Fox, wir haben einen kleinen zweijährigen, nicht reinrassigen Hund. Seit er fünf Monate alt war, hat er sich von männlichen Hunden bespringen lassen, als ob er ein Weibchen sei. Meiner Frau und mir ist das mehr als peinlich. Er ist nicht durch und durch homosexuell, da er andere Männchen nicht bespringt und in der Nähe läufiger Hündinnen ziemlich scharf wird. Er ist ein liebenswertes Kerlchen und ein guter Wachhund. Unser Tierarzt hat ihn mehrfach untersucht und konnte keine ernsthaften Gesundheitsschäden feststellen. Können Sie diese sexuelle Fehlentwicklung erklären?

Mein Publikum schien, wenn ich nicht irrte, recht interessiert zu sein. »Was bedeutet das?« fragte ich. »Was will dieser Mensch wirklich wissen?«

Die Schimpansin rümpfte angeekelt die Nase und murmelte:

»Dieser Typ ist doch nicht echt.« Die anderen sahen mich an, zuckten die Achseln und schüttelten die Köpfe. Niemand antwortete.

»Also, was ist?« beharrte ich weiter. »Kann mir das niemand erklären? Na gut, mir geht es mit vielen meiner Sitten genauso.«

»Was schreibt Dr. Fox«, rief jemand von hinten.

»Oh, er meint, daß es bei Tieren keine Fehlentwicklungen gibt, und daß man den Hund ruhig gewähren lassen soll. Betrifft dieses Thema also hauptsächlich Menschen?« Ich wollte das ehrlich wissen, aber sie haben nur wieder weggeguckt. »Außerdem verstehe ich den amerikanischen Humor nicht«, sagte ich. »Da hab' ich dann noch gleich ein paar Fragen, aber vorher möchte ich Ihnen ein Kochrezept mitteilen.«

Mein Lampenfieber war verflogen, ich fühlte mich pudelwohl und lief schauspielerisch zur Höchstform auf. Die Leute waren begeistert, bildete ich mir wenigstens ein, und so verrückt nach mir, daß ich bereute, nicht schon früher eine Bühnenkarriere erwogen zu haben. »Im Flugzeug habe ich euer *Cosmopolitan* und eure *New York Times* gelesen, daher weiß ich, daß ihr euch für Eßkultur interessiert. Hier also ein Rezept, ein sehr altes Rezept, das in meiner Familie von Generation zu Generation weitergereicht worden ist.« Die Schimpansin spitzte die Ohren und wechselte ihren Schreibblock aus, den offiziellen gegen den privaten sozusagen. »Aufgepaßt«, sagte ich, »hier ist das Rezept. Man nehme die Wurzel einer bestimmten wild wachsenden Pflanze – sie hat gelbe Blätter und heißt in meiner Gegend Aboodhbee; kleine Klauenstücke vom Riesenkasuar; den knochigen Schädel eines Hornhechts – leider sehr schwer zu bekommen, da wir in den Bergen wohnen, und man nur auf abenteuerlichen Wegen ans Wasser gelangt – und wickeln Sie das alles in quadratisch geschnittene Bananenblätter.« Das war's.

Aber das Publikum blickte mich erwartungsvoll an. »Und was ergibt das ganze, wenn man es zubereitet hat?« fragte ein Reporter.

»Nur das«, sagte ich. »Vielleicht können Sie mir jetzt diese

Witze erklären. Wie gesagt, der amerikanische Humor ist mir ein Buch mit sieben Siegeln.« Ich zeigte einige Cartoons, die ich aus dem *New Yorker* ausgeschnitten hatte, und hub an, sie vorzulesen. Aber schon erklärte Parker Junius die Pressekonferenz für beendet und geleitete die Leute zur Tür. Da rief mir jemand noch schnell etwas zu: »Eine letzte Frage, Sir. Was würden Sie am liebsten mitnehmen, wenn Sie die Vereinigten Staaten verlassen?«

»Ah«, sagte ich, »darüber habe ich schon gründlich nachgedacht. Und ich habe mich für einen Flipper und einen Geschirrspülautomaten entschieden, den ich in einem Sears-Katalog gesehen habe. Dieser Geschirrspülautomat ist vorne aus Glas, und man kann zugucken, wie das Geschirr sauber wird.«

»Danke.« Und er ging fort.

Wie gesagt, ich hatte diese freundlichen, liebenswerten Leute gemocht und sie hatten einen aufrichtigen Eindruck gemacht, was immer das heißen mag. Man kann sich also vorstellen, wie schockiert ich war, als ich am folgenden Freitag die Schlagzeilen las: ER WIRD MANHATTAN AUFFRESSEN und UNGLAUBLICHE GESCHICHTEN EINES PRIMITIVEN. Dabei hatte ich geglaubt, es ihnen so einfach wie möglich gemacht zu haben!

In den Artikeln stand, daß ich nicht einmal mit einem Bügeleisen umgehen könne, und daß ich in Panik gerate, wenn ich die U-Bahn benutzen oder eine Glühbirne auswechseln soll, da ich völlig unfähig sei, mich auch nur im geringsten anzupassen. Ich wurde als ein unbeholfener Dummbeutel dargestellt, der dauernd darüber jammere, wie schrecklich es sei, schon fünfundfünfzig Jahre zu zählen, und der sich von seinen drei Frauen scheiden lassen wolle, um eine fünfundzwanzigjährige Amerikanerin zu heiraten. Ich konnte mich nicht erinnern, dergleichen gesagt zu haben.

Diese sogenannten Tatsachenberichte stimmten hinten und vorne nicht und selbst die gemäßigtsten enthielten noch spöttische Bemerkungen über mich: »Krankhaftes Interesse für Homosexualität«; »Richtige Wilde gibt es nicht mehr und die wenigen, die es noch gibt, sind auf materielle Güter versessen, auf Flipper und Geschirrspülmaschinen«; »Mgungu hält sich seine Frauen als Zwangsarbeiterinnen, um mit Süßkartoffeln ans große Geld zu kommen, während seine Kinder illegal Reichtümer anhäufen, damit er nach Argentinien auswandern kann.« Und so weiter, und so fort. Es war übles Zeug, und ich war drauf und dran, meine Teilnahme an dem Tanzfestival abzusagen.

Wäre mein Kopf nicht auf der Titelseite des *Time*-Magazins erschienen, hätte ich das auch wirklich gemacht. Es sollte sich herausstellen, daß ich während des Tanzfestivals in eine Reihe anderer Ereignisse verstrickt wurde. Aber jetzt hatte mich Parker Junius von allen weiteren Verpflichtungen entbunden, was mehr als großzügig von ihm war, wenn man bedenkt, daß sie meinen Flug hierher bezahlt hatten und für die Hotelrechnung aufkamen, und das alles nur wegen eines Fotos. Mein Gesicht war öffentliches Allgemeingut geworden: viele Leute erkannten mich und baten mich um ein Autogramm oder rannten aus Angst vor dem Kannibalen davon, wenn ich Fratzen schnitt. Das amüsierte mich köstlich.

Aber diese Dinge ereigneten sich erst ein paar Tage später und unter völlig anderen Umständen.

Nun, da die Fotografen gegangen waren, blickte mich Parker Junius finster an und sagte: »Na, Mgungu, ich hoffe, Sie sind zufrieden mit sich. Sie haben sich jedenfalls bis auf die Knochen blamiert. Ich hatte Sie eindringlich gebeten, den Mund zu halten. Die Folgen sind noch nicht abzusehen. Ihr Versuch, diese Leute zu reizen, hat wahrscheinlich nur bewirkt, daß sie sich vor Lachen die Bäuche halten. Aber über diese Dinge wissen Sie offensichtlich besser Bescheid als ich.«

»Nein, nein, durchaus nicht«, sagte ich.

»Entfernen Sie bitte diesen albernen Kugelschreiber aus Ihrer Nase«, sagte Parker Junius. »Wenn Sie sich wie ein Wilder kleiden, dann möglichst wie ein unzivilisierter. Tragen Sie den Fangzahn eines Ebers oder irgendwas, das ein bißchen natürlicher ist als ein Markenerzeugnis der Kugelschreiberindustrie. Ich werd' mal nachsehen, ob ich für Sie nicht einen verzierten Fangzahn im Museum finden kann, falls Sie keinen eigenen besitzen.«

»Es tut mir wirklich leid«, sagte ich.

»Mgungu, ich bin nur ein wenig älter als Sie, dennoch würde ich Ihnen gerne etwas sagen. Maria ist ein zauberhaftes Mädchen, aber sie ist äußerst sprunghaft. Sie dürfen ihr nichts verübeln; Sie sollen ihr sogar dankbar sein. Immerhin habe ich Sie nur wegen ihr zum Festival einladen können.«

»Ich hätte einen Tanzkurs nehmen sollen.«

»Schon gut«, sagte Parker Junius. »Ich weiß, daß Sie nach irgend etwas auf der Suche sind, aber was Sie suchen, weiß ich wirklich nicht, Ihre *Moodla* vielleicht. Aber ich kann Ihnen gleich verraten, daß Ihnen in diesem gottverlassenen Land niemand helfen wird. Jeder ist nur mit sich selbst beschäftigt. Ich schlage vor, daß Sie einen Parapsychologen aufsuchen. Hier ist die Adresse.« Er schrieb etwas auf ein Blatt Papier. »Gegenüber von Macy's. Verlangen Sie Brian. Lassen Sie sich von niemandem sonst behandeln, falls er nicht da ist.«

»Ach, aber, Sir«, sagte ich, »warum sind Sie nur so gut zu mir, nach allem, was ich angerichtet habe?«

»Warum ich so gut zu Ihnen bin, nachdem Sie mit Ihren Interviews diese Schande aufs Museum geladen haben? Da kann ich nur mit Flaubert sagen, ›*Madame Bovary, c'est moi*‹. Wissen Sie, was das heißt?«

»Ich denke doch. Madame Bovary, sie bin ich«, übersetzte ich.

»Nein, nein, danken Sie mir nicht. Sie mögen ein Narr sein, Mgungu, sogar ein fünfundfünfzigjähriger Narr, aber Freunde bleiben wir trotz allem. Ich habe nicht nur Verständnis für Sie, sondern vielleicht auch ein wenig *Moodla*, und das ist mehr als Sie von irgend jemandem in diesem Land erwarten dürfen, das kann ich Ihnen garantieren. Ich würde mich wahnsinnig freuen, wenn Sie mal in der Woche mit mir frühstücken würden – wir haben so viel zu besprechen. Ich speise hier jeden Morgen im Museum. Und bleiben Sie bis dahin anständig, ja?«

»Selbstverständlich, natürlich«, sagte ich. »Ich freue mich auf unsere intellektuelle Konversation. Gestatten Sie mir noch die Bemerkung, daß es mir schrecklich peinlich ist, dieses hübsche Lendentuch verbrannt zu haben. Eigentlich kann ich nämlich recht gut bügeln. Vielleicht stimmt etwas mit Ihrem Bügeleisen nicht?«

Obwohl er nicht antwortete, lächelte ich ihm zu, als ich mich zum Ausgang begab. Arthur half mir mit dem vertrackten Schloß und sagte ungehalten: »Wir sehen uns ja dann bald. Bis demnächst dann. Also, auf Wiedersehen. Bis die Tage.« Dabei schüttelten wir uns die Hände, und das fühlte sich an, als würden wir krabbelnde Spinnen in die Handflächen tauschen.

»Bis demnächst dann«, dachte ich draußen. Bis demnächst dann. Was hatte das zu bedeuten? Handelte es sich um eine Beleidigung? Wie seltsam waren sie doch alle, und doch, wie behandelten sie mich so gut, wie waren sie so reizend! Ja, das war der richtige Ausdruck – unendlich reizend!

Naiv wie ich war, glaubte ich damals, wir würden alle Freunde bleiben für lange, lange Zeit.

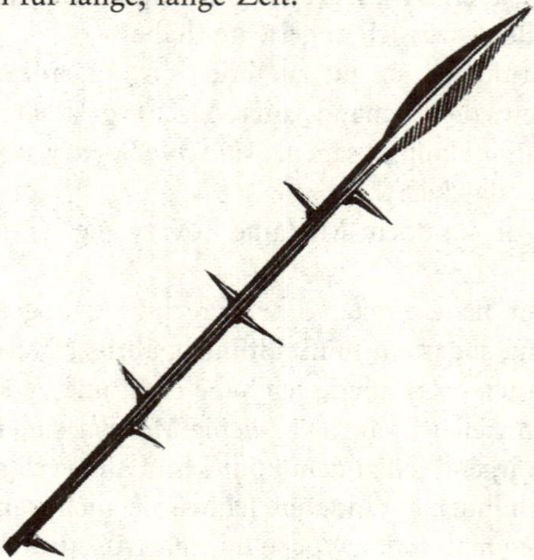

Du möchtest doch heute abend ausgehen, oder bist du zu müde?« fragte Joey, als ich die Pizzeria betrat.

»Es geht so«, sagte ich. Ich war voller Mitleid mit mir selbst, aber ich wollte mir nichts anmerken lassen. »Eigentlich hatte ich gehofft, daß meine Verlobte, Maria, mitkommen würde, aber wie gewöhnlich hat sie eine Verabredung mit Geschäftsfreunden. Wahrscheinlich schämt sie sich meiner, weil ich so primitiv bin, und darum kommt sie dauernd mit neuen Ausreden an. Gut, ich habe Probleme. Wer hätte keine? Mag sein, daß ich für mein Alter zurückgeblieben bin, aber ich bin auch extrem klein, was die Sache mehr als ausgleicht.«

»Ja? Aber zu müde bist du nicht, oder? Ich möcht' mal eins wissen – was hast du von dieser Stadt schon alles gesehen, seit du hier bist, Mgungu? Nicht viel, nehme ich an. Gewöhnlich schleppen sie einen in ein paar Museen und so. Vielleicht noch zur Freiheitsstatue und zum World Trade Center.«

»So ungefähr. Ach, ich war ja mit meinen drei Frauen und den Moskitos so glücklich, bis sie auftauchte, um mich zu retten und mit in die Zivilisation zu nehmen. Nicht einmal ihr Cousin Oscar Fishburn hätte von solch einem Beutestück auch nur geträumt. Außerdem wollte sie auf diese Weise mit ihrer Familie abrechnen.«

»Davon kann ich ein Lied singen«, sagte Joey. »Meine Frau stammt aus Minneapolis, und als wir noch zusammen waren, kamen pausenlos ihre Verwandten angetanzt, um bei uns zu wohnen. Hat die keinen Pfennig gekostet. Freie Wohnung, freie Pizza – meine Frau wußte, daß mir das auf den Wecker ging, aber sie hat sie sogar noch dazu ermuntert.«

Ich hatte gehofft, wir würden noch eine Pizza schlemmen, ehe wir loszogen, aber Joey sagte: »Komm, laß uns gehen. Ich kenn' da einen Schuppen, den ich dir gerne zeigen möchte. Gehört meinem Cousin. Der wird schon dafür sorgen, daß wir uns nicht langweilen. Du bist mein Freund, und meine Freunde sind auch die Freunde meines Cousins Guich. Meistens jedenfalls.«

Joeys Wagen, ein uralter Rambler, war halb auf dem Trottoir vor dem Restaurant geparkt. Die Tür auf der Beifahrerseite wurde nur mit Hilfe einer Schnur im Schloß gehalten. »Du mußt auf meiner Seite einsteigen«, sagte Joey. »Es hat keinen Sinn, in dieser Stadt einen anständigen Wagen zu fahren, soviel steht fest.« Der Motor stöhnte und stampfte, aber das Auto setzte sich erst in Bewegung, nachdem Joey dem Gaspedal einen heftigen Tritt gegeben hatte. Joey schlängelte sich rasend durch den Verkehr auf der Seventh Avenue. Im Rückspiegel baumelten alle möglichen Spielsachen, oder vielleicht waren das auch Dinge der katholischen Religion, die, wenn ich es richtig sah, nicht ohne eine gehörige Menge Zubehör auskam. Da waren eine Sammlung von Stoffwürfeln und formlose Gesichter aus einem grünen Glibber. Über dem Armaturenbrett wackelte ein Filz- oder Samthund, in dessen Maul eine Menschenhand aus Plastik steckte.

»Aha, du schaust dir den Hund an. Kommt dir bekannt vor, was, Mgungu? Oh, ich hab' dich doch nicht beleidigt, oder? Gott, ich hab' es wirklich nicht so gemeint. Mir war wohl gerade der Zeitungsartikel eingefallen, in dem stand, daß du ein Kannibale oder so etwas Ähnliches bist. Ich hab' keine Vorurteile, glaub' mir. Meinem Cousin wird das gefallen.«

»Nein, nein, ich flehe dich an«, sagte ich, »sage niemandem, wer ich bin. Ich möchte ein einziges Mal als unabhängiger Mensch ausgehen dürfen.«

»Geht in Ordnung«, sagte Joey. Plötzlich riß er das Steuerrad herum und stieg heftig in die Bremsen. Mitten auf der Kreuzung stand ein Auto ohne Räder und blockierte den Verkehr. »Mistkerl«, sagte Joey, drehte das Fenster runter und spuckte raus.

»Einfach auf der Kreuzung stehengelassen. So geht das hier, Mgungu. In dieser Stadt ist der Wurm drin. Weiß Gott!« Es ging weder vor noch zurück und hinter uns ertönte ein Hupkonzert. »Könnt ihr nicht sehen, daß da jemand seinen Scheißkarren abgeladen hat, ihr Vollidioten?« schrie Joey aus dem Fenster.

Joey bemerkte, daß ich offensichtlich ein wenig verwundert war über seinen Wutanfall und versicherte mir, daß sein Benehmen ebenso normal wie amerikanisch sei.

Es stellte sich heraus, daß Cousin Guich nicht Besitzer einer Spielhölle auf der 42. Straße war, was ich eigentlich erwartet hatte, sondern Eigentümer eines eleganten Disconachtclubs in einem ehemaligen Zollager am Hudson, wo einst die großen Linien- und Frachtschiffe der Welt vor Anker gegangen waren.

Das Gebäude stand am Ende eines heruntergekommenen Viertels und war halb auf Land und halb auf einem riesigen, morschen Kai erbaut, der weit in den Fluß reichte. »Mein Cousin hat das Ding halbwegs renoviert«, erklärte Joey. »So hat er auf dieser Seite alle Fenster repariert, obwohl er erst dagegen war. Er wollte nämlich den ursprünglichen Zustand des Gebäudes möglichst wenig antasten.«

Joey fuhr seinen Wagen auf den Parkplatz vor dem Bau und fluchte über die zehn Dollar Parkgebühr, die er entrichten mußte, obwohl er der Parkplatzwächterin versicherte, er sei ein Verwandter von Guich, dem Besitzer. Die Dame, die ein metallgenopptes Lederkostüm trug, blieb hart.

Das Gebäude bestand aus Ziegelsteinen und erstreckte sich über eine halbe Meile am Ufer entlang. Die Fassade war tatsächlich über alle drei Stockwerke neu und schwarz verglast. Zwischen dem zweiten und dritten Stockwerk stand in riesigen, verwaschenen Lettern: UNITED STATES CUSTOMS WAREHOUSE NO. 29. »Daher der Name«, sagte Joey. »Warehouse 29. Kapiert?«

Ich nickte. Dank meiner luchsscharfen Augen konnte ich in der Dunkelheit ein paar Ratten vorbeihuschen sehen. Aus dem Inneren des Gebäudes drang gedämpfter Lärm, der von dem trägen Schwappen des Hudsonwassers gegen den Kai übertönt wurde. Das Wasser roch nach kalter Fischsuppe.

Ehe wir reingingen, wollte Joey noch einen kleinen Uferspaziergang machen. Nur ein paar Schritte entfernt befand sich ein anderes Lagerhaus, das aber ganz im Dunkeln lag und dessen Fenster alle zerbrochen waren. Weiter die Straße runter lag ein gewaltiges Schiff vor Anker. »Wahrscheinlich die QE2«, sagte Joey. Von Bord blinkten fahle Lichter wie von einem Fest aus vergangenen Zeiten.

Ich lehnte mich über das Eisengitter am Straßenrand und machte seltsame Dinge im Wasser aus: aufgequollene Matratzen und Plastiktüten, menschliche Körper sogar und verschrumpelte Fötusse – vielleicht war das auch alles Einbildung, weil ich zuviel Zeitung gelesen hatte.

Auf der anderen Seite des Flusses lag New Jersey, dumm und drög. »Du hättest diese Gegend mal sehen sollen, bevor mein Cousin hier das Heft in die Hand genommen hat«, sagte Joey. »Das war katastrophal. Nachts war man hier seines Lebens nicht sicher. Was er hier auf die Beine gestellt hat, war schon ein Geniestreich. Es wundert mich, daß du noch nie was davon gehört hast, Mgungu. Kennt doch jeder. Zur Zeit kommt man nirgendwo schwerer rein. Und zwar auf der ganzen Welt kommt man nirgendwo schwerer rein.«

›Wer will das schon?‹ dachte ich, und über mir in den Dachsparren saßen gurrende und kackende Tauben. »Außerdem sind die Grundstückspreise in der ganzen Gegend gestiegen, seit das Warehouse 29 eröffnet hat«, sagte Joey, »und die Stadtteilsanierung wird nicht mehr lange auf sich warten lassen.« Was immer das heißen mochte. »Laß uns reingehen. Ich möchte, daß du dir das mal ansiehst. Wird dir wahnsinnig gefallen – ist wirklich einmalig.«

Als wir uns dem Gebäude nun von der anderen Seite wieder näherten, konnte man es deutlicher sehen, und ich sagte: »Auf der hinteren Seite scheint das Dach allmählich einzusacken.«

»Natürlich«, sagte Joey verärgert. »Mein Cousin hat Unsum-

Warehouse 29, der berühmte Nachtclub direkt am Hudson

men in dieses Ding gesteckt. Als er es von der Stadt übernahm – Miete ein Dollar pro Jahr –, fiel es praktisch auseinander, und bislang hat er, glaube ich, fünfzehn oder zwanzig Millionen Dollar investiert, aber er wollte nicht zu viel ändern. Der verwahrloste Zustand des Gebäudes macht einen guten Teil seines Charmes aus. Ja, mein Cousin Guich ist ein Genie und ein Künstler.«

Wir gingen auf den schwach erleuchteten Eingang zu, vor dem sich eine riesige Menschenmenge angesammelt hatte.

»Was ist los?« fragte ich ein wenig erstaunt.

»Hab' ich dir doch erzählt«, sagte Joey. »Im ganzen Land kommt man nirgends schwerer rein als ins Warehouse 29.«

»Aber warum?« bohrte ich weiter, und Joey warf mir einen verächtlichen Blick zu, als wollte er sagen, meine Dummheit sei einfach nicht zu fassen.

»All diese Leute wollen rein, aber ob Guich sie heute oder sonst einen Abend reinläßt ist äußerst zweifelhaft. Wie gesagt, er ist sehr wählerisch.«

Ich schätzte die Menge auf gut und gern fünfhundert Leute. Sie waren angezogen, daß es einem den Atem verschlug. Kleider und verschiedenartige Pelze in den schreiendsten Farben, und überall wippten Federn und blitzte Metall. Ein Mann in einem geschniegelten Smoking aus Seehundsfell stand auf dem Kai und sagte, als wir vorbeigingen: »Helfen Sie mir, bitte. Auf dem Weg zum Eingang bin ich auf ein morsches Brett getreten und nun ist mein Fuß eingeklemmt und ich komme nicht mehr raus. Helfen Sie mir, bitte.«

Ich umklammerte ihn und zog ihn hoch. »Vielen Dank«, sagte er und rannte den Kai zurück, zog ein kleines Päckchen aus seiner Jackentasche und warf es ins Wasser. »Können Sie das glauben«, sagte er, »all diese Leute sind derart darauf versessen, reinzukommen, daß kein einziger bereit war, mir aus diesem Loch zu helfen?« Ich sagte, das sei kaum zu glauben und wollte diesen freundlichen, wenn auch eigentümlichen Gentleman gerade nach seinem Namen fragen, als er in der Menge verschwand.

»Komm schon«, sagte Joey und zerrte mich am Arm. Da drängte sich jemand an mich, jemand mit ölig glänzendem Gesicht und wasserblauen Augen, mit vorspringender Nase und fransigen Haaren und schwarzem Make-up um die Augen. Ich trat einen Schritt zurück. »Du!« sagte ich. »Ja, du bist's, mein alter Freund und Kumpel! Was machst du denn hier?« Es war Kent Gable, den ich im Flugzeug kennengelernt hatte. »Mein Freund!« sagte ich ebenso erfreut wie überrascht.

»Bist du es wirklich, Mgungu?« sagte Kent. »Herrje, hätt' mir nicht träumen lassen, dir mal wieder über den Weg zu laufen. Warum hast du nie angerufen? Ich hätte schwören können, daß sich das Schicksal, vor dem ich dich gewarnt hatte, inzwischen erfüllt hat. Verdammt noch mal, bin ich froh, dich wiederzusehen!«

»Aber du gehst doch mit uns da rein, oder?« fragte ich, da sich Joey bereits seinen Weg durch die Menge bahnte.

Joey drehte sich um und winkte mich herbei. »Ach du liebe Zeit«, sagte er mit einem Blick auf Kent. »Ich kann's nicht fassen, daß du einen von *denen* kennst.«

Aber ich beruhigte ihn. »Glaub' mir, Joey, wenn du nichts dagegen hast, mit einem Kannibalen befreundet zu sein, kannst du ohne weiteres auch mit einem Rock-and-Roll-Star befreundet sein, der mehrfach von einem UFO entführt worden ist.«

Und Joey gab zu, daß er möglicherweise vorschnell geurteilt hatte, und man stellte sich gegenseitig vor.

»Erzähl doch mal, Kent«, sagte ich, »wie ist es dir bei der Talkshow ergangen?«

»Nicht so gut«, sagte Kent. »Blöderweise hat der Interviewer von Anfang an eine so gönnerhafte Art drauf gehabt, daß mich die kalte Wut packte und ich ihn physisch angegriffen habe. Hab' ihn krankenhausreif geschlagen. Ich schäme mich wahnsinnig. Sie haben mich wieder eingeladen, damit ich mich entschuldigen kann.«

»Mein Freund«, sagte ich, »was für ein Glück, dich hier zufällig zu treffen!«

Dem konnte Kent nur zustimmen, und wir kämpften uns langsam durch die Menge. Ich erzählte ihm, was ich inzwischen alles erlebt hatte, und wir schwelgten beide in alten Erinnerungen.

Schließlich standen wir in der vordersten Reihe. Die Tür war klein und aus purem Gold, und die Menge stemmte sich dagegen. »Ich kann nichts sehen«, sagte ich. »Was machen die da?« Ich kletterte auf das Gitter, das den Eingang umgab, und obwohl das eine ziemlich wackelige Angelegenheit war, wollte ich doch unbedingt sehen, was da vor sich ging. Das Ritual lief folgendermaßen ab: Jemand klopfte an die goldene Tür, worauf sich im oberen Drittel der Tür ein winziges Fenster öffnete, in dem ein Gesicht erschien und nach dem Kennwort fragte. Und wer immer geklopft hatte oder gerade am nächsten stand, sagte ein magisches Wort.

Manchmal wurde dieses Wort geflüstert, manchmal wurde es laut gerufen, und die Parolen waren von betörender Vielfalt, zum Beispiel: »Venezuela!«, »Conquistadores!«, »Der Amazonas!« und »Mit den Augen des Meisters!«

Manchmal sagte das Gesicht im Fenster: »Stimmt«, worauf sich die goldene Tür einen Spalt weit öffnete. Dann kam eine kräftige Hand zum Vorschein und packte denjenigen, der das Zauberwort gesagt hatte, und der wiederum packte, wer immer mit ihm war, und sie wurden ins Innere gezerrt.

Die Menge stöhnte und wogte ungeduldig hin und her. War die Parole geflüstert und der Gast reingelassen worden, ging ein großes Geschrei los: »Wie lautet das Wort? Was hat er gesagt?« War das Wort laut und vernehmlich ausgesprochen worden und hatten es viele Leute gehört, galt es nicht mehr. So jedenfalls hat es mir Joey erklärt, und er fuhr fort: »Jede Nacht steht unter einem bestimmten Motto. Mein Cousin wählt das Motto, und nur ein paar, vorher festgelegte Wörter, gelten dann als Kennwort. Es muß sich auch jeder eine Gesichtskontrolle gefallen lassen – wenn ihm oder seinen Assistenten deine Nase nicht gefällt, kommst du sowieso nicht rein.«

Während wir noch so sprachen, wobei Kent nichts sagte, sondern nur glücklich lächelnd zuhörte, näherte sich ein rotes Auto und fuhr mitten in die zurückweichende Menge. Das Auto hielt an, und ein rot gekleideter Mann mit Sonnenbrille und eine Frau stiegen aus, die ihren Kopf unter dem Arm geduckt hielt, als sei sie irgendein Wasservogel. Auch der Mann erinnerte an einen Vogel, an einen Pfau. Die Menge fing an zu tuscheln und zu schnattern und starrte wie elektrisiert auf das Paar. Der Mann und die Frau bahnten sich selbstbewußt ihren Weg zum Eingang und klopften an die goldene Tür. Das Gesicht erschien im Fensterchen, und ohne daß der Mann oder die Frau etwas zu sagen brauchten, wurde die Tür aufgerissen, und die beiden verschwanden.

»Habt ihr das gesehen?« fragte Joey.

»Ja«, sagte ich beeindruckt. »Wer war das?«

»Weiß ich nicht«, sagte Joey. »Ich kenn' mich da nicht aus. Wahrscheinlich irgendein Graf mit seiner Gräfin. Vielleicht auch Mick Jagger, ein bekannter Star, und seine neueste Freundin, eine japanische Fagottspielerin. Guich wird uns aufklären. Er weiß alles und kennt jeden.«

Ab und zu gelang es jemandem, das richtige Kennwort zu erraten, und er wurde reingelassen. Das muß ganz schön leer da drinnen sein, dachte ich. Die Menschenmenge wurde ständig größer, und auf dem nächtlichen Hudson tuckerten die flachen Schlepper. »Na, wie gefällt euch das?« fragte Joey. »Seid ihr bereit, reinzugehen?«

»Warum haben wir denn die ganze Zeit hier rumgestanden?« wollte Kent wissen. »Ich dachte, du wüßtest nicht, wie man da reinkommt?«

Ich nickte zustimmend. »Wollt ihr mich verarschen?« fragte Joey beleidigt. »Ich werde mich an deinem Arm festhalten, damit wir uns nicht verlieren«, sagte er und ignorierte Kent. Wir tauchten in die Menge, und Joey murmelte Entschuldigungen und zog mich hinter sich her, während Kent sich an meinen Arm klammerte. Die blau und lila geschminkten Gesichter sahen uns wütend an, und ich mußte manchen Stoß in die Rippen hinnehmen.

Als wir unser Ziel endlich erreicht hatten, trommelte Joey wie besessen gegen die Tür. Das Fensterchen öffnete sich und ein kleines, weißes Gesicht erschien. »Sie wünschen?«

»Laß mich rein, alter Mistkerl!« sagte Joey aufgekratzt, und das Gesicht schnaubte kurz, dann ging die Tür auf, und wir wurden reingezogen. Nachdem sich meine Augen an die Schummerbeleuchtung gewöhnt hatten, sah ich ein kleines Männchen, das aussah wie eine Puppe und umgeben war von ein paar Leibwächtern oder Gehilfen. »Joey, warum machst du so was bloß?« winselte der kleine Puppenmann. »Wie steh' ich jetzt da? Ich habe dir schon oft gesagt, du sollst mich nachmittags anrufen, wenn du kommen willst, dann sage ich dir das Kennwort. Und wenn du mich nicht erreichen kannst, denk dir einfach eins aus, und ich laß dich rein.«

»Klar doch«, sagte Joey und schlug seinem zartgliedrigen Cousin freundschaftlich auf die Schulter. »Hey, hör mal, ich hab' ein paar Freunde mitgebracht, die ich dir vorstellen möchte. Bilde dir bloß nicht ein, du seist der einzige, der berühmte Freunde hat. Das ist...«

Da erinnerte er sich, daß er mir versprochen hatte, meine Identität nicht preiszugeben. »... Das ist mein Freund Kent Gable, ein bekannter Rock-and-Roll-Star.«

Joeys Cousin warf einen Blick auf Kent, dann starrte er mich lange an. »Und wer ist das?« fragte er.

Ich trat Joey ans Schienbein. »Das ist mein Freund... Cotton Mather«, sagte Joey. »Er ist... er ist der Hausmeister des Gebäudes, in dem meine Pizzeria ist. Übrigens, Guich, das Geschäft läuft prima. Ich kann mich zwar nicht mit dir messen, aber...«

Sein Cousin musterte mich noch immer aufmerksam, als käme ich ihm irgendwie bekannt vor. »Ein Rock-and-Roll-Star«, sagte er schließlich. »Bleiben Sie mal hier, ich möchte Sie mit ein paar Leuten bekannt machen.«

Eine fast nackte Asiatin kam auf uns zu und fragte, ob sie Joey und mir den Weg zeigen dürfe? »Leb wohl, Kent«, sagte ich.

»Hey, Mgungu«, sagte Kent, »wollen wir uns nicht morgen treffen? Ich möchte noch ein bißchen was einkaufen, und wir können Tee trinken gehen.«

»Das ist mir sehr lieb«, rief ich im Gehen, »dann können wir uns in Ruhe unterhalten, und ich kann vielleicht auch ein paar Geschenke für meine Frauen kaufen«, und ich winkte ihm zum Abschied zu. Dann sah ich mich um. Wir standen anscheinend in einem alten Aufzugsschacht, der meilenweit in die Höhe führte, ehe er sich in der Dunkelheit verlor. Durch den Schacht quoll dicker, stark parfümierter Rauch, offenbar von einem Opiat durchsetzt, da er eine höchst angenehme Wirkung auf mich ausübte. »Kommen Sie«, sagte das Mädchen, »wir sollten vielleicht woanders hingehen, bevor der Aufzug runterkommt – das flößt mir immer ein wenig Angst ein.«

Wir begaben uns in den anderen Raum, der mehrere Hektar groß zu sein schien und mit Schutt und Müllhaufen, mit rosa glänzenden Polstermöbeln und ausgestopften Büffeln, mit Känguruhs und dem riesigen Skelett eines Dinosauriers gefüllt war. Auf den Sofas lagen Leute herum und andere trieben es in den Ecken. Wieder andere fuhren in Go-carts umher – wie auf einem Jahrmarkt. »Darf ich Ihre Mäntel haben?« fragte das Mädchen und näherte sich einer Theke, hinter der eine Kassiererin stand. Aber da kam schon Joeys Cousin angerannt und sagte der Kassiererin, wir seien seine Gäste und bräuchten nicht zu bezahlen. Joey atmete auf und flüsterte mir zu: »Wer will schon fünfunddreißig Dollar pro Person bezahlen, nur um sich ein wenig zu amüsieren?«

Wir stiegen in einen dieser Go-Karts und fuhren zum hinteren Ende des Raumes. Joey lenkte das Gefährt um die Müllhaufen und die schlafenden Leute. Einmal wären wir beinahe von einem betrunkenen Fahrer gerammt worden, der sich im Zickzackkurs um die Topfpalmen schlängelte.

Wir strebten einer sich drehenden Tanzfläche entgegen, die von verschiedenen Neonlichtern und Laserstrahlen bizarr beleuchtet wurde. Dort war die Musik laut und rhythmisch.

Joey und ich gingen um die Tanzfläche herum, denn ich mußte mir einfach diese Leute aus der Nähe ansehen, die da rumhopsten. Anschließend führte er mich eine Treppe hoch. Es war so dunkel, daß man unmöglich etwas sehen konnte, aber überall leuchteten Augenpaare in der Finsternis.

Wir gelangten in den ersten Stock, wo es katastrophal aussah: große Bassins waren mit fauligem Wasser gefüllt und stellten wegen der zahlreichen elektrischen Apparaturen im Raum eine erhebliche Gefahr dar. Ferner befand sich ein gigantisches

Schloß im ersten Stock, das der Cousin von Joey seinen guten Verbindungen zu Disney World verdankte. An Kleiderständern hingen unzählige Theaterkostüme, die die Gäste nach Belieben anlegen konnten, und überall waren Mannequins, die, da sie sprechen konnten, so echt wirkten, daß ich erst merkte, daß sie künstlich waren, als ich eins aus Versehen anrempelte und mich entschuldigte.

Im Inneren des Schlosses waren einige Räume mit fürstlich gedeckten Tafeln vollgestellt – Grapefruits, Hamburger und Waffeln, alles aus Plastik –, und Joey konnte mich nur mit Mühe davon abhalten, mich hinzusetzen, um zu essen. In einem anderen Raum lagen Tausende von Pingpongbällen, wieder ein anderer beherbergte fünf Meter hohe Weizenhalme. Dann gab es noch ein Zimmer, das zu betreten Joey sich weigerte, da es darin angeblich übel stank und es außerdem voller Fledermäuse war. »Ich weiß nicht, ob du gemerkt hast«, sagte Joey, »daß mit meinem Cousin nicht alles in Ordnung ist. Er hat Probleme und ist leicht neurotisch. Der Typ ist schon seit fünfzehn Jahren tagsüber nicht mehr draußen gewesen. Er ist so reich, daß er Leute einstellen kann, die seinen Kram erledigen. Hast du Hunger? Unten gibt es richtiges Essen.«

Wir gingen also wieder in den Ballsaal, um uns ein wenig zu stärken. In einer Ecke wurden Meeresfrüchte aus großen Fässern verkauft und gleich an Ort und Stelle zubereitet – man konnte sich seinen Hummer selbst aussuchen, und jedes dieser Tiere hatte ein Schildchen mit eingraviertem Namen um den Hals – »Fred« zum Beispiel, und »Mary« und »Lewis«, wahrscheinlich damit der Gast ein persönliches Verhältnis zu seinem Essen entwickeln konnte. Da gab es blaugrüne Krebse, Austern und zappelnde Fische, die wohlgemut auf ihren Eislagern ruhten. Das ganze Arrangement machte einen recht fröhlichen Eindruck.

Ich entschuldigte mich, da ich einen Raum ausgemacht hatte, der mit MÄNNER bezeichnet war, und in dem sich Leute beiderlei Geschlechts und sämtlicher Nationalitäten versammelt hatten.

In einem rosa Satinsessel saß ein Mann mit Cowboystiefeln, die ihm bis über die Knie reichten. Er hielt eine winzige Platte mit einer weißen Substanz in den Händen, die er gerade zu inhalieren oder sich in die Ohren zu stecken im Begriff war. Nun, wenn sich jemand in meinem Dorf etwas in die Ohren steckt, ist das schlimmer, als in der Öffentlichkeit zu masturbieren. Aber ich spürte, wie stolz der Mann auf seine Stiefel war, und da ich ihn für einen freundlichen Menschen hielt, ging ich auf ihn zu und sagte: »Ich muß Ihnen einfach mitteilen, wie glücklich Sie mich gemacht haben. Als ich Sie sah, mußte ich unwillkürlich denken: ›Nichts Schöneres werde ich für den Rest meines Lebens zu sehen bekommen als diesen Mann hier, der ungehindert hohe Cowboystiefel trägt und sich ungeniert etwas in die Ohren steckt‹. Und ich möchte wissen, was das Leben jetzt noch für mich bereithalten kann? Ich möchte jedenfalls auf der Stelle in meine Heimat zurückkehren und mich zur Ruhe setzen.«

Der Mann erhob sich, wohl um mir zu antworten, aber da sah ich in dem Spiegel hinter ihm einen Mann in einem lindgrünen Anzug; er sprach mit Maria Fishburn, die ein dünnes, algengrünes Netzkleid anhatte, sonst aber nichts trug: ihre Brustwarzen waren blau angemalt.

Mein Herz stockte. Ich dachte: ›Ich muß mich täuschen, wenn ich mir einbilde, sie treibe sich hier auf der Herrentoilette herum; das muß jemand anderes sein, möglicherweise nur ein weiteres, verblüffend ähnlich aussehendes Mitglied des Familienstamms der Fishburns!‹

Als sie jedoch vor dem Spiegel ihre Kontaktlinsen wechselte, wußte ich, daß sie es war. »Mach schon«, rief der Mann in dem lindgrünen Anzug, und sie drehte sich um und folgte ihm. Sie gingen beide in eine der kleinen Klokabinen. Ich wußte nicht, was ich machen sollte, so blieb ich vor der Tür stehen und wartete auf Maria. Sie hatte mir gestern gesagt, sie könne wegen wichtiger Termine nicht mit mir ausgehen. Aber jetzt war sie hier!

Ich war zutiefst verärgert und in meiner Ehre verletzt. Waren wir nicht verlobt? Sie selbst hatte gesagt, wir würden Mann und Frau werden, und unsere Telefongespräche waren lang und liebevoll. Doch ein Telefonverhältnis genügte mir nicht. Obwohl ich geduldig wartete, kamen weder sie noch der Mann in dem lindgrünen Anzug wieder zum Vorschein. Schließlich zertrümmerte ich die Tür.

Aber hinter der Tür war nur wieder eine andere Tür, die ich öffnete, um mich gleich mitten auf der Tanzfläche zu finden. Sofort grapschte mich ein Mann, um mit mir zu tanzen. Da ich keinen einzigen Tanzschritt beherrschte, blieb ich einfach still stehen. Die Menge summte und wogte zu der Musik. Die Tanzfläche drehte sich, die Musik war wahnwitzig laut, und ich hielt gierig Ausschau nach Maria Fishburn, aber sie war nirgends zu sehen.

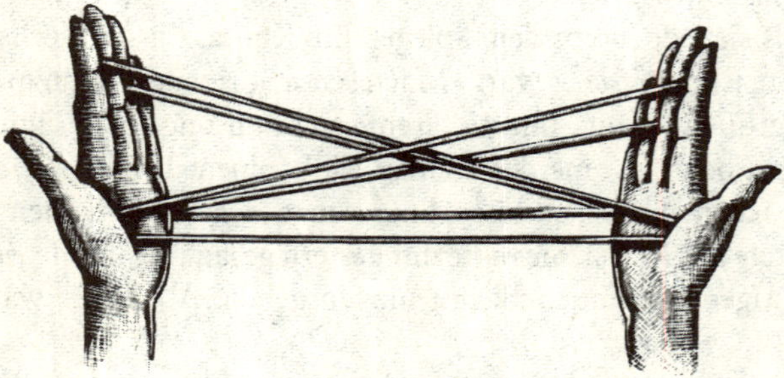

Ich fühlte mich so seltsam fremd. Nur vormittags, wenn ich frühstückte, hatte ich dieses Gefühl nicht, und so freute ich mich irrsinnig auf das Frühstück im Museum, zu dem Parker Junius mich eingeladen hatte.

Da ich nicht schlafen konnte, stand ich schon um sechs Uhr auf und ging durch die verlassenen Straßen, die mich zu dieser Tageszeit an die Berge New Burnt Nortons erinnerten.

In meinem Haus auf New Burnt Norton – dachte ich voll Heimweh – ist das Feuer auf dem Boden bei Sonnenaufgang erloschen, so daß sich sofort wieder die schrill sirrenden Moskitos nähern, die der Rauch in der Nacht vertrieben hat. Draußen ist noch alles in milchig-weißen Nebel gehüllt. Und so fängt ein Tag an: erst wecken die Kinder die Frauen auf, die dann sogleich den Stall öffnen, um die Schweine herauszulassen. Hiervon nähern sich einige alsbald dem Männerhaus und grunzen mich an, und man merkt deutlich, wie sie ihre massige Gestalt am Stroh der Außenwände rubbeln und derart lustvoll ihren Juckreiz bekämpfen, daß sie das Haus fast zum Einsturz bringen. Andere Schweine sind im Garten und wühlen die Erde auf mit ihren rosa Gummizinken, die runzelig wie ein Elefantenrüssel sind und so robust wie ein Kaktus. Dann löst sich allmählich der Nebel auf, und die rotlippigen Ingwerblüten und die orange leuchtenden Ringelblumen wiegen hin und her. Jeden Morgen geht Yerba durch den Hof, um auf der gemauerten Feuerstelle Süßkartoffeln für mein Frühstück zuzubereiten. Die kleinen Kinder tollen in der Kälte umher, wischen ihre tropfenden Nasen ab, reiben ihre Hände, um die Finger warmzuhalten, umarmen sich und hüpfen auf und nieder, während sie auf die Kartoffeln warten. Hustend und spuckend wachen auch schließlich meine Söhne auf, und ich drohe ihnen Prügel an, wenn sie wieder nicht das Feuer schüren wollen. In der Hütte ist es noch immer dunkel, so daß man die Zigaretten glühen sehen kann, während wir auf das Frühstück warten. Draußen in der Sonne glimmen die kupfernen Flügel einer schwarzen Hornisse.

Hungrig wie immer kehrte ich auf dem Weg zum Museum bei einem Orange Julius ein, wo ich mir einen Hotdog und ein großes Glas mit einem Getränk leistete, das teils aus Obst, teils aus Chemikalien hergestellt war, und in dem Gelatineklümpchen schwappten. Dann ging ich weiter.

Das Licht in den Straßen war um diese Tageszeit ganz ausgezeichnet. Es war mild und gleichzeitig so klar, daß alles wie in flüssige Plastikfolie eingeschmolzen erschien. Die Gebäude schimmerten altrosa und modrig-grün, und die Luft war kühl und noch von beinahe süßlicher Frische. Ich trug meine dunkle Sonnenbrille, und um meinen Hals hing ein Schildchen, auf dem *Ein Jahr Garantie* stand. Ich hatte es kürzlich in der Hotelhalle gefunden.

Das Museum war zu dieser frühen Stunde für Besucher noch geschlossen, aber der Portier ließ mich rein. Das empfand ich als eine besondere Ehre, genossen doch, wie ich wußte, von etwa sechzehn Millionen Menschen nur sehr wenige dieses Privileg, vielleicht so zehn oder fünfzehn. Die Neonlichter waren noch nicht angeschaltet. Die Totempfähle, die teilweise fünfzehn Meter hoch waren, sahen in der Dunkelheit bedrohlich aus. Ich kam durch einen Raum, in dem Inkaschmuck ausgestellt war. Ich betrachtete die glitzernden Kinkerlitzchen in den Glasvitrinen. Obgleich ich die Gegenstände wegen der Dunkelheit nur schwach sehen konnte, spürte ich ihre primitive und starke Ausstrahlung. An den Wänden hingen gewaltige Fotos von modernen, peruanischen Indianern, deren plattgedrückte Gesichter resigniert und stumpf dreinblickten, als sei ihnen seit den spanischen Eroberungszügen die Lebenskraft verdorrt. In anderen Räumen hingen Maorimasken, backenbärtig und lächerlich, und Stein- und Knochengesichter. Natürlich fand ich keinen

Hinweis auf die Lesser Pimbas; ich habe ja schon gesagt, daß wir Kunst oder Voodooausrüstungen nicht kennen. Aber das ganze Zeug hier war trotz einer gewissen Ausstrahlung ziemlich übel, wenn ich mir eine solche Bemerkung erlauben darf. Es war unzivilisiertes und brutales Zeug – wie tief kann der Mensch doch sinken, ehe er sich zu Höherem entwickelt!

Hinter dem Museum war ein kleiner, überdachter Garten, der nicht Teil des Museums war, obwohl er eine Menge primitiver Stücke beherbergte, von Mayas behauene Steinquader, ein Kopf von den Osterinseln, und auch ein enormer, sackförmiger, weiblicher Akt, der Henry Moore hieß. Die Ziegelmauer am Ende des Gartens war ganz mit üppig wucherndem Efeu bedeckt. Es gab auch Tische und Stühle und erdbeerfarbene Sonnenschirme, auf denen CINZANO stand. Ich sah mir das alles an, als eine dicke Frau in einem weißen Kittel und einer kleinen Mütze auf mich zuging. »Ich bin Serafina«, sagte sie. »Sind Sie der Kannibale? Setzen Sie sich in den Garten. Ich werde Ihnen das Frühstück bringen. Ich bin die Köchin hier. Parker Junius kommt gleich. Mögen Sie Corn-flakes? Bring' ich Ihnen.« Als sie an mir vorbeiging, konnte ich nicht umhin, ihr einen lauten Klaps auf ihren breiten Hintern zu geben, so sehr hatte mich die Erinnerung an Yerbas riesigen Podex erregt. Sie sah mich wütend an, doch wenig später kam sie zurück und brachte mir Kaffee und Cornflakes.

Die mag ich am liebsten ganz weich, und ich mußte eine Zeitlang warten, bis die Milch sich eingesogen hatte. Für mich gab es nichts Schöneres, als da allein in dem Garten zu sitzen, von Blumen umgeben und dem starren Blick der unheilvollen Statuen ausgesetzt. Ich mußte unwillkürlich an Maria und die gestrige Nacht denken. Ist es möglich, daß sie mich gesehen und die Flucht ergriffen hat? Andererseits war sie am Telefon so zärtlich gewesen. Ich wollte ihr nur näher sein. Als ihr künftiger Ehemann hätte ich wenigstens gerne die Wohnung mit ihr geteilt.

Während ich noch diesen Gedanken nachhing, kam Parker Junius herbeigeeilt. »Wo ist Maria?« fragte er unvermittelt.

»Ich ...«, sagte ich.

»Sie hatte keine Zeit? Zu blöd, ich wollte ein paar Sachen mit ihr besprechen. Sie hat mir gesagt, daß ihr heiraten wollt. Als ihr Vormund muß ich ein paar finanzielle Angelegenheiten mit ihr durchsprechen.« Er nahm seine Brille ab und säuberte sie mit aller Inbrunst. Dann ließ er eine kleine Handglocke ertönen, wobei er frohgemut in den friedvollen Garten blickte.

Sofort kam die Köchin Serafina herbeigeeilt und schob ihm einen kleinen Teewagen hin und brachte ihm auch eine Kanne Kaffee.

Dieser Wagen war über und über mit Backwaren beladen: mit Streuselkuchen, die mit Blau- und Preiselbeeren gefüllt waren, Erdbeertörtchen, mit Pflaumenmus bestrichenen Keksen, bergeweise Käsekuchen, mit klebrigem Blätterteiggebäck, aus dem Rosinen und Nüsse und Ananasbrei quollen, lauter Sachen, die man üblicherweise nicht zum Frühstück verzehrte. Aber Parker Junius aß seit seinem Herzinfarkt vor zwei Jahren nichts als Süßigkeiten.

»Dieser Herzinfarkt«, sagte er, ein Stück Schokoladenkuchen mampfend, »hat mich vor zwei Jahren niedergestreckt, und seitdem hat sich mein Appetit verändert. Ich hatte gerade für die Sommerferien eine Griechenlandreise geplant, als es passierte. Ich erinnere mich genau. Es war der vierte Juli und ich ging vom Kaufladen nach Hause, bepackt mit zwei großen Tragetaschen, da hat ein Wasserfall aus Luft – Sie wissen doch, was ein Wasserfall ist, Mgungu?«

»Aber ja«, sagte ich.

»Natürlich«, sagte er. »Was rede ich denn da? Sie sind ja aus New Burnt Norton. Ich dachte eben, Sie seien einer von denen aus der Kalaharisteppe – jedenfalls, dieser Wasserfall aus Luft stürzte in meinen Hals, gleichzeitig schien eine aus dem Nichts kommende Riesenhand meinen Brustkorb zu zerdrücken. Vor mir schien jedes Molekül Sauerstoff dick und aufgeschwollen in der Hitze zu hängen. Ich weiß noch, daß mir alles wie irrsinnig vergrößert vorkam; Sie können sich nicht vorstellen, wie mir zumute war. Der Portier hat mich reingetragen. Seitdem schmekken mir nur noch Süßigkeiten.« Und kaum hatte er den Schokoladenkuchen aufgegessen, legte er sich ein Stück Nußtorte auf den Teller. »Wissen Sie, Mgungu«, sagte er, »Ihre Heirat mit Maria – ist Ihnen klar, worauf Sie sich da einlassen?«

»Völlig«, sagte ich. Doch wir sahen uns voller Zweifel an.

»Sie sollten sich das Ganze noch einmal gründlich durch den Kopf gehen lassen«, sagte er. »Sie ist eine rätselhafte, junge Dame und sehr unzufrieden mit sich selbst. Ich bin mit dem Museum und den Jungens und meiner Kunst viel zu sehr eingespannt, als daß ich mich um sie kümmern könnte. Stimmt schon, das Geld für das Museum spendet ihre Familie, und ich kenne sie seit ihren Kindertagen. Aber sie ist jetzt eine erwachsene Frau, und ich kann nicht Tag und Nacht auf sie aufpassen.« Er sah mich vielsagend an. »Sie wissen, daß sie vor einigen Jahren in einer Heilanstalt war. Ich weiß nicht genau, was sie im Moment treibt, aber das bißchen, was ich höre, sagt mir, daß sie in Sachen verwickelt sein könnte, von denen sie besser die Finger ließe.«

»Zum Beispiel?«

»Darüber kann ich wirklich nicht reden«, sagte er. »Ich weiß jedoch, daß Maria glaubt, ihr könne nie etwas passieren, was nicht stimmt. Sie ist ein seltsames Mädchen. Sie hat sich immer den falschen Umgang ausgesucht, vielleicht um gegen ihren Wohlstand zu rebellieren. Bereits auf der Uni hatte sie einen Freund, der behauptete, Kunsthändler zu sein, in Wirklichkeit aber ...«

Ich unterbrach ihn, um sie vor einer möglichen Verleumdung in Schutz zu nehmen. »Sie ist ein sehr unschuldiges Mädchen, wenn vielleicht auch zur Zeit ein wenig durcheinander«, sagte ich.

»Sie kennen Ihre Umwelt nicht, Mgungu«, sagte Parker Junius, »und vielleicht können Sie nicht zwischen den subjektiven und objektiven Aspekten Ihres Lebens unterscheiden.«

»Möglicherweise hat sich das Joy Paul Guilford so im Lauf der Jahre auf mein Gehirn ausgewirkt«, erwiderte ich.

»Nein, nein, nein«, sagte Parker Junius. »Ich habe etwas

anderes gemeint: Sie nehmen Ihre Umwelt als Theaterkulisse wahr, die um ihrer selbst willen gemalt worden ist, wo sie doch in Wirklichkeit nicht nur etwas darstellt, sondern auch einen Symbolgehalt hat. Und diese Symbole lassen Sie einfach an sich vorbeiziehen, anstatt sie zu deuten. Es mag Sie überraschen, derlei aus meinem Munde zu hören, aber das ist inzwischen wirklich meine Überzeugung. Sie haben Charakter, wenn auch einen Charakter, den ich nicht aus vollem Herzen billigen kann. Aber jemand wie Maria Fishburn hat überhaupt keinen Charakter, sie probiert nur dauernd neue Rollen aus. Nun, welchen Platz nehmen Sie in ihrer Vorstellungswelt ein?«

»Da bin ich mir nicht sicher.«

»Aha! Sehen Sie? Schön, es verhält sich so – sie hat sich ein platonisches Idealbild von Ihnen zurechtgezimmert, und wenn Sie nur einmal dieser Rolle nicht entsprechen – da Sie für sie nur als Fiktion existieren –, werden die Konsequenzen, fürchte ich, recht unerfreulich sein. Was die Gefahr betrifft, in der sie sich möglicherweise gerade befindet, Gott, sie ahnt nicht einmal, daß das keine Bühnenrolle ist, die sie nur aus Jux und Tollerei spielt, sondern das wirkliche Leben. Ich glaube, Sie sind sich bewußt, was wirkliches Leben ist und was nicht, oder, Mgungu? Darum bin ich gegen eure Heirat – außerdem müßten Sie sich von Ihren drei anderen Frauen scheiden lassen, oder? Vielleicht können Sie ihr ein wenig helfen. Ich habe ihren Eltern versprochen, mich um sie zu kümmern, falls ihnen jemals etwas zustoßen sollte, aber dieses Mädchen ist bockig wie ein altes Pferd.«

»Ist Reynard Lopato wirklich ein berüchtigter Verbrecher?« fragte ich unvermittelt.

»Wie bitte? Was wissen Sie über Reynard Lopato?« Sein Gesicht nahm einen seltsam ängstlichen Ausdruck an.

»Nichts«, sagte ich. »Ich habe nur seinen Namen mal irgendwo aufgeschnappt.«

»Oh«, sagte er offenbar erleichtert, bekleckerte sich aber vor lauter Nervosität mit Kaffee. »Er ist halt berüchtigt.«

»Ach so«, sagte ich.

Kurz darauf schob Parker Junius seinen Teller von sich und trank seinen Kaffee aus, ehe er sich erhob. »Ich muß gehen«, sagte er. »Es war mir ein Vergnügen. Schön, daß Sie kommen konnten.« Er versuchte, sein aufmüpfiges Haar zu glätten, das sofort wieder emporschnellte. Seine Augen blickten so glasig wie die eines eben erlegten Tieres und gaben mir zu verstehen, daß er über einiges nachzudenken hatte. Seine Goldbrille erinnerte mich an den Missionar, meinen ehemaligen Lehrer, diesen knusprigen Lehrer, den mein Vater nach einer kleinen Meinungsverschiedenheit kurzerhand getötet hatte.

Folgendes hatte sich zugetragen – mein Vater war zur Schule runtergekommen, um mich und meine Schwestern aus dem Unterricht zu holen, weil der Garten umgegraben werden mußte. Der Missionar war neu in der Gegend und stand gut im Fleisch. Er war der Nachfolger des alten Missionars, der sich nach Brighton, England, zurückgezogen hatte. Leider kannte er die Benimmregeln noch nicht und hatte eine schneeweiße Haut, die schnell rosa wurde und Brandblasen warf, allerdings erst, als er nicht mehr unter den Lebenden weilte und auf dem Grill lag. Jedenfalls weigerte er sich, meine Schwestern und mich gehen zu lassen, worauf sich mein Vater seines Grammophons und seiner Schallplattensammlung bemächtigte, die aus hawaiischer Marschmusik für Ukulele, Django-Reinhardt-Scheiben und ein paar verkratzten Hymnen bestand. Natürlich war der Missionar nicht so ohne weiteres bereit, sich von seinen Gütern zu trennen, aber nach einer kurzen Rauferei war er pfannenfertig. Meine Mutter und meine Stiefmütter kamen auch herbeigeeilt. Es wurde gefeiert. Ich durfte die Brille behalten, die ich einige Tage trug, bis ich Kopfweh bekam und meine Augen zu brennen anfingen.

Wenn ich nicht irre, hängt die Brille noch irgendwo an den Dachsparren meiner Hütte. Wie gesagt, beliebt war dieser Missionar ohnehin nicht, da er uns dauernd zwang, widerliche Lieder abzusingen. Als ich ihn einmal fragte, wie seine Armbanduhr funktionierte, sagte er, das würde ich schon verstehen, wenn ich erst groß sei – eine blödere Antwort hätte ich mir kaum denken können. Ihm verdanke ich mein Mißtrauen Menschen gegenüber und meinen brutalen Zynismus, den man bei Primitiven gewöhnlich nicht findet. Der Tod des Missionars sollte den Tod meines Vaters nach sich ziehen, da er kurze Zeit später verhaftet, ins Gefängnis geworfen und zu Tode gefoltert wurde. Natürlich durfte man Parker Junius keineswegs mit dem Missionar gleichsetzen, nur weil sie ähnliche Brillen trugen, hierüber war ich mir völlig im klaren. Vorschnelle Urteile hatten mir schon immer ferngelegen.

»Höchste Zeit für mich«, sagte Parker Junius. Er stand auf und stellte seine Kaffeetasse ab. »Übrigens, meine Sekretärin tippt gerade eine Liste, auf der die Termine und Stätten Ihrer diversen Tanzauftritte stehen. Holen Sie sie sich doch ab, wenn Sie mal wieder in der Gegend sind.«

»Warten Sie ...!« sagte ich, da Parker Junius doch wissen mußte, daß meine Teilnahme ein Ding der Unmöglichkeit war. Aber er war bereits außer Sichtweite.

Nachdem er gegangen war, war auch ich bereit, meine täglichen Runden zu drehen, doch vorher erleichterte ich noch den Teewagen um einige Kuchenstücke und die beiden Tassen und Untertassen. Denn obwohl mir Maria Fishburn jede Woche fünfundzwanzig Dollar Taschengeld gab, eine großzügige Summe, und mich auch mit einer Kreditkarte ausgestattet hatte (leider ohne Gebrauchsanweisung), konnte ich es mir nicht abgewöhnen, künstliche Objekte und alles, was es umsonst gab, mitgehen zu lassen. Dann machte ich mich auf den Weg, Kent Gable zu besuchen und das pulsierende Großstadtleben auf mich einwirken zu lassen, denn dergestalt verbrachte ich als Freizeitamerikaner meine Tage.

Im Moment allerdings beunruhigten mich Parker Junius' Bemerkungen und ich überlegte mir, was ich mit Maria Fishburn anstellen sollte. In der Tat, schon vom Tag unserer ersten Begegnung an war sie mir recht undurchsichtig erschienen. Ich wußte nicht, in was für Schwierigkeiten sie steckte und wie ich ihr da hätte helfen können. Wie sollte ich Parker Junius erklären, daß ich noch nie in ihrer Wohnung gewesen war und daß zwischen uns nichts ablief? Und doch mochte ich das Mädel, wenn auch vielleicht aus dem falschen Grund, und der war, daß ich sie liebte. So beschloß ich, sie zu retten, wenn auch nur vor ihr selbst. Mir war, als hätte ich endlich eine Aufgabe im Leben gefunden.

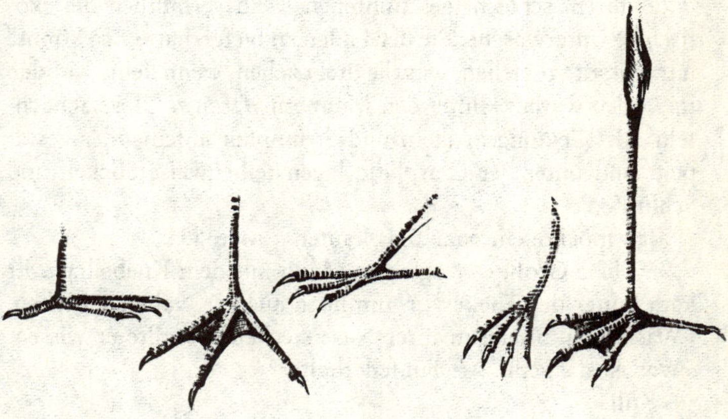

Bestimmt macht es dir nichts aus, wenn wir hier kurz reingehen, oder?« fragte ich Kent, als wir an einem Geschäft vorbeigingen, das Damenstrümpfe und -unterwäsche verkaufte. Es war ein kleiner, zurückgeschobener Laden, den ich gar nicht bemerkt hätte, wären im Schaufenster nicht all die nackten Kunststofftorsos gewesen, die Strumpfhalter und lila und grün gestreifte Schlüpfer trugen. »Ich möchte ein paar BHs für meine Frauen kaufen. Dauert nicht lang.«

»Klar, warum nicht?« Aber er sah ein wenig ungeduldig aus und guckte ein- oder zweimal auf die Uhr, als wir in den Laden gingen.

Zwei Männer und eine Frau waren hinter eine winzige Glastheke gezwängt. Einer der Männer hatte einen spitzen, rosa Glatzkopf, der wie ein Pfeil geformt war. Der andere trug einen angegrauten Knebelbart. Die Frau, eine dürre Schlampe, trug unter ihrem schlecht geschnittenen Kleid vermutlich die exotischste Unterwäsche, die der Laden zu bieten hatte. Ich konnte mir lebhaft vorstellen, was die drei trieben, wenn keine Kunden im Laden waren. Hinter den Männern waren zahllose Schachteln mit Kleidungsartikeln und Strümpfen aufeinander gestapelt, und unter der Glasplatte lagen reihenweise Socken und Schlüpfer.

»Ich möchte ein paar BHs kaufen«, sagte ich.

»Welche Größe?« fragte der Mann mit dem Knebelbart. Er kam hinter der Theke vor, um mich aus der Nähe anzusehen. »Was haben Sie da in Ihrer Nase stecken?« wollte er wissen. »Was ist das, eine Art Füllfederhalter?«

»Kuli.«

Er schüttelte den Kopf. Der andere Mann schneuzte sich laut in ein Taschentuch und ging zu der Frau rüber, mit der er irgend etwas tuschelte, während sie Strumpfschachteln aufräumten. »Gut, gut, Sie tragen also einen Kuli in Ihrer Nase. Welche Größe sollen die BHs haben?«

»Da bin ich wirklich überfragt«, sagte ich. Ich sah zu Kent hinüber, der sich geistesabwesend in dem Spiegel an der Rückwand betrachtete. »Ich brauche ein paar sehr große und ein paar mittelgroße.«

»Sehr groß? Dann weiß ich es ja genau. Was soll das heißen, sehr groß? Meinen Sie 38 C, 40 D? Oder soll ich vielleicht Gedanken lesen?«

»Vielleicht dürfte ich mal sehen, was Sie haben...?«

»Soll ich jetzt jede Schachtel hier aufmachen? Sagen Sie mir's so ungefähr, grob geschätzt, dann sehen wir weiter.«

»Okay. Die eine hat ungefähr diese Größe.« Ich hielt meine Hände ein paar Fuß vor meine Brust.

»Gott im Himmel, ich weiß nicht. Mal sehen, was sich da machen läßt. Maxi, bring mir die Schachtel von da drüben. Sie liegt ganz oben. Ich weiß nicht, was draufsteht, du weißt schon, welche ich meine.« Die Frau stieg auf eine kleine Fußleiter und holte von kurz unter der Decke eine staubbedeckte Schachtel. Der Knebelbart öffnete die Schachtel, entfernte mit eleganter Geste ein Stück Seidenpapier und gab den Blick auf einen Artikel aus äußerst strapazierfähigem Gummistoff frei. Der gewaltige BH war in ein mit Stäbchen versehenes Korsett gearbeitet, an dessen Ende Metallklammern für die Strümpfe baumelten.

»Hey, dieses Zeug ist doch nicht neu?« sagte Kent und begutachtete den Inhalt der Schachtel nicht ohne Interesse.

»Nein, nein. Sie können es zum halben Preis haben. Dieses Material wird schon längst nicht mehr hergestellt. Es ist zwar ein wenig angegilbt, aber Sie würden es nirgends sonst finden.«

»Aus welcher Zeit stammt es?«

»1947. Damals hat es acht Dollar gekostet. Ich laß es Ihnen für die Hälfte.«

»Ich glaube, das ist nicht das, was ich will.«

»Sie wissen nicht, was Sie wollen, oder? Sie sagen es mir ja nicht, und ich bin schließlich kein Gedankenleser.«

Ich versuchte zu lächeln. »Ja, Sie haben recht.«

»Wenn Sie etwas derart Großes wollen, brauchen Sie etwas mit stützenden Stäbchen, es sei denn, es ist nicht für eine Frau.« Er sah Kent und mich mißtrauisch an. »Wir haben hier etwas für jeden Bedarf. Sie werden staunen.«

»Vielleicht ist sie doch nicht ganz so dick.«

»Das hab' ich mir gedacht«, sagte er streng. »Sie sollten immer erst die Größe rausfinden.«

»Könnte ich was Buntes sehen?«

»Mal sehen, was wir da haben.« Er zog eine Schachtel mit verschiedenfarbigen BHs aus Seide hervor, einige mit, einige ohne Drahtverstärkung, und einige mit abnehmbaren Gummipolstern. Für Yerba nahm ich welche mit großen, lila und roten und grünen Punkten, für Oola wählte ich ein paar kleinere, perlmuttfarbene, und für Nitsa kaufte ich welche in fröhlichem Rot, in die Kreise für die Brustwarzen geschnitten waren. Dann erwarb ich noch einige Netzstrümpfe und für Oola ein Paar Pantoffeln mit hohen Absätzen und rosa Pelzbesatz.

Mit diversen Paketen und Kents Geigenkasten beladen, gingen wir dann wieder auf die Straße, vorbei an dem glatzköpfigen Mann, der mich die ganze Zeit ignoriert hatte und jetzt im Schaufenster saß, um den nackten Damen die Schlüpfer auszuziehen und ihnen neue BHs anzulegen und kleine Preisschilder in die Körper zu pinnen.

Ein scharfer Wind blies uns entgegen, und der Schneematsch schwappte uns um die Füße. Wir kamen an einem Restaurant vorbei, das von außen reichlich verhauen aussah. Im Fenster drehte sich eine elektrisch angetriebene Haremstänzerin aus Pappe endlos um sich selbst. Ihr Bauch war ständig in heftiger Bewegung. »Sieht ganz gemütlich aus«, sagte Kent. »Laß uns auf'n Kaffee reingehen. Ich könnte 'ne Zigarette vertragen.« Ich hatte bislang versäumt zu erwähnen, daß Kent einen großen

Samthut besaß, den er nun, nachdem er das Restaurant betreten hatte, absetzte. Dieser Hut paßte farblich bestens zu seinem verwegenen Hemd und gab nun seine rotgefrorenen Ohren frei, die vorher bedeckt gewesen waren. Kents Haar war zusammengeknautscht und zerwühlt und er sah zum Fürchten aus, was durch seinen glasigen, vegetarischen Blick abgemildert wurde, denn er hatte nicht die Augen eines Fleischessers. Außerdem war sein Körper ziemlich wabbelig. »Zum Geige spielen brauche ich keine Muskeln«, sagte er, meinen prüfenden Blick richtig deutend. Er sah mich an. »Ich muß jetzt unbedingt eine Tasse Tee haben, obwohl er in diesem Land nie stark genug ist.« Als der Ober kam, sagte er: »Eine Tasse Tee mit zwei Beuteln, bitte.«

Der Ober war sichtlich froh, uns bedienen zu dürfen, da wir die einzigen Gäste waren. Eine fettige Haartolle hing ihm in die Stirn, und am Revers trug er ein Schildchen mit der Aufschrift ALEXANDER. Kaum hatte er mich gesehen, zwinkerte er mir zu. Und obwohl ich nur eine Tasse Kaffee bestellt hatte, brachte er mir noch ein spiralförmiges Gebäck, in dem sich ein roter, klebriger Klumpen befand. »Für Sie etwas Besonderes«, sagte er.

Die Wände waren mit Fotografien von Bauchtänzerinnen geschmückt, und das Lokal nannte sich ›Das griechisch-amerikanische Haus des Bauchtanzes‹. Ich glaube, es war ein Nachtlokal. Wie gesagt, im Moment war es leer. »Danke; bitte«, sagte ich in der Annahme, dies sei die griechisch-amerikanische Ausdrucksweise. Dann fing ich an, das Paket mit den BHs auszupacken, da ich nichts in seinem ursprünglichen Zustand belassen konnte, sondern jede Neuerwerbung stets sofort genauestens untersuchen mußte. Dann plötzlich fiel mir meine Unhöflichkeit auf und ich hielt inne. »O, mein guter Freund«, sagte ich zu Kent, »entschuldige bitte mein schlechtes Benehmen. Wir sitzen hier bei heißen Getränken an einem Tisch, und ich packe meine Geschenke aus anstatt mich der Konversation zu widmen.«

Ich legte eine Pause ein und leitete dann zu einer Unterhaltung über, genau wie es bei zivilisierten Menschen Sitte ist. Ich war sehr zufrieden mit mir. »So ist das«, sagte ich. »Ein Leben in den Vereinigten Staaten. Wie sollte ich bloß wissen, daß die Menschen hier keineswegs meinen, was sie sagen und tun? Auch in meinem Land gibt es Sitten und Gebräuche, auf die sich ein Außenstehender keinen Reim machen kann. Nehmen wir beispielsweise an, deine Frauen servieren dir die köstlichsten Süßkartoffeln. Auf keinen Fall lächeln! Je übellauniger du dreinblickst, desto mehr Kartoffeln bekommst du. Warum? Weil dich niemand zufriedenstellen muß, wenn du bereits zufrieden bist. Wenn du etwas willst, runzelst du die Stirn und guckst weg. Dann kriegst du mehr und mehr, damit du nicht verärgert bist.«

»Verstehe«, sagte Kent.

»In diesem Land jedoch, das habe ich inzwischen kapiert, wird das System vom Geld diktiert, eine Sitte, an die ich mich glücklicherweise rasch gewöhnen konnte, da Geld für mich nur grüne Papierfetzen sind, von denen ich mich leicht trennen kann. Und was für mich wertvoll ist, mag anderen gleichgültig sein. Der Zivilisationsmüll – leere Bierdosen, eine Kette verschimmelter Pfefferschoten, ein zerplatzter Regenschirm – unwissend wie ich war, habe ich gutes Geld für dieses Zeug bezahlt. Dennoch bedeutet mir dieses Gerümpel eine Menge. Darum, Kent, bin ich mir hier so oft wie ein Überbleibsel einer prähistorischen Rasse vorgekommen, das stumpf und verständnislos das unerklärliche Treiben der Zivilisation betrachtet.«

»Gib mir mal bitte den Zucker«, sagte Kent, »und ich nehm' mir auch was von diesem pappigen Kringel, wenn du ihn nicht ißt, Kumpel.«

»Und ich muß sagen«, fuhr ich fort, mit dem Verlauf unserer Diskussion mehr als zufrieden, »daß mir die Stadt oft grausam und gnadenlos vorkommt, die Formation der Gebäude ist grotesker und verschrobener, als die der bizarrsten Berge New Burnt Nortons.«

»Ach ja?« sagte Kent mit vollem Mund.

»Darum bewirken geophysikalische Unterschiede auch unterschiedliche Gebräuche«, lautete meine Schlußfolgerung. »Und wenn man nicht mit dem jeweiligen Jargon aufgewachsen ist, wird man nie dahinterkommen. Aber verzeih' mir, mein Freund, ich hab' genug geschwatzt. Jetzt bist du dran, weil wir doch eine *Konversation* haben.«

Zu meiner Überraschung wußte Kent sofort, auf welche Sitte ich anspielte, da er tief Luft holte und einen Redeschwall vom Stapel ließ. »Was mich bewogen hat, ein Rock-and-Roll-Star zu werden? Das war so: in der Schule war ich sehr gut, Klassenbester in Mathematik. Da hab' ich mir aber gedacht, Mensch, du willst nicht den Rest deines Lebens als Buchhalter verbringen – das wär' ich sonst nämlich geworden, verstehste? Also bin ich zur Berufsberatung – hat mich 'ne Stange Geld gekostet und ich mußte ein paar tausend Formulare ausfüllen. Und als ich das gemacht hatte, sagten sie: ›Oh, Sie sollten ein berühmter Rock-and-Roll-Star werden.‹ Klang gut, und ich stellte mich bei den Schallplattenfirmen vor, aber keine einzige interessierte sich für mich. Ich konnte Gitarre und Geige, und beides ganz gut. ›Gut‹, dachte ich, ›jetzt hast du schon mal die ganze Knete bezahlt und so leicht gibst du nicht auf.‹ Ein paar Wochen später fand in einem scheißfeinen Hotel ein Kongreß der Schallplattenindustrie statt. Ich ging also hin, kettete mich an ein Auto und schloß meinen Verstärker an die Batterie an. Sofort erhielt ich einen mörderischen Stromstoß und sank bewußtlos zu Boden. Als der Typ zurück zu seinem Auto kam – er war Präsident einer großen Firma, das hatte ich vorher ausgekundschaftet –, war er so aufgebracht, mich halbtot an sein Auto gekettet zu finden, daß er mich unter Vertrag nahm und Kent Gable und die Experience gründete. Und dann hatten wir eine Hitsingle in England, ich bin also schon ganz gut im Geschäft. Im Moment ist das einzige Problem nur, daß jeder, den ich kennenlerne, entweder ein Nichts oder was ganz Tolles ist, also zu weit unter oder zu weit über mir steht, um mit mir Umgang zu pflegen.«

»Oh ja«, sagte ich, »und was ist Berufsberatung?«

»Es hat wenig Sinn, das zu erklären. Du würdest es nie

verstehen. Obwohl das vielleicht was für dich wäre, wenn du dich weiterhin nicht entschließen kannst.«

»Entschließen kannst?« fragte ich.

»Was du bist und was du machen willst?«

Ich war sehr überrascht, daß er mich durchschaut hatte.

»Sieh mich nicht so an«, sagte er. »Ich spreche mit dir darüber, damit du dir Klarheit verschaffst. Was ist meine Philosophie? Es ist doch so – für dich sind die Dinge einfach. Vor vielen Jahren, als die Menschen noch einfacher waren, lebten wir auf Bäumen. Mit meiner Musik versuche ich, wieder etwas von diesem Gefühl einzufangen. Du bist jedoch den Bäumen näher als wir anderen. Wenn du das akzeptierst, ist alles in Ordnung. Wenn nicht, solltest du vielleicht zu einem Berufsberater gehen.«

»Ja, aber was ist das für ein Ding, Berufsberatung?«

»Ich muß mal eine Treppe tiefer. Möchtest du mit?« fragte er, ohne auf meine Frage einzugehen.

Ich ging mit ihm nach unten. Die Treppe führte steil hinab in einen schmuddeligen Gang, der von einer nackten Glühbirne erleuchtet wurde. Er stieß die mit MÄNNER gekennzeichnete Tür auf. »Komm nur rein«, sagte er.

»Ist da genug Platz für zwei?« erkundigte ich mich.

Und er sagte: »Na klar.«

Er schaltete das Licht an, und ich ging zur Toilettenschüssel, als müßte ich urinieren. Ich dachte, er wollte wohl aus Angst nicht allein in den Keller gehen, wo er doch wußte, wie gefährlich New York ist.

Er öffnete seinen Hosenlatz und zeigte mir seinen halb erigierten, ziemlich kleinen Penis.

»Sehr hübsch, Kent«, sagte ich. Wie Sie sehen, wußte ich nicht, was das zu bedeuten hatte, nahm aber an, es handelte sich um eine amerikanische Sitte, die mir bislang entgangen war.

Ich kapierte allerdings ziemlich schnell, als er mich bat, dieses Objekt in meinen Mund zu stecken. »Das kann ich nicht«, sagte ich.

»Was ist denn los?«

»Ich bin fünfundfünfzig Jahre alt«, sagte ich. »Mag sein, daß mich so etwas früher mal interessiert hat – ich weiß es nicht –, aber inzwischen bin ich mir nicht einmal sicher, ob ich selbst für Frauen noch Interesse habe?« Das war gelogen; ich interessierte mich für Frauen, zumindest für meine Frauen, die wußten, wie man mich scharf macht. Aber meine Ausrede schien mir gerechtfertigt, da ich seine Freundschaft nicht verlieren wollte. Ich bewunderte ihn aufrichtig, mit seiner kreidigen Haut und seinem Haargestrüpp und seinen Sicherheitsnadeln in der Wange.

Ich hatte schon immer wissen wollen, was und wie ein Rockstar war?

Ich pinkelte, während er sich die Hände wusch. »Erzähl mir«, sagte ich, »worin liegt bei so etwas das Vergnügen für den anderen? Hat er überhaupt etwas davon?«

»Aber sicher«, sagte er, »du solltest es mal ausprobieren, dann wirst du schon sehen.«

Aber ich war noch immer nicht erpicht darauf, und wir gingen wieder nach oben. Als die Angestellten seinen Geigenkasten unter dem Tisch sahen, baten sie ihn zu spielen. Sie erkannten ihn nämlich, hatten sein Gesicht auf den Plattenhüllen gesehen und wußten, daß er in der Stadt ein Konzert gab. »Aber ich habe keinen Verstärker«, bemerkte Kent, und sie zeigten ihm, wo die Bauchtanzband tagsüber ihre Anlage aufbewahrte. Er schloß den Verstärker an und sägte drauflos, die Musik hörte sich an, als würde ein Schwein abgestochen.

Mir war es ein Rätsel, daß er nicht merkte, was er da machte. Ich legte mir die Hände über die Ohren. Ich rechnete jeden Moment damit, daß sein Spiel ein sichtbares Loch in den Sauerstoff reißen würde. Es war einfach schrecklich, doch die Angestellten und unser Ober Alexander klatschten begeistert Beifall.

Schließlich ertönte eine erkennbare Melodie, er spielte »Sweet Georgia Brown«. In meinen Eingeweiden rumorte es. Alles geriet da unten in Bewegung, ohne daß ich dagegen etwas hätte machen können. Schuld daran waren die irrsinnigen Frequenzen. Ich hatte Rockmusik nie persönlich gehört, und wahrscheinlich war ihr Sinn und Zweck, einem die *Moodla* im Gedärm umzudrehen.

Wie er so dieses Lied durch den Verstärker sägte, das war schon ein starkes Stück. Plötzlich hörte er auf. »Klingt schrecklich«, sagte er. Aber sie baten ihn, fortzufahren. »Ich muß mir erst wieder die richtigen Geräte zusammenkaufen«, erklärte er ihnen, »ich hab' meine ganze Ausrüstung verloren, und jetzt muß ich erst mal wieder dieses Instrument auf Zack bringen.« Sie applaudierten höflich und sagten, der Tee und der Kaffee gingen auf Rechnung des Hauses, auch das kleine Stück Kuchen, das Alexander mir gegeben hatte, weil ich ihm spontan sympathisch war.

Ich versprach ihnen, ganz bestimmt einmal bei ihnen zu essen oder wenigstens vorbeizuschauen, um guten Tag zu sagen, aber erst müßte ich mal nach unten gehen, um die sanitären Einrichtungen zu benützen, da das Konzert eine akute Magenverstimmung bewirkt habe. Ich ging also wieder in den verdreckten Keller. Kaum hatte ich mich auf die Toilette niedergelassen, als jemand gegen die Tür klopfte. »Wer da?« fragte ich.

»Ich bin's«, sagte eine Stimme. »Laß mich bitte rein.«

Die Stimme kam mir nicht sehr bekannt vor. »Wer ist da?« fragte ich erneut. »Ich kann Sie nicht reinlassen. Bitte gehen Sie. Ich möchte bestimmt nicht Ihre Gefühle verletzen, aber im Moment ist mir nicht nach Sex.«

»Schon gut«, sagte die Stimme.

»Danke; bitte.« Und die Schritte entfernten sich.

Kent und ich gingen wieder auf die Straße, und Kent versicherte mir, daß sich trotz allem an unserer Freundschaft nichts ändern würde. Ich lud ihn zu meiner Hochzeit ein.

Dann verabschiedeten wir uns und ich ging alleine weiter und dachte, ich hätte ihn wegen Maria Fishburn um Rat fragen sollen, da er sehr erfahren und jung und modern war; vielleicht hätte er mir sagen können, wie ich mein Problem mit Maria Fishburn hätte lösen können. Ich überlegte und überlegte, bis meine Füße vollständig durchnäßt waren. Alles kam mir auf einmal so fremd und sonderbar vor, aber ich konnte nichts dagegen tun.

Also, man darf nicht vergessen, daß Maria in der Zwischenzeit Hochzeitsvorbereitungen traf. Aus vielerlei Gründen hielt ich das für einen Fehler, da ich in meinem Herzen wohl fühlte, daß sie noch nicht reif war für die Wonnen der Ehe; aber sie behauptete, an dieser Hochzeit läge ihr mehr, als an irgendwas sonst, und sie rief mich dauernd an, um mir das jeweilige Stadium ihrer ausgeklügelten und bombastischen Vorbereitungen mitzuteilen. Wenn ich ihr dann, spät nachts, meine Bedenken anzudeuten suchte, wurde sie stinkwütend und wollte nichts weiter hören.

»Ich möchte, daß das eine richtige Gartenhochzeit wird«, sagte sie. »Da draußen hinter der ›Tavern on the Green‹, weil ich weiß, wie sehr dir deine Klaustrophobie zu schaffen macht, wenn du dich drinnen aufhalten mußt. Und ein Friedensrichter, nicht ein Geistlicher, wird uns trauen, weil unsere bereits intakte Beziehung nur noch formlos bestätigt und nicht durch einen Festakt begründet werden muß.«

»Ja, natürlich«, sagte ich und verstand kein Wort.

»Wie waren deine anderen drei Hochzeiten?« fragte sie. Sie behauptete, sich besser mit mir unterhalten zu können, wenn sie mich dabei nicht anzusehen brauchte, und ihre warme, kehlige Stimme tat mir wohl, die da so spät nachts aus dem Telefon drang, und so gefiel sie mir viel besser, als wenn ich sie nachts von ferne in einem Nachtclub sah, was mich nervös machte.

»Wie meine anderen drei Hochzeiten waren?« sagte ich. »Jedenfalls nicht so wie die, die wir feiern werden, mein Liebes. Ich bin erfahren genug, um dir versprechen zu können, daß sie ein glückliches Ereignis für uns beide werden wird.« Im Laufe meiner Amerikanisierung war ich recht charmant und unbefangen geworden, und ich wußte etwas besser, wie man mit einem Mädchen spricht.

Dann hörte ich sie sanft und seltsam weinen. Tränen kamen mir komisch vor, da sie den Frauen New Burnt Nortons fremd waren. »Was ist los, Herzenslieb?«

»Ach, ich weiß nicht, Mgungu«, sagte sie. »Ich sollte glücklich sein, aber ich bin es nicht. Ich bin so durcheinander. Hätte ich doch nur auf New Burnt Norton das Licht der Welt erblickt und wäre eine deiner Frauen, die zu einem Stamm gehören. Ja, genau das. Ich würde gerne einem Stamm angehören. Wenn ich kann, würde ich dir gerne einen Stamm ersetzen, Mgungu. Ich werde dein ganzer Stamm sein. Du bist doch nicht amtlich mit deinen Frauen verheiratet, oder?«

Dann fragte sie mich, ob ich was dagegen hätte, mich ihr zuliebe scheiden zu lassen, egal, ob vor oder nach unserer Hochzeit. »Klar«, sagte ich leicht nervös. »Kein Problem.« Ich wollte ihr nicht sagen, daß es so etwas wie Scheidung bei den Lesser Pimbas nicht gab. Hatten zwei Menschen erst einmal beschlossen zu heiraten, blieben sie für immer zusammen, obwohl es nicht einmal eine Hochzeitszeremonie gab.

»Ach, Mgungu«, sagte sie, »es tut mir ja so leid, daß ich dich zu dieser Heirat überredet habe, wo ich doch weiß, daß du in den Bergen New Burnt Nortons besser aufgehoben warst.«

Zum ersten Mal hatte sie so offen mit mir gesprochen.

»Das stimmt doch nicht«, sagte ich tiefbewegt. »Ich bin sehr froh und glücklich, dich zu heiraten. Das ist das Leben, nach dem ich mich immer gesehnt habe, glaube ich. Zum unzivilisierten Menschen bin ich einfach nicht bestimmt, ich hatte mich schon immer zu Konsumgütern hingezogen gefühlt, außerdem bin ich ein Kind der Technik. Und wenn es dich beunruhigt, mich meinen anderen Frauen wegzunehmen – wir brauchen ihnen nur ein paar Geschenke zu schicken, Scheidungsgeschenke sozusagen, vielleicht ein paar Walkie-talkies oder ein CD-Gerät oder ein paar Schaumgummieinlagen für BHs, irgend etwas, das sie aufheitert, haha.«

Aber Maria reagierte nicht. Sie hatte einen derart subtilen Humor, daß sie nur Sachen lustig fand, die sie sich selbst ausgedacht hatte.

Mein Visum galt damals nur noch für ein paar Wochen, und ich wollte es verlängern lassen, um im Lande bleiben zu können, ohne mich ehelich binden zu müssen. Ich ging zu der Botschaft von New Burnt Norton, die diesen Namen kaum verdiente, da sie lediglich aus einem Büro im 2. Stock eines schäbigen Gebäudes bestand. Außer einer zierlichen Sekretärin war niemand da. Sie aß Kartoffelchips aus einer Tüte, bot mir aber nichts an. »Ich möchte eine Verlängerung meines Visums beantragen«, sagte ich, »damit ich nicht dieses amerikanische Mädchen heiraten muß. Ich liebe es zwar von Herzen, aber eine Heirat, so glaube ich, wäre trotzdem ein Fehler.«

»Ich gebe dir den Rat, Schätzchen«, sagte die Empfangsdame, »in ein paar Stunden zurückzukommen.« Sie mampfte ungeniert weiter und blickte verträumt auf ihren Schreibtisch.

»Ich warte«, sagte ich und setzte mich in das leere Wartezimmer, wo ich ein paar Zeitschriften aus dem Jahre 1967 durchblätterte.

Nach ein paar Stunden sagte die Sekretärin: »Ich gebe dir den Rat, morgen wiederzukommen, Schätzchen. Ich glaube kaum, daß er heute noch kommt.«

Bei dem Gedanken an die Heirat wurde mir noch immer schwummerig – für jemanden wie mich war dreimal einfach genug. Doch mußte ich mir die Frage stellen – liebte ich Maria? Die Antwort lautete: Ja.

Zur festgesetzten Stunde machte ich mich auf den Weg zur ›Tavern on the Green‹, wo die Hochzeit stattfinden sollte. Niemand hatte mir gesagt, daß für jeden ein weißer Rolls Royce bereitstand, um von seinem jeweiligen Heim zu dem Garten hinter dem Restaurant chauffiert zu werden. Als ich aus der Hotelhalle auf die Straße trat und die Luxuslimousine sah, dachte ich nur, ein berühmter Filmstar sei mal wieder im Hotel abgestiegen, und ging schnurstracks daran vorbei. Ich fröstelte, da das Wetter noch alles andere als frühlingshaft war. Ich trug noch immer meinen Pelzmantel, und Maria zuliebe hatte ich darunter, wie gewöhnlich, so gut wie nichts an.

Anstelle der stinkenden Turnschuhe trug ich ein Paar kleiner, garstiger Stiefel, die mir Maria als Vorhochzeitsgeschenk ins Hotel hatte liefern lassen. Sie waren vorne mit aufgemalten Haifischzähnen verziert, und an den Seiten waren Haifischflossen angebracht. Diese Stiefel gefielen mir sehr gut, und ich konnte meine Blicke nicht von ihnen abwenden, während meine Füße die Straße entlangtrudelten. Woher sollte ich wissen, daß jedermann verzweifelt nach mir suchte, um mich in den weißen Rolls Royce zu setzen? Schließlich ist mein Freund Joey damit zur Hochzeit gefahren, den man zum Hotel geschickt hatte, um nach mir Ausschau zu halten. Ich hatte wirklich nicht vor, irgendwelche Scherereien zu machen, und wäre sogar gerne mit dem Rolls gefahren. So aber kam ich mit total durchnäßten Füßen zu spät zu meiner eigenen Hochzeit.

Als ich die Eighth Avenue dem Park entgegenstampfte, hatte ich ein ganz gutes Gefühl, was Marias und meine Beziehung betraf. Obwohl ich nie in Marias Wohnung gewesen und körperlich zwischen uns nie etwas abgelaufen war, schienen wir gut zueinander zu passen. »Wenn wir verheiratet sind«, sagte sie, »werden wir uns eine große Wohnung nehmen, und ich werde dir alle Kreditkarten besorgen, die du haben willst. Ach, Mgungu, wenn du nur wüßtest, wie ich mich fühle, wenn ich bei dir bin! So unschuldig! So primitiv! Du sollst nie etwas über meine düstere Vergangenheit erfahren, denn bei dir bin ich so jung und arglos, ich möchte ein Baby in deinen Armen sein! Welche ist dir am liebsten?«

»Welche was?«

»Deine Lieblingskreditkarte, Dummkopf. Master Card? Visa? Diner's Club?«

»Ich weiß nicht«, sagte ich.

»Was soll das heißen, du weißt nicht?« fragte sie. »Schwarzer.«

Das war ihre Art, mir zu verklickern, daß ich einen Fauxpas begangen hatte. An solche Umgangsformen war ich gewohnt und dankbar für den Hinweis. Ich hatte, ihrem Wunsch gemäß, ein paar Freunde eingeladen, und so ging ich an diesem kalten Nachmittag, da das Wetter hätte wärmer sein sollen, aber mysteriöserweise Temperaturen nahe dem Gefrierpunkt aufwies, durch Matsch und Schnee zur ›Tavern on the Green‹, um getraut zu werden.

Ich konnte Maria hinten im Hof sehen – in ihrem Hochzeitskleid, das aus silbernem Fallschirmstoff gearbeitet war und im Wind flatterte. Sie war von Parker Junius und dem Friedensrichter und einer Gruppe von Leuten, wohl ihre Verwandtschaft, umgeben.

Dann stürzte sich wild blökend die Herde der Reporter und Fotografen auf mich, die ich einige Tage zuvor im Museum kennengelernt hatte. Ich lächelte ihnen zu, ihrem Ansturm nur schlecht gewachsen. »Bitte lächeln!« – »Bloß nicht lächeln, sehen Sie wild aus!« – »Hierher gucken!« – »Nein, hierher, Mgungu!« Ich verstand diesen ganzen Trubel nicht. Für mich war eine Hochzeit schließlich nichts Besonderes, und ich hatte alles andere als ein Riesenfest erwartet. »Tun Sie so, als würden Sie gerade an einem Überfall der Kopfjäger teilnehmen! Ja, so! Genau so! Jetzt nicht bewegen! Prima!«

Und ich schnitt für die Hochzeitsfotografen und die Medien lauter Fratzen. Ich gab mir ernsthaft Mühe, sie zufriedenzustellen.

Auf der einen Seite des Hofes stand ein riesiges, orangefarbenes Zelt, beinahe so groß wie ein Zirkuszelt, und die Planen knallten und schnalzten im Wind. Das ganze Ding sah aus, als würde es jeden Moment in sich zusammenfallen, aber ich hatte keinen blassen Schimmer, daß es etwas mit der Hochzeit zu tun hatte. »Wofür ist das?« fragte ich eine Reporterin. Behend schrieb sie das in ihren Notizblock. »Das ist für Ihre Hochzeit«,

Mgungu und Maria auf ihrer Hochzeitsfeier

wurde mir erklärt. »Haben Sie das nicht gewußt?« Und sie sahen mich erstaunt an.

Jetzt kam Maria mit ihrem Gefolge zu mir. »Darling«, sagte sie und bückte sich, um mir einen flüchtigen Kuß auf die Wange zu geben. Ihr Kleid, ich sah das jetzt erst, hatte einen Schlitz, der ihr fast bis zum Bauchnabel reichte und äußerst offenherzig war. Ich wußte nicht, ob das am Wind lag, aber die Fotografen stellten uns nebeneinander und schoben dann förmlich ihre

Kameras in ihr Kleid. Nun, vielleicht war das eine typisch amerikanische Triebhandlung, ich habe jedenfalls nichts weiter dabei gefunden.

Es ging schon ganz schön ab auf meiner Hochzeit. Parker Junius trug einen Smoking und rauchte mit gelangweiltem Gesicht eine Zigarette. Es war mir schleierhaft, daß er nicht fror. Ich glaube, er hätte gerne ein paar Worte an mich gerichtet – vielleicht etwas aus dem Born seiner Weisheit –, aber da er nie verheiratet gewesen war, wußte er nicht so recht, was er hätte sagen sollen. Marias Verwandtschaft bestand hauptsächlich aus alten Matronen in ehrwürdigen, doch räudigen Pelzmänteln. Es war auch ein Mann in einem lindgrünen Anzug anwesend, finster blickend und unheilvoll; ich duckte mich, damit er mich nicht erkannte. Ich hoffte, er würde mich nicht mit dem Vorfall in der Pizzeria in Verbindung bringen.

Unter den Gästen waren auch viele interessante Leute von der Cocktailparty, darunter die schwarzhaarige Dame, die versucht hatte, mich zu verführen, der junge, argentinische Dramatiker, zu dessen Ehren die Party gegeben worden war, und andere Leute, Marias Tierarzt etwa und ihr altes Kindermädchen und zwei junge Damen, die Nicole und Edit hießen. Meine Freunde waren auch da. Kent Gable, der Rock-and-Roll-Star, voll wie eine Haubitze und bedenklich schwankend. Nachdem er zu Boden gesackt war, hat sich die schwarzhaarige Dame rührend seiner angenommen. Und Joey, Pizza- und Knoblauchgerüche aussondernd, sah in seinem weißen Anzug sehr elegant aus »Wo warst du?« flüsterte er mir zu. »Ich war im Hotel und hab' mich dumm und dämlich nach dir gesucht. Du hättest den Rolls nehmen sollen, du Simpel.«

»Alle mal herhören!« rief Maria. »Bitte jetzt ins Zelt gehen.« Als die Gäste reinströmten, kam sie zu mir und sprühte in mein Ohr: »Das geschieht alles für dich, Darling. Gefällt es dir?« Um das Zelt herum hatten sich Passanten versammelt, die weder Maria noch ich kannten, was sich aber erst später herausstellen sollte, und diese Typen folgten uns einfach, und jeder von uns dachte, sie seien von irgendwelchen anderen Gästen zur Hochzeit eingeladen worden. Zum größten Teil waren diese Fremden niederen Standes, heruntergekommen und reichlich mit Dreck überzogen. Der Duft, den diese Kerle ausströmten, wetteiferte mit dem der verwelkten Gardenien im Inneren des Zeltes. Ein Mann hatte eine Plastiktüte mit leeren Bierdosen dabei, ein ausgeflippter Jugendlicher führte einen jungen Dobermann an einer Kette. Ich sah, wie er die Zeltwände mit Sprühfarben verunzierte. Im ganzen waren es vielleicht zehn oder fünfzehn dieser Schnorrer, einer furchterregender als der andere. Hätten die Wächter am Eingang die Gästeliste überprüft, wäre diesen Leuten der Zutritt verwehrt worden, aber leider hatte man die Wächter nach mir ausgesandt, und sie waren noch nicht zurück.

»Darling, Mgungu, woran erinnert dich das?« fragte Maria, sich zu meinem Ohr runterbeugend, was ihr Kleid noch weiter klaffen ließ und ein erneutes Klicken der Kameras zur Folge hatte. Ich hoffte nur, daß ihre kleinen, nelkenfarbenen Brustwarzen nicht enthüllt würden, hätten solche Fotos ihr doch später einmal peinlich werden können, da sich Frauen in der zivilisierten Welt nicht so zu zeigen pflegten. »Woran erinnert dich alles?« wiederholte Maria.

»Ich weiß es nicht«, sagte ich.

»Du weißt es nicht?« rief sie empört, und die Gäste, die sich in der Eiseskälte des Zeltes zusammendrängten, drehten sich um. »Du weißt es nicht?«

»Tut mir leid, Liebes.«

»Aber das sollte doch eine Überraschung extra für dich sein! Erinnert dich das nicht an das Zelt, in dem wir auf dem Weg vom Mount-Yaas geschlafen haben?« Es stimmte schon, das Licht im Zelt war orange wegen der orangen Zeltplanen, und als man nun ein paar Elektroheizer anschaltete, wurde die Luft überraschend schnell warm und schwül. Im Zelt waren zwei lange Tische aufgestellt, und am hinteren Ende harrte eine Band, eine Männergruppe mit Stahltrommeln. »Na, los!« sagte

Maria. »Worauf wartet ihr?« Sofort klickten wieder die Kameras wie rasend, und wir begaben uns alle nach hinten.

Da stand der Friedensrichter und hub mit seiner Rede an. »Einen Augenblick noch«, unterbrach ihn Maria. »Ich möchte nur noch was wissen, ehe wir anfangen. Gehören Sie irgendeiner Religionsgemeinschaft an? Ich weiß, daß ich Sie das schon mal gefragt habe, aber ich will es vor Zeugen noch einmal hören.«

»Nein«, sagte der Friedensrichter. Er war ein schmächtiges Männchen, das in seinen schweren Roben fast verschwand, doch war er mit Sicherheit warmherziger als sonst jemand von uns, sieht man einmal von den alten Damen in ihren räudigen Pelzen ab. »Nein, ich bin interkonfessionell.«

»Bestimmt?«

»Ja, doch«, sagte er.

»Sie praktizieren keine spezielle Religion, glauben an nichts Bestimmtes? Ich frage Sie das, weil mein Verlobter ein Wilder ist, einer vom reinsten Wasser, und ich möchte nicht, daß er irgendwelchen modernen Hokuspokus über sich ergehen lassen muß.«

»Keine Sorge«, sagte der Friedensrichter leicht verstimmt.

»Gut«, sagte sie, »ich hab' das natürlich schon gewußt, bevor ich Sie engagiert habe.«

Nun konnte die Trauung beginnen, ein wahrhaft absonderliches Ritual. Nachdem der Friedensrichter ein paar Beschwörungsformeln gesprochen hatte, galten wir als verheiratet. Augenblicklich fing die Steelband zu spielen an, alle klatschten Beifall, Maria zog mich an sich, um sich küssen zu lassen, wobei ich lediglich ihre Wange erwischte. Mir war, als würde mein Herz wie ein wertvoller Porzellanteller zerbrechen.

»Oh, Darling«, sagte sie, »laß uns versuchen, glücklich zu sein, wenigstens für kurze Zeit. Ich habe eine Überraschung für dich. Ich hab' gesucht und gesucht, und schließlich eine Band aufgetrieben, die Musik aus Neuguinea spielt.« Und sie zeigte auf die Stahltrommler. »Es war nicht leicht, das darfst du mir glauben. So spielen sie doch auch auf New Burnt Norton, nicht wahr? Ich meine, die Musik aus Neuguinea klingt doch fast genauso wie die Musik aus New Burnt Norton?«

»Oh ja«, sagte ich, und ihr gespannter Gesichtsausdruck löste sich. Ich hatte nicht die *Moodla*, ihr zu sagen, daß Musik in meinen Ohren im Moment nur das Quieken meiner Schweine und das Gezanke meiner Frauen gewesen wäre – meiner anderen Frauen, meine ich.

Aber von dieser kleinen Trübung abgesehen, war es ein schönes Hochzeitsfest. Alle gratulierten uns, ich wurde nur nervös, als sich der Mann in dem lindgrünen Anzug näherte. Ich fürchtete, er würde wütend werden, wenn er sich erinnerte, wie übel ich ihn in der Gasse hinter Joey's Pizzeria zusammengeschlagen hatte, und ich wollte ihn nicht schon wieder, hier in aller Öffentlichkeit, grün und blau prügeln. Aber er stellte sich als der berühmte Reynard Lopato vor, und er sagte, er erinnere sich meiner zwar, aber alles sei vergeben und vergessen, ja, er hoffe sogar, daß wir Freunde werden könnten.

»Alles in Butter!« sagte ich und haute ihm wie einem guten Kumpel kräftig auf den Rücken. Er erwiderte meine Zuneigung, indem er seine magere Hand auf meiner Schulter liegen ließ und nicht von meiner Seite wich. Er bestand sogar darauf, beim Essen neben mir zu sitzen. Das Hochzeitsessen bestand aus einem Hühnerbein und einer Spitze Brokkoli pro Person, ein paar Erbsen und ein wenig Kartoffelbrei.

Während des Essens erlaubte ich mir Reynard gegenüber die Bemerkung, sein Körpergeruch oder sein Rasierwasser seien höchst ungewöhnlich, ein Duft, der mir bislang nur untergekommen sei, wenn ich Joy Paul Guilford herstellte. Doch ehe sich diese Feststellung zu einer richtigen Unterhaltung entwickeln konnte, ereignete sich ein unglücklicher Zwischenfall. Jemand schrie laut auf, da das Zelt Feuer gefangen hatte. Alle sprangen von ihren Stühlen hoch. Kleine Flammen züngelten. Einer der Elektroheizer war zu nah an die Zeltwand gestellt worden.

Die Flammen wurden rasch größer und Joey und ich sprangen auf und versuchten, das Flammenmeer mit Sekt zu löschen. Ich stieß jedoch mit einem meiner noch nassen Füße an das Heizgerät, das noch immer eingeschaltet war. Ein fürchterlicher Stromschlag hätte mir um ein Haar das Lebenslicht ausgeblasen. Manchmal denke ich, es wäre vielleicht das beste gewesen, wenn ich damals getötet worden wäre. Die Matronen schrien und gackerten auf Teufel komm raus.

Die Wand brannte nieder, und für den Rest der Mahlzeit waren wir dem eisigen Wind und den neugierigen Blicken der Öffentlichkeit ausgesetzt. Die Servietten und Fressalien wehte es nach und nach davon, und ich mußte mich wieder in meinen Pelzmantel hüllen, den ich zuvor abgelegt hatte.

Zum Schluß schnitten Maria und ich die Hochzeitstorte an, was uns großen Spaß machte, und jeder bekam eines der großen, weißen, ausgetrockneten Stücke. Gekrönt war die Torte mit einem Hochzeitspärchen aus Zuckerguß. Ich wußte nicht, daß man das zum Andenken aufbewahrt und stopfte es zu Marias Entsetzen fröhlich in den Mund. Aber man muß bedenken, daß das meine erste amerikanische Hochzeit war, weswegen man mir ein paar Fehler nachsehen mußte. Maria setzte ihr bezauberndstes Lächeln auf, wann immer sie fotografiert wurde, was fast pausenlos der Fall war.

Leider bestand das Repertoire der Stahltrommler nur aus einem einzigen Stück – Maria hatte sie mal kurz vor dem Museum spielen gehört und auf der Stelle engagiert. Sie spielten bis zum Erbrechen »Yellow Bird« und forderten die Gäste auf, danach zu tanzen. Da wir aber alle ziemlich durchgefroren waren, stand Maria auf und hielt eine kurze Abschlußrede mit etwa folgendem Wortlaut: »Wir haben uns heute hier versammelt, um eine bereits wunderbar entwickelte Beziehung formell zu bestätigen. Gerade weil Mgungu und ich aus extrem verschiedenartigen Kulturkreisen stammen, ist dies der Beweis, daß Liebe alle Unterschiede zu überwinden vermag, ob sie in Rasse, Konfession oder Hautfarbe begründet liegen.« Und alle gingen heim, und jeder hatte einen ansehnlichen Brocken der Hochzeitstorte dabei.

Maria stieg in den weißen Rolls Royce, und obwohl die Gäste sie aus irgendeinem Grund mit Sachen bewarfen, folgte ich ihr in das Auto, in der Annahme, wir würden zu ihr fahren. Aber kaum vor ihrer Haustür angekommen, flüsterte sie mir zuckersüß ins Ohr: »Warum warten wir nicht bis zu unserem Honeymoon, Mgungu? Ich hab' mir da was ganz Besonderes für uns beide ausgedacht. Warum bleibst du bis dahin nicht einfach im Holiday Inn, wo doch dein ganzes Zeug dort ist?«

Anpassungsfähig wie ich nun einmal bin, legte ich keinen Widerspruch ein und dachte, daß dergleichen in den Vereinigten Staaten wohl üblich sei, oder zumindest in Manhattan.

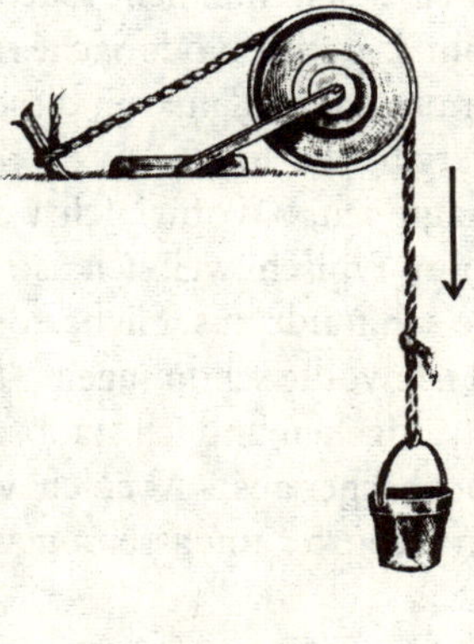

Wir gaben uns also die Hand, und sie stieg aus und reichte mir ihre Silberjacke. »Kannst du das in die Reinigung geben?« fragte sie. »Das Ding ist ganz schön mit Sekt besudelt.« Ich versprach es ihr, und sie gab mir einen süßen und matten Wangenkuß.

Vor ihrer Haustür standen zwei stämmige Männer in grauen Anzügen und schwarzen Hüten. »Einen schönen guten Abend, Maria«, sagte der eine. »Wir haben auf dich gewartet.«

»Sieh an, Maria«, sagte der andere, »wir hatten dich ohne Begleitung erwartet.« Und er legte seine Hand auf ihre Schulter. Sie senkte ihren Kopf. »Bis später dann«, rief mir der Mann zu. »Wir müssen mit Maria noch ein Wörtchen reden.«

»Schon gut«, sagte ich. »Eine Pressekonferenz, was? Na, da kenn' ich mich aus.«

»Na, Maria«, sagte er, »was hast du uns zu sagen?«

»Ich will mich nur von Mgungu verabschieden«, sagte sie und eilte zum Auto. »Mgungu«, flüsterte sie, »ich will dir nur sagen, daß wir uns vielleicht eine Zeitlang nicht sehen werden. Mach dir keine Sorgen. Ich bin da in eine blöde Sache reingeraten, aber ich komm' da wieder raus, ich muß nur mit diesen Kerlen reden. Sag' mir nur eins – vergibst du mir?«

»Dir vergeben?« fragte ich. »Wofür? Ich weiß doch genau, daß dein Verhalten nur typisch weiblich ist: unlogisch und emotionsgeladen.« Sie sah müde aus. Sie hatte mächtige Ringe unter den Augen, und ich wollte schon sagen: »Schlaf doch mal aus. Laß mich mit dir raufgehen und ich staubsauge die Fußböden und leere die Aschenbecher aus.« Aber ich wußte, daß das in Gegenwart der beiden Reporter unpassend gewesen wäre.

»Sag, daß du mir vergibst.«

»Natürlich«, erwiderte ich rasch. »Ich vergebe dir, wenn du mir vergibst.« Sie beugte sich vor und gab mir noch einen Kuß.

»Maria?« sagte der Mann. »Es wird nicht lange dauern.« Und seltsamerweise bückte er sich, um ein paar der körnigen Reis- oder Glasstückchen aufzulesen, die die Gäste nach dem Hochzeitsfest auf uns geworfen hatten und die nun aus Marias Kleidern aufs Trottoir fielen. Und diese Körner schleuderte er nun durch das geöffnete Autofenster auf mich. Dann ging Maria ins Haus, gefolgt von den beiden Reportern.

Mein Chauffeur wartete auf weitere Instruktionen, aber ich ließ ihn warten. Ich durchkramte die Taschen ihrer Jacke, damit für die Reinigung alles hübsch ordentlich war. Dabei förderte ich einen Haufen Zettel zutage, auf die sie meinen Namen geschrieben und dann wütend ausgestrichen hatte, so wie es Zwölfjährige tun. Auf anderen Zetteln wiederum standen unvollständige Anleitungen zur Herstellung von Joy Paul Guilford, ein Geheimnis, das sie mir ebenso oft wie vergeblich zu entlokken versucht hatte. Ich wollte die Hochzeitszigarre rauchen, die man mir geschenkt hatte, und wühlte in meinen Taschen nach einem Feuerzeug, wobei all die Papierschnitzelchen zu Boden fielen. Ich bückte mich, um sie aufzuheben, denn wegwerfen wollte ich sie nicht.

Dann bat ich den Fahrer, ein paar Ecken weiterzufahren. Als ich aus dem Rückfenster blickte, sah ich das Licht in ihrer Wohnung angehen. Ich hätte gerne gewußt, wie es in ihrer geräumigen Wohnung aussah – ich wußte, daß sie geräumig sein mußte, da Maria reich war, und ich wußte auch, sie hatte mir das mal erzählt, daß in ihrem Kühlschrank nichts weiter war, als eine vertrocknete Zitrone und eine Flasche Mineralwasser.

Sie hatte ein Zimmer ihrer Wohnung in ein Atelier umgebaut, wo sie sich einmal wöchentlich Unterricht von einem Juwelier erteilen ließ. Sie müsse ein Lebensziel haben, hatte sie vor einiger Zeit erkannt, sie wolle eine berühmte Schmuckdesignerin werden. So lernte sie, ganz außergewöhnliche Blumen aus Glas und

Eierschalen herzustellen, Blumen, die man von echten kaum zu unterscheiden vermochte, die aber so empfindlich waren, daß sie zerbrachen, wenn man sie auch nur schief anguckte.

Schließlich bat ich den Chauffeur, mich nach Hause zu fahren. Hiermit war noch immer das Holiday Inn gemeint. Dort angekommen, überlegte ich es mir anders und dirigierte ihn zu einer Bar, die ich auf dem Weg erspäht hatte. Ein recht heruntergekommenes Etablissement, aber ich nahm es nicht so genau und ging dennoch rein.

Ich kippte ein paar Drinks – einen Piña Colada, einen Erdbeerdaquiri und was weiß ich noch. Schon bald hatte ich Depressionen und Kopfweh.

Am Nebentisch saß ein Kraftprotz sondergleichen, der sich durch eine Schüssel voller Pommes fraß. Ich beobachtete ihn eine Weile – er hatte ein faszinierendes Gehabe an sich und war sicher eine bedeutende Persönlichkeit, obwohl ich nicht hätte sagen können, was mich zu dieser Annahme verleitete.

Schon bald fragte er, ob er sich zu mir setzen dürfe. »Sicher«, sagte ich und war froh, nicht mehr allein sein zu müssen. Alsbald begann eine Nachtklubvorstellung. Auf der Bühne tanzte eine Frau, die sich Stück für Stück ihrer Cowboytracht entledigte. Sie hatte monumentale Brüste, die nicht zu ihr zu gehören schienen und starr von ihrem Körper standen. »Das ist ein Mann«, sagte mein Freund schwer atmend. »Er ist vor zehn Jahren operiert worden und hat sich seitdem Silikonspritzen verpassen lassen, um diese Titten zu kriegen. Seine Maße sind 104, 61, 86. Unglaublich, was?«

Ich erinnere mich auch noch, daß er mich dauernd drängelte, mal zu raten, wieviel er verdiene. »Sie sind von außerhalb. Im Ernst, was glauben Sie, wieviel Geld jemand wie ich macht?«

»Keine Ahnung.«

»Raten Sie doch mal.«

»Ich weiß nicht, wie die Gehälter in diesem Land aussehen.«

»Raten Sie einfach drauflos. So ungefähr?«

»Dreißigtausend Dollar.«

»Dreißig Mille? Nicht schlecht, nicht schlecht, wenn man bedenkt, daß Sie eher zur primitiven Sorte gehören und aus einer Gegend kommen, wo man euch nicht in Geld, sondern mit Steinäxten oder so was bezahlt, hab' ich irgendwo gelesen. Nein, es ist schon eher bei neunzig.«

»Tausend?«

»Jo. Neunzigtausend.« Ich wußte nicht, ob ich ihm glauben sollte. Während er weiterquasselte, dachte ich über mich nach. ›Bin ich ein Mensch oder eine Maus? Also, Mgungu, so kann es nicht weitergehen! Genug von diesem Blödsinn! Du wirst dich auf der Stelle aufmachen, um Maria zu besuchen, nicht um sie zu bumsen oder zu vergewaltigen, ganz bestimmt nicht. Aber immerhin bist du mit ihr verheiratet, und du könntest ihr ja wenigstens eine Nudelsuppe zubereiten, vielleicht wird sich ja dann alles ändern.

Als amerikanischer Ehemann hast du gewisse gesetzlich vorgeschriebene Pflichten!‹ Ich mußte lächeln, als ich mir ihren überraschten Gesichtsausdruck ausmalte, wenn ich plötzlich vor ihr stand. Aber sie würde verstehen und mich reinlassen, damit ich ein amerikanisches Leben würde führen können.

Ich fühlte mich vor Aufregung wie eine morgenfrische Libelle, ließ meine Arme wie Flügel flattern und war zu einem neuen Anfang entschlossen. »Entschuldigen Sie, mein lieber Sir«, wandte ich mich an meinen mächtigen, büffelklotzigen Freund, »ich wünsche Ihnen eine segensreiche Zukunft.«

Dann warf ich noch einen Handkuß in Richtung des Mannes oder der Frau mit den künstlichen Brüsten, und sie unterbrach ihre Vorstellung, um mir kurz zuzuwinken, und ihre Augen sagten: ›Mach's gut, alter Knabe‹. Das deutete ich als glückliches Omen.

Eintracht herrschte zwischen der Welt und mir, und ich fühlte mich so stark und gut wie nie zuvor. Ich nahm ein Taxi, ließ mich vor Marias Haus absetzen und gab dem Fahrer ein Trinkgeld. In diesem Punkt war ich mir noch immer unsicher. Ich konnte keine Taxifahrt genießen, da ich mir während jeder Strecke die ganze Zeit überlegte, wie hoch wohl das Trinkgeld sein müsse. Ich betrat die Eingangshalle und warf dem Portier einen Blick zu, der deutlich sagte: ›Mach bloß keine Scherereien, eure Sicherheitsvorrichtungen können mir nichts anhaben, ich fühle mich innerlich bärenstark.‹ Ich ging geradewegs nach oben, nur meine Knie zitterten ein wenig.

Dann stand ich vor der Wohnungstür und klopfte.

Es war niemand zu Hause, aber das konnte ja eigentlich nicht sein. Ich läutete und nahm den Finger nicht mehr von der Klingel, bis schließlich jemand aufmachte. Der Mann, der die Tür öffnete – einer der beiden Reporter –, sah mich an, und seine Augen funkelten grün wie Smaragde, Marias Lieblingssteine.

Er sah mich schweigend an. »Darf ich reinkommen?« fragte ich. Doch spielten mir meine Nerven einen Streich, und ich sprach nicht englisch, sondern lesser pimbanesisch, was mir vorher noch nie passiert war. Ich dachte, ich sei Opfer irgendeines Schabernacks, aber was für ein Schabernack das war, konnte ich nicht sagen.

Wieder verging eine Minute.

Dann kam jener Reynard zur Tür, den ich am Nachmittag auf der Hochzeit kennengelernt hatte. Er trug noch immer seinen lindgrünen Anzug. »Ja, grüß Sie Gott, Mgungu!« sagte er. »Schön, Sie zu sehen. Diese Leute arbeiten für eine Zeitschrift und interviewen Maria heute abend. Vielleicht ist es besser, wenn Sie gehen und morgen wiederkommen.« Er senkte seine Stimme. »Es handelt sich um ein sehr wichtiges Interview. Das könnte ihr ganz schön helfen, ihren Schmuck zu verkaufen, und Sie wissen doch, wie sehr ihr daran gelegen ist.« Jetzt einfach reinzugehen, wäre sehr unhöflich gewesen, außerdem standen die beiden anderen Männer im Türrahmen.

Da ich mir nicht ihren Zorn zuziehen wollte, verabschiedete ich mich höflich. Zuvor aber hatte Reynard mich noch eingeladen, mit ihm und einem Freund am nächsten Tag einen kleinen Ausflug zu machen. »Das ist doch eine großartige Idee!« sagte er. »Wir könnten uns kennenlernen und Freunde werden! Es soll auch wieder wärmer werden! Richtig heiß soll es werden, Mann! Ich hole Sie in der Früh im Hotel ab. Und was Maria betrifft«, er senkte wieder seine Stimme, »machen Sie sich keine Sorgen um sie. Sie kennen sie ja, nehme ich an. Ich soll Ihnen ausrichten, daß sie möglicherweise kurz verreisen wird. Aber sie wird Sie anrufen, wahrscheinlich.«

Jetzt überlegte ich, ob ich nicht darauf bestehen sollte, hineingelassen zu werden. Aber da ich mit der amerikanischen Etikette nicht allzu vertraut und obendrein leicht betrunken war, begab ich mich wieder nach unten und zog mich allein auf mein Zimmer im Holiday Inn zurück.

Dort fragte ich mich: Was hat dieser Reynard eigentlich in ihrer Wohnung zu suchen?

Aber ich hatte versäumt, ihn hiernach zu fragen, und da es schon sehr spät war, wollte ich nicht mehr anrufen und stören.

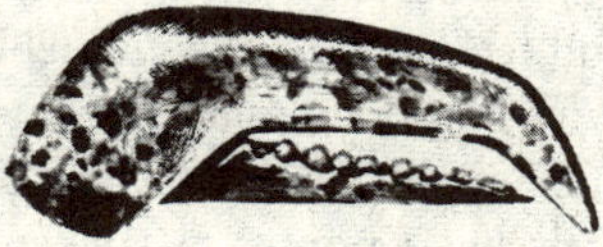

Am Morgen traf mich Reynard in der Hotelhalle und geleitete mich zu seinem Wagen, einer langgestreckten Limousine. Es war ein außerordentlich heißer Tag.

Auf dem Rücksitz, wo Reynard und ich saßen, befand sich auch ein Zwerg, der auf- und niedersprang und schließlich über meinen Schoß kletterte. Er trug weiße Wildlederstiefel und den schmalen Schnurrbart einer Bisamratte. Als er mir ins Gesicht starrte, sah ich, daß seine Augenbrauen voller Schuppen waren. »Ich möchte am Fenster sitzen«, sagte er. »Ich hoffe, Sie haben nichts dagegen, aber wenn ich in der Mitte sitzen muß, wird mir leicht übel. Bei Autofahrten wird mir oft schlecht und dann kann es schon passieren, daß ich kotzen muß, gewöhnlich genau auf den, der neben mir sitzt. Und ich habe gerade ausgiebig gegessen.« Ich rutschte neben Reynard auf den mittleren Platz, als der Zwerg über mich krabbelte. Sobald er den Fensterplatz innehatte, fing er an, mit den elektrischen Knöpfen zu spielen, ließ das Fenster runter- und raufgleiten, drückte auf einen anderen Knopf, worauf ein kleiner Tisch ausfuhr, der mit Karaffen aus rosa, blauem und durchsichtigem Glas bedeckt war.

»Laß das Fenster zu, sonst nützt die Aircondition nichts«, sagte Reynard. Darauf öffnete und schloß der Zwerg das Fenster noch ein paarmal in rascher Folge und blickte Reynard aus seinen kleinen, tiefliegenden Augen vergnügt an. Dann hopste er wieder, halb stehend, auf seinem Sitz auf und ab, um aus dem Fenster sehen zu können. Als wir an einer Ampel hielten, kreischte er einen Mann an, der eine dänische Dogge spazierenführte. »Sie haben kein Recht, in der Stadt einen so großen Hund zu halten! Ich hoffe, daß Sie sich das Genick brechen, wenn Sie auf seiner Scheiße ausrutschen.« Er schüttelte wütend seine Faust, aber der Mann würdigte den tobenden Zwerg kaum eines Blickes. »Arschloch!« Seine Stimme war fast so laut wie ein Megaphon oder wie einer von diesen winzigen Alarmapparaten, derer sich die Damen New Yorks so gerne bedienen, um Straßenräuber oder jeden, der ihnen zu nahe kommt, in die Flucht zu schlagen. Ich habe diese Dinger oft in der Stadt gehört, kann allerdings die Möglichkeit nicht ausschließen, daß sie gerade wegen mir alle naselang in Betrieb gesetzt wurden.

»Ich kann Hunde nicht ausstehen«, erklärte der Zwerg. »Machen mir jede Menge Ärger, wie Sie sich denken können.« Dann brüllte er eine Frau mit einem Riesenterrier an: »Man sollte Sie einschläfern!«

»Setz dich, Mikhail!« sagte Reynard, reichte über mich und zerrte den Zwerg unsanft auf den Sitz. Dabei versetzte mir der Zwerg mit seinen muskulösen Beinen einen kräftigen Tritt in den Oberschenkel. (Später erfuhr ich, daß er Bodybuilder war und vor ein paar Jahren, ehe er krank wurde, im Mr. Miniatur Wettbewerb sogar den ersten Preis davongetragen hatte.)

»Du sollst mich nicht anfassen, Reynard!« rief der Zwerg. »Ich laß mich nicht mehr von dir piesacken. Warum mußt du dauernd den Macho rauskehren? Du hättest mich nur bitten müssen, mich hinzusetzen.« Er sah Reynard finster an und rutschte von seinem Sitz, um sich an dem Tisch einen bernsteinfarbenen Drink einzugießen.

»Herrgott noch mal, tut mir leid!« sagte Reynard. »Ich schwöre, es tut mir leid, und jetzt reicht's, ja? Hör mal, du willst doch jetzt nicht trinken, Mikhail? Jetzt mal ehrlich, warum wartest du nicht, bis wir da sind – warum willst du denn schon so früh am Tag anfangen? Du weißt, wie Alkohol auf dich wirkt, Mikhail – warum setzt du dich nicht einfach wieder hin?«

Der Fahrer hatte eine Trennscheibe aufgeschoben, um zuhören zu können. »Mach das sofort wieder zu!« befahl Reynard. »Mach das sofort wieder zu! Ich hab' dir schon tausendmal gesagt, Mr. Jack, wenn du dieses Auto fährst, hast du dich gefälligst wie ein Chauffeur zu benehmen, und diese Scheibe bleibt zu!«

Der Zwerg gluckste vor Lachen, dann rieb er seinen kleinen Bauch und kippte seinen Drink hinunter. »Herrgott noch mal, ich habe dich gebeten...«, sagte Reynard. Er beugte sich vor, um ihm das Glas abzunehmen, aber der Zwerg hatte es fest umklammert und ging zum Fenster, das er mit einem Knopfdruck öffnete. Er legte sein Kinn auf den unteren Rand des Fensterrahmens und hielt seinen Kopf wie ein Hund in den Wind. Wir fuhren durch die Stadt, und in der Nähe des Museums für primitive Kulturen sah ich meinen Mentor Parker Junius die Straße überqueren. »Hey!« sagte ich, »das ist mein...« Aber der Zwerg unterbrach mich mit einem tiefen, dumpfen Stöhnen.

»Was ist los?« fragte Reynard und drückte seine Zigarette aus. »Was gibt's, Honey?«

»Er ist unterwegs, Reynard. Ich hab' ihn gerade gesehen. Fahr rückwärts, wir müssen zurück! Ich hab' ihn gerade an der Ecke der 53sten gesehen. Rückwärtsgang einschalten!«

»Mal langsam, Mikhail, Honey, du hast dir wahrscheinlich nur eingebildet, ihn gesehen zu haben...«

»Nein, wirklich nicht, wenn ich's dir sage, er hat seinen Hund Gassi geführt, diesen verfluchten Rottweiler. Diesen nackten, rosa Hintern und diese widerlich triefenden Lefzen erkenne ich zehn Meilen gegen den Wind. Du hast mir in die Hand versprochen, ihn zu schnappen, wenn ich ihn finde, und ich habe ihn gefunden!« Der Zwerg trommelte mit beiden Fäusten auf Reynard ein, und Reynard wehrte sich nicht, versuchte bloß, den Zwerg zu beruhigen.

»Ich weiß, Honey, aber Ort und Zeit sind einfach ungeeignet. Ich kann nicht anhalten und mir ihn am hellichten Tag vornehmen.«

»Warum nicht, du hast doch *ihn* mitgenommen, oder?« sagte der Zwerg und zeigte auf mich.

»Das ist was anderes, er begleitet uns aus freien Stücken. Ich verspreche dir, wenn die Gelegenheit günstig ist...«

»Verdammter Mist, laß mich hier raus«, sagte der Zwerg und versuchte, an der nächsten Ampel auszusteigen.

»Nein!« sagte Reynard und schlang seine Arme um die Hüften des Zwerges. »Sperr die Türen ab, Jack!« Der Zwerg strampelte wie wild und malträtierte meine Schienbeine.

In Manhattan leben Millionen von Menschen, und ich mußte ausgerechnet mit diesen beiden in einem Auto sitzen. Ich fühlte mich so verlassen wie ein Blatt an einem kahlen Baum. Ich schenkte mir einen Drink ein und zündete eine Zigarette an. Mit einem Lächeln auf den Lippen unterbrachen sie ihr Gerangel und musterten mich mit neugierigen Insektenaugen. »Stimmt was nicht?« fragte der Zwerg und leckte sich kurz die Zunge.

Ich starrte sie an, den wasserköpfigen Zwerg und den Kunsthändler Reynard, grauhäutig in seinem neongrünen Anzug. Und sie saßen nur da und sahen mich an, bis ein amüsiertes Lächeln meine Gesichtszüge aufheiterte, da ich mich entschlossen hatte, den Tag schlicht zu genießen. Immerhin war ich in den Vereinigten Staaten von Amerika, wo es jedermanns Bestimmung war, sich die Zeit so angenehm wie möglich zu vertreiben. Vielleicht wußte ich nicht so genau, was man unter angenehmem Zeitvertreib zu verstehen hatte, aber ich konnte mir einfach nicht vorstellen, daß diese beiden sich lange mit etwas aufhalten würden, das kein angenehmer Zeitvertreib war – in diesem einzigartigen schön ausgestatteten Cadillac mit seinen grünen Samtvorhängen, die rhythmisch an den Fenstern schaukelten.

Und schon zog der Zwerg die Vorhänge zu und warf sich gurrend auf Reynards Schoß und wisperte mit einer dünnen Shirley-Temple-Stimme: »Reynard, laß uns erst mal oben in der Stadt anhalten.«

»Ich will nicht oben in der Stadt anhalten. Ich hab's eilig, Mikhail. Dann wird dir nur wieder schlecht werden. Das möchte ich nicht. Von diesem Zeug wird dir doch immer schlecht. Wie gesagt, heute nachmittag veranstalten wir eine Grillparty. Es wird dir gefallen. Wir fahren jetzt geradewegs aufs Land und fangen mit dem Picknick an. Warum willst du noch Zeit in der Stadt verschwenden?«

Der Zwerg blickte mürrisch drein. »Scheiß doch drauf, Reynard. Ich will dahin. Was soll das schon ausmachen? Eine viertel Stunde, mehr nicht, versprech ich dir. Ich hab' nix von dem Picknick, wenn wir da nicht kurz anhalten.«

Er wollte sich wieder einen Drink einschenken, ließ es aber sein, als Reynard sagte: »Also gut. Versprich mir, daß du nichts mehr trinkst, und wir halten da an. Ich kann es nicht ausstehen, wenn du trinkst – Alkohol bekommt dir einfach nicht.« Er beugte sich vor und gab dem Fahrer durch die Sprechanlage seine Anweisungen. »Okay, Rippenspeer. Kleiner Umweg. Mikhail möchte bei Mrs. Irian vorbeischauen.«

»Rippenspeer!« Der Zwerg fand das zum Brüllen komisch. »Rippenspeer! Gefällt mir!« Er zündete sich mit einem stahlblauen Feuerzeug eine Zigarette an. Diese entnahm er einem Etui aus Alligatorenleder. Sie war rosa und hatte ein goldenes Mundstück. Mit großer Würde hielt er die Zigarette zwischen seinen Stummelfingern, deren Nägel sorgfältig lackiert und poliert waren, was nicht darüber hinwegtäuschen konnte, daß er die Hände eines verfetteten Babys hatte. »Was treiben Sie so?« fragte ich.

Der Zwerg sah mich unwirsch an. »Was ich treibe? Ja, was treibe ich eigentlich? Warum sagst du es ihm nicht, Reynard?« Er klopfte seine Zigarettenasche bedächtig in den Messingaschenbecher in seiner Armlehne.

»Mikhail ist Schriftsteller«, sagte Reynard. »Ein Artikel von ihm ist im *New York Magazine* von dieser Woche abgedruckt.« Der Zwerg musterte mich erneut, diesmal nicht ganz so unfreundlich. »In Ihren Augen mag ich eine lächerliche Figur sein«, sagte er und bot mir eine Zigarette an, aber ich schüttelte den Kopf. »In diesem Körper wohnt jedoch ein Geist. Nachdem ich fast mein ganzes Leben der Gelehrsamkeit gewidmet habe, bin ich zu der Erkenntnis gelangt, daß der Körper und jener

Klumpen, der da oben schwimmt, kaum etwas miteinander zu tun haben.« Er warf sein silbergraues Haar zurück. »Wann sind wir endlich da?« erkundigte er sich gereizt und wischte sich mit einem rosa Taschentuch den Schweiß von der Stirn. Der Wagen steckte im Verkehr fest. Die Auspuffgase verpesteten die kühle, klimatisierte Luft.

»Wir könnten den West Side Highway nehmen«, schlug ich vor, wobei ich ganz schön stolz auf meine Ortskenntnisse war.

»Den West Side Highway«, spottete der Zwerg. »Mein Gott, das Ding ist gesperrt, und was noch befahren werden darf, ist schlimmer als die Hölle. Möchten Sie da festsitzen, wenn der Verkehr restlos zusammenbricht?« Er bellte wie ein Hund und zog an seiner Zigarette. Reynard sah ihn liebevoll an.

Der Wagen kroch weiter durch die Stadt, ständig Fußgängern ausweichend, die einfach und ohne auf den Verkehr zu achten über die Straße rannten. Das regte den Zwerg derart auf, daß er dem Fahrer durch die Sprechanlage zurief, das nächste Mal solle er einfach drauflosfahren. In der oberen Broadwaygegend, wo die Straßen voller Schutt und Geröll waren, wo alte Zeitungen im Wind des Spätfrühlings wehten, fuhren wir eben an chinesisch-mexikanischen und den italienisch-indischen Restaurants vorbei, als der Zwerg plötzlich sehr nervös und zappelig wurde und dem Fahrer befahl, sofort eine Parklücke zu suchen.

Dann packte er zu meiner Überraschung mein Handgelenk und zog mich aus dem Auto, und wir stürmten einem winzigen, dunklen Laden entgegen, der zwischen einer Bar und einer Getränkehandlung lag und dessen Schaufenster mit den absonderlichsten Auslagen vollgestopft war. Flüchtig konnte ich ein paar riesige Kaninchen und wackelnde Bären ausmachen, denn schon stob der Zwerg durch die Tür und zerrte mich hinterher.

Nach dem hellen Tageslicht konnten sich meine Augen nur langsam an das Dunkel im Inneren des Ladens gewöhnen. »Meine liebe Mrs. Irian«, sagte der Zwerg, »ich habe hier jemanden mitgebracht, den ich Ihnen vorstellen möchte. Dieser Gentleman ist extra aus New Burnt Norton gekommen, um an dem berühmten Tanzfestival teilzunehmen, und mir liegt daran, daß er während seines kurzen Aufenthalts in diesem Land Ihre Bekanntschaft macht.«

Ich war auf einmal völlig benommen von Schokoladengeruch. In dem dunklen und modrigen Laden hing dieser Duft wie eine schwere Wolke, und an den Wänden standen Regale, aus denen die Schokolade in allen Variationen förmlich quoll. Mir war übrigens schleierhaft, mit wem der Zwerg sprach, denn außer uns war niemand da. Aus der Klimaanlage war ein Wassertropfen auf meinen Kopf gefallen, der sich nun den Weg zu meiner Nasenspitze suchte. »Na, was halten Sie davon?« fragte der Zwerg voller Stolz. »Mrs. Irian gehört einer aussterbenden Zunft an. Niemand in dieser Stadt macht noch solches Konfekt. Ihre Tochter muß da hinten schuften.« Er deutete auf einen Perlenvorhang. »Immer fleißig. Das arme Mädchen muß zehn Stunden lang täglich Pralinen herstellen. Zur Weihnachtszeit müssen sie einen Türwächter einstellen, um die rasende Kundschaft in Zaum zu halten. Sie kriegen Bestellungen aus der ganzen Welt.«

Der Laden war dermaßen mit Süßigkeiten vollgepfropft, daß keine Motte mehr darin Platz gehabt hätte; er glich den Illustrationen eines irren Kinderbuches. »Mal sehen, was ich alles haben möchte«, sprach der Zwerg scheinbar ins Leere, da gewahrte ich hinter der Theke eine große, unendlich dürre Frau. Ihre weißen, wäßrigen Augen schienen den Zwerg nicht wahrzunehmen. »Was wollen Sie? Ich hab' nicht ewig Zeit«, sagte sie gelangweilt. Der Zwerg lächelte gutgelaunt. »Naturreinen Erdbeersirup, eine Flasche *Madre mia.*« Er versuchte, hinter die Theke zu schlüpfen, aber die Frau hielt ihn davon ab. »Nein«, sagte sie und streckte ihren Arm aus. »Für Kunden verboten.« Der Zwerg deutete eine Verbeugung an, stöhnte und begab sich wieder auf die andere Seite der Theke. »Und eine Dose Kokosschnee«, fuhr er fort, »je ein halbes Pfund getrocknete Orangenschalen und Rumfondant und eine Tüte gezuckertes Dörrobst.«

Mrs. Irian erfüllte mürrisch seine Wünsche. Dem Zwerg

machte das nichts aus, er tänzelte gutgelaunt herum, schoß wie ein Blitz hinter die Theke und fiel Mrs. Irian in die Arme, noch ehe sie ihn abwimmeln konnte. »Ah, *madre mia*«, sagte er. »Von den glacierten Clementinen – acht Stück bitte, nein zehn! Halbes Pfund Zuckerkarotten und eine halbe Honigpapaya! Ein Pfund Erdbeerpralinen und gemischte Marshmallows mit Pfefferminz-, Ahorn-, Kokosnuß- und Schokoladengeschmack. Zwei Pfund Marzipanbrote und Schokoladenbrezeln. Je eine Schachtel Butterkekse und Makronen. Ein viertel Pfund Schokolinsen und ein halbes Pfund Kognakkirschen. Mandelgebäck – für Reynard, ich selbst mach' mir nichts draus – und eine Halbpfunddose Nougat, obwohl mein Zahnarzt sagt, das sei Gift für meine Brücke. Und ein Pfund Ihrer hausgemachten Pralinen, wenn es Ihnen nichts ausmacht, Mrs. Irian. Und für Jacko auf dem Fahrersitz nehme ich eine Schachtel Weinbrandtropfen.«

Die alte Dame hinter der Theke ließ sich ordentlich Zeit und legte jede Praline einzeln auf die Waage. Für mich wählte der Zwerg einen drei Fuß hohen Schokoladenosterhasen, der blutdürstig aus seinen weiß-roten Marzipanaugen blickte. Es handelte sich um ein Sonderangebot. Der Zwerg packte mir den Hasen und die Tüten mit all den Süßigkeiten in die Arme und tänzelte auf die Straße.

Die Dame hinter der Theke hatte kein Wort mehr gesagt, sieht man von ein paar mürrisch gemurmelten Selbstgesprächen ab. Dennoch schien sie den Zwerg zu mögen. Nachdem er draußen war, sagte sie, während ich mit meinem nackten Rücken die Tür aufzustoßen versuchte: »Dieser Mr. Mikhail ist ganz schön verrückt. Sie wissen doch, daß er Schriftsteller ist? Wir werden alle in seinem Buch vorkommen. Er ist ganz schön verrückt, dieser Mr. Mikhail.«

Wenigstens war er kleiner als ich.

Und weiter ging die Fahrt. Mikhail drapierte all die Tüten um sich herum. Wir verließen Manhattan und fuhren kurz an einem Friedhof vorbei. Der Zwerg atmete sichtlich auf und hielt seinen

Kopf wieder aus dem Fenster. Sein zierlicher Hals erinnerte an einen dünnen Blumenstengel, und man konnte gut verstehen, daß Reynard eine Schwäche für ihn hatte. »Der Friedhof!« sagte er vergnügt und sah mich an. »Der Friedhof, wo wir alle eines Tages sein werden. Es sei denn...« Er sprach nicht weiter.

»Es sei denn was?« fragte ich.

»Es sei denn, du ziehst eine Seebestattung vor.« Der Friedhof erstreckte sich über mehrere Teile und war mit Tausenden winziger Wolkenkratzer bestückt, die die Skyline hinter uns nachäfften. »Unter diesen kleinen Grabsteinen ist so gut wie kein Platz«, sagte der Zwerg. »Die müssen da schichtweise begraben sein, glaubst du nicht auch, Reynard? Wie in einer Mietskaserne.«

Reynard brüllte vor Lachen, als hätte er nie etwas Komischeres gehört, und er schlug mir auf den Rücken. »Wie in einer Mietskaserne!« wiederholte er. »Wie in einer Mietskaserne!« Er lachte noch immer.

Die Silhouette der Stadt hinter uns war grausam und zerklüftet, und die Fenster glitzerten wie gesprenkeltes Katzengold. Dann konnten wir durch die grünen Autofenster ein paar Monsterbauten sehen, kalt und schauerlich wie Knochen. »Coop City«, sagte Reynard mit tonloser Stimme. »Du kannst anhalten, Jack. Wir sind da.«

»Das freut mich«, sagte ich, »weil ich noch nie an einem amerikanischen Picknick teilgenommen habe.«

»Das stimmt«, sagte Reynard und säuberte sich mit einem Messer die Fingernägel. Und der Zwerg zappelte aufgeregt auf seinem Sitz.

In Wirklichkeit hatte ich Angst. Die Äuglein des Zwerges glänzten kühl, und seine Papageienzunge schnellte über die Lippen, während er gleichzeitig mit zwei Fingern seinen Bisamrattenschnurrbart glättete. Im Grunde war er lächerlich, aber man tat wohl gut daran, nicht über ihn zu lachen.

Der Wagen hielt vor einer Kette, die den Zugang zu einer ungepflasterten Straße versperrte. Auf der Hauptstraße surrten die Autos wie wütende Bienen an uns vorbei. »Los, steig aus!« sagte Reynard, als sei ich nichts weiter als ein Sklave, und so fühlte ich mich dann auch.

Er schleuderte mir einen Schlüsselbund hinterher und deutete auf die Kette, die mit einem riesigen Vorhängeschloß an einen Pfosten geklinkt war. Der Schlüssel klemmte, und ich brauchte eine Weile, ehe ich das Schloß geöffnet hatte. Ich ließ die Kette zu Boden rasseln und das Auto setzte sich in Bewegung. »Schließ wieder ab«, sagte Reynard. Der Wagen setzte seine Fahrt fort, und ich dachte schon, sie würden ohne mich weiterfahren, aber Reynard drehte das Fenster runter und sagte mit einem zuckersüßen Lächeln: »Is' was, Mgungu?« Und ich stieg wieder ein.

Die Schotterstraße wand sich durch ein verödetes Gelände, das von einem hohen Zaun umfriedet war. Der Zwerg öffnete ein kleines Mahagonyschränkchen neben seinem Sitz und nahm ein After-shave heraus, mit dem er sich besprühte. Ein schwacher Duft nach Gewächshaus oder Orangenhain erfüllte den Wagen und vermischte sich mit dem wolkigen Zigarettenrauch.

»Magst du den Geruch, Reynard?« fragte der Zwerg sarkastisch.

»Sehr hübsch.«

»Ja? Gefällt dir, was?« Aus irgendeinem Grund schien der Zwerg sehr verärgert zu sein, und mit einer ruckartigen Bewegung beugte er sich zu Reynard und versuchte, dessen Handgelenk mit dem Tropenduft zu besprühen.

»Laß das!« sagte Reynard barsch, aber der Zwerg fuhr fort Reynard zu torpedieren, bis der ganze Wagen in einer dichten Duftwolke versank und wie eine verdorbene Frucht stank.

»Wem gehört das, Reynard?« fragte der Zwerg wütend. »Welche deiner Freundinnen hat das hier vergessen? Das ist kein After-shave, Reynard. Und jetzt rück' mit der Sprache raus.«

»Ich weiß es nicht, Mikhail«, sagte Reynard matt. »Stell's zurück. Ich weiß nicht, wem es gehört. Vielleicht hat es Tony hier vergessen.«

»Es wäre für uns alle besser, wenn du die Wahrheit sagen würdest«, sagte der Zwerg. »Ich will es wissen, Reynard, und ich werde es rauskriegen. Sonst möchte ich auf der Stelle aussteigen und zu Fuß zurückgehen.«

»Hör schon auf mit dem Blödsinn, du weißt genau, daß du nicht zu Fuß zurückgehen kannst. Wir sind wegen eines Picknicks hierhergefahren; du weißt, daß ich dieses Auto nur zu besonderen Gelegenheiten benutze. Vielleicht hat es Tony vergessen, vielleicht Eva, was weiß ich? Jack, wer könnte dieses Scheißparfum hier vergessen haben?« Der Fahrer konnte durch die Glasscheibe nichts hören. »Mach die Scheibe auf, Jack! Hörst du mich?« rief Reynard. Schließlich schaltete er die Sprechanlage ein und schnauzte dem Fahrer zu, die Trennscheibe zu öffnen.

»Sie haben gesagt, ich soll sie zulassen.«

»Und jetzt sage ich, du sollst sie öffnen. Wer hat das Parfum hier vergessen?« fragte er, indem er das Fläschchen hochhielt.

»Ich glaub', dieser Redakteur von der Modezeitschrift, der neulich bei Ihnen war, Boss», antwortete der Fahrer. Das Wort »Boss« artikulierte er eigentümlich scharf und bissig. Der Zwerg ließ sich in seinen Sitz sacken und Reynard blickte erleichtert drein.

»Na, also! Warum machst du immer gleich so einen Zirkus, Mikhail?« sagte Reynard. Wir holperten weiter die Straße entlang, und links und rechts von uns erhoben sich Hügel aus alten Reifen, aus Schlacke, alten Blechdosen und leeren Flaschen, alles halb vergraben unter einer roten Sandschicht. Eine Möwe saß auf einem Müllberg und putzte ihr Gefieder, und Mikhail wurde plötzlich redselig.

Es stellte sich heraus, daß der Zwerg überhaupt kein Romancier war, obwohl er vor Urzeiten, im Alter von zweiundzwanzig Jahren, ein Buch geschrieben hatte. Jetzt aber verfaßte er einen monatlichen Beitrag für die Zeitschrift *Interview,* wobei er sich in der Regel darauf beschränkte, Protokolle irgendwelcher Gespräche abzuliefern, die er im Vormonat geführt hatte. Seine bevorzugten Gesprächspartner waren Insassen von Todeszellen, aber auch Filmstars, die eine operative Geschlechtsumwandlung vollzogen hatten. Erstaunlich viel Zeit verbrachte er mit seinem Arzt; mal in Florida, mal in der Schweiz, angeblich um verschiedene Verjüngungskuren auszuprobieren. In Reynards Augen jedoch dienten diese Experimente lediglich dazu, die Hoffnung des Zwerges auf ein klein wenig Wachstum zu nähren.

Der Zwerg öffnete die Wagentür, schnupperte kurz in die Luft und knallte die Tür wieder zu. »Wirklich der ideale Platz für ein Picknick«, sagte er. »Ich bin begeistert.«

»Dacht' ich mir's doch«, sagte Reynard und wollte dem Zwerg aus dem Auto helfen.

»Ich kann noch nicht an die frische Luft, der Parfumgeruch hat mich völlig fertiggemacht. Wie gesagt«, wandte sich der Zwerg wieder an mich, »diese einundsechzigjährige Bekannte von mir in Florida unterzog sich einer Affendrüsenbehandlung. Nachdem die Behandlung abgeschlossen war, hatte sie den Körper einer Dreißigjährigen. Ja, den drahtigen Körper einer Dreißigjährigen, kein Gramm Fett zuviel. Aber ihr Verstand hat sich leider in nichts aufgelöst. Sie hatte kein bißchen Gehirn mehr im Kopf. Nach der letzten Behandlung hatte sie den Verstand eines Affen.« Er sah mich erwartungsvoll an.

Ich wurde pausenlos mit solchen Tatsachenberichten überhäuft, so daß diese mir allmählich ein notwendiger Bestandteil des Lebens zu sein schienen. Dennoch konnte ich ihnen keine einzige nützliche Information abgewinnen.

Als könne er Gedanken lesen, fragte mich der Zwerg: »Wann bist du geboren?«

»Ich weiß nicht genau. Vor ungefähr fünfundfünfzig Jahren.« Mir wurde plötzlich klar, daß ich stramm auf die sechzig zuging, und wenn ich vielleicht auch den Verstand eines Affen hatte, so war mein Körper doch alles andere als der eines Dreißigjährigen. Dennoch hatte ich Jugend nie für besonders vorteilhaft erachtet. Ich war der Ansicht, daß ältere Menschen, zumindest auf New Burnt Norton, viel eher das bekamen, was ihnen zustand.

»Nein, ich meinte, in welchem Monat?«

»Keine Ahnung. Für die Lesser Pimbas ist das bedeutungslos. Die meisten Kinder sterben sowieso über kurz oder lang, und Sternzeichen kennen wir nicht.«

»Woran sterben sie? Krankheiten?«

»Nein, Konkurrenzkampf. Die älteren Kinder nehmen den jüngeren, sobald diese nicht mehr gestillt werden, das Essen weg. Überleben des Stärkeren, verstehen Sie?«

Der Zwerg kniff die Augen zusammen. »Das ist interessant. Reynard, stell das Tonbandgerät an. Vielleicht kann ich das für die nächste Nummer verwenden.« Reynard schnurrte förmlich vor Erregung, wahrscheinlich weil er sich freute, an etwas teilnehmen zu können, das im *Interview*-Magazin erscheinen sollte. Seine Katzenaugen zogen sich fast bis zu den Ohren. »Du bist tatsächlich schon fünfundfünfzig? Kaum zu glauben, wirklich. Man sieht es dir jedenfalls nicht an. Mein Gott, deine Haut ist ja so sanft wie Milch! Welche Diät bevorzugt man auf New Burnt Norton? Ich bin sicher, daß das Dr. O. brennend interessiert.«

»Hauptsächlich süße Kartoffeln, auf verschiedene Weise zubereitet. Gebratene Süßkartoffeln, gekochte Süßkartoffeln, hin und wieder einen Süßkartoffelauflauf. Ich habe drei Frauen. Jede kocht anders.«

Mir war nicht klar, warum mich die beiden Männer auf einmal mißbilligend ansahen. Ich warf einen Blick auf meine neue Armbanduhr, ein Geschenk von Maria. Der Zwerg klopfte an die Trennscheibe.

»Jack, würdest du bitte die Sachen für das Picknick aus dem Gepäckraum holen?«

»Was ist los?» fragte ich. »Stört Sie, daß ich nicht monogam bin oder wußten Sie nicht, daß ich neben Maria Fishburn noch andere Frauen habe?«

Reynard und Mikhail sahen schweigend aus dem Fenster und beobachteten den Fahrer, der fast so groß wie der Zwerg und ich zusammen war, wie er den Grill aufstellte und mit Holzkohle füllte. Dann schleppte er eine Kühlbox aus Styropor und ein paar Campingstühle herbei und placierte sie so geschickt neben einen Haufen alter Flaschen und Sprungfedermatratzen, daß die Müllberge aus Reifen und Schachteln als eine Art Windfang dienten. Der Wind hier draußen war in der Tat ziemlich übel, doch wehte der Rauch des Grills gottlob nicht in Richtung unserer Campingstühle, auf die wir uns um eine Decke herum niedergelassen hatten. Gegen den Gestank verfaulten und verkohlten Mülls konnten wir allerdings nichts tun.

In der Ferne ragten die knochigen Türme von Co-op City starr und nackt ins Firmament. Nirgends wuchsen Bäume, obwohl weit hinten in der Nähe des Zauns ein Baumstumpf inmitten eines verdreckten Spielfelds zu erkennen war, auf dem ein paar Kinder Baseball übten. Der Zwerg bat mich, kurz aufzustehen und er arrangierte die Stühle dergestalt, daß wir die Skyline von Manhattan sehen konnten. Er ging dabei so ernsthaft und gründlich vor, als würde er die Sitzgarnitur eines Wohnzimmers umräumen. Mir fiel eine große, freundlich aussehende Ratte auf, die so fett war, daß sie fast zu platzen drohte und vergnüglich in all dem Gerümpel herumwühlte. »Ein Picknick!« summte der Zwerg freudestrahlend und dekorierte die Decke zu unseren

Füßen mit Weintrauben, großen Leinenservietten, Besteck, Papptellern, auf denen das Bild eines lätzchentragenden Hummers prangte, einer Zuckergußtorte, verziert mit Mandarinenscheibchen, tranchierten Brathähnchen und einer Honigmelone,

Die Skyline von Co-op City. Hier in der Nähe veranstalten Mgungu und seine Freunde ihr Picknick

was alles bald von kakaofarbenem Ruß bedeckt war. »Balducci«, rief er mir zu. »Erstklassiger Partyservice. Schon mal was davon gehört?«

Dem Fahrer Jack war irgendwie unbehaglich zumute, er

druckste herum und stocherte in der Kohle. »Hab' das Feuer in Gang gebracht«, sagte er. »Gleich kann's losgehen.« Er schlenderte ein wenig durch die Gegend, trat gegen alte Autoreifen und kickte leere Bierdosen in die Luft. Doch schon nach wenigen Minuten kam er zurück und sagte: »Sehen Sie sich das mal an, Reynard! Was halten Sie davon?« Er hob einen Karton voller Bounty-Riegel hoch, alle noch frisch verpackt, wenn auch ziemlich durchnäßt.

»Stell das hin«, sagte Reynard und schleuderte ihm die Schachtel aus der Hand. Er gab Jack ein paar Fleischstücke, die in weißes, fettiges Papier gewickelt waren. »Auf den Grill damit«, sagte er, dann wandte er sich mir zu: »Wie möchtest du dein Steak? Durchgebraten, englisch oder rare?« Der Fahrer stapelte die Steaks aufeinander. Sie waren rosa, und das Blut tropfte nur so von ihnen.

»Ich bin kein Koch«, sagte Jack mürrisch.

»Wie wollen es denn die anderen zubereitet haben?« fragte ich. »Mir ist es egal.«

»O nein, das ist nicht für uns«, sagte Reynard. »Nur für dich – wir anderen essen dieses Hähnchen hier. Das ist etwas Besonderes für dich, unseren ausländischen Gast und Freund unserer lieben Freundin Maria Fishburn.«

»Das ist wirklich reizend«, sagte ich. »Aber ich darf Sie bitten, dennoch zuzugreifen. Sie haben da eine ordentliche Menge Fleisch gekauft, und obgleich ich ein Wilder bin, habe ich doch nur einen ziemlich kleinen Magen. Wie auch immer, ich glaube, am liebsten habe ich es englisch bis durchgebraten. Nicht zu rot und außen knusprig gebräunt. Diese Grillparty erinnert mich so erfreulich an die Art und Weise wie man bei uns zu Hause kocht, nur daß man bei uns das Fleisch gewöhnlich auf Blätter legt und über glühenden Felsbrocken brät.«

Der Zwerg hatte sich einen großen Hühnerschenkel gegrapscht, den er gierig verzehrte. »Meine Zähne machen mir Ärger, Reynard«, sagte er. »Hoffentlich muß ich nicht zum Zahnarzt. Obwohl ich gegen meinen jetzigen Zahnarzt gar nichts habe. Ein netter Kerl. Gibt mir Lachgas. Kicher-Kicher, und ich bin völlig weggetreten bis er mir wieder Sauerstoff verpaßt. Ich habe die herrlichsten Halluzinationen! Du hast wohl nie Drogen genommen, Mgungu, oder?«

»Nun ja...«, hub ich an.

»Natürlich hast du Drogen genommen, was rede ich da bloß?« sagte der Zwerg. »Dir und deinen Drogen verdanken wir doch dieses fabelhafte Picknick überhaupt. Außerdem werde ich durch dich auch bald an ein fabelhaftes Vermögen gelangen.« Er patschte sich mit seiner kleinen Hand auf den Mund. »Bist du wohl gleich still, du Plappermäulchen«, sagte er.

»Wie bitte, mein guter Freund?« fragte ich. »Das habe ich nicht so recht verstanden.«

Ich darf jetzt schon verraten, daß ich diesen Worten des Zwerges mehr Aufmerksamkeit hätte schenken sollen, doch darf man nicht vergessen, daß er ein überaus sprunghafter Mensch war und mich schon vorher durch irrationale Worte und Taten verwirrt hatte. Als er nun auch noch begann, ein Liedchen zu singen und sich dabei ständig mit einem rosa Taschentuch die Stirn zu wischen, dachte ich nur, daß er nicht mehr alle Tassen im Schrank hatte. Ich achtete nicht weiter darauf, zumal ich etwas gereizter Stimmung war. Dauernd blies uns der Wind ins Gesicht und bedeckte alles mit feinem Müllflugsand.

In der Ferne spielten die Kinder Baseball, das heißt, sie schienen weniger zu spielen, als sich gegenseitig mit den Schlegeln zu verprügeln, obwohl das durch den Rauchschleier nicht so genau auszumachen war. Der Fahrer war sichtlich nervös und drehte das Fleisch auf dem Grill immer wieder um. »Die Holzkohle bleibt einfach nicht brennen«, sagte er. »Ich schmeiß jetzt etwas Holz in die Glut, dann geht's schneller. Hast du was zum Nachtisch, Mikhail?«

»Das sehen wir dann, Jack«, sagte der Zwerg.

»Also ehrlich, ich hab' keinen großen Hunger«, sagte ich. »Hoffentlich machen Sie all diese Umstände nicht nur für mich.«

»Keineswegs«, sagte Reynard höflich und steckte sich eine schlanke Zigarre an.

»Hat das eigentlich weh getan, als sie deine Nase durchbohrt haben?« erkundigte sich der Zwerg.

»Wissen Sie, daran kann ich mich nicht einmal mehr erinnern«, sagte ich. »Wer erinnert sich schon an solche Sachen? Ich nehme an, daß es weh getan hat. Auf jeden Fall wurde es ohne Hilfe von Lachgas gemacht. Schnipp schnapp und schon hat man ein Loch in der Nase. Vor allem hinterher tut es weh. Frauen sind noch übler dran. Immer wenn jemand stirbt, wird einigen zum Zeichen der Trauer ein Finger abgeschnitten. Zurück zu meiner Nase. Das Ritual wird durchgeführt, wenn man neun oder zehn Jahre alt ist, und alle gleichaltrigen Jungens des Stammes sind anwesend. In meinem Fall gab es keine anderen gleichaltrigen Jungens mehr. Ich war der letzte Lesser Pimba meiner Generation. Aber inzwischen ist es mir gelungen, den Fortbestand des Stammes zumindest fürs erste zu sichern. Natürlich, wir sind nach wie vor vom Aussterben bedroht und haben Anspruch auf staatliche Zuwendungen. Sie haben mich vorhin gefragt, was wir auf N B N essen? Süße Kartoffeln habe ich schon erwähnt. Aber wir essen auch viel Corn-flakes, vor allem die Sorte für Babys mit den extra viel Vitaminen und dem praktischen Beutel Trockenmilch. Das bekommen wir von der Regierung zwar ausdrücklich nur für die Kinder, aber schließlich müssen auch Erwachsene essen. Ich habe übrigens eine famose Idee« – der leckere Fleischduft kitzelte mir in der Nase und ich verstieg mich mehr und mehr in meinem Wortschwall –, »vielleicht möchten Sie meinen Stamm eines Tages mal besuchen. Sie sind herzlich willkommen. Es wäre uns allen eine große Freude. Ich weiß, daß meine Frauen Sie wahnsinnig gerne kennenlernen würden. Wir bekommen nämlich nicht sehr viel Besuch. Und was die ewige Jugend betrifft, meine Theorie ist, daß einen dort die pure Langeweile jung hält, obwohl heutzutage schon ab und zu mal ein Flugzeug am Himmel aufkreuzt. Gerade neulich hat sich eine Dame über die muskulöse Form meines Hinterns ausgelassen. Vielleicht möchten Sie mal einen Blick draufwerfen, da Sie sich ja so sehr für den menschlichen Körper interessieren. Wenn ich richtig verstanden habe, ist er völlig anders als ein amerikanischer Podex.«

Wie aus dem Nichts tauchte neben unserer Feuerstelle ein hungriger, wolfsähnlicher Hund auf. Er war spindeldürr und offenbar kein Vegetarier, obwohl er recht furchtsam um den Grill schlich. »Hau ab!« sagte der Zwerg. »Hau ab!« Und er versuchte, einen Stock auf ihn zu werfen. »Wo ist denn Reynard? Jack, schaffen Sie uns diesen Köter vom Hals.«

Reynard war hinter einem Müllhügel verschwunden, und der Fahrer grinste den verzweifelten Zwerg dämlich an. »Das Essen ist fertig«, sagte Jack. Er fuhr mit den Händen über sein Hemd und dann durch sein Haar. Der Zwerg sprang auf und nieder und versuchte kurz darauf, auf einen Haufen alter Wasserrohre zu klettern, was den Hund nicht weiter kümmerte.

»Verdufte!« rief ich dem Hund zu, der aber entfernte sich nur ein paar Schritte. Jack stapelte das Fleisch auf einen Teller und warf dem Hund so etwas Ähnliches wie ein Kotelett hin. In diesem Augenblick kam Reynard vom Wasser lassen zurück und sah, wie der Hund das Stück schnappte und sich eilig davonmachte.

»Verdammte Scheiße, was ist denn hier los?« rief er wütend. »Allmächtiger! Wer hat dem Hund diesen Scheißknochen gegeben?« Jack blickte auf den Boden. »Herrgott noch mal, bist du verrückt geworden, du Vollidiot?« Er schüttelte Jack an den Schultern und versetzte ihm einen Schlag auf den Kopf. »Was hast du dir dabei gedacht? Dieser Hund läßt den Knochen früher oder später fallen, irgend jemand findet das Ding dann und wir sitzen alle in der Scheiße. Du ißt jetzt dieses Fleisch«, sagte er und schob mir den Teller hin. »Und du, Jack, kommst mit mir und hilfst mir, diesen Knochen zu suchen. Du elender Blödhammel!«

»Tut mir leid, Reynard«, sagte Jack. »Ich wollte nur den Hund füttern.« Die beiden tobten dem Hund hinterher. Ich nahm mir ein großes Steak und hielt es zwischen den Fingern. »Schön viel Fleisch«, sagte ich.

»Reynard hat ein Herz für Tiere«, sagte der Zwerg. »Manchmal verschluckt sich so ein Hund an einem Knochen und erstickt dann. Dafür möchte er nicht die Verantwortung tragen. Wie ist das Fleisch?«

»Oh«, sagte ich und schluckte einen Bissen hinunter. »Entschuldigen Sie. Zuweilen vergesse ich einfach meine gute Kinderstube. Möchten Sie nicht auch zugreifen?«

»Nein!« sagte der Zwerg.

»Wirklich nicht?« fragte ich. »Es schmeckt ausgezeichnet.«

»Nein, nein, nein!«, sagte er mit Nachdruck.

»Auf New Burnt Norton«, sagte ich mit vollem Mund, »essen die Männer immer zuerst und werfen den umherstehenden Frauen und Kindern manchmal einen Brocken zu. Und der Häuptling ißt zuallererst. Zumindest war das noch zu meines Vaters Zeiten so. Aber sagen Sie, was ist das für ein Fleisch? Wirklich sehr gut. Doch mit Sicherheit nicht Steak.«

Der Zwerg zuckte die Schultern. »Keine Ahnung«, sagte er. »Ich bin Vegetarier, obwohl ich manchmal Fisch oder ein bißchen Geflügel esse. Reynard sagte, er habe dir Steak gekauft, das wird's dann wohl auch sein.«

»Es schmeckt gleichzeitig vertraut und ungewohnt, ein Geschmack, der mir neu ist, dennoch könnte ich schwören, daß ich ihn kenne«, sagte ich.

Der Zwerg legte sein Hähnchen aus der Hand und ging zum Auto, um seine Zigaretten zu holen.

»Ich hab' wirklich keine Ahnung«, sagte er.

»Vielleicht ist es Kalb«, sagte ich. »Möglicherweise Kalbsschnitzel, obwohl das ja eigentlich keine Schnitzel sind. So saftiges Kalbfleisch habe ich jedenfalls noch nie gegessen. Wissen Sie, was für eine Marinade er verwandt hat? Wahrscheinlich schmeckt alles so toll, weil wir im Freien essen. Wirklich hervorragend, obwohl ich bei Kalb immer meine Bedenken habe, weil ich weiß, wie diese Tiere hochgepäppelt werden.«

Der Zwerg nickte zustimmend und zündete sich eine pastellblaue Zigarette an. »Iß auf, iß auf!« forderte er mich auf. »Wer weiß, wann Reynard und Jack zurücksein werden? Ich hoffe nur, daß dem Hund nichts passiert ist.« Ich war zwar überrascht, wie plötzlich er seine Einstellung zu Hunden geändert hatte, doch schien er so ernsthaft um dieses Tier besorgt zu sein, daß man den Zwerg in diesem Moment einfach gerne haben mußte.

»Sie sind eine Seele von Mensch!« sagte ich. Er blickte bescheiden auf seine weißen Fingernägel.

Dann, angezogen von dem Geruch des gebratenen Fleisches, kamen die baseballspielenden Kinder herbeigestapft, stellten sich im Kreis um uns auf und sahen uns argwöhnisch und gierig an. »Wir haben mehr als genug Fleisch«, sagte ich. »Möchten Sie wirklich nichts abhaben?«

»Nein, nein, das ist nur für dich«, sagte Mikhail. »Glaube mir, du sollst es ganz alleine essen.«

»Vielleicht kann ich den Kindern was abgeben. Die sehen ziemlich hungrig und bedrohlich aus«, sagte ich, da sie ihre Baseballschläger hin- und herschwangen. In gewisser Weise erinnerten sie mich an meine eigenen Kinder, die jetzt dort oben in den Bergen von New Burnt Norton waren und ihre Cornflakes aßen.

»Nein!« kreischte der Zwerg. »Herr im Himmel, ich wollte, Reynard wäre wieder hier. Dieses ganze Unternehmen war ein Fehler. Das Zeug ist für dich. Iß schön auf, dann verrate ich dir, wovon mein neuester Artikel handelt. Nur dir, ganz vertraulich. Wenn ich's mir so recht überlege, wird Reynard wahrscheinlich doch was von dem Fleisch wollen, wenn er endlich zurück ist, und ich weiß, er wäre stinksauer, wenn du es einfach weggibst, da es ein Schweinegeld gekostet hat. Wenn du nicht mehr hungrig bist, nehmen wir es halt wieder mit. Gott, was für ein Leben!« Er stöhnte schwach.

»Schon gut, schon gut«, sagte ich. Er war sicher ein liebenswerter Zwerg, doch konnte ich mich des Eindrucks nicht erwehren, daß sein Verhalten ein wenig launenhaft war – erst wollte er den Hund um jeden Preis verjagen, dann machte er sich die irrsinnigsten Sorgen um ihn; erst warf er mit Geschenken nur so um sich und dann geizte er mit ein paar Stückchen Fleisch. »Also schießen Sie los. Wovon handelt Ihr Artikel?«

»Ich hab' die Geschichte aus der Zeitung«, sagte er und zog einen Zeitungsausschnitt aus seiner Brieftasche, den er vorlas: »›Heute früh gegen 6 Uhr 28 nahm ein Mann sein Holzbein ab und legte es auf einen Bahnsteig einer U-Bahnstation in Manhattan, worauf er sich vor den einfahrenden Zug warf. Laut Polizeibericht handelt es sich um den etwa fünfzigjährigen Irving Bass, der nur identifiziert werden konnte, da sein Holzbein ein Namensschild trug.‹ Ich werde mich bald mit allen möglichen Leuten treffen, die Irving Bass gekannt haben, und einigen, die ihn nicht gekannt haben. Ich möchte wissen, was aus dem Holzbein geworden ist? Ich glaube, das wird eine Superreportage.« Während der Zwerg noch sprach, hatte sich eins der Kinder angeschlichen und einen der Fleischbrocken von meinem Teller geschnappt. Ich machte keine Anstalten, das zu verhindern, sondern tat so, als sei ich in den Anblick der Skyline versunken, aber der Zwerg sprang wütend auf und schrie: »Haltet den Dieb! Haltet den Dieb!«, bis er rot angelaufen war und sich wieder auf seinen Stuhl fallen ließ. Das Kind, verschreckt von dem Veitstanz des Zwerges, hatte das Fleisch fallengelassen. Jetzt aber näherten sich die Kinder um so frecher und angriffslustiger unserem Lagerplatz, wobei sie den Zwerg ausjohlten, genau wie es die Kinder in meinem eigenen Land getan hätten. »Hat dieses Kind Fleisch entwendet?« fragte der Zwerg entkräftet. »War es ein Stück mit einem Knochen?« Sein Gesicht war feucht und schwammig, und er zerrte nervös an seinem kleinen, dünnen Schnurrbart.

»Hey, hab' ich dich nicht im Fernsehen gesehen?« sprach mich einer der Jungens an. Er und seine Kameraden wagten sich nun noch näher heran. Der Zwerg bekam es mit der Angst zu tun und stellte sich auf seinen Stuhl.

»Wie bin ich da nur reingeraten?« sagte er. »Ich merk' schon, Kriminalität und Picknicks sind nichts für mich.« Dann rief er: »Reynard!«

»Bitte«, flehte er mich an, »bring mich zum Auto. Solche Filme habe ich oft genug gesehen, ich weiß, was als nächstes passiert.«

Ich stand auf, um dem kleinen Mann aus seinem Stuhl und ins Auto zu helfen. Von seiner strotzenden Energie war nichts mehr übrig, und obwohl er nahezu gebrechlich schien, hatte er doch noch die Kraft, mich ärgerlich anzuschnauzen: »Was immer du auch tust, laß das Fleisch keine Sekunde aus dem Auge!«

Die Kinder, ach ja, es waren ja nicht mal richtige Kinder, aufgeschossen wie sie waren, und mit ihren gelben Zahnstummeln, Drahtbürstenfrisuren und unrasierten Flaumgesichtern. Sie näherten sich dem Zwerg, als hätten sie einen tropischen Vogel entdeckt, den sie gerne fangen und mit nach Hause nehmen würden. Mit dem Fleischteller unter dem einen und dem Zwerg unter dem anderen Arm gelang es mir dennoch, sie beiseite zu stoßen. Nachdem Mikhail erst einmal im Auto und somit aus dem Weg war, konzentrierten sich die Kinder auf den Rest des Picknicks und ließen sich auf die Stühle und die Decke nieder, um die knackigen Weintrauben zu verzehren und den gekühlten Wein in die Plastikbecher zu gießen, mit dem sie dem Himmel und der Co-op City zuprosteten.

Reynard kam zurück, gefolgt von Jack, der den leblosen Hund in seinen Armen trug, und als er die tafelnden Kinder sah, näherte er sich ihnen mit gefletschten Zähnen und verjagte sie schleunigst. Sie liefen in Richtung der Müllberge, wobei sie sich von Zeit zu Zeit verängstigt umsahen.

Der Zwerg sprang aus dem Wagen und ging zu Jack, um sich den Hund anzusehen. »Was ist passiert?« fragte er.

»Wir haben ihn nicht rechtzeitig erwischt. Der Hund hatte den Knochen bereits irgendwo fallengelassen. Jack warf einen Stein nach ihm, der Hund sackte zusammen, und als wir bei ihm waren, sahen wir, daß er den Knochen nicht mehr hatte und tot war. Es hat keinen Sinn, jetzt noch weiterzusuchen.«

»Nicht weitersuchen?!« schrie der Zwerg. »Wenn ihr den Hund am Leben gelassen hättet, hätte er euch zu dem Oberschenkel geführt, zu dem Kotelett, meine ich, oder was auch immer. Früher oder später wird jemand das Ding finden.«

»Wer weiß denn schon, was das ist? Die Kinder vielleicht? Außerdem, wo willst du denn in diesem Müll hier suchen? Mach' dir mal keine Sorgen«, sagte Reynard. »Er mag keinen Abfall zurücklassen«, erklärte mir der Zwerg. Jack legte den Hund auf die Erde. »Haben diese Kinder was von dem Fleisch genommen?« erkundigte sich Reynard.

»Nein, nein, ich glaube nicht«, sagte der Zwerg, »Mgungu hat aufgepaßt. Aber die anderen Essensreste haben sie sich genommen, und ich hätte gerne noch etwas mehr Hähnchen gehabt. Ist noch was zu trinken da?« Aber sie hatten nicht nur den Wein, sondern auch alle Thermosflaschen mit Limonade mitgenommen.

»Wie wär's mit einem Steak?« fragte ich, und hielt ihm den Teller hin, aber der Zwerg sah angewidert weg.

»Was, ist das alles? Warum hast du denn nicht mehr gegessen?« fragte Reynard. »Mach schon, iß auf!« Er hob eine Gabel auf, wischte sie über sein Knie und versuchte, mich zu füttern.

»Ich möchte ein Stück«, sagte Jack. Ich hielt ihm den Teller hin, doch Reynard schüttelte angeekelt seinen Kopf, und der Fahrer überlegte es sich anders. »Danke«, sagte er. »Eigentlich hab' ich gar keinen Hunger.« Dem Zwerg wurde plötzlich schlecht, und Jack ließ den Motor anspringen, um die Klimaanlage einschalten zu können. Niemand hatte es eilig, sie wollten unbedingt warten bis ich meine Mahlzeit beendet hatte. Aber ich schaffte es beim besten Willen nicht.

»Na, los! Greif zu!« forderte Reynard mich auf, und sie starrten mich alle gespannt an.

»Ich kann nicht mehr«, sagte ich und wischte das Fett von meinem Kinn. »Ich bin voll bis obenhin.« Obwohl das Fleisch schmackhaft, frisch und saftig war, wurde mir doch ziemlich übel davon.

Reynard machte einen Spaziergang mit mir, um meinen Appetit anzuregen, und er zeigte auf den Turm in Co-op City, in dem ein berüchtigter Killer gewohnt hatte, und den Turm in dem ein Jungmädchenschänder bis zu diesem Tag unbehelligt lebte. Und dann erklärte er mir jedes einzelne Gebäude der Skyline von Manhattan.

Wir gingen zum Auto zurück, wo ich mein Mahl fortsetzen sollte.

Und ich aß und aß, und mein Bauch schwoll an und blähte sich auf, und der Zwerg döste auf dem Rücksitz vor sich hin. Mittlerweile ging die Sonne unter, und die Lichter in Manhattan flackerten auf; die ganze Umgebung war in ein gold-rosa Licht getaucht.

Endlich hatte ich es geschafft und alleine all das Fleisch auf dem Teller verdrückt. Ich stöhnte vor Schmerzen. Genau wie auf New Burnt Norton, erzählte ich ihnen, denn wenn es auf New Burnt Norton was zu essen gab, stopfte man sich bis zum Hals voll, und wenn es nichts gab, hungerte man. Jack und der Zwerg machten sich daran, die abgenagten Knochen einzugraben, da, wie sie meinten, hier bereits genug Müll rumflog.

»Wenn die Leute hier nicht ihren Dreck abgeladen hätten«, sagte der Zwerg, »wäre hier jetzt überhaupt kein Müll, und es wäre noch immer schön hier draußen.«

Im schwindenden Abendlicht tauchten die Schakalgesichter der jugendlichen Strolche wieder auf, und die Kerle warfen mit kleinen, feuchten Bällchen, die klatschend auf den Autofenstern landeten. Diese Bällchen können vorgekaute Fleischstücke, aber auch nasse, zerknüllte Servietten gewesen sein. »Scheiße«, sagte Reynard, »laß uns abhauen.« Und Jack fuhr los. Schlecht wie mir war, legte ich mich auf den Boden und lehnte meinen Kopf an den Sitz hinter mir, und wir fuhren zurück zur Stadt. Die Samtvorhänge wiegten sich in der Dämmerung

Als ich meine Augen öffnete, kauerte der Zwerg vor einem kleinen Tisch, der sich wie durch ein Wunder von der Decke des Autos herab aufgeklappt hatte. Mikhail mischte einen Pack Spielkarten und legte sie einzeln auf die Tischplatte.

»Soll ich wirklich nicht, Reynard?« fragte er. Er blickte zu mir und sah, daß ich die Augen geöffnet hatte. »Ich möchte Reynard die Karten legen, aber er möchte sein Schicksal nicht wissen.«

»Ich hab's eilig, Mikhail«, sagte Reynard. »Vielleicht ein andermal.«

»Über seine Zukunft will er nichts hören«, sagte der Zwerg. »Kann ich gut verstehen. Wollte ich auch nicht, wenn ich in Reynards Haut steckte. Wenn ich mir's genau überlege, bin ich mir auch nicht so sicher, ob ich wissen will, wie es mir ergehen wird.« Wir waren wieder in Manhattan, und Reynard stieg beim Four Seasons aus, einem offenbar großen Restaurant. Zuvor jedoch, hat er noch etwas Seltsames gesagt: »Paß auf dich auf, Mgungu. Es war wirklich.« Und obwohl ich auf den Rest des Satzes wartete – es war wirklich was? Wirklich nett? Wirklich interessant? –, blieb der Satz unvollständig, und was das ›auf-mich-aufpassen‹ betraf, so konnte ich mir schon gar keinen Reim darauf machen. Der Zwerg steckte eine grüne Zigarette zwischen seine Gummilippen und fragte mich, wo ich abgesetzt werden wollte?

»Beim Holiday Inn, wenn es Ihnen nichts ausmacht«, sagte ich. Doch kaum hatte ich diese Worte ausgesprochen, fühlte ich mich, wohl dank meiner regen Verdauungstätigkeit, plötzlich voller Tatendrang. »Wissen Sie was?« sagte ich. »Ich packe mein

Zeug und ziehe zu Maria. Dieser Quatsch mit den getrennten Wohnungen muß endlich aufhören.« Ich war froh, das deutlich ausgesprochen zu haben und hatte endlich das Gefühl, alles unter Kontrolle zu haben.

»Nein, anhalten!« sagte der Zwerg, obwohl der Wagen noch immer parkte. Er zuckte kurz zusammen und warf die Spielkarten versehentlich auf den grünen Teppichboden. Dann stürzte er hinterher und versuchte, sie wieder aufzulesen. ›Leider doch kein guter Zwerg‹, dachte ich für mich. »Möchtest du nicht erst was essen gehen?« fragte er.

»Essen gehen?« sagte ich. »Ich bring' für den Rest meines Lebens keinen Bissen mehr runter. Kommen Sie doch erst mal mit zum Hotel, ich kann ja einen Kaffee oder sonstwas trinken, während Sie essen.«

Der Zwerg sah mit einem Mal jämmerlicher denn je aus. »Ja, ich komme mit«, sagte er. Wir ließen Jack vor dem Hotel im Wagen warten und gingen hinein. Ich sagte kurz dem Portier Bescheid und bat ihn, die Rechnung an das Museum für primitive Kulturen zu schicken. Der Zwerg hielt meinen Arm umklammert und versuchte, mich in die Bar zu lenken, die ein nachgebautes Suahelidorf darstellte, mit behaarten Bongotrommeln und allem Drum und Dran.

Aber ich wollte erst nach oben, und obwohl er heftig protestierte, nahmen wir den Aufzug zu meinem katastrophal aussehenden Zimmer, das die Stubenmädchen seit meiner Ankunft nicht angerührt hatten, aus Gründen, die ich später erklären werde.

»Ich glaube, hier muffelt es ein wenig«, sagte der Zwerg, »Sie haben doch nichts dagegen, wenn ich das Fenster öffne?« Er zog einen Stuhl herbei und stellte sich darauf, um den Griff zu erreichen. Doch zu seinem und meinem Entsetzen hielt er unversehens das ganze Fenster in Händen, und ein großes Loch klaffte der Welt entgegen. Er setzte sich auf den Boden, kicherte nervös, lehnte das Fenster gegen die Klimaanlage und begab sich zum anderen Ende des Zimmers.

Und schon wieder passierte etwas Eigenartiges – einer fetten Taube, die sich erwartungsvoll auf dem Fenstersims niedergelassen hatte, kam es auf einmal in den Sinn, durch das Loch ins Zimmer zu fliegen. Sie war ein ungewöhnlicher Vogel, braun und weiß gefiedert und nicht einfach grau wie andere Tauben. Scharfsinnig erspähte sie den Tisch, ließ sich darauf nieder, schnellte ihr Köpfchen in alle Richtungen und flatterte durchs Zimmer, als wolle sie hinaus. Es schien, als habe sie plötzlich erkannt, einen Fehler gemacht zu haben. Aber sie konnte das Fenster nicht mehr finden, wahrscheinlich war sie irgendwie geistig behindert.

Es klopfte, und fast gleichzeitig sprang die Tür auf. Es war der Portier in Begleitung des Hoteldirektors. Der Portier war von Pickeln übersät, und dem Direktor hing sein fransiges Haar über die Glotzaugen. »Mr. Mgungu?« fragte der Hoteldirektor.

»Mgungu«, sagte ich. »Mgungu Yabba Mgungu.«

Der Direktor blickte abwechselnd auf den flatternden Vogel und den Zwerg, der sich beim ersten Klopfen an der Tür ins Bett verkrochen hatte. Warum, vermochte ich nicht zu sagen. Vermutlich fühlte er sich nicht recht wohl, da er die Decke weit über seinen Kopf gezogen hatte, als wolle er völlig von der Bildfläche verschwinden. Doch dann zog er die Decke langsam bis zu seinem Kinn hinunter, um gelegentlich ein Wort in unsere Konversation einfließen zu lassen.

»Wie ich höre, möchten Sie uns heute nacht verlassen.«

»Stimmt«, sagte ich. »Ich habe gerade geheiratet und werde in die Wohnung meiner Frau ziehen. Eigentlich hatte ich schon gestern ausziehen wollen, aber seltsamerweise konnte ich sie nicht finden, aber es ist nicht ausgeschlossen, daß sie übers Wochenende verreist war. Immer auf Trab die junge Dame. Geschäftssitzungen da, Geschäftssitzungen dort. So ist das halt, wenn man reich ist. Man muß dauernd zusehen, daß das Geld sich auch weiter vermehrt.«

Aber mir hörte kein Mensch zu.

Der Portier hatte den ramponierten Schädel in die Hand genommen, der vor meinem gerahmten Bild von Jackie Kennedy Onassis stand. Er hatte einst einem Stammesmitglied der Greater Pimbas gehört, die uns weniger an Intelligenz, als an Statur und Zahl übertrafen. Der Schädel hatte ein großes Loch an der dünnsten Stelle der Schläfe. Genau dort war nämlich das Gehirn herausgelöffelt worden, nachdem man den Kopf gehäutet und geröstet hatte.

Ich hatte den Totenkopf mitgenommen, weil ich ein Andenken an die Heimat dabeihaben wollte, und weil er aus irgendeinem Grund der Lieblingsschädel meines Großvaters war. Aus welchem Grund, weiß ich nicht mehr, vielleicht hatte man sich anläßlich eines Jubiläums gegenseitig abgeschlachtet – der Entdeckung des ersten Flugzeugs am Himmel etwa, ein Ereignis, an das man sich stets mit großem Vergnügen erinnerte. Allein der Gedanke, daß Menschen in so kleinen Dingern herumfliegen, war schon zum Totlachen.

Obgleich der Portier und der Direktor offensichtlich wohl auch an dem silbergerahmten Portrait der Jackie O. Gefallen fanden, überraschte es mich, daß sie viel mehr Zeit auf den Schädel verwandten, als auf das Bildnis der schönen und berühmten Göttin. Wie gesagt, es fiel mir schon längst nicht mehr schwer, andere Religionen zu tolerieren, zumal mein eigener Stamm nicht sehr religiös veranlagt war, es sei denn, es handelte sich um ein Portrait von Jacqueline Kennedy Onassis. Während der Portier den Schädel hochhielt, der glatt poliert glänzte, da ihn mein Großvater jahrelang als Kopfkissen benutzt hatte, ehe er sich eins mit Polyesterfüllung aus einem Sears Katalog hatte bestellen können, kramte der Direktor ungeniert in meinen Sachen, was ihm aber kein allzugroßes Vergnügen zu bereiten schien. Er hatte seine liebe Not, sich durch mein Zeug zu wühlen, das gleichmäßig über das ganze Zimmer verteilt war. Von meinem wöchentlichen 25-Dollar-Reichtum hatte ich ständig neue Kleidung und Wäsche gekauft, anstatt die alten Klamotten in die Wäscherei zu bringen, weswegen Hunderte dreckiger Socken und Shorts die Illusion erweckten, mein Zimmer sei ein echtes Zuhause.

»Mein Gott«, sagte er und hielt eine Scheibe verschimmelten Brots hoch, »was ging hier vor?«

Mgungus Privataltar im Holiday Inn

»Hören Sie sofort auf!« ereiferte sich der Zwerg und kroch unter der Bettdecke hervor. »Dieser Mann hat gerade Maria Fishburn geheiratet und besitzt fast fünfzig Millionen Dollar. Oder wenigstens eineinhalb. Er ist wegen des Tanzfestivals hier, das das Museum für primitive Kulturen veranstaltet, und Parker

Junius hat versprochen, die Rechnung zu übernehmen. Das Gesetz verbietet Ihnen, seine Sachen zu berühren. Ohne Durchsuchungsbefehl dürfen Sie das Privateigentum eines US-Bürgers nicht einmal anfassen.«

Der Direktor blickte kurz auf, in den Händen ein paar BHs, die ich für meine Frauen erstanden hatte. Dann zog er einen Plastikbeutel hervor, der meinen Spezialtabak enthielt, und beroch ihn mißtrauisch. »Ich habe gerade mit dem Museum telefoniert«, sagte er. »Irgend jemand muß da noch Überstunden gemacht haben, sonst wäre niemand mehr dagewesen. Sie wußten nichts von einem Mr. Mgungu, der am Tanzfestival teilnimmt. Parker Junius hatte einen Herzinfarkt, liegt im Krankenhaus und darf nicht gestört werden.«

»Nein!« rief ich betroffen und rannte zur Tür. »Ich muß ihn sofort besuchen.«

»Kein Besuch, keine Anrufe. Ich habe mich schon erkundigt«, sagte der Direktor.

Ich war außer mir und wußte nicht, was ich machen sollte. Ich konnte es einfach nicht fassen. Die Taube flatterte noch immer gnadenlos im Zimmer umher, ließ sich dann aber in der Nähe des Direktors nieder, als erhoffte sie ein paar Körner von ihm. Dieser verjagte sie aber sofort wieder, und der Vogel krächzte kurz auf und steuerte die Lampe an, wo er nach einigen Fehlversuchen wackelig zu sitzen kam. »Was ist in diesem Beutel, Sir?« fragte der Direktor. »Ich möchte wissen, was hier los war?«

Der Portier öffnete nun die Schubladen und holte eine leere Dose nach der anderen heraus: Erbsendosen, Suppendosen, Mischgemüsedosen, Butterkeksdosen, und eine, die Libby's geschälte Pfirsiche in kalorienarmem Zuckersaft beherbergt hatte. Ferner hatte ich jede Menge Eierkartons, Joghurtbecher, kleine Papiertüten von McDonald's und alle möglichen Fetzen Plastikfolie gesammelt – aber warum nur? Es wäre mir einfach unmöglich gewesen, diese Dinge wegzuwerfen, da ich wußte, daß sie auf dem Mount Bawwar-Yaas äußerst nützlich sein können. In den leeren Blechdosen hätte man Maden aufbewahren können, die fettigen Tüten von McDonald's hätten gutes Schreibpapier abgegeben, von den zahllosen Verwendungsmöglichkeiten der Joghurtbecher ganz zu schweigen. Trotzdem sah ich ein, daß es vielleicht doch ein wenig krämerhaft gewesen war, all diese leeren Dosen und Flaschen aufzuheben, damit meine Frauen etwas hatten, um ihren Tand und Firlefanz aufbewahren zu können, und, Hand aufs Herz, war das nicht alles auch eine ökologische Frage?

Sorgfältig hatte ich das ganze Zeug gehortet, und nun beförderte der Direktor alles mit einem Schlag in den Müll. Anfangs hatten die Stubenmädchen meine Sammlung dauernd weggeschmissen, so daß ich immer wieder von vorne anfangen mußte. Später ließ ich das Schild DO NOT DISTURB ständig draußen an meiner Tür hängen. Ich hatte wirklich kein leichtes Leben, und jetzt schrie der Direktor auch noch wie eine hysterische Maus: »Verjagen Sie diesen Vogel! Sie müssen dieses Hotel verlassen. Diese Vögel haben Bakterien, Salmonellen und Saugwürmer. Ich weiß nicht, wie es Ihnen gelungen ist, diese Taube hier reinzuschmuggeln – Haustiere sind bei uns grundsätzlich verboten.« Der Portier machte auf das kaputte Fenster aufmerksam und kratzte seine Pickel. »Ihr Gepäck und Ihr Paß bleiben hier, bis Sie bezahlt haben«, sagte der Direktor. »Ich hoffe, Sie sind sich im klaren darüber, daß Sie ganz schön in der Tinte sitzen.«

»Er kann seinen Paß nicht hierlassen!« platzte der Zwerg hervor.

»Warum denn nicht?« wollte ich wissen. »Es ist doch ganz einfach – ich lasse meine Sachen hier und suche Maria, egal wie lange das dauern mag, mit meiner Dschungelnase werde ich sie schon auftreiben – dann wird sie die Rechnung bezahlen, und das Museum wird ihr den Betrag zurückerstatten.«

»Unmöglich!« sagte der Zwerg. »Du verläßt das Land! Morgen! Du brauchst deinen Paß.«

»Stimmt nicht«, sagte ich überrascht.

»Die Rechnung beläuft sich auf viertausend Dollar und neunundsiebzig Cent«, sagte der Direktor.

»Wie ist denn das möglich?« fragte Mikhail. »So lange war er nun doch auch wieder nicht hier!«

»Was geht Sie das alles eigentlich an?« fragte der Direktor und warf ihm einen mißbilligenden Blick zu.

»Nichts«, sagte Mikhail. »Überhaupt nichts. Aber Mgungu ist ein reicher Mann. Ihr habt doch ein Gemeinschaftskonto, oder? Und da Maria verschwunden ist, brauchst du sie nicht erst zu finden, du kannst ganz alleine bezahlen.«

»Leider haben wir noch kein Gemeinschaftskonto eingerichtet«, sagte ich. »Sie hat mir eine Kool Kash Kard gegeben, damit kann man aber maximal hundert Dollar abheben, und ich weiß nicht, wie man damit umgeht. Aber worüber machen Sie sich denn solche Sorgen? Kein Wunder, daß Sie Angst vorm Altern haben. Ich mache mir keine Sorgen.«

»Ich auch nicht«, sagte Mikhail. »Ich finde nur, daß man dich mit diesem ganzen Blödsinn in Ruhe lassen sollte – du bist ein reicher Mann und Gast unseres Landes, und wenn man dich nicht mit Respekt behandelt, wird es ein gesalzenes Nachspiel geben.« Er sah den Direktor scharf an. »Dieser Mann wird auf dem Titelbild des *Time*-Magazins erscheinen. Ich würde ja deine Rechnung bezahlen, Mgungu, aber ich habe gerade meine Alimente bezahlt und bin im Moment ein wenig blank.« Nach ein paar vergeblichen Versuchen gelang es dem Zwerg, der Taube habhaft zu werden, und er warf sie aus dem Fenster. Sie hatte heftig mit der Schwerkraft zu kämpfen und wollte schon wieder zurück ins Zimmer fliegen, als ein Windstoß ihren Plan vereitelte. Wie sie überhaupt so hoch raufgekommen war, blieb mir schleierhaft. Dann verdächtigte ich den Zwerg, der Taube etwas angetan zu haben, da sie plötzlich nicht mehr fliegen konnte und wie ein Stein auf die Eighth Avenue plumpste. »Das dürfen Sie nicht!« rief der Zwerg fuchsteufelswild. »Wo soll denn dieser Mann hin?« Aber der Direktor drängte uns zur Tür und achtete mit Argusaugen darauf, daß wir nichts mitnahmen.

»Ich werde vorläufig nicht die Polizei verständigen«, sagte der Direktor.

»Bloß keine Polizei«, bekräftigte der Zwerg eifrig.

»Obwohl Sie einen Totenschädel und Drogen auf dem Zimmer haben«, fuhr der Direktor fort. »Keine Polizei, wenn Sie mir versprechen, daß Sie sofort morgen früh das Geld vorbeibringen. Wie die Dinge liegen, darf ich mich übrigens nicht mit einem Scheck zufriedengeben. Haben Sie keine Kreditkarten?« Und er sah mich ein letztes Mal hoffnungsvoll an.

»Tut mir leid, noch nicht«, sagte ich. »Ich habe erst kürzlich reich geheiratet. Gestern, wenn Sie's genau wissen wollen.« Eigentlich hatte ich erwartet, daß der Direktor mir gratulierte, aber er schüttelte nur den Kopf und sagte: »Mein Gott, diesen Job habe ich mir etwas anders vorgestellt«, wobei ihn der Zwerg unentwegt am Ärmel zupfte, was, meiner Ansicht nach, nicht gerade sehr diplomatisch war.

Als wir wieder auf der Straße standen, war der Zwerg buchstäblich einem Nervenzusammenbruch nahe. »Beruhigen Sie sich doch«, sagte ich. »Vielleicht sollten Sie nach Hause gehen. Reynard hatte recht, Alkohol ist wirklich nichts für Sie.«

»Ich kann dich nicht aus den Augen lassen«, sagte er. »Wohin gehst du jetzt?«

»Zu Maria«, sagte ich. »Ich habe den Schlüssel. Vielleicht ist sie da oder vielleicht hat sie einen Zettel mit einer Nachricht hinterlassen, den ich einfach übersehen habe.«

»Nein, nein, nein«, sagte der Zwerg.

»Was ist denn los?« fragte ich. »Ich bin nicht so primitiv, wie es scheinen mag. Sie können es mir ruhig sagen. Gibt es einen Grund, warum ich nicht zu ihr rübergehen soll? Eine Surpriseparty? Ich habe schon oft darüber gelesen, aber für mich hat noch nie jemand eine Surpriseparty gegeben.«

»Nein, nein, nein«, sagte der Zwerg. »Ganz im Gegenteil. Es ist alles in Ordnung, ich rege mich nur so auf, weil sie dir deinen Paß abgenommen haben und überhaupt. Natürlich kannst du zu Marias Wohnung gehen – das ist jetzt dein Heim.«

»Ich bin doch jetzt amerikanischer Staatsbürger, oder?« wollte ich wissen.

»Ja, aber du brauchst trotzdem deinen Paß«, sagte er, »falls du jemals dieses Land verlassen willst, um nach New Burnt Norton und zu deinen drei Frauen zurückzukehren, wo du in deiner Kannibalenexistenz wahrscheinlich ohnehin viel glücklicher warst. Hast du die Schlüssel für Marias Wohnung?«

»Natürlich«, sagte ich.

»Darf ich mal sehen«, sagte er.

»Okay.« Ich zuckte die Schultern und holte die Schlüssel hervor. Der Zwerg nahm sie an sich und ließ sie entweder absichtlich oder weil er der tolpatschigste Zwerg der Welt war, in den Gulli fallen, auf dem wir standen. »Gut gemacht, Mikhail«, sagte ich. Dennoch mochte ich diesen kleinen Wirrkopf nach wie vor.

»Du kannst heute nacht bei mir schlafen«, sagte er strahlend. »Das hätte ich schon früher vorschlagen sollen.«

»Ach was«, sagte ich, »die Schlüssel werden wir gleich wieder haben.« Ich kaufte bei einem nahegelegenen Kiosk ein wenig Kaugummi, kaute ihn weich und klebte ihn ans Ende meines Gürtels aus Hundezähnen, den ich vorher von meiner Hüfte genommen hatte. Und es gelang mir erstaunlicherweise, wieder in den Besitz der Schlüssel zu gelangen.

»Ich möchte trotzdem, daß du mit mir nach Hause kommst«, sagte der Zwerg verzweifelt. »Ich bin einsam und kann einfach nicht alleine sein.«

»Na gut«, sagte ich mitfühlend. »Aber ich will erst zu ihrer Wohnung, um ihr eine Nachricht zu hinterlassen und um kurz nachzusehen, ob sie da ist.«

»Das geht nicht«, sagte der Zwerg, was ich nicht einzusehen vermochte. Und ich machte mich auf den Weg, der Zwerg zottelte hinterdrein, gefolgt von Jack in der grünen Limousine, den wir beide vergessen hatten.

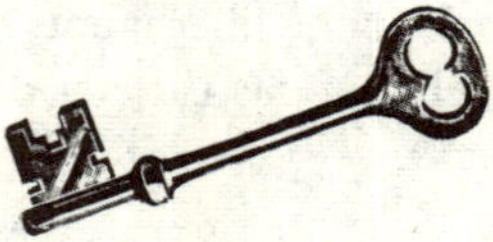

Der Portier erkannte mich nicht und folgte mir mißtrauisch zum Aufzug. In der Mitte der Halle stand ein kleiner Brunnen, der mit trübem Wasser gefüllt war. Es machte gurgelnde Geräusche wie eine Toilettenspülung. Ich überlegte kurz, ob ich mich erfrischen sollte?

»Kann ich Ihnen behilflich sein?« erkundigte sich der Portier.

»Ich wohne jetzt hier«, sagte ich.

Aber der Portier warf mir einen argwöhnischen Blick zu. »Ausweis, bitte«, sagte er.

»Ich habe noch keinen«, sagte ich. »Ich bin jetzt Mr. Fishburn.«

Der Zwerg fuhr mit seinen rosa Stummelfingern durch sein silbernes Haar und wimmerte: »Ich habe Hunger. Vielleicht können wir in das Eckcafé da drüben gehen, da man dich hier offenbar nicht reinläßt.«

»Nein, schon gut«, sagte der Portier merklich erleichtert. »Jetzt erkenne ich Sie. Sind Sie nicht der Kannibale?«

»Stimmt«, erwiderte ich und wandte mich dem Zwerg zu: »Wahrscheinlich gibt es oben jede Menge zu essen. Ich werde schnell etwas zubereiten.«

»Sie haben also Mrs. Fishburn geheiratet?« fragte der Portier. »Na, dann wird sich ja wohl so einiges ändern, was?«

»Ich möchte nicht einfach reingehen und essen«, unterbrach der Zwerg.

»Hoffen wir's«, bestätigte ich dem Portier und war schon drauf und dran, dem Zwerg nach draußen zu folgen, aber da öffnete sich die Aufzugtür und ich betrat den Lift. Der Zwerg kehrte um und folgte mir, der Fahrer Jack dicht hinter uns. Der

Portier winkte zum Abschied, und wir standen mit einer Dame im Aufzug, einer reichen und juwelenbehangenen Tucke, die auch schon mal bessere Tage gesehen hatte. Sie hatte wohl gerade ihren Hund Gassi geführt, einen eleganten Chihuahua, der, bis auf den Fellkamm auf seinem Rückgrat, total kahlgeschoren war. Der Hund trug einen feschen Hut, wie ihn Kinder auf Geburtstagsparties aufhaben, nur daß dieser aus rosa Wolle gestrickt war. Der Zwerg schnaubte vor Wut, als er den Köter sah, versteckte sich hinter meinem Rücken und durchbohrte das Vieh mit giftigen Blicken, während dieses seinen Kopf hin- und herwarf, um den Hut abzuschütteln. Jack dagegen hatte den Hund nicht einmal wahrgenommen und hätte ihn beim Verlassen des Lifts um ein Haar zertreten, hätte ich nicht in letzter Sekunde das Unglück verhindert.

»Aufpassen!« sagte ich zu Jack und schubste ihn ein wenig zur Seite. Die Tucke wollte in den 24. Stock, während wir im 22. Stock ausstiegen – aber Jack verstand nicht, warum ich ihn überhaupt angestoßen hatte und warf mich gegen die Aufzugwand, wie ein Löwe, der eine Fliege abschüttelt.

Ich knallte auf die Frau, glücklicherweise ohne den Miniaturköter zu zerquetschen und sagte: »Entschuldigen Sie, tut mir wirklich leid.« Gleichzeitig versuchte ich, aus dem Lift zu gehen, aber Jack blockierte die Tür, als warte er auf eine Erklärung meines Vorschlages »aufzupassen«. Aus irgendeinem Grund entdeckte der Hund jetzt erst den Zwerg, um sich augenblicklich in ihn zu verlieben – rätselhaft zwar und nur durch den Umstand zu erklären, daß beide mehr oder weniger gleich groß waren –, aber Mikhail drückte sich noch weiter in die hinterste Ecke. »Husch!« wiederholte er mehrmals. »Weg da! Böser Hund!« Die Tucke tat nichts, ihren Hund in Zaum zu halten und sah seelenruhig zu, wie er an den Beinen des entnervten Zwergs hochsprang.

»Warum hast du gesagt, ich solle aufpassen?« fragte Jack in gefährlichem Tonfall und stemmte seine Hände gegen die automatisch schließende Aufzugtür.

»Weil Sie beinahe auf den Hund getreten wären«, sagte ich und rieb meinen Arm, der noch von dem Schlag gegen die Wand schmerzte. Ich nahm den Zwerg bei der Hand und versuchte, ihn um den Hund herumzuleiten, aber die rosa Leine war uns im Weg, und die Dame machte nicht die geringsten Anstalten, etwas dagegen zu unternehmen, sondern sah uns nur teilnahmslos zu. Schließlich gelang es mir, den Zwerg rückwärts um den hopsenden und wedelnden Hund zu führen. Als sich die Aufzugtür endlich hinter uns schloß, hörte ich die alte Henne sagen: »Setz dich, Betsy, mein Liebling.«

Dem Zwerg fiel hörbar ein Stein vom Herzen, aber als ich den Schlüssel in die Wohnungstür steckte, zerrte er mich am Arm und drückte gleichzeitig wie ein Besessener den Klingelknopf.

»Was soll das?« fragte ich.

»Na ja«, sagte der Zwerg, »nur falls sie unerwarteterweise zu Hause ist. Es gehört sich nicht, einfach so während eures Honeymoons in ihre Wohnung zu spazieren. Nehmen wir mal an, sie hat auf dich gewartet und will dich nackt im Wohnzimmer überraschen, und dann platzen wir zu dritt hier herein. Peinlich und taktlos, würde ich meinen.« Und er klingelte wieder und wieder.

Schließlich öffnete ich einfach die Tür, und wir traten in die Vorhalle, die ganz in gedämpft rosa und braunrotem Art-deco gehalten zwar, zwei satinbezogene, austernförmige Sessel, die, wie mir Maria einmal erzählt hatte, aus dem entrümpelten Besitz Paloma Picassos stammten. Über uns hing ein Kronleuchter, dessen Licht sich in korallfarbenen Glastropfen brach, die leicht in der Luft schaukelten wie das Halsband einer alten Dame. Ich hing die Mäntel meiner Begleiter auf. Komischerweise war mir nicht aufgefallen, daß das Licht in der Vorhalle bereits brannte. Aber etwas anderes war mir nicht entgangen und ich fragte: »Was riecht hier denn so eigenartig?« Ich fühlte mich nämlich wie in dem dampfenden Dschungel von New Burnt Norton mit seinem Geruch nach fruchtbarer Vegetation.

Am hinteren Ende des Vorraums führte eine Wendeltreppe

nach oben. Links waren die Türen zu den Wohn- und Schlafräumen, und rechts ging es zur Küche und dem Eßzimmer. »Kommt, Jungens«, sagte ich, »mal sehen, was es Eßbares im Kühlschrank gibt, da Sie ja Hunger haben.«

Sie protestierten ein wenig, aber schon gingen wir durch das Eßzimmer mit seinen Glasschränken und seinem handgearbeiteten Tisch in die technisch perfekt ausgerüstete Küche. All diese Apparate kannte ich nur vom Hörensagen, sie waren noch nicht Bestandteil meiner Wirklichkeit.

Im Eisschrank befanden sich lediglich ein Karton sauer gewordener Milch, etwas verwelkter Sellerie und eine kleine Dose Kaviar, in meinen Augen bloß ordinäre Fischeier. Ich bot den Kaviar Mikhail und Jack an, obwohl die Dose so winzig war, daß sie wohl kaum satt geworden wären. Auf dem Deckel klebte noch das Preisschildchen: $ 108,59. Ich stellte die Dose auf einen Teller, den ich ihnen reichte, aber sie schüttelten nur die Köpfe.

Dann warf ich einen Blick in die Tiefkühltruhe, in der aber nur etwas Schokoladeneis und unwahrscheinliche Mengen Fleisch waren.

»Möchte jemand Eis?« fragte ich, aber sie schüttelten wieder nur die Köpfe. Sie blickten mürrisch drein, und Jack ging auf und ab wie ein Tier in einem zu kleinen Käfig. »Dann laßt es uns im Wohnzimmer gemütlich machen«, forderte ich sie auf.

»Nein«, sagte der Zwerg, »ich fühle mich hier sehr wohl.« Er hatte sich unter großen Mühen auf einen der Barstühle gehievt, die um die Frühstückstheke standen.

Aber inzwischen hatte ich gelernt, dem Gequassel des Zwerges keinerlei Beachtung zu schenken, und ich ging ins Wohnzimmer, wohin mir die beiden grimmig folgten. Ich machte das Licht an – und da, hinter einem Sofa mitten im Zimmer kauernd, in den Händen ein riesiges Tranchiermesser und uns leicht verwirrt entgegenblickend, war Reynard.

Vor ihm, auf einer Plastikplane, lag ein weißer Körper. Ein Menschenkörper, dem einige Teile fehlten, der Kopf und beide

Arme etwa. Der Körper lag in einer Blutlache, die sich teilweise sogar auf den weißen Teppich ergoß. Und Reynard stand da, hielt das Messer umklammert, und der Zwerg, wie Espenlaub zitternd, stand neben ihm, während Jack aus seiner Hosentasche ein Messer zog, dessen Spitze er mir ins Kreuz bohrte.

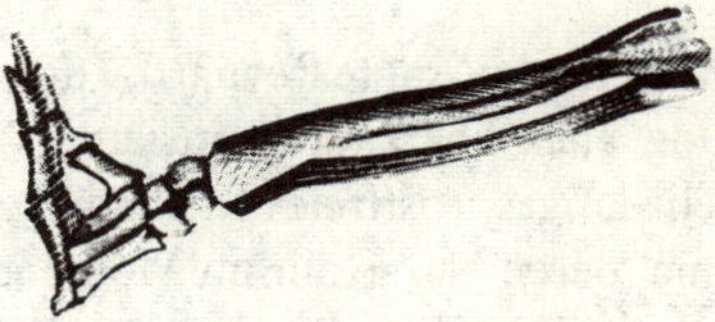

Unbestreitbar handelte es sich um einen weiblichen Körper, erkennbar an zahlreichen Attributen, die aufzulisten nicht schicklich wäre.

»Du setzt dich besser mal hin«, sagte Reynard, und Jacks Messer preßte sich wie ein Spechtschnabel ziemlich tief in mein Rückgrat, während es mich zu dem roten Sofa dirigierte, auf dem ich mich niederließ.

»Steck dieses Messer weg«, sagte Reynard, »du blöder Gorilla mit deiner Neigung alles überzudramatisieren.« Sein eigenes Messer war ein sehr langes, rostfreies Küchenmesser von einer französischen Firma, deren Name mir im Moment entfallen ist, und war über und über mit Blut beschmiert. Auf dem Boden lagen noch eine riesige Geflügelschere, eine Sammlung verschiedener Hackbeilchen und Fleischweichklopfer, alles hübsch ordentlich auf eine weitere Plastikplane gelegt. »Tut mir leid, daß du mit diesem Mißverständnis konfrontiert wirst«, sagte Reynard. »Es handelt sich nämlich um ein Mißverständnis, wobei du entscheiden mußt, ob du mir das glaubst oder nicht? Wie du vielleicht weißt, bin ich ein guter Freund deiner Frau. Nachdem ich zu Abend gegessen hatte, bin ich hier vorbeigegangen, um ihr eine Nachricht zu hinterlassen, vielleicht auch, um mal nachzusehen, ob sie schon wieder zurück ist und fand diese Leiche und diese Gerätschaften vor. Offenbar war sie in irgendwelche kriminellen Aktivitäten verwickelt, und als sie aussteigen wollte, war es zu spät.« Er deutete auf das Instrumentarium auf dem Boden und blickte entsetzt das Messer in seiner Hand an. »Ich hatte ihre Wohnungsschlüssel. Du kannst dir meine Überraschung vorstellen. Das ist einfach schrecklich, aber gut gemacht, das muß ich schon zugeben. Ich weiß, daß das ein furchtbarer Schock für dich ist.« Der Zwerg ließ jenes Wimmern hören, auf das er sich so gut verstand.

»Aber kein Grund zur Panik. Wir sind hier in New York. Solche Sachen passieren am laufenden Band. Wir müssen jetzt rausfinden, wo deine Frau steckt, und wie du ihr helfen kannst? Ich nehme an, daß man dir das hier anhängen wird. Wie willst du beweisen, daß du nicht der Täter bist? Vielleicht bist du ja der Täter. Ich glaube, es ist am besten, wenn wir dich erst mal außer Landes schaffen, und in der Zwischenzeit werde ich mich mit meinem Anwalt beratschlagen.«

Die Wohnzimmereinrichtung war ganz in Rot und Weiß gehalten, was mir im Moment äußerst passend vorkam. Ich stand in der Tat unter Schockwirkung, obgleich mein Verhalten reichlich abgebrüht gewirkt haben muß. »Haben Sie einen Verdacht, wessen Leiche das sein könnte?« fragte ich.

»Schwer festzustellen, da allem Anschein nach der Kopf fehlt«, sagte Reynard. »Du mußt auf schnellstem Wege das Land verlassen.«

»Die haben seinen Paß im Hotel zurückbehalten«, sagte der Zwerg.

»Dann holen wir ihn uns eben«, sagte Reynard, »damit wir unserem Freund helfen können. Hast du Hunger?« Ich schüttelte meinen Kopf. »Vielleicht ein wenig später«, sagte er. »Wir müssen uns jetzt überlegen, was wir mit dir machen. Hast du Geld?« Wieder schüttelte ich meinen Kopf. »Aber du kannst doch einen Scheck ausstellen?«

»Nein«, sagte der Zwerg, »sie haben kein Gemeinschaftskonto.«

»Mistkerl«, sagte Reynard.

»Nur eine Kool Kash Kard«, sagte ich.

»Wieviel Geld kannst du damit abheben?« fragte Reynard.

»Bis zu hundert Dollar.«

»Aber wenn du zu mehreren Geldautomaten gehst, kannst du bei jedem hundert Dollar kriegen.«

»Ich weiß nicht, wie diese Dinger funktionieren«, sagte ich, »aber wie Sie meinen.«

»Bei welcher Bank hast du dein Konto?« bohrte Reynard weiter.

»Rational Bank of Manhattan.«

»Du und Mikhail macht euch jetzt auf die Socken, und Jack und ich machen hier sauber. Mir wird schon was einfallen, glaub' mir. Ich laß dich nicht im Stich, da kannst du dich drauf verlassen. Dafür kann sich Mikhail verbürgen, nicht wahr, Mikhail? Mikhail ist ein berühmter Schriftsteller, ich weiß nicht, ob dir das klar ist? Im allgemeinen begeben sich Berühmtheiten nicht in Gefahr, und schon gar nicht lassen sie irgend jemanden im Stich.«

Ich nickte. Reynards grüner Anzug flackerte unheimlich in der rötlichen Wohnzimmerbeleuchtung.

Ich ging zum Aufzug, der Zwerg fügsam hinterher. Das darf doch alles nicht wahr sein! dachte ich. Mein Leben war ein einziges Chaos, ein schlechter Witz. Und jetzt hatte ich noch eine neue Frau am Hals, die anscheinend eine Mörderin war. Am liebsten wäre ich vor mir selbst geflohen.

»Wir sind hier in New York«, wiederholte der Zwerg. »Solche Sachen passieren am laufenden Band. Du kannst nichts dafür. Du mußt das halt akzeptieren und die Seile kappen, solange das noch möglich ist.«

Ich hatte eine Stinkwut auf Maria Fishburn. Wie hatte sie mir so etwas antun können?! Dennoch konnte ich nicht glauben, daß sie mich hatte hinters Licht führen wollen. Wieviel toter doch ein Mensch aussah, wenn er weiß statt rosa war! Und wieviel blutiger sah Blut auf einem weißen Teppich aus! Sehr viel hat sie sich nie aus mir gemacht, das wurde mir jetzt klar. Es sah ihr ähnlich, einen armen, dummen Wilden zu heiraten, um ihm einen Mord anzuhängen. Zuerst war es mir recht unverständlich gewesen, daß sie mich heiraten wollte, aber nun durchschaute ich sie allmählich.

»Wie fühlst du dich?« erkundigte sich der Zwerg.

Wie ich mich fühlte? Wie ein nervöser Idiot fühlte ich mich. Wir irrten durch die Straßen und versuchten, die Rational Bank of Manhattan zu finden, zu welchem Zweck, hatte ich vergessen. Ein Insekt flog mir ins Auge. Ich rieb mir das Auge wie verrückt, aber der Schmerz ließ kaum nach. ›Oh, Jackie Kennedy Onassis‹, betete ich, da ich in meiner Notlage plötzlich religiös wurde und an ihr kleines Bild denken mußte, das ich in einem Fetischbeutel um meinen Hals trug, ›bitte laß mich aufwachen und feststellen, daß das alles nicht wahr ist.‹

»Das ist doch alles nicht wahr«, sagte ich.

»Leider doch«, erwiderte der Zwerg. »Ich habe versucht, dich zurückzuhalten, erinnerst du dich?«

»Ich weiß«, sagte ich. »Laß mich in meiner Hängematte neben dem Mount Bawwaar-Yaas aufwachen, laß mich als gewählter Häuptling der Lesser Pimbas in meinem Haus auf New Burnt Norton aufwachen, und ich verspreche Ihnen, daß ich meinen Mund halten und nicht mehr um ein Leben betteln werde, das einfach eine Schuhnummer zu groß für mich ist.«

»Mmm«, sagte der Zwerg nachdenklich und zündete sich eine gelbe Zigarette an.

Dann geschah etwas Seltsames: ich sah einen Gegenstand auf dem Trottoir liegen, bückte mich und hob ihn auf. Kein Zweifel, und der Zwerg stimmte mir zu, es handelte sich um eine tadellos erhaltene Spitze eines Indianerpfeils. Wo war die bloß hergekommen? Das hatte etwas zu bedeuten, obwohl der Zwerg hartnäckig die Ansicht vertrat, ein Sammler indianischer Pfeilspitzen hätte das versehentlich fallen lassen. »Moment mal«, sagte ich, »war diese Insel nicht einst von amerikanischen Indianern bewohnt?« Der Zwerg nickte widerwillig.

Ein paar Minuten lang fühlte ich mich ein wenig besser. Dann wurde ich wieder von quälenden Gedanken heimgesucht. ›Parker Junius, wie gelingt es dir nur, zu überleben?‹ sprach ich im stillen und mußte daran denken, daß er seinen Posten als Kurator des Museums für primitive Kulturen lediglich seiner aufgeblasenen Unzulänglichkeit verdankte. Dann fiel mir ein, daß er einen Herzinfarkt gehabt hatte und im Krankenhaus lag. Aber im Vergleich zu mir ging es ihm vermutlich noch gut.

Mein Leben war ruiniert. Wenn ich früher auch nicht glücklich war, so war ich wenigstens nicht unglücklich gewesen. Neben mir stapfte der Zwerg, ein Wesen ohne Saft und Kraft, das ich einfach mochte, und der versuchte, mich zu dem Kool Kash Geldautomaten der Rational Bank zu lotsen.

Der erste Automat, den wir erreichten, war außer Betrieb. Er war total demoliert. Anstelle des Schlitzes für die Kreditkarte klaffte ein gähnendes Loch, als hätte jemand versucht, das ganze Geld zu rauben. Außerdem war er von oben bis unten mit Exkrementen oder alter Pizza vollgeschmiert. »Wo ist der nächste Automat?« fragte der Zwerg.

»Ich glaube, ungefähr sechs bis acht Ecken weiter unten«, sagte ich. In meinem Kopf brodelten verzweifelte Gedanken, und ich sehnte Geld und meinen Paß herbei, um aus dem Land fliehen und den ganzen Schlamassel vergessen zu können. Ich würde meine Kool Kash Kard vierhundertfünfzig Mal benutzen, bis ich genug Hundert-Dollar-Scheine zusammen hatte, um in der Lage zu sein, die Hotelrechnung zu bezahlen, meinen Paß auszulösen und ein Flugticket nach N B N zu kaufen. So schritten wir zum nächsten, betriebsbereiten Automaten, und ich sprach laut aus, was mir durch den Kopf ging: »Tiere brauchen sich um nichts Sorgen zu machen.«

»Das stimmt«, sagte der Zwerg, »sie wissen nicht, daß sie sterben müssen.«

»Wie erklären Sie sich dann die Elefantenfriedhöfe?« entgegnete ich.

»Reine Instinktsache«, sagte der Zwerg.

»Menschen, jedoch«, sagte ich, »machen sich Sorgen um den Tod.«

»Für dich sind das neuzeitliche Vorstellungen«, sagte der Zwerg. »Ich bin überzeugter Epikureer. Mach dir nicht so viele Sorgen. Wir pauken dich da raus. Glaube mir.«

Die Luft duftete herrlich nach jungen Frühlingszwiebeln.

Liebte ich Maria Fishburn? Auf unseren primitiven Inseln kannte man das Gefühl der Liebe nicht. Liebe ist etwas Fremdes, etwas für die hochzivilisierte Welt. Bei den Lesser Pimbas drehten sich die Gefühle um andere Dinge: Essen, Hunger, Kleidung. Schön, manchmal wurde fünf oder zehn Minuten lang um den Tod eines Freundes oder Kindes geweint. Doch mußte ich immerfort an sie denken: ihr Haar war wie Glas, das bei der leisesten Berührung zerbrach, ihre sanften Augen waren die eines Seehunds, hinter ihrer komischen Krankenkassenbrille. Sie hatte sich nämlich nie an Kontaktlinsen gewöhnen können, auch an die weichen nicht, die nach ihrer Rückkehr aus New Burnt Norton auf den Markt gekommen waren und sich großer Beliebtheit erfreuten. Und jetzt hatte ich das Gefühl, daß mir die Zeit verrann. Es war, als flutschte mir etwas Glitschiges aus den Fingern, jetzt, während meiner letzten Stunden in den Vereinigten Staaten. Es wehte ein leichter Wind. Der Duft eines billigen Parfums hatte den der Frühlingszwiebeln übertüncht. Ich hörte das dumpfe Grollen der U-Bahn. Die Bäume winkten zögernd mit ihren buntgesprenkelten Fingern. Wollte ich tatsächlich all das verlieren, um es gegen mein Dschungelleben einzutauschen?

Der nächste Automat schien in Ordnung zu sein, und der Zwerg zeigte mir, wie ich die Karte einführen mußte, wie ich meine Geheimnummer einzuspeisen hatte und das Kennwort, das mir Maria einmal zugeflüstert hatte: SCHWERTFISCH. Aber der gnadenlose Automat schluckte meine Karte und gab sie nicht mehr frei. Der Zwerg war den Tränen nahe und bearbeitete das Ungetüm mit seinen Fäusten, aber der Automat lächelte nicht einmal, und meine Karte war futsch. Ich schlug dem Zwerg vor, mit ihm in seine Wohnung zu gehen, um ein wenig zu schlafen, da ich sehr müde war. Mit meinen fünfundfünfzig Jahren war meine Jugend nun vielleicht wirklich vorüber.

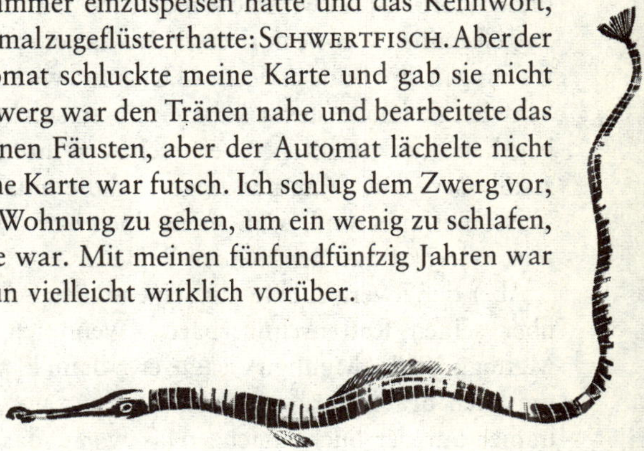

In mir verspürte ich einen gewaltigen Druck, trommelnd und heulend, als wollte etwas in meinem Inneren mit aller Gewalt nach draußen. Und wir gingen durch die blasse Nacht. Der Zwerg neben mir war aufrichtig deprimiert, daß ich meiner letzten Stütze, der Kool Kash Kard, verlustig gegangen war und er mühte sich, mit mir Schritt zu halten. Unschuldig und dumm wie ich war, konnte ich damals noch nicht ahnen, daß sein scheinbar spontanes Verhalten lange und sorgfältig geplant war. »Hey«, sagte Mikhail außer Atem, »warte auf mich.«

Ich blieb sofort stehen und sagte: »Tut mir schrecklich leid, mein Freund, verzeihen Sie mir, ich bin nicht mehr ich selbst. Hier bin ich nun, fünfundfünfzig Jahre alt, und sitze bis zum Kragen in der Patsche. Das gehört sich nicht für einen Amerikaner, ich nehme doch an, daß ich noch immer amerikanischer Staatsbürger bin.« Ich mußte dauernd überlegen: wem gehörte dieser Körper, und wo steckt meine Frau? In welche furchtbare Angelegenheit war sie nur verstrickt, daß ein derart verstümmeltes Ding in ihre Bude geriet? »Maria muß wirklich ganz schön in Schwierigkeiten gesteckt haben, um ein solches Verbrechen zu begehen oder ein solches Verbrechen in ihren Räumlichkeiten zuzulassen. Da Stammeskriege nicht einmal in New Burnt Norton erlaubt sind, müßten sie doch hier erst recht verboten sein, oder?« fragte ich meinen Begleiter.

Aber der Zwerg zuckte nur seine müden Schultern und strich über seinen Rattenschnurrbart. »Wenn ich es richtig sehe, Mgungu Yabba Mgungu«, sagte er, »dann kämpft etwas in dir, um nach draußen zu gelangen. Du hast nie gemerkt, daß du immer auf der Suche nach etwas warst, das du nie verloren hattest.« Und er zog sein elegantes Zigarettenetui aus der Tasche.

Kaum hatte er diese Worte gesprochen, war es mir, als löste sich eine Schlinge um meinen Hals. »Aber!« sagte ich und packte den Zwerg bei den Schultern und drehte ihn von Angesicht zu Angesicht. »Aber genau! Wie konnten Sie das nur wissen?!« Der Zwerg lächelte weise. »Da!« sagte ich. »Das möchte ich Ihnen schenken!« Ich legte meine Kiefernknochenkette ab und wollte sie dem Zwerg um den Hals legen, aber der wich geschickt zur Seite. »Behalte das mal ruhig, ich hab' schon genug Alpträume«, sagte er.

»Was?« fragte ich überrascht. »Ihnen gefällt dieser Kiefer nicht?« Und ich hielt ihm den Knochen vors Gesicht. »Sehen Sie nur, wie glatt und poliert er ist, gelber Seide gleich. Ich gebe ja zu, daß er hier und dort ein wenig zerfressen und fleckig ist, möglicherweise wegen der Umweltverschmutzung. Dennoch in seiner Art vollendet. Sehen Sie nur, an beiden Enden habe ich mit unendlicher Mühe und primitivem Werkzeug je ein Loch gebohrt – glauben Sie mir, ich hatte nicht einmal einen einfachen Handbohrer, wie man ihn in jedem Werkzeugladen kaufen kann, sondern mußte die bejahrte Ahle meines Großvaters benutzen, derart pleite war ich auf New Burnt Norton.« Dann holte ich meine indianische Pfeilspitze hervor. »Sehen Sie die Ähnlichkeiten?« fragte ich. »Das wurde auch allenfalls mit einem Kieselstein bearbeitet und hat unberührt die Zeiten überlebt. Eine halbe Ewigkeit hat sie hier geruht. Wie war das möglich? Von der Zeit vergessen, schlummerte sie dahin. Wie durch das Loch eines Spinnennetzes ist sie aus einer anderen Epoche zu uns gelangt.«

»Durchaus möglich«, sagte der Zwerg. »Möglich.« Aber er hatte seine Zweifel. »Mein Arzt entwickelt zur Zeit ein Mittel, um Schamhaare zu regenerieren. Mein Arzt sagt, die Menschen fühlen sich älter, wenn sie ihre Schamhaare verlieren. Mehr noch, als wenn sie ihr Kopfhaar verlieren. Die Menschen brauchen einfach einen soliden Büschel Schamhaar. Dennoch arbeitet mein Arzt nicht nur daran, das Schamhaar zu regenerieren, sondern auch das Kopfhaar und den Bartwuchs. Seiner Meinung nach ist es nur eine Frage der Zeit, bis die Wissenschaft ein Mittel gefunden hat, das es dem menschlichen Körper ermöglicht, gut zweihundert Jahre zu leben, da wir lediglich an Degeneration sterben, und das sei leicht zu beheben.«

»Denken Sie nur daran, wieviel mehr Fehler man in einer solchen Zeitspanne machen kann«, stöhnte ich.

»Jetzt hör schon auf!« sagte der Zwerg. »Das ist die falsche Einstellung. Dagegen mußt du unbedingt was unternehmen, Mgungu. Wir sind hier in New York. Solche Sachen passieren einfach. Es will mir einfach nicht in den Kopf, daß du als Kannibale und mit deinem unterentwickelten Gefühlsleben, dir das so zu Herzen nimmst. Für mich sind das auch völlig neue Erfahrungen, obwohl ich schon einiges hinter mir habe. Ich habe schwangere Meuchelmörderinnen interviewt, und ich habe mit einem Killer kurz vor seiner Hinrichtung geschlafen, um dann zuzusehen, wie er auf dem elektrischen Stuhl zu Tode kam. Und ich habe gesehen, was diese Toten hinterlassen, ich habe den Raum hinter dem elektrischen Stuhl gesehen, wo die Besitztümer dieser Ermordeten – denn sie werden ermordet, Mgungu, wir haben sie getötet, du und ich – für niemanden herumliegen, ihre *Encyclopaedias Britannicas* und ihre Babyfotos, die Kondome, die sie nie mehr benutzen werden und die Zeitungsausschnitte, die sie so sorgfältig aufbewahrt hatten. Ja, das ist gewöhnlich ihr liebster irdischer Besitz – es ist kaum zu glauben, wie liebevoll sie jeden Artikel über ihre Verbrechen gesammelt haben, wie sauber diese Artikel ausgeschnitten und in ein Album eingeklebt sind, als wären diese Zeitungsberichte der einzige Beweis ihrer Existenz. Und erst ihre Volksschulzeugnisse und alten, vergilbten Briefe, die Reste eines Verbrecherlebens. Dafür haben sie ein extra Zimmer, Mgungu, ein extra Zimmer gleich hinter dem Raum mit dem elektrischen Stuhl. Eine Art museales Warenlager der Toten. Ich wette, die könnten sogar Eintritt verlangen – es gibt mehr Leute als man denkt, denen es Spaß machen würde, sich diesen Schrott anzugucken. Und der Steuerzahler müßte nicht so viel blechen, nur um einen dieser Kriminellen hopsgehen zu lassen. Es kostet nämlich mindestens tausendfünfhundert Dollar, jemanden auf dem elektrischen Stuhl hinzurichten, und selbst dann sind sie zu nichts nütze, da der Strom die inneren Organe beschädigt, so daß sie nicht mehr für Transplantationen verwendet werden können.«

»Was hat das mit mir und meiner mißlichen Lage zu tun? Ich dachte, Sie wollten mir einen Rat geben«, sagte ich ein wenig verärgert.

»Nun ja, wenn ich das Geld hätte, würde ich jetzt zum Hotel gehen und dich außer Landes schaffen, da ich weiß, wie sehr du leidest. Ich gehöre nicht zu denen, die ihr Geld horten. Wenn ich Geld habe, schenke ich es meinen Freunden. Aber wir sollten jetzt über dich reden. Du mußt mir nur versprechen, mir jetzt auch die Wahrheit zu sagen.«

»Ja natürlich«, sagte ich. »Aber die Wahrheit worüber? Und warum?«

»Es mag sich später als nützlich erweisen. Ich möchte, daß du mich als deinen besten Freund betrachtest.«

»Gerne!« sagte ich und fühlte mich sehr geschmeichelt. Ich bewunderte seinen überdimensionalen Kopf und seine zierlichen Füße. Um ehrlich zu sein, ich hatte während meines ganzen Erwachsenenlebens keinen guten Freund und in meiner Kindheit überhaupt keinen Freund gehabt, da ich mich auf New Burnt Norton nur mit sehr wenigen Leuten verstanden habe. Daher war ich an geselligen Umgang mit anderen nicht gewohnt. Zu meinen Frauen hatte ich kein freundschaftliches Verhältnis, da sie mit mir kaum etwas gemein hatten.

Aber als ich ihm versprach, mich als seinen besten Freund zu betrachten, hätte ich an meine Freunde Joey und Kent Gable denken sollen und viele andere, die ich während meines Aufenthalts gewonnen hatte, Maria Fishburn eingeschlossen. Nur weil ich mich geschmeichelt fühlte, hatte ich an ihnen, ohne es zu wollen, Verrat begangen und es geschah mir recht, daß ich dafür bestraft wurde. In meinem Alter hätte ich allmählich kapiert haben müssen, daß Loyalität und Integrität und so keine leeren

Floskeln waren. Joey hatte zwar das Wort Freund nie in den Mund genommen, aber ich hätte mich seiner erinnern und mich an ihn wenden sollen. Er hätte mich bestimmt gerettet. Statt dessen hatte ich ihn völlig vergessen. Ich hätte mich sogar an Parker Junius wenden können, obwohl er im Krankenhaus lag, oder ihm wenigstens ein paar Blumen schicken können, obwohl er vermutlich nicht gut auf mich zu sprechen war, da ich meine Hotelrechnung nicht bezahlt hatte. Doch waren diese Leute wie weggeblasen aus meinem Gedächtnis, derart fasziniert war ich von meiner neuen Bekanntschaft, dem berühmtem Zwerg und dem gefährlichen Reynard.

»Verstehe mich jetzt bitte nicht falsch«, sagte der Zwerg, »du kannst gerne bei mir übernachten, aber ich muß dir vorher gestehen, daß ich dich äußerst attraktiv finde – als Mensch wie als Mann.«

»Tatsächlich?« sagte ich. Es schockierte mich fast, daß mich jemand attraktiv finden konnte. Seltsames Leben! Mein Dasein, das früher in einer geradlinigen, klaren und langweiligen Bahn verlaufen war, geriet plötzlich ins Schleudern. Was war oben, was war unten? Die Gebäude zerbarsten und die Trottoirs hätten ebensogut der Himmel sein können. Und als sei es ein gräßlicher Witz, kamen wir auch noch an einem gigantischen Haufen Fleisch vorbei, roh und blaßrosa. Kiloweise lag es da, neben einer Reihe überfüllter Mülltonnen. Das war Fleisch von mindestens einem halben Ochsen oder was weiß ich, ein riesiger Berg, auf dem massenhaft gefrorene Erbsen lagen, mattgrün und runzelig, wie gefrorene Erbsen halt oft sind. »Sehen Sie das?« sagte ich. »Was zum Teufel soll dieses ganze Fleisch hier?« Das war noch viel eigenartiger als das plötzliche Auftauchen der indianischen Pfeilspitze, wofür sich ja eine einfache Erklärung hatte finden lassen.

Der Mund des Zwergs zog sich wie eine Dörrpflaume zusammen. Dann fing der Zwerg zu heulen an. »Du gehst jetzt besser«, schluchzte er.

»Was?« fragte ich.

»Bitte, geh«, sagte er. »Oh, ich fühle mich so schuldig. Du mußt abhauen, solange du noch kannst.«

»Was meinen Sie damit?« fragte ich.

»Nichts«, sagte Mikhail. »Kümmere dich nicht um das, was ich sage. Gut, bis später dann. Hier ist meine Wohnung, das heißt, ich wohne hier nur zur Untermiete, bis ich es mir wieder leisten kann, in meine Eigentumswohnung zu ziehen, die sogar noch größer ist, als die von Maria. Tut mir leid, aber ich kann dich nicht bitten, mit hochzukommen. Ich kann's einfach nicht mehr ertragen.«

»Aber warum denn?«

»Manche Leute kann ich einfach nicht um mich haben. Nimm das nicht persönlich, aber ich bin ein gefühlsbetonter und sensibler Mensch. Ich hoffe nur, daß du mich dereinst verstehen und im Laufe der Zeit immer mehr bewundern wirst.« Als wir an einem Baum vor seinem Haus vorbeikamen, blieb er stehen und gab ihm einen festen und schwermütigen Tritt mit seinen Kinderstiefelchen. Inzwischen war die Nacht vorbei, der Morgen dämmerte, und die Sonne ging auf.

»Na gut«, sagte ich, da mir das Verhalten des Zwergs äußerst rätselhaft erschien. Warum hatte er bloß diesen wehrlosen Baum getreten? Das tat mir in der Seele weh. »Wenn Sie mich wirklich nicht ausstehen können, muß ich wohl gehen.«

Ich war total deprimiert und wußte nicht, was ich machen sollte. Außerdem besaß ich keinen Penny mehr, und der ganze Trubel hatte mich ganz schön ausgehungert. Zunächst strich ich durch den Central Park, in der Gegend des Zoos und des Karussells, und las Erdnüsse und alte Kartoffelchips vom Boden auf.

Viele Leute müssen wohl gedacht haben, ich sei ein Clown oder sonst irgendein Schausteller, und es stimmte ja auch, mit meinem nackten, bemalten Oberkörper, den Nashornkäfern auf meiner Nase und der Feder in meiner krausen Frisur erinnerte ich an einen weißgeschminkten Mimen, einen Feuerschlucker oder an einen mittelalterlichen Musikanten. »Schau mal den Clown, Anita!« machte eine Mutter ihr Kind auf mich aufmerksam. Traurig hielt ich der Kleinen meine Hände entgegen, und die gluckste vor Lachen und reichte mir ihre Schachtel mit Pfefferminzpastillen. Dann aber wußte sie nicht mehr so recht, ob sie weiterlachen sollte, da ich mir den ganzen Inhalt der Schachtel in den Hals schüttete. Das Rumoren im Magen wollte jedoch nicht aufhören. Ich fand eine halbe, überreife Banane, und kurz darauf traf ich auf ein Kind, das augenscheinlich von seinen Eltern kurz alleingelassen worden war und einen senf- und spuckebeschmierten Hotdog hatte. Das Kind sah mich einen Moment lang erstaunt und fasziniert an, als ich mich bückte und so tat, als wolle ich es am Kopf tätscheln, mir dann aber blitzschnell den Hotdog schnappte und ihn mit zwei hungrigen Bissen verschlang. Augenblicklich, als hätte ich einen Stöpsel herausgezogen, brach das Kind in Tränen aus. Am liebsten hätte ich dem Knirps auch noch seinen roten Ballon abgenommen, aber als ich zwei Figuren wie attackierende

Wasserbüffel auf mich zustürmen sah, machte ich kehrt und ergriff die Flucht.

Danach konzentrierte ich mich auf das Einfangen dieser langsamen und schwerfälligen Tauben, die bei den Bänken und zwischen den Füßen der Spaziergänger umherwatschelten. Jedesmal wenn ich einer nahe genug gekommen war, um sie mir zu schnappen, flatterte sie mit geradezu erstaunlicher Geschwindigkeit davon. »Was macht denn der da?« fragte eine spindeldürre Frau ihren Mann. »Leonard? Siehst du das?« sagte sie, als ich mich auf allen vieren einer größeren Gruppe Tauben näherte.

Schließlich entwickelte ich eine neue Jagdmethode: ich knüpfte eine Schlinge mit einer Schnur, die ich einem Netzbeutel entnommen hatte und legte sie auf eine Stelle, wo alte Frauen und gebrechliche Männer die Tauben mit Brotkrumen fütterten, und sollte dann eine in die Schlinge treten, würde ich sie zuziehen können.

Die Tauben näherten sich immer mehr meiner Falle, und endlich tappte ein besonders fettes Exemplar mit einer Klaue in die Schlinge. »Juchheißa!« rief ich, zog die Schlinge zu und erwischte die Taube am Bein. Sie kippte um und kreischte wie am Spieß, was die alten Damen aufschreckte, die sogleich zu mir stoben, und eine schien besonders verärgert zu sein und pfiff mich wütend an: »Sir, lassen Sie diesen Vogel in Ruhe! Lassen Sie sofort diesen Vogel frei, oder ich rufe den Polizisten da drüben!«

Die anderen Damen hatten einen Kreis um mich gebildet, als wollten sie mich zu Tode picken, sie sagten Sachen wie: »Sie sollten sich was schämen! Ein erwachsener Mann wie Sie und eine arme, wehrlose Taube!« Und: »Dieser Mann ist nicht normal! Oh, welch eine entsetzliche Welt! Er gehört hinter Gitter!« Ich hatte keine andere Wahl und ließ die Taube frei. Dann schlenderte ich davon und sagte nur noch: »Mit dem Vogel stimmte was nicht. Ich hab' ihn nur gefangen, um ihn gesund zu pflegen.« Und ich las am Wegesrand eine Brotkruste auf, die jemand den Tauben und Spatzen hingeworfen hatte.

Schließlich kam ich an einem knorrigen Baum vorbei, der durch ein Schild als SILBERAHORN ausgewiesen war und an dem ein einsamer Gitarrist lehnte, vor sich eine violette Decke ausgebreitet, die mit Münzen und Scheinen bedeckt war. »Du machst uns Schande«, sagte er. »Warum kommst du nicht mit dir selbst ins reine, anstatt die Vögel zu quälen? Ich habe dich beobachtet. Du bist neu hier, darum gebe ich dir einen guten Rat. Laß die Vögel und die Leute in Ruhe, Freundchen. Wir halten hier alle zusammen, und wenn du uns Schande machst, bedeutet das nur Ärger. Dann schmeißen wir dich lieber aus dem Park, verstanden?« Dann nahm er wieder seine Gitarre zur Hand, zupfte einen scheppernden Akkord und sang: »Bangladesh, Bangladesh, I've never seen such a mess, all those people dying.« Fast augenblicklich warf ihm ein zierlicher Passant ein Fünfzig-Cent-Stück auf die Decke, der Gitarrist nickte ihm zu und sang weiter.

Dann sah ich in der Nähe einer Wiese mit Baseballspielern eine Schar Eichhörnchen, und mein Magen knurrte in freudiger Erwartung. Ich heuerte ein paar Jungens an und animierte sie, Steine auf die Tiere zu werfen, aber da ich jahrelang nur gefaulenzt hatte und Jagen auf New Burnt Norton verboten war, mal abgesehen davon, daß alle einheimischen Tiere ausgestorben waren, hatten meine Jagdkünste bös nachgelassen, und die Eichhörnchen erwiesen sich als viel zu schnell für mich.

Auch die Jungens verloren bald das Interesse.

Später sah ich ein recht betagtes Eichhörnchen, das große Mühe hatte, einen ROTEICHE genannten Baum hochzuklettern.

Es war ein ziemlich trauriges Exemplar, und während es sich abrackerte, blickte es mich mißtrauisch aus seinen glasigen Augen an. »Put put put«, sagte ich, »komm schön her, mein Bärchen.« Und als es sich auf einem Ast niederließ, um seinen Backenbart zu putzen, stieß ich einen Freudenschrei aus und zog ihm mit einem Stock eins über.

Das Eichhörnchen plumpste zu Boden, und ich prügelte so lange auf es ein, bis sein kleiner Körper übel zugerichtet und zitternd auf dem schlammigen Frühlingsboden liegen blieb. Sein Schwanz zappelte erbärmlich hin und her. Ich hatte eine Mahlzeit erlegt und beugte mich begierig vor, um sie aufzuheben. Aber leider hatte ich das Eichhörnchen doch nicht so sehr lädiert wie ich angenommen hatte, denn als ich es hochhob, regte sich wieder etwas Leben in ihm, und es biß mich mit aller Kraft in die Hand, haute seine Raffzähne in die fleischige Stelle zwischen Daumen und Zeigefinger.

»Jauuuul!«, schrie ich auf und schüttelte das Eichhörnchen ab, warf es wieder zu Boden, wo es wild zu piepsen und wie besessen um den Baumstamm zu rasen begann. Ich versuchte, ihm den Weg zu verstellen. Auf allen vieren kroch ich um den Baum und bot alles auf, um dieses Nagetiers habhaft zu werden.

Mittlerweile aber, von mir und dem Eichhörnchen unbemerkt, hatte sich ein Polizist genähert. »Was geht hier vor?« fragte er drohend, und ich blickte zu ihm auf. »Warum lassen Sie dieses Tier nicht in Ruhe? Haben Sie's mit Eichhörnchen, Sie Perversling, oder was?«

»Herr Wachtmeister«, sagte ich, »irgend etwas stimmt mit diesem Eichhörnchen nicht, vielleicht ist es krank. Ich kam hier vorbei und sah ein paar Kinder, die mit Steinen rumalberten. Ich glaube, da hat es was abgekriegt.«

Der Polizist sah mich freundlich an und sprang zur Seite, als das Eichhörnchen auf seine Füße lossteuerte. »Ja«, sagte er, »Sie mögen recht haben. Gott, diese Kinder. Was soll ich machen? Ich könnte den Tierschutzverein anrufen, aber die würden wohl nicht einmal herkommen. Ist ja nur ein Eichhörnchen. Ich wüßte sowieso nicht, was die tun könnten?«

»Armes, kleines Ding«, sagte ich.

»Ja«, sagte der Polizist, »es ist eine Sünde. Wenn man eine Zeitlang in dieser Stadt gelebt hat, gewöhnt man sich an alles. Die meisten Leute würden wegen so eines Eichhörnchens nicht einmal stehen bleiben. Sie sind nicht von hier, oder? Was Sie da anhaben, ist so 'ne Art Eingeborenentracht?«

»Ja, ich bin aus der Gegend von Neuguinea.«

»Tatsächlich? Ich habe einen Cousin, der dort stationiert ist. Er heißt Mitch Sawyer, vielleicht kennen Sie ihn. Hören Sie, ich weiß wirklich nicht, was ich für dieses Tier tun kann?

»Vielleicht ist es am besten, wenn man es von seinem Leid erlöst.«

»Völlig richtig. Obwohl das sicher nicht einfach ist, es zu fangen, meine ich.«

»Ach wo, so was haben wir gelernt. Ich hau' ihm einfach eins über den Schädel.« Und als es wieder vorbeigerast kam, zog ihm der Polizist seinen Schlagstock über den Kopf und es kippte tot vor seine Füße. Dann schob er es behutsam mit seiner Schuhspitze zur Seite und ehe er mich davon abhalten konnte, hatte ich es beim Schwanz gepackt und aufgehoben. »Lieber nicht anfassen, Sie könnten sich Flöhe oder die Beulenpest oder sonstwas fangen«, sagte er. »Wer weiß, wo diese Ratten überall rumwühlen? Obwohl ein Eichhörnchen etwas anderes als eine Ratte ist, oder? Eine Ratte mit einem Schwanz? Geben Sie's mir her, ich nehme es mit und werfe es irgendwo weg, wo niemand drankommt.«

»Nicht nötig«, sagte ich. »Da ich es nun schon mal angefaßt habe, besteht kein Grund, daß Sie sich auch noch infizieren. Ich suche nur was, worin ich es einwickeln kann, dann werfe ich es weg, so daß niemand drankommen kann.«

»Meinetwegen«, sagte der Wachtmeister und schlenderte davon. »Übrigens, ich habe das bestimmt schon tausend Mal gesagt, Sie sollten sich nachts wirklich nicht im Park aufhalten. Es wird spät. Warum gehen Sie nicht einfach nach Hause?«

Bei diesen Worten brach ich beinahe in Tränen aus, da mir klar wurde, daß ich kein Zuhause hatte und mich nirgends hinwenden konnte. »Auf Wiedersehen«, rief ich, »und schönen Dank.« Ich blickte ihm dankbar nach und fing an, dem Eichhörnchen das Fell zu rupfen und es mit meiner Pfeilspitze auszuweiden. Ich schaffte es, dem Tierchen zwei hübsche, kleine Filets abzulisten, jedes knapp einen Bissen groß. Dann schaufelte ich mit meinem Messer etwas Erde auf die Eingeweide und krabbelte den Pfad zu einer kleinen Höhle hoch, die ich zwischen ein paar Findlingen entdeckt hatte. Dort häufte ich einige Stöcke und Zweige aufeinander und machte ein Lagerfeuer. Ich drehte das Eichhörnchen in den Flammen, bis es gut durchgebraten war. Es schmeckte ausgezeichnet, und ich wünschte, es wäre mir gelungen, noch ein Dutzend mehr zu fangen. Mit knurrendem Magen stampfte ich das Feuer aus, bis nur noch warme Glutasche übrig war, neben die ich mich legte, um etwas Schlaf zu erhaschen.

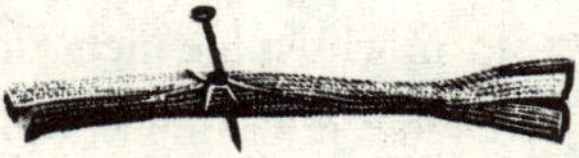

Als ich kurz nach sechs Uhr erwachte, machte ich mich ohne besonderen Anlaß auf den Weg in die Stadt. Wie anstrengend war es doch, dachte ich, ohne Banknoten in der zivilisierten Welt zu überleben. Ich wäre sogar zu irgendeinem Bubenstück bereit gewesen, hätte ich nicht in der Nähe des Columbus Circle einen Mann gesehen, der mit einem Zehn-Dollar-Schein in der Luft wedelte und rief: »Kommunisten! Scheißkommunisten!«

Ich ging zu ihm. »Sir, möchten Sie nicht dieses Geld mit mir teilen?« fragte ich. »Zehn Dollar sind genug, um sie teilen zu können, und wir sind hier doch alle Amerikaner und Freunde.«

Der Mann sah mich wild an; ich fragte mich, ob er an Tollwut oder amaurotischer Idiotie litt. »Sind Sie Kommunist oder Kapitalist?« wollte er wissen.

Ich dachte darüber eine Zeitlang nach. »Da wo ich herkomme, kann man in gewissem Sinn von einer Kommune sprechen«, sagte ich. »Weil wir alle zum Wohle der Gemeinschaft arbeiten.« Der Mann steckte den Geldschein ein. »Aber andererseits, da ich der Präsident und gewählte Häuptling bin, arbeitet in Wirklichkeit jeder für mich.« Der Mann drückte mir den Schein in die Hand.

»Nehmen Sie das Geld!« sagte er. »Töten Sie die Kommunisten!«

Ich muß in der Zivilisation klüger geworden sein, denn ich nahm das Geld, ohne sein Verhalten in Frage zu stellen und zog meiner Wege.

In dem von der Hitze aufgeweichten Teer klebten ausgespuckte Kaugummis. Überall stank es nach Kotresten, die auf den Trottoirs und Rinnsteinen klebengeblieben waren, nachdem die Leute die Haufen ihrer Hunde weggewischt hatten, eine eigenartige Sitte. Die Bäume mit ihren dürren Zweigen sahen wie dünne Menschen aus, die aus dem Boden wuchsen, und die Gesichter der Frauen waren nicht morgenfrisch, sondern schon jetzt von dem Make-up verunziert, das über ihre Wangen lief. Ein komisches Gefühl, daß irgendetwas auf schreckliche Weise nicht stimmte, beschlich mich.

Ich schlenderte noch immer die Straße in Richtung Süden hinunter, das Gehupe und Getute der Taxis in meinen Ohren, und einer gähnenden Leere im Magen, aber wenigstens hatte ich jetzt ein wenig Geld, um mir eine Kleinigkeit kaufen zu können. In einer Seitenstraße sah ich einen Hickory House Coffee Shop und ging rein. Ehe ich mich auf einem der Kunstlederstühle niederlassen konnte, um eine Tasse Kaffee zu bestellen, schnarrte der Besitzer oder Koch: »Tut mir leid, Sie dürfen hier nicht bleiben.«

»Was«, fragte ich erstaunt. Er konnte unmöglich mich meinen, wahrscheinlich galten seine Worte einem jener bedauernswerten Stadtstreicher, die eine Gabe hatten, immer da aufzukreuzen, wo sie nicht willkommen waren. Ich drehte mich sogar um, aber obwohl das Lokal ziemlich voll war, hatte er eindeutig mich gemeint. »Was?« wiederholte ich. »Ich glaube, ich habe Sie nicht verstanden.«

»Hören Sie, ich möchte keinen Stunk machen, aber ich ruf' die Bullen, wenn Sie nicht gehen. Kommen Sie heute abend um zehn Uhr wieder, dann werfen wir die Essensreste fort. Machen Sie schon, ich helfe Ihnen auf.« Ich hatte mich nämlich auf einen Stuhl fallen lassen. Er sah sogar ganz freundlich aus, und von seinen fleischigen Händen troff die Frühstücksbutter.

»Mir aufhelfen?« sagte ich und traute noch immer meinen Ohren nicht. »Mir aufhelfen?! Nein, vielen Dank!« Und bestürzt und niedergeschmettert ging ich wieder auf die Straße. Nach kaum zwei Schritten mußte ich mich schon ausruhen und meinen Kopf gegen die kühlen Fensterscheiben des Hickory

House Coffee Shops lehnen. Die Gäste glotzten mich mit ihren offenen Mäulern wie Goldfische in einem Aquarium an. Mir tat der Kopf weh und ich taumelte vor Erschöpfung, aber dann gelang es mir doch, mich aufzuraffen und meine ziellose Wanderung fortzusetzen.

Vor mir tauchte jetzt ein riesiger, drei Stockwerke hoher McDonald's auf. Wenigstens hier wäre ich willkommen. Ich stellte mich drinnen geduldig an, um eine Portion gebackener Kaldaunen zu kaufen, Egg McMuffin genannt. Das Ganze schüttete ich mit Ketchup zu. Im Preis inbegriffen waren noch eine Tasse Kaffee und ein Obstsaft, der, wie mir der Mann hinter mir erklärte, aus einer Mischung aus Sägemehl und Bananenschalen hergestellt war, versetzt mit lila Farbstoff und künstlichem Geschmack.

Dergestalt ausgerüstet, nahm ich mein Tablett und setzte mich auf einen kleinen Plastikstuhl an einen noch kleineren Tisch. Die gekühlte Luft war reich geschwängert mit den Düften abgestandener Hamburgersauce, alten Bratenfetts und geschmorter Gedärme, und obgleich ich solche Gerüche normalerweise wirklich mochte, wurde mir jetzt plötzlich schlecht davon. Die Wände des Raums entwichen mit einem Mal in die Ferne, um dann gleich darauf auf mich zuzuschießen. In meinem Kopf dröhnte es immer lauter. Dann wurde mir schwarz vor Augen.

Mein Kopf kippte zur Seite, gefolgt vom Rest meines Körpers. Vielleicht hatte ich Schüttelfrost, vielleicht waren es Spätfolgen der Verletzung, die mir hinter Joeys Pizzeria zugefügt worden war, vielleicht hatte ich eine Eichhörnchenvergiftung, vielleicht waren es die Auswirkungen meines emotionalen Traumas – fest stand nur, daß mir die Sinne schwanden.

Als ich erwachte, lag ich auf dem Boden, und die frühstückenden Kunden blickten desinteressiert auf mich hinab. »Mein Essen!« rief ich und sprang von meinem Stuhl auf. »Wer hat mein Egg McMuffin genommen?« Aber ach, alles, was ich erstanden hatte, war verschwunden.

Ein sonnengebräunter Mann mit Spazierstock und Melone

war jedoch so liebenswürdig, mir eine Tasse Kaffee zu spendieren. »Setzen Sie sich, mein Lieber, Sie müssen sich mehr Ruhe gönnen. Wann haben Sie zum letztenmal was gegessen? Machen Sie doch einfach mal eine Entziehungskur.«

»Was?« sagte ich wütend. »Sie halten mich wohl für einen Säufer?« Und ich versuchte, wie früher die Zähne zu fletschen, brachte aber nur ein jämmerliches Stöhnen zuwege.

»Ist ja schon gut, ist ja schon gut«, sagte der Mann, »ich hab's nicht so gemeint.« Und er jagte davon und ließ mich allein zurück.

Ein wenig später hatte ich mich soweit erholt, daß ich aufstehen konnte, um nachzusehen, wo mein Egg McMuffin, der Kaffee und der Obstsaft abgeblieben waren. Ich blieb an jedem Tisch stehen, an dem man das gleiche Gedeck aß und fragte die Leute, wo sie das Zeug herhatten. Aber schon recht bald mußte ich einsehen, daß ich so nicht weiterkommen würde. Vielleicht hatte ja ein Kellnerlehrling mein Essen weggeschmissen. Ich wartete also, bis der eine oder andere Kunde gegangen war und machte mich über die Reste her.

Auf den Tellern lagen noch Brocken und Krusten der Egg McMuffins, manchmal sogar ganze Pfannkuchen, schön saftig und zäh wie Gummi. Bald fühlte ich mich ein wenig wohler, obgleich ich nun wußte, wie ich auf die Leute wirkte, wenn ich nicht in Begleitung Maria Fishburns oder eines Museumsrepräsentanten war. In meinem verfilzten Haar steckten noch ein paar schlaffe Federn, und mein nackter Oberkörper hatte seinen öligen Glanz verloren.

Nachdem ich gegessen hatte, stellte ich mich in die Drehtür und wartete, daß jemand hereinkam, um sie für mich mit in Bewegung zu setzen, denn ich war immer noch recht schwach und wackelig auf den Füßen.

Wie von einer unsichtbaren Schnur gezogen, stolperte ich weiter in Richtung Süden. Aus irgendeinem Grund fand ich mich plötzlich in einem Bus wieder, der zum unteren Ende der Insel fuhr. Ich setzte mich auf einen der Sitze, die für Behinderte und

Alte reserviert waren. Mir gegenüber saß eine Frau, deren Gesicht mit unzähligen Leberflecken bedeckt war. Dann waren da noch eine Frau in einem Regenmantel mit aufgedrucktem Leopardenmuster und ein Mann, auf dessen blauem Jackett Unmengen von Schuppen zu bewundern waren. Als sie mich sahen, schaukelten die Gesichter auf ihren Stengeln hin und her, ein Garten mißbilligender Blumen. Ich sah zwar ein, daß ich heute nicht in Bestform war, aber warum es mir so dreckig ging, hatte ich noch nicht zu ergründen vermocht.

Sogar der Busfahrer machte bei meinem Anblick ein entsetztes Gesicht, und schon bald hatten sich alle, die in meiner Nähe saßen, in den hinteren Teil des Busses verkrümelt. Da ich die Leute nicht länger peinigen wollte, stieg ich an der nächsten Haltestelle aus.

Die Tür schloß sich hinter mir mit einem pneumatischen Seufzer. Sofort fühlte ich mich besser. Der Kaffee hatte seine Wirkung getan, und es war eigentlich ein schöner Tag. Eine leichte Brise wehte vom East River, ein hübscher, dampfender Fischgeruch, der mich an einen heißen Tag in Jaranekta erinnerte. Ich stand an der Ecke Bowery und East Houston Street.

Plötzlich wurde ich wieder von Schüttelfrost heimgesucht und setzte mich auf eine Freitreppe. Der Kaffee und das Essen hatten also letztendlich doch nichts bewirkt. Ich legte mich auf die von Taubenmist verkrustete Stufe. Das Sonnenlicht blendete mich und ich hielt die Augen geschlossen. Hätte ich doch bloß ein Hemd aus meinem Koffer im Hotel mitgenommen, anstatt darauf zu bestehen, wie ich es gewöhnt war, nämlich mehr oder weniger nackt durch die Gegend zu stolzieren. Und obwohl ich niemanden störte, sondern mich nur ein bißchen ausruhen wollte, um wieder zu Kräften zu kommen, kreuzte doch tatsächlich ein Polizist auf und stieß mich mit seinem zartfühlenden Zeh in einem schweren Stiefel recht ungeniert an.

»Ich möchte Sie an einem so schönen Tag nicht stören. Los, weiter, schlafen Sie sich aus, aber außerhalb meines Gesichtskreises, verstanden?« sagte er, und seinem Blick war zu entnehmen, daß es nicht verkehrt sein konnte, seiner Bitte Folge zu leisten.

Vor Angst und Müdigkeit fast heulend rappelte ich mich entkräftet hoch und wäre bestimmt aufs Revier oder in ein Krankenhaus gebracht worden, hätte mich nicht ein seltsam gekleideter und verheerend nach Fisch stinkender Mann am Ellbogen gefaßt und den Polizisten nuschelnd angeschnarrt: »Das ist mein Kumpel. Warum belästigen Sie ihn? Lassen Sie ihn in Ruhe, kapiert?«

»Klar doch«, sagte der Polizist gleichgültig.

»Ein Vietnam Vet'ran«, wandte sich der Stadtstreicher mir zu. »Jawohl!«

»Sind Sie einer?« fragte ich.

»Ich?« sagte der Bursche. »Ich lach' mich schief! Du und ich waren Freunde da drüben, erinnerst du dich nicht? Mein lieber Mann, du bist noch tiefer als ich gesunken!«

»Tut mir leid«, entgegnete ich, »aber ich glaube, Sie irren sich.« Eigentlich hatte ich erwartet, daß er sich nun trollen würde, statt dessen klammerte er sich noch fester an mich, und ich hatte Mühe, mit ihm Schritt zu halten. Er führte mich in einen kleinen, müllübersäten Park und steuerte auf eine grüne Bank zu. Durch meine triefenden Augen konnte ich endlich seine höchst ungewöhnliche Aufmachung studieren: um die Hüfte trug er ein leeres Fernsehgehäuse, ohne Glas zwar, aber mit noch allen Bedienungsknöpfen. Unter einem kleinen Loch stand FARBFEINEINSTELLUNG, woraus ich schloß, daß es sich um einen ehemaligen Farbfernseher handelte. Der komische Kauz hatte mehrere Meilen Schnur um sich gebunden, die nicht nur den Fernsehapparat festhielten, sondern auch alle möglichen Fetzen von bunten Plastik- und Mülltüten. Alles in allem ein fröhlicher Anblick, und ich konnte nicht anders, als ihm lautstark meine Bewunderung kundzutun. Von seinen Schultern hing ein ausgebleichter blauer Herrenmantel, der keine Knöpfe mehr hatte und die Narben von tausend Alpträumen aufwies.

»Ja?« sagte er. »Gefällt dir, was? Hab's mir doch gleich

gedacht. Hab' lange gewartet, dir das zu zeigen. Sehe ich nicht wie der reinste Großstädter aus?« Er warf seinen Kopf zurück und wollte sich ausschütten vor Lachen. Er hatte lange, stachelförmige Zähne, gelb und ausgehöhlt.

Aus den Tiefen seines Mantels zog er eine halbleere Flasche Billigwein hervor, betrachtete sie melancholisch und liebevoll, schraubte die Kappe ab, wischte über die Flaschenöffnung und reichte mir den wertvollen Trunk. »Du zuerst«, sagte er, »auf meinen wiedergefundenen Bruder, den ich schon für immer verloren geglaubt hatte.«

Ich zögerte, den Mann seiner möglicherweise letzten Stütze und Reserve zu berauben. Aber als er mich mit den Worten ermunterte: »Na, mach schon, Lilagesicht, fühlst dich dann gleich besser« – konnte ich nicht mehr widerstehen. Seit ich New Burnt Norton verlassen hatte, war ich noch nie so offen und herzlich zu etwas eingeladen worden. Warum sollte ich dem Mann auch die Illusion zerstören, daß er seinen Bruder wiedergefunden hatte? Ich prostete ihm zu und nahm einen kräftigen Schluck, der mir auf der Stelle die Speiseröhre verätzte und lebhafte Erinnerungen an das Zeug wachrief, das Yerba am Fuße des Mount Bawwaar-Yaas zu brodeln pflegte.

»Ahh«, sagte ich, »du hattest völlig recht.«

»Siehst du«, sagte der freundliche Mann im Fernsehapparat. »Nur immer schön auf Daddy-o gehört.«

»Ah«, sagte ich und nahm noch einen Schluck, ehe ich ihm die Flasche zurückgab. »Ist das dein Name?«

»Ist was mein Name?«

»Daddy-o, mein Freund. Ist das dein Name?«

Jetzt platzte mein Freund fast vor Lachen und wäre beinahe mitsamt seinem Fernseher von der Bank gefallen. Ein paar andere Stadtstreicher neben ihm versuchten, ihn mit Tritten zu traktieren und forderten ihn auf, sich zu verpissen. Er trank langsam aus der Flasche und setzte sie neben sich ab, ohne die schützende Hand von ihr zu lassen. »Daddy-o«, sagte er. »Oh, jetzt erkenne ich dich, du mein verlorner Sohn, du halbvietnamesisches Kind, das ich dieser Nutte in Hanoi angehängt habe. Mein Junge.« Er sah mich liebevoll an. »Ja, warum nennst du mich nicht einfach Daddy-o?« Eine Träne stahl sich in sein vereitertes Auge.

»In Ordnung«, sagte ich. »Der Alkohol tut mir wirklich gut. Laß uns zum nächsten Schnapsladen gehen und noch 'ne Flasche kaufen. Vielleicht gelingt es mir dann, diesen Kobold loszuwerden, bevor er mich vollständig beherrscht.«

Daddy-os Augen leuchteten auf, und er gab mir einen Klaps aufs Knie. »Recht so! Wußte sofort, daß du mein Sohn bist!« Er goß sich den Rest hinter die Binde und stellte die Flasche unter die Bank, und sofort rauften sich zwei Tagediebe um die Pulle, da sie wohl hofften, noch ein paar Schluck zu ergattern. Daddy-o hatte sich mittlerweile an meinen Arm geklammert, damit ich ihm nicht weglaufen konnte, und führte mich zu dem besagten Schnapsladen an der Ecke.

Hier schimmerten Flaschen aller Farbschattierungen in den Regalen. Daddy-o deutete auf sein Lieblingsregal, das die vorgekühlten Billigweine enthielt.

»Hör mal, ich mach' mir nichts aus dem Zeug«, sagte ich. »Ich brauch' was zum Aufwärmen. Wie wär's mit 'nem Bourbon?« Schon wieder brach Daddy-o in schreiendes Gelächter aus – allmählich hatte ich mich daran schon gewöhnt – und um ein Haar hätte er in seinem Lachanfall ein paar Körbe mit Sonderangeboten umgestoßen.

»Haben Sie Geld?« fragte der Besitzer oder Verkäufer.

»Ja«, sagte ich verächtlich, »und ich hätte gerne eine Flasche Bourbon. Einen Liter ›Jack Daniel's‹.«

Der Verkäufer wickelte die Flasche ein und verlangte vier Dollar fünfunddreißig. Da dieser Betrag nahezu identisch mit dem Rest meiner Barschaft war, hätte ich ihn beinahe gebeten, die Flasche wieder zurückzustellen, aber als ich das strahlende Gesicht meines Freundes sah, sagte ich: »Ach, was soll's? Man lebt nur einmal, stimmt's?«

»Da haste recht«, sagte Daddy-o. »Und offen gesagt, ich

mach' mir nichts aus anderen Bourbons, natürlich würde ich's trinken, wenn mir jemand was von einer anderen Marke anbietet. Aber ich möchte nicht, daß du jetzt noch kränker wirst. Hauptsache, du kommst erst mal wieder auf die Beine.«

Wir gingen in den Park zurück, ich knackte die Flasche, und wir ließen uns die Sonne auf den Pelz brennen.

War ich nunmehr tatsächlich an Geist und Seele gebrochen, da mich meine Vergangenheit nicht mehr interessierte und ich anfing, an meinem neuen Leben Gefallen zu finden? Um der Wahrheit die Ehre zu geben, ich unternahm nichts, um herauszufinden, was mit Maria Fishburn oder sonst jemandem los war. Nur an den kranken Parker Junius dachte ich hin und wieder, und ich hätte gerne gewußt, wie es ihm ging?

Fusel, Fusel, Fusel – den ganzen Tag lang gab es nichts anderes da unten in den Schutthalden, und ich trank mit wachsender Begeisterung. Bald hatte ich den Bogen raus; manch junger Spund hätte sich nicht halb so schnell anpassen können.

Früh am Morgen wurde erst mal allgemein kräftig gehustet, geräuspert, ausgespuckt und Wasser gelassen, das bei Daddy-o manchmal von Blut durchsetzt war. Er war alles andere als gesund und genau in dem Maße auf mich angewiesen wie ich auf ihn. Dann wurden die verschiedenen Flaschen, die in der Gegend rumflogen, einer gründlichen Untersuchung unterzogen – war in irgendeiner noch etwas zu trinken? Jede einzelne wurde geschüttelt und gegen das Licht gehalten. Außer uns beiden schliefen in dieser Jahreszeit noch andere draußen – gewöhnlich lagerten wir unter einer Brücke, wo es in einer heißen Nacht relativ kühl war.

Nach dem Aufstehen sammelte ich unsere spärlichen Habseligkeiten ein und versuchte, Daddy-o auf die Beine zu helfen.

Frühmorgens sah er ganz und gar nicht gut aus. Ohne seinen Fernseher schien er geradezu nackt zu sein, obwohl jede Menge Lumpen an seinem Körper hingen. Seine Augen waren quittegelb und aus seiner Nase baumelte massenweise Rotz. Ständig fuhrwerkte er mit seinen Fingern in seinem Mund herum – er hatte stets die nicht unberechtigte Angst, seine letzten Zähne zu verlieren. Dann kramte er aus einer Blechdose ein paar alte Kippen hervor, um sich eine Zigarette zu drehen, das heißt, wenn er überhaupt Kippen hatte. Aber gewöhnlich reichte es für einen Glimmstengel, den wir uns teilten. Rauchend standen wir dann in der Sonne und spuckten die verflossene Nacht in das träge Flußwasser.

Und der süße Schweiß- und Pissegeruch in den frühen Morgenstunden, ach, mit Wonne inhalierte ich diesen Duft, während ich Daddy-o in sein Fernsehgehäuse half und mir mein kleines Ratten- und Murmeltierfell umlegte, das Daddy-o in einem Müllhaufen gefunden hatte. Es wimmelte von Flöhen, aber ich trug es selbst bei brüllender Hitze, zusammen mit den Hundezähnen und dem Kiefernknochen. Außerdem führte ich einen großen Damenschirm mit mir.

Wenn wir schließlich soweit eingekleidet waren, machten wir uns taumelnd auf den Weg in die Stadt, wankten stumm nebeneinander her, versuchten nur zu atmen und möglichst bittere und verächtliche Mienen aufzusetzen.

Unser Revier erstreckte sich vom Broadway zur Bowery und darüber hinaus. An heißen Nachmittagen gingen wir jedoch manchmal in den Park oder runter zum Fluß. Direkt gegenüber von der Bowery befand sich ein teilweise abgebrochenes Haus, das von einem Zaun umgeben war, und dort machten wir nachmittags gewöhnlich ein Nickerchen oder warfen, stockbetrunken wie wir waren, Steine an die Mauer, auf die ein Bild gemalt war, das die Umrisse zweier Männer darstellte. Manchmal schleuderten wir aus purer Wut Flaschen oder Steine auf diese Figuren, schlugen wie wild auf sie ein und stießen Flüche der Verzweiflung aus und weinten die Tränen der Trunksüchtigen. Und hatte sich einer von uns beiden ordentlich in seiner Wut aufgeheizt, versuchte er gewöhnlich, sich vor ein vorbeifahrendes Auto zu werfen. Aber der eine hielt den anderen dann immer zurück. Daddy-o beschützte mich rührend und umgekehrt.

Schon bald sah ich genauso aus wie er. An manchen Tagen, wenn wir ein paar Piepen übrig hatten, die noch nicht für Alkohol draufgegangen waren, was selten genug der Fall war, gingen wir zum Volunteer of America Laden, wo alle Regale vollgepackt waren mit verfleckten und zerknitterten Anzügen, Morgenmänteln aus Kunstseide, Hausjacken, alten Hemden mit Pinguinaufdruck, Bermudashorts und Schlipsen, Kleidern mit gelbem Pünktchenmuster und Anzugjacken in Übergröße, grün schimmernden Smokings, in deren Taschen Küchenschaben brüteten, Schuhen mit fünfzehn Zentimeter dicken Sohlen, kurz, den Überresten einer ganzen Zivilisation.

»Siehst du«, sagte Daddy-o, »es ist sehr wichtig, daß sich jemand wie du seiner gesellschaftlichen Stellung gemäß kleidet. Ich sehe nach was aus. Aber dich, dich müssen wir *kultivieren.*«

Dies hinderte ihn aber nicht daran, der kleinen Spanierin, die den Laden führte und hinter einer Theke saß, die mit Altärchen und Rosenkränzen und Fotos von Roberto Redford überhäuft war, im nächsten Moment die unflätigsten Ausdrücke an den Kopf zu werfen. »Sie kennen doch Roberto Redford?« fragte sie, sobald wir aufkreuzten. »Seine Beine sind einfach zu kurz für seinen Körper. Ist das nicht schrecklich? Da haben wir einen gut gewachsenen Mann, und dann sind seine Beine nur halb so lang, wie sie sein sollten. Seine Hüfte und sein ganzer Oberkörper ruhen fast auf den Knien.«

»Du stinkende Nutte.« So sprach Daddy-o mit ihr, obwohl das nicht persönlich gemeint war, denn so sprach er mit jeder Frau. »Ich weiß alles über dich und Roberto Redford. Hure! Was hast du heute für unseren Freund in dieser Müllkippe hier? Dieser Mann ist nämlich ein Kannibale und er braucht entsprechende Kleidung.«

»Ach, tatsächlich? Ein Kannibale?«, sagte die Spanierin, zwinkerte mir zu und fummelte an ihren Madonnenpüppchen und Heiligenkerzen. »Und warum treibt sich dieser schmucke Kannibale mit dir altem Gammler rum?«

»Dieser Kannibale ist mein Sohn«, sagte Daddy-o, »darum

treibt er sich mit mir rum, du Schlampe. Jetzt halt's Maul und zeig uns, was du hast?« Während er noch sprach, hatte er einen rosa Plastikregenmantel gefunden, den er genau untersuchte.

»Du und dein dreckiges Maul«, sagte die Spanierin, »paß bloß auf!« Ihre Augen und ihr Mund waren so dick geschminkt, daß sie wie ein alter Flamingo aussah, der schon bessere Zeiten erlebt hatte. »Du bekommst noch Hausverbot, wenn du dir nicht eine andere Ausdrucksweise angewöhnst, Daddy-o.« Sie reichte mir eine Sonnenbrille, vielleicht nicht das neueste Modell, aber mit ihren spitz zulaufenden Gläsern und ihrem roten Plastikgestell schön genug, daß meine Söhne, ja sogar meine Frauen vor Neid grün geworden wären.

»Setz mal auf«, sagte Daddy-o und trat zurück, um mich zu betrachten. »Perfekt. Kostet?«

»Für dich fünfundzwanzig Cent. Für deinen Freund zehn Cent.«

»Okay«, sagte er, »den Regenmantel als Zugabe, und wir nehmen den Kram.«

Und schon war ich todschick angezogen. Offenbar war es wohl notwendig, daß ich so gekleidet rumlief, zumindest Daddy-os Meinung nach, und ich fügte mich willig, war ich doch froh, in dieser ungewohnten Lebenslage einen Mentor gefunden zu haben.

Wir waren nicht nur zu zweit, sondern mittlerweile eine ganze Clique: Harry, Kusa, Kato, Willadad, Daddy-o, Mel und ich. Und diese Typen, obgleich alle, von Daddy-o mal abgesehen, in kotzfarbene Mäntel gehüllt, waren von meinem Outfit derart begeistert, daß sie mich »den afrikanischen Seelenbruder« nannten, worauf ich mich erst richtig in ihrer Mitte aufgenommen fühlte.

Es war immer noch erst früh am Morgen, und die Schnapsläden hatten noch nicht auf, aber die Spanierin spendierte uns Kaffee, und dann gingen wir zum Broadway, wo in einem Schaufenster immer ein paar Fernseher angeschaltet waren, und wir sahen uns die »Today«-Show an. Obwohl Daddy-o Stiefel anhatte, konnte er sich nie lange auf den Beinen halten, da er weder Knöchel noch Waden hatte – irgendeine Kriegsverletzung aus Vietnam –, und seine Beine waren die eines zweibeinigen Büffels. Ich sah mit meiner Clownssonnenbrille wie ein verlauster Punkrockstar aus, durfte aber meine Augen so wenig wie möglich dem Licht aussetzen, da sie scheußlich weh taten und stachen, als hätte ich zwei Hummeln mitten im Gesicht.

Da wir pausenlos unter Alkohol standen, waren wir körperlich so geschwächt, daß wir uns nach einer Zeitlang aufs Trottoir setzen mußten, um weiter fernzusehen. Der erste Gast der Show war ein zweiundzwanzigjähriges Mannequin – »Mm, mmm«, meinte Daddy-o, und der Speichel rann ihm von der Lippe, obgleich er praktisch blind wie eine Fledermaus war, da er schon längst seine Brille verloren hatte. »Nicht übel, was, mein Junge?«

Die junge Dame erzählte, wie es ihr gelungen war, eine Million Dollar zu sammeln, die sie dem nächsten Gast – nach den Commercials – überreichen würde, damit er Verbindung zu seinen Freunden aus dem Weltraum aufnehmen könne, die er schmerzlich vermißte. Für dieses Geld würden sie ihn noch diese Nacht bei sich aufnehmen.

»So muß man's machen, was?« sagte Daddy-o.

»Was meinst du?» fragte ich.

»Das ist doch 'ne Wucht, oder? Oder?«

»Ich glaub' schon.«

»Was soll das heißen, du glaubst schon? Das ist doch einfach 'ne Wucht, oder? Dieses Mädchen treibt all das Geld auf, damit irgendein Typ Verbindung mit den Weltraumwesen aufnehmen kann. Ist das nicht 'ne Wucht?« Und er versuchte, mir mit seinen beschädigten Beinen einen Tritt zu versetzen.

»Ja, das ist 'ne Wucht. Und jetzt halt den Mund, sonst kriegen wir nichts mit; durch die Schaufensterscheiben kann ich sowieso fast nichts hören!«

»Wenn ich eine Million Dollar hätte«, sagte Daddy-o, »würde ich das Geld nicht so ohne weiteres verschenken. Du vielleicht?«

»Nein. Ich glaub' kaum.«

»Du glaubst kaum? Du bist doch ein unglaubliches Rindvieh, weißt nicht, was du willst.«

Aber ich scherte mich nicht mehr um Daddy-o, da zu meinem Erstaunen plötzlich Kent Gable auf der Mattscheibe erschien. »Den kenne ich!« rief ich. »Er ist ein Freund von mir!«

Kent erzählte, daß er dank der Bemühungen des Mädchens die Weltraumwesen gefunden habe und daß er sich ihnen heute um Mitternacht anschließen werde. Dann sagte er den Menschen auf unserem Planeten Lebewohl. »Ich kann nicht beschreiben, wie glücklich ich bin«, sagte er.

»Wie ist das, wenn man glücklich ist?« fragte der Interviewer. Da geriet Daddy-o völlig aus dem Häuschen. »Huhuuuu!«, jaulte er auf und ließ sich auf den Bürgersteig fallen. »Huhuuuu! Das darf doch nicht wahr sein! Wie ist das, wenn man glücklich ist! Sag's du ihnen, Mgungu! Sag's ihnen, wie das ist!«

Inzwischen hatte ich mich an seine irre Lache gewöhnt, ja, auch ich hatte mir angewöhnt, unvermittelt loszuprusten, egal ob jemand was Komisches gesagt hatte oder nicht. Aber sein Gelächter war einfach nur schlichter Wahnsinn, während ich nur immer dann loswiehern mußte, wenn ich mich an peinliche Situationen aus meiner Vergangenheit erinnerte.

Jetzt aber steckte mich Daddy-o mit seinem Gelächter an, erinnerte ich mich doch plötzlich, wie ich mit Kent auf das Klo in dem griechisch-amerikanischen Bauchtanzlokal gegangen war. Schon lag ich ebenfalls auf dem Pflaster und krümmte mich vor Lachen. Ausgerechnet in dieser Minute begann die Rush-hour, und die Fußgänger, die zur Wall Street hasteten, rempelten uns versehentlich an, stiegen über uns, wichen uns aus, uns beiden, die sich da vor dem Fernseherladen in der Morgensonne auf dem Trottoir wälzten. Mir fiel meine Sonnenbrille von der Nase, und prompt tapste jemand drauf. Daddy-o wäre am liebsten sofort aufgestanden, um von der Dame, die sie zerbrochen hatte, Geld zu verlangen, aber sein TV-Gehäuse ließ solch rasche Aktionen nicht zu, und als er endlich auf den Füßen stand, war die Dame in der Menge verschwunden. Statt dessen erschien der Ladenbesitzer und bat uns, weiterzuziehen.

Das brachte mich wieder auf den Boden der wirklichen Welt, da mich Kents Abfahrt unendlich traurig stimmte, zumal wir uns nicht ordentlich verabschiedet hatten.

Dann gingen wir zum nächsten Schnapsladen und sahen uns lechzend die Flaschen im Schaufenster an. Mit anderen Worten, war es wieder einmal höchste Zeit, Bargeld aufzutreiben.

Wir standen mitten auf der Straße und Daddy-o schwang seinen TV wie einen kantigen Hulareifen um seine Hüften. »I got the blues«, sang er. »I got the blues. Wa-wa-wa-wa. I got the blues.«

»Prima«, sagte ich. Daddy-o tanzte zwischen den vorbeifahrenden Autos, während ich meine Mundharmonika aus der Tasche zog, eine imaginäre allerdings, eine, die ich oft auf New Burnt Norton zu spielen pflegte, ehe sie mir mein Sohn Radiocity gestohlen hatte, um sich den Greater Pimbas anzuschließen, die größtenteils in Häusern des sozialen Wohnungsbaus lebten.

Ich spielte also Mundharmonika, damit Daddy-o tanzen konnte, und die Autos brausten an uns vorbei. Dann kreuzten Willadad Brother und Harry auf. Sie führten ganze Eimer voll Seifenwasser mit sich und eine fast leere Spraydose mit Salmiakgeist und ein paar schmierige Lumpen. »In Ordnung!« sagte Daddy-o. »In Ordnung! Verdient uns ein paar Piepen, in Ordnung!« Ich hatte damals noch keine Ahnung, worum es ging.

»Wir machen ein paar Fenster sauber, Seelenbruder«, sagte Harry und nahm einen Schluck aus seiner fast leeren Dimple-Flasche; wir anderen sahen ihn ebenso finster wie neidisch an. »Und du, Daddy-o, treibst uns ein paar Kartons auf, damit wir uns hinsetzen können«, sagte er, und Daddy-o spazierte mitten in den Verkehr, als seien Autos noch nicht einmal erfunden worden.

»Er bringt sich noch um«, sagte Willadad Brother.

»Der Kerl ist verrückt und obendrein so gut wie blind«, schaltete sich Harry ein, ging aber, als die Ampel auf Rot schaltete, selbst zum vordersten Auto, um die Windschutzscheibe

zu putzen. »Nein«, sagte der Mann und drehte das Seitenfenster runter. »Nein, vielen Dank.« Aber Harry verschmierte die Scheibe mit seinen Fettlumpen und sprühte erst ein wenig Salmiak drauf, nachdem ihm der Mann ein Trinkgeld gegeben hatte. Ja, ich mochte meine neuen Freunde, die so herrlich ungezwungen waren. Jeder klopfte jetzt Harry auf die Schulter, da wir alle was zu trinken haben wollten. Man kann sagen, es herrschte so etwas wie der Geist unverwüstlicher Stammeszugehörigkeit. Genau das war es, was mir so gut gefiel, genau das hatte ich vermißt, und jetzt war meine *Moodla* wieder in Ordnung. Zwar liebte ich Maria, Parker Junius und meine Freunde aus den besseren Gegenden noch immer, doch hatte ich nun endlich eine Heimat gefunden, der ich mich geistig und menschlich zugehörig fühlen durfte.

Ich war glücklich und fühlte mich wohl.

Mittlerweile hatte die Ampel wieder auf Rot geschaltet, und noch ehe die Autos anhielten, war Daddy-o erneut auf der Straße, hielt seinen fettigen Schwamm hoch und deutete auf die Windschutzscheiben, aber die Fahrer schüttelten die Köpfe, nein, nein, nein, nein, geh weg. Er ging zu einem silberfarbenen Mercedes, klopfte an das Seitenfenster und bat um eine milde Gabe. Und tatsächlich, der Fahrer gab ihm Geld. Er kam zu uns zurück und brüstete sich wie ein alter Gockel. »Seht euch das an«, sagte er, »dieser Mann hat mir Geld gegeben, damit ich sein Fenster *nicht* putze.«

»Laß mal sehen«, sagte ich und zeigte auf seine geschlossene Hand, aber er wollte mich nicht wissen lassen, wieviel er bekommen hatte und ließ die Münzen in eines der Geheimfächer verschwinden, die er in seinem TV-Gehäuse hatte.

Auf diese Weise vergingen der Morgen und der frühe Nachmittag, dann sammelte Harry Geld von uns ein, um etwas Trinkbares einzukaufen, und da wir alle Freunde waren, wurde ihm das Geld auch anvertraut. Er kam mit zwei großen Flaschen Wein zurück, die wir von Hand zu Hand gehen ließen.

Ein riesiger Lastwagen hielt an der Ampel an und der Fahrer

hupte. »Was will der denn?« fragte Willadad Brother. Ich tauchte den Lumpen in den Eimer und ging zu dem Lastwagen rüber, und der Fahrer, ein dicker, fetter Kerl, reichte mir durch das Fenster zwei Flaschen Rotwein französischer Herkunft, die mich an die Zeit erinnerten, als ich noch auf Cocktailparties ging, was mir eine Ewigkeit her zu sein schien. Hocherfreut kehrte ich zu meinen Freunden zurück.

Wir studierten die Etiketten und überlegten uns, wo wir einen Korkenzieher auftreiben könnten? »Danke, Bruder!« rief ich dem Lastwagenfahrer zu, als die Ampel auf Grün sprang. »Ich danke dir aus vollem Herzen, und Gott segne dich für deine *Moodla!«* Ich drehte mich um und sagte zu Daddy-o: »Komm, mein Freund, segne diesen guten Menschen!« Daddy-o trat auf die Straße, wo ihn ein schnell daherfahrendes Auto erwischte und durch die Luft schleuderte.

Wie vom Blitz getroffen ließen wir alles stehen und liegen und rannten zu ihm hinüber. Die anderen Männer meinten, man müsse einen Krankenwagen rufen. Als man ihn schließlich forttrug, erinnerte ich mich daran, wie wir beide, Daddy-o und ich, in der U-Bahn um Geld gebettelt hatten. Daddy-o in seinem Fernsehgehäuse tanzte schlurfenden Schrittes, und ich spielte dazu auf meiner imaginären Mundharmonika, und wir stanken nach knoblauchgeschwängerter Pisse, »wa-wa-wa«, und Daddy-o schlurfte vor und zurück und sammelte Geld, damit wir uns eine Flasche Fusel teilen konnten.

Ich erinnerte mich an diesen unbarmherzigen Nebelschleier, der einen befällt, wenn man zuviel trinkt und die ganze Welt unsichtbar wird. Ich erinnerte mich, wie Daddy-o und ich wegen irgendeines Blödsinns eine Schlägerei anfingen, wobei wir freilich beide zu betrunken waren, um uns ernsthaft verletzen zu können. Zum Schluß fielen wir gewöhnlich in einen Müllhaufen oder sonstwas, wachten Stunden später wieder auf und machten uns sofort wieder auf die Suche nach etwas Trinkbarem. All das und vieles mehr ging mir plötzlich durch den Sinn. Ich mußte feststellen, daß dieser Lebensstil mir grausam zusetzte, daß ich rapide alterte, auch wenn ich ohne Daddy-os trickreiche Hilfe sicherlich noch viel schneller dahingesiecht wäre.

Vielleicht ist es an der Zeit, sagte ich mir, daß du mit diesem Gammelleben aufhörst. Zum ersten Mal mußte ich feststellen, daß alle meine Kumpane sehr viel jünger waren als ich. Ich würde sie alle stärker vermissen als mir lieb sein konnte.

Noch halb in Gedanken setzte ich die Flasche an den Hals, die mir Willadad mit den Worten gereicht hatte: »Hier, Mgungu. Das wird dich vielleicht ein wenig trösten.« Und ich überlegte mir, wie ich ohne Geld und Papiere aus Manhattan und sogar aus den Vereinigten Staaten von Amerika würde verschwinden können?

Ich wußte nicht, ob Daddy-o tot war oder sterben würde, aber ich hatte das Gefühl, daß ich nicht gerade vom Glück verfolgt war. Mechanisch faßte ich mir an den Hals, um festzustellen, daß meine Schmuckstücke fehlten. Mein EIN-JAHR-GARANTIE-Schild und mein Kiefernknochenhalsband waren verschwunden. Ich durchwühlte meinen Fetischbeutel. Das war vielleicht nicht gerade der passendste Zeitpunkt, dennoch, obwohl ich eigentlich kein gläubiger Mensch bin, war ich der festen Überzeugung, daß ich diese Dinger unbedingt tragen müßte, um meine Freunde vor meiner schlechten *Moodla* zu beschützen.

Aber mein Fetischbeutel war leer. Nur mein Bild von Jackie O., das ich aus dem Hotel geschmuggelt hatte, war noch da. Es war völlig zerknickt, da es nicht mehr in einem Rahmen steckte. Sofort umringten mich meine Stadtstreicherfreunde, um ehrfurchtsvoll ihr strahlendes Antlitz zu betrachten. Das Foto ging von Hand zu Hand.

Wer weiß, wie es mir ergangen wäre, hätte ich mich nicht, nachdem der Krankenwagen Daddy-o abtransportiert hatte, wieder darangemacht, Autofenster zu waschen beziehungsweise zu verschmieren. So aber stand ich plötzlich vor einer langen, lindgrünen Limousine, aus deren Fenster sich eine dünne Hand reckte und mich herbeiwinkte.

Ich war so überrascht, daß ich ein paar Schritte rückwärts taumelte. Leise zischend öffnete sich das hintere Seitenfenster nun vollständig, und Reynards verbissenes Fuchsgesicht erschien in der Öffnung. Sein grüner Anzug war nicht so wahnsinnig sauber wie sonst und hatte einen Schmutzrand am Kragen.

»Guten Tag, Reynard«, sagte ich.

»Steig ein«, erwiderte er nur.

Also öffnete ich die Tür. Was blieb mir anderes übrig? Ich hatte ohnehin nichts mehr zu verlieren. Ich winkte meinen jungen Stadtstreicherfreunden, Harry und Willadad und Mel, zum Abschied zu, und das Herz wurde mir schwer in der Brust.

Sie trauten ihren Augen nicht – ich in meinem rosa Regenmantel und abgerissenen, übelriechenden Kleidern stieg in ein elegantes Auto der Luxusklasse. »Bis die Tage«, sagte ich, und die Ampel sprang auf Grün. Als der Wagen davonbrauste, konnte ich gerade noch im Rückspiegel sehen, wie sie hoch- und niedersprangen und wie die Affen herumtollten.

Na, gut. Wieder ein Lebensabschnitt zu Ende, dachte ich. »Meine Fresse, stinkst du«, sagte Reynard, der sich an einer Flasche Bourbon gütlich tat. Ein kleiner, dickbäuchiger Mann saß neben ihm.

»Lassen Sie mich auch mal«, sagte ich und wollte Reynard die Flasche abnehmen.

»Nix da, Freund, du läßt die Finger von dem Zeug. Du bist nur noch ein stinkendes Häufchen Elend. Schau dich doch mal im Spiegel an. Wie alt bist du? Sechzig? Und du siehst keinen Tag jünger aus. Es war wohl ein Fehler, dich unter meine Fittiche zu nehmen und dich in Sachen einzuweihen, die du besser nie erfahren hättest. Einfach abhauen! Weißt du, daß du dieses ganze verdammte Tanzfestival versäumt hast? Ich habe mir die schrecklichsten Sorgen gemacht. Warum hast du mich nicht einfach um Hilfe gebeten?«

»Ich...«, sagte ich. »Ich weiß nicht, wo Sie wohnen?«

»Na, ein Glück, daß ich dich aufgetrieben habe, Mgungu. Ich darf dir Mr. Kirk vorstellen. Er ist dein Anwalt.«

»Anwalt? Ich brauche keinen Anwalt.«

»Du hörst ihm ganz genau zu, da er einen Plan entwickelt hat, wie du an dein Geld kommen kannst.«

»Haben Sie meine Frau gesehen?« wollte ich zuerst wissen.

»Da habe ich dir wenig Erfreuliches mitzuteilen, später dann. Aber jetzt hörst du erst mal diesem Gentleman zu.«

Ich mußte also diesem Mr. Kirk zuhören, der wie eine Rübe geformt war und eine Narbe über einem Auge hatte, um die vierzig war und ganz gut aussah, falls einen sein pockennarbiges, pickeliges Bulldoggengesicht nicht störte. Er war sehr freundlich und sprach brooklynesisch, eine Art amerikanischer Lokaldialekt: »Es freut mich aufrichtig, Ihre Bekanntschaft zu machen, Mr. Mgungu. Ich habe Ihr Bild auf der Titelseite des *Time*-Magazins gesehen. Es wird mir eine Ehre sein, meiner Frau erzählen zu können, daß ich einen echten Kannibalen kennengelernt habe. Von Ihrer Sorte gibt es nicht mehr allzuviele, stimmt's?« Ich nickte und flehte Reynard stumm um einen Schluck aus seiner Flasche an. »Wir werden Sie jetzt erst mal eine Entziehungskur machen lassen, Mr. Mgungu, und Ihnen dann anschließend auch im Alltagsleben unter die Arme greifen. Sie werden sehen, Ihre finanzielle Situation wird sich bald radikal ändern. Ob wir Sie außer Landes schaffen können, ist eine andere Geschichte, aber da wird mir schon was einfallen. Sie müssen nur diese Papiere hier unterschreiben, dann können wir sofort ein Konto für Sie eröffnen und in gewissen Grenzen Maria Fishburns Treuhandvermögen kontrollieren. Glauben Sie mir, das ist alles nicht so einfach wie es klingt, doch werden Sie mir dankbar sein, wenn Sie wieder auf dem

Damm sind. Für Sie ist es wohl am besten, wenn Sie Maria Fishburn nicht mehr sehen, und da Sie ihr Mann sind, hätte sie es auch nicht gewollt.«

»Was soll das heißen, ich soll Maria Fishburn nicht mehr sehen?« Die beiden Männer warfen einander vielsagende Blicke zu.

»Maria... Maria war da in eine Sache verwickelt«, sagte Reynard.

»Ihre Frau... sie hat das Land fluchtartig verlassen«, sagte Mr. Kirk gleichzeitig.

Schließlich sagte Reynard: »Nun, Mgungu, ich will dir reinen Wein einschenken. Früher oder später kommst du ja eh dahinter. Deine Frau hat Selbstmord begangen. Heute früh hat ein Baggerführer ihre Leiche gefunden. Natürlich kapierst du, was das bedeutet.«

»Was?«

»Du bist reich. Aber ich muß dir noch was ganz Schreckliches erzählen.«

»Und das wäre?« sagte ich mit unheilsahnender Stimme.

»Dieses Picknick – du erinnerst dich doch?«

»Ja?«

Und Reynard sah Mr. Kirk an. »Mgungu, Maria war in gewisse kriminelle Aktivitäten verwickelt... Also, das Steak, das du damals gegessen hast...«

»Ja, und? Ich erinnere mich. Es schmeckte ausgezeichnet.«

»Es war Menschenfleisch, kein Steak.«

»Nein! Sind wir alle Kannibalen?« Ich war total schockiert, und obwohl ich eine fleischfressende Vergangenheit hatte, liefen mir jetzt kalte Schauer über den Rücken.

»Nein, Mgungu. Wir hatten alle keinen Hunger. Du warst der einzige, der das Fleisch gegessen hat. Ich fürchte, daß du bis zum Kragen in der Tinte sitzt.«

»Aber jetzt sind wir da, um Ihnen zu helfen«, sagte Mr. Kirk. »Das Gericht wird mildernd in Betracht ziehen, daß Sie ein primitiver und unzivilisierter Mensch sind und Ihre Strafe entsprechend reduzieren, und wenn Sie wieder draußen sind, können Sie über Ihr Vermögen verfügen.«

»Gericht?« fragte ich, und meine Stimme schnellte um eine Oktave höher. »Was für ein Gericht?«

»Mr. Kirk ist ein ausgezeichneter Anwalt«, sagte Reynard. »Warum regst du dich so auf? Beruhige dich.« In diesem Augenblick flog ein Insekt durchs Fenster und setzte sich auf meine Hand. »Schaut euch das an«, sagte Reynard, »wir bekommen Besuch.« Es war ein rotgetupfter Käfer mit einem schwarzen Kopf. Erst saß er friedlich da, dann fügte er mir einen üblen Biß zu, woraufhin ich das Biest wütend abschüttelte.

»Von amerikanischem Recht verstehe ich nichts«, sagte ich, »und von Geldangelegenheiten erst recht nichts.« Das war mir schon früher klargeworden, als ich nämlich bei dem Schwindel mit dem Hilfsprogramm für die hungernden Kinder auf New Burnt Norton so fürchterlich auf die Nase gefallen war. Aber Mr. Kirk sagte, ich bräuchte mir keine Sorgen zu machen, und Reynard goß uns allen etwas zu trinken ein, um mir zuzuprosten, und ich unterschrieb die Papiere mit *Mgungu Yabba Mgungu*.

Unter den Papieren befanden sich mein Paß, meine Heiratsurkunde, mein Visum, mein Impfschein und das Telegramm mit der Einladung zum internationalen Tanzfestival. Es kam mir nicht einmal in den Sinn danach zu fragen, wo sie die Sachen herhatten. »Du wirst so reich sein, wie du dir es nie hattest träumen lassen«, sagten sie mir. »Du kannst dir kaufen, was du willst.«

Aber ich blickte nur übelgelaunt aus dem Fenster.

»Wenn ich die richtigen Leute richtig schmiere, wirst du nie ein Gericht von innen sehen«, prahlte Mr. Kirk. Jetzt würden sie mich aber erst einmal in eine Trinkerheilanstalt bringen, um mich auszutrocknen. so daß ich in halbwegs zivilisiertem Zustand vor dem Richter erscheinen würde, vorausgesetzt natürlich, die Testamentsvollstrecker hätten bis dahin den Wert von Marias Hinterlassenschaft festgesetzt. Aber da streikte ich und ich bat, mich sofort rauszulassen.

»In eine Trinkerheilanstalt gehe ich nicht«, sagte ich. Wenn nötig, wäre ich an der nächsten Ampel hinausgesprungen. Ich hatte keine Lust, mich unterdrücken zu lassen und ich brauchte Zeit zum Nachdenken. Obwohl ich gewöhnlich kein sehr standfester Mensch bin, merkten sie doch, daß es mir bitter ernst war, und daß ich notfalls die Fensterscheibe zertrümmert hätte.

Sie ließen mich also ziehen, aber nur unter der Bedingung, daß ich mich noch am selben Tag mit ihnen in einem Museum im Zentrum treffen würde. Die beiden sahen zwar einigermaßen finster aus, dennoch hatten sie mein volles Vertrauen. Wem sonst hätte ich denn, außer mir selbst, noch vertrauen können? Und um meine Gefühle mir selbst gegenüber stand es im Moment nicht allzu rosig. Hier war ich nun, mit dem Ziel, ein zivilisiertes Wesen zu werden. Aber was hatte ich während meiner Zeit in den Vereinigten Staaten erreicht? Unablässig war ich meinem Zerfall und Untergang zugesteuert.

Ich war völlig geknickt, mußte ich doch einsehen, daß ich mich für den Rest meines Lebens nie wieder unter Menschen trauen durfte, und falls es auf dieser Welt einen noch isolierteren Ort als New Burnt Norton geben sollte, hätte ich so bald wie möglich dorthin verduften sollen.

Das Auto hielt an einer Ampel. »Laßt mich bitte raus«, sagte ich. »Mir wird schlecht.«

»Okay, okay«, sagte Reynard. »Wo gehst du jetzt hin?«

»Nur ein wenig laufen«, sagte ich. »Ich möchte alleine sein.« Ich hatte es so eilig, daß ich sie erwürgt hätte, um freizukommen.

»Mgungu, ich bin nur gekommen, dir zu helfen«, sagte Reynard. »Wenn du meine Hilfe nicht willst, auch gut.«

Schuldgefühle brodelten in mir hoch, und ich sagte ihm, ich sei dankbar für alles, das er für mich getan hatte.

»Na schön«, sagte Reynard. »Zieh mal deiner Wege und versuche dich zu sammeln. Das alles war für dich ein ziemlicher Schock, das weiß ich doch. Wir holen dich heute nachmittag so um vier Uhr vor dem Whitney Museum ab. Weißt du, wo das ist?«

»Ja«, sagte ich.

»Haste Geld?«

»Nein.«

»Ich geb' dir nachher was. Ich werde mich von nun an um dich kümmern.«

Ich drehte mich um und ging die endlosen Straßenschluchten entlang. Eine schrille, metallige Stimme schrie in meinem Inneren bis mein Gehirn anschwoll... und dieses Knacken der Knochen! Dieses Knirschen der Gelenke! Als würden Glühbirnen auf einem Steinfußboden zerspringen! Würde das nie aufhören?! Vielleicht litt ich an Delirium tremens. Ich war so empfindlich wie ein wunder Zahn, der dem Wind ausgesetzt ist. Die stechenden Sonnenstrahlen, das Geklapper leerer Blechdosen ... oh, hätte ich es doch nie so weit kommen lassen! Mir war, als hätte ich meine Haut verloren.

Meine spröden grauen Lungen öffneten und schlossen sich wie ein Karpfenmaul. Jeder Atemzug tat mir so weh, daß es sogar die anderen merkten. Die meisten der Passanten, die mir entgegenkamen, machten einen großen Bogen um mich. Nur allzu verständlich: Ich war schließlich ein Krimineller! Mein Körper war ganz von öligem Schweiß bedeckt, und in meinem Hals saß eine ganze Herde von Fröschen.

Gott, was für ein Schauspiel! Das konnte doch nicht ich sein? Das war selbst nicht mal mehr ein Mensch, der nur noch ans Saufen dachte, sondern nur noch ein abscheuliches, feuchtes, verschwitztes Tier mit einem grauen, verfilzten Pelz. Meine Zähne waren nur noch vergilbte Türme und das Weiß meiner Augen war nicht mehr rein und leuchtend, sondern blutdurchädert. In einem Wort, ich hatte mich wieder dem Zustand animalischen Daseins genähert.

In New York jedoch ist kein Zustand von langer Dauer, und hatte mir der Zwerg nicht einmal gesagt, daß die Gefühle der Wilden extrem kurzlebig seien? Er sollte recht behalten. Ich begann bereits, mich selber, aber auch das Verbrechen, das ich begangen hatte, in einem ganz anderen Licht zu sehen. Ein solides Lächeln klebte auf meinem Mund, und ich sagte mir ein übers andere Mal: »Ich habe eineinhalb Millionen Dollar. Ich habe eineinhalb Millionen Dollar.« Was soll ich von diesem Geld nur bloß alles kaufen?

Nun, da hatte ich mir schon so einiges ausgesucht. Diesen Sportwagen beispielsweise, den ich in einer Zeitschriftenreklame gesehen hatte, mit seinen weichen Ledersitzen und seinen stromlinienförmigen Kotflügeln. Kostenpunkt so um die 60 000 Dollar. Einen roten Nerzmantel hatte ich auch schon immer haben wollen, und einen Fernseher mit einer Mattscheibe von der Größe einer Kinoleinwand. Einen Chauffeur für das Auto wollte ich mir auch gleich dazumieten.

Mittlerweile hatte ich bemerkt, daß, wohin ich auch ging, die grüne Limousine mir stets wie ein Wachhund folgte. »Abhauen!« winkte ich ihnen zu. »Ich will alleine sein!« Aber der Wagen wich mir nicht von den Fersen, und als ich rüberging, um sie zu fragen, was sie von mir wollten, brauste das Auto davon und ließ mich an der Ecke stehen. Ich hätte gerne gewußt, ob das bereits zu ihrem angekündigtem Plan gehörte, mich zu beschützen? Aber ich zuckte nur die Schultern und war heilsfroh, als sie weg waren. Heilsfroh, als sie weg waren? Ich mußte selbst feststellen, daß dieser Wunsch ungewöhnlich für mich war, da ich niemals jemanden ziehen lassen konnte, sondern vielmehr immer bis zur letzten Sekunde an den Leuten klebte.

Ich versuchte, sie zu vergessen und schlenderte zu Bonwit Teller, um Geschenke für meine Frauen zu kaufen, da ich nun ordentlich reich war. Vor dem Geschäft stand so etwas wie eine Plastik oder Statue aus Chrom, die mir zuzurufen schien: »Sieh mal, Mgungu! Hier steht Chrom auf dem Trottoir! Während du noch in der Steinzeit verharrst, haben wir hier einen vollendeten Chrombrocken, der unter der Bezeichnung Kunst läuft.« Andererseits, hatte New York jemals eine andere Botschaft für mich gehabt? Lachte nicht die ganze Welt über mich?

Mehr denn je, zumal ich reich und unabhängig war, hatte ich den Entschluß gefaßt, ein zivilisierter Mensch zu werden. Das begann ich damit, der Metallplastik erst einmal einen kräftigen Tritt zu versetzen. Dann wollte ich den Laden betreten, mußte aber zunächst eine gefährlich aussehende Glastür überwinden, die sich ununterbrochen im Kreis drehte. Es dauerte ewig, ehe ich den Mut aufbrachte, in dieses Ding zu tauchen. Und als ich dann schließlich im Laden war, stellte ich fest, daß ich noch immer meine alte Pennerkleidung trug, obwohl ich mich schon an den Gedanken gewöhnt hatte, nunmehr Millionär zu sein.

Welch ein Luxus herrschte hier! Die Kosmetika waren in

langen Reihen aufgestellt. Alles machte einen sterilen, sauberen Eindruck, unberührt von menschlichen Händen. Auf den Glasregalen und auf den Theken befanden sich kleine Tuben mit Make-ups in allen möglichen Farben. In trogartigen Behältern lagen Lippenstifte, Seifen und teure Puderdosen. Es war alles da und in allen Variationen: Make-ups für Asiatinnen und Make-ups für hellhaarige Frauen und für Frauen ganz ohne Haare. Außerdem sah ich Pinzetten, Messerchen und Scherchen und jede Menge andere verlockende Sachen. Es gab Sitzplätze, auf denen sich die Frauen niederlassen konnten, um sich die Toilettenartikel von anderen aufs Gesicht auftragen zu lassen. Das hätte meinen Frauen gefallen, besonders meiner Frau Nummer vier! Bei dem Gedanken an Maria stahlen sich ein paar Tränen in meine Augen, da mir bewußt wurde, daß sie nicht da war und all die Freuden hier nicht mit mir teilen konnte.

Genüßlich flanierte ich durch dieses paradiesische Gebäude. Manchmal blieb ich stehen, beispielsweise um mir einen blauen Lidschatten aufzulegen. Er erinnerte mich an das Meer von New Burnt Norton, das man an einem klaren Tag von dem Beobachtungsposten aus sehen konnte, den mein Großvater erbaut hatte.

Auf jeder Theke waren die mannigfaltigsten, kostenlosen Muster, und ich tat es den Frauen gleich, die sich kräftig bedienten. Ich rieb zwei runde Kleckse eines kartoffelfarbenen, klebrigen Zeugs auf meine Wangen, wie ich es den Frauen abgeguckt hatte. Das alles machte mir schließlich großen Spaß und kurze Zeit tat ich sogar so, als sei ich die liebe, verschwundene Maria Fishburn, die pausenlos Lippenstift in ihr Gesicht schmierte. Ich fand einen lila Christan-Dior-Lippenstift, den sie wohl auch gewählt hätte, und legte ihn auf. Anschließend betrachtete ich mich im Spiegel, und es war tatsächlich die Farbe, die sie getragen hatte, und einen Moment lang war ich wieder sehr traurig.

Dann dachte ich, wenn ich erst einmal meine Bank Ameri Card und Master Charge und meine Visa und Diner's Club Card habe, die mir Reynard versprochen hatte, werde ich Lippenstifte und BHs und andere Kleidungsstücke für meine Frauen kaufen. Ich blieb vor einer überladenen, schwarzen Metalltheke stehen, auf der die diversen Make-ups für festliche Abende ausgebreitet lagen. »Man kann es für die Haare oder die Augenlider benutzen«, sagte eine Frau im Draculakostüm zu einer Gruppe von Zwölfjährigen und stäubte ein funkelndes Goldpuder in die Luft.

»Tooooll!« riefen die Zwölfjährigen.

Und ich beschloß, daß ich das für die Mädels in der Heimat besorgen und ihnen unter allen Umständen zukommen lassen würde.

Erst mußte ich das Zeug allerdings ausprobieren und strich es mir ungeniert in die Haare, wobei mir nicht entging, daß Lady Dracula jemanden herbeiwinkte. Wenige Augenblicke später legte sich eine Hand auf meine Schulter, eine Hand, die ich durch ein kurzes Zucken abzuschütteln versuchte, so sehr war ich mit den Kosmetika beschäftigt. Diese Salben und Puder verfügten nämlich über jede Menge magischer Kräfte, über *Moodla*, und ich hatte das unstillbare Verlangen, mich wie ein Tropenvogel rauszuputzen. Wie wichtig mir eine schmucke Ausstattung war, habe ich bereits an anderer Stelle in diesem Manuskript beschrieben.

Aber die lästige Hand blieb auf meiner Schulter ruhen, und als ich aufblickte, mußte ich feststellen, daß sie einem Wächter gehörte.

»Sie müssen gehen«, sagte er.

Er geleitete mich zur Tür und versicherte mir unterwegs, daß er von Schuldgefühlen gebeutelt sei. »Du und ich, wir sind wahre Brüder, Bruder«, sagte er. »Versteh mich nicht falsch. Die ganze Scheiße stinkt mir auch. Die Reichen werden immer reicher und die Armen immer ärmer, das ist die nackte Wahrheit.«

»Ich bin jetzt reich«, konnte ich mir nicht verkneifen zu sagen. »Was immer du willst, ich kaufe es dir.« Nachdem ich meinen ersten Schrecken überwunden hatte, war mir dieser Mann nämlich sofort sympathisch, und es war immer gut, einen Freund zu haben.

»Ja natürlich«, sagte er lächelnd. »Aber mal im Ernst, es ist mir wirklich peinlich, dich rausschmeißen zu müssen, und ich hoffe, daß du mir das nicht übelnimmst. Warum sollte man dich nicht hier drinnen dulden, wenn hier dauernd diese reichen Frauen rumstreichen, die den ganzen Tag nichts anderes zu tun haben, als Make-up zu kaufen? Aber bei den Preisen glauben sie, ein Recht zu haben, sich nur unter Geldprotzen ihrer Sorte bewegen zu dürfen. Scheiße, wenn ich es mir erlauben könnte, würde ich diesen Job hinschmeißen und mir eine Ranch in West Virginia kaufen. Hey, geht es dir gut?« Ich fühlte mich nämlich auf einmal etwas schwach auf den Knien und wäre beinahe umgekippt.

»Ja«, sagte ich, »keine Sorge. Wenn ich meine Kreditkarten habe, komm' ich wieder zurück.«

»Ja natürlich«, sagte der Wächter und half mir durch die Drehtür. »Bis dann, du verrückter Pygmäe«, sagte er noch, wobei ich ganz sicher bin, daß diese Bemerkung nicht für meine Ohren bestimmt war.

Jetzt war es schon fast an der Zeit, Reynard und Mr. Kirk zu treffen, und ich machte mich auf den Weg in Richtung Museum. Ich ging langsam, um mit meinen Kräften hauszuhalten, während mein neues Augenmake-up in der Hitze funkelte und blitzte.

Ich wünschte, ich hätte Reynards Angebot angenommen, mich in seiner Wohnung zu duschen und umzuziehen, aber ich war so schockiert, daß ich einfach hatte alleine sein müssen, wenigstens für ein paar Minuten.

Als ich im Museum ankam, hatte ich noch etwas Zeit und so beschloß ich, mich ein wenig umzusehen. Die ganze Umgebung hier irritierte mich wesentlich stärker als all die Dinge zuvor im Kaufhaus. Überhaupt hatte ich noch nie Zeit oder Lust gehabt, mir moderne Kunst anzusehen. Und während die Ausstellungsstücke im Museum für primitive Kulturen – Schrumpfköpfe, Totems und handgeschnitzte Kanus – mir nicht völlig fremd waren, da ich ähnliches im *National Geographic* gesehen hatte, schien mir all das Zeug hier im Whitney alles andere als Kunst zu sein. Ich wußte nicht, ob das ein Witz sein sollte oder ob ich mich einfach in der Adresse geirrt hatte.

Beispielsweise war an einem großen, geteerten und gefederten Holzkran eine schräg abfallende Rampe angebracht und darauf lag ein schwarz bespritztes Stoffobjekt, das an ein totes oder sterbendes Huhn erinnerte.

An einer Wand hing eine vollkommen weiße Leinwand, die der Künstler offenbar mit Farbe zu bedecken vergessen hatte.

Ein anderes Ausstellungsstück bestand aus ein paar zerbrochenen Tontöpfen, unter denen ein tickender Wecker stand.

Ein Gemälde stellte eine Seite aus einem Comicheftchen dar, ein anderes eine Suppenkonserve, ein drittes einen Mann, so realistisch gemalt, daß jede Pore und jeder Pickel eklig sichtbar waren. Und dann war da noch eine Skulptur, die offensichtlich aus zusammengequetschten Autoteilen gemacht war.

Selbst rein handwerklich war das nichts Besonderes, so daß ich zu der Überzeugung gelangte, derlei selbst besser machen zu können.

Auf diese Weise verging der Nachmittag. Plötzlich wurde mir der Gedanke, daß ich in wenigen Augenblicken mit Reynard und dem Anwalt zusammentreffen würde, unerträglich. Ich wußte nicht recht, was ich tun sollte und ging erst einmal auf die Toilette, um mich zu waschen. Die quadratische Fratze auf der Tür sollte wohl HERREN heißen. Der Raum war leer, nur wunderte ich mich über ein Schild, auf dem zu lesen stand: *Damenbinden bitte nicht in die Toilette werfen.* Waren die Klos auch hier für beide Geschlechter, wie in dem Nachtklub Warehouse 29? Weit gefehlt. Denn in diesem Moment trat eine junge Frau ein, sah mich, stieß einen Schrei aus und schlug mich auf den Arm.

Ich versuchte, mich heimlich zu verdrücken und spazierte wieder durch das Museum, aber die Frau verpfiff mich einem Wärter, und ich wurde gebeten, das Museum wegen angeblicher Lasterhaftigkeit zu verlassen. Mir lag nichts ferner, als Frauen in der Damentoilette aufzulauern. Es war ein reines Mißverständnis, Ehrenwort.

Ich war auf einmal sehr müde und lehnte mich draußen gegen eine Zementmauer, um zuzusehen, wie die Leute in das Museum strömten. Sie taten mir leid, da sie einer Enttäuschung entgegenstrebten, und nur weil ich alleine sein wollte, habe ich sie nicht von der kläglichen Beschaffenheit der Exponate gewarnt.

Für kurze Zeit erwog ich, mir einen Wein zu kaufen oder eine verlassene Insel vor der Küste von Maine, um einen utopischen Staat zu gründen, in dem ich nur für mich leben würde, ohne anderen Schaden zufügen zu können. Ich war gefühlsduselig wie ein hormongeplagter Jüngling und dachte voll Schmerz und Schrecken an Daddy-os tragischen Unfall und den Alkoholentzug, der mir möglicherweise bevorstand. Kurz, ich war drauf und dran, der Zivilisation endgültig den Rücken zu kehren, meine fünfzig Millionen zu grapschen und in meine Heimat zurückzukehren, als plötzlich ein Streifenwagen mit quietschenden Bremsen vor dem Museum hielt und die Bullen mit Gewehren im Anschlag in das Museum stürmten.

Irgendwie hatte ich das Gefühl, daß dieser Vorfall etwas mit mir zu tun hatte. Und schon fuhren zwei weitere Streifenwagen vor, gefolgt von einer mir allzu gut bekannten grünen Limousine. Reynard, der Zwerg Mikhail und Mr. Kirk stiegen aus und gingen mit den zusätzlichen Bullen in das Gebäude. Da sagte ich mir: ›Oh, Mgungu, du bist ein alter, neurotischer Eingeborener!‹ Aber mein Instinkt bewahrte mich davor, mich dem Museum oder der Limousine zu nähern. Ich machte mich in Richtung Innenstadt davon und hielt den Kopf tunlichst gesenkt.

Nun war ich zwar frei und ungebunden, hielt mich aber für einen gewöhnlichen Kriminellen. Erst dachte ich, einen fürchterlichen Fehler gemacht zu haben, da Reynard und der Zwerg mit der Polizei sicherlich aus einem Grund aufgekreuzt waren, der mit mir nichts zu schaffen hatte, aber als ich an einem Zeitungsstand vorbeikam und die Schlagzeilen der New York Post las, wußte ich, daß ich richtig gehandelt hatte: Polizei jagt rasenden Kannibalen.

»Ich habe kein Geld«, teilte ich dem Zeitungsagenten mit.

»Und?«

»Ich meine, daß Sie mir eine dieser Zeitungen überlassen sollten, wenn Sie nicht Ihr unmittelbares Ableben riskieren möchten«, sagte ich augenrollend und zähnefletschend.

»Was?« sagte der Zeitungsagent, der nicht kapiert hatte, um was es sing. »Vielleicht verstehe ich Ihren Akzent nicht.«

»Ich sagte, geben 'Se mir 'ne Zeitung oder es geht Ihnen an die Gurgel.«

»Sie ticken wohl nicht ganz richtig«, sagte der Agent. »Das geht nicht.«

»Haben Sie diese Schlagzeile gelesen?«

»Ja.«

»Damit bin ich gemeint, und wenn ich jetzt nicht sofort diese Zeitung bekomme, sind Sie das Opfer Nummer zwei.« Es tat mir ja so leid, diese Methoden anwenden zu müssen, aber anders wäre ich nicht an das gewünschte Presseprodukt gelangt.

»Geht in Ordnung«, sagte er mit einem Mal sehr kleinlaut und schwitzte Blut und Wasser. »Greifen Sie zu. Nehmen Sie zwei. Nemen Sie auch noch eine *New York Times*«, sagte er und zerraufte die Zeitungsstapel. »Wollen Sie auch noch ein *Interview? Vanity Fair? Cosmopolitan? New Yorker?* Vielleicht noch ein Extraexemplar, um es nach Hause zu schicken? Da, da!«

»Nein, nein danke. Die *Post* genügt. Haben Sie besten Dank, Sir. Ich werde mich Ihrer Großzügigkeit noch lange erinnern.«

»Sie haben doch nicht vor, hierher zurückzukommen, oder?«

»Nein, ich glaube kaum.«

»Darf ich Sie um Ihr Autogramm bitten?«

»Mit dem größten Vergnügen«, sagte ich und schrieb mein *Mgungu Yabba Mgungu,* ehe ich ihm Auf Wiedersehen sagte. Dann machte ich mich mit meiner Zeitung davon, setzte mich in der Park Avenue auf eine Bank und las die verschiedenen Artikel über den Kannibalen.

Es war keine erquickliche Lektüre.

In den Artikeln stand, daß ich in dieses Land gekommen sei, um an einem Tanzfestival des Museums für primitive Kulturen teilzunehmen, daß ich die Millionenerbin Maria Fishburn kennengelernt und mit der Absicht geheiratet habe, sie zu töten und zu verspeisen, um in den Besitz ihres Vermögens zu gelangen. Überreste einer noch immer nicht identifizierten Leiche seien in ihrer Wohnung von ihren Freunden entdeckt worden, von Reynard Lopato, einem wohlhabenden Kunstsammler, und Mikhail Van Hoosen, dem bekannten Schriftsteller und Journalisten. Diese hätten mich in der Wohnung bei der Zubereitung eines Steaks überrascht und auf Befragen hätte ich ihnen fröhlich lachend weitere Steaks in der Tiefkühltruhe und noch eine Reihe anderer Körperteile der fraglichen Leiche gezeigt. Es sei nicht auszuschließen, daß das Museum für primitive Kulturen in den Fall verwickelt sei, weswegen die Staatsanwaltschaft die Finanzen des Museums überprüfe, da dieses schon seit geraumer Zeit von den Fishburns, besonders von Maria Fishburn, beträchtliche Zuwendungen erhalten habe. In einem möglichen Betrugsskandal spielten zwei Personen eine zentrale Rolle, der Kannibale aus New Burnt Norton und der Museumskurator Parker Junius, der sich zur Zeit von den Folgen eines Herzinfarkts im Mount

Sinai Hospital erhole. Die Familie Fishburn habe eine Belohnung über zehntausend Dollar zur Aufklärung des Verschwindens ihrer Tochter Maria ausgesetzt, während von anonymer Seite noch einmal zehntausend Dollar für Informationen gespendet worden seien, die zu meiner Verhaftung führten.

NEW YORK POST

FINAL

March 21st

35 Cents

JOY PAUL GUILFORD PAGE 51

NEW DRUG SWEEPS STREETS

CANNIBAL MANIAC HUNTED BY COPS

■ HUMAN BBQ BASH IN BRONX

LATE DETAILS PAGE 3

The cannibal Mgungu and his victim, heiress Maria Fishburn.

U.S. REPORTER SEIZED

We've created a monster

Mgungu auf der Titelseite der New York Post

Es folgte eine kurze Biographie über mich, in der zu lesen war, daß ich ein primitiver Wilder ohne jede Moral sei, kein englisch könne und ein fünfundsechzigjähriger Mohammedaner mit drei Frauen sei. Man dürfe davon ausgehen, daß ich vor nichts zurückschrecken würde, wenn ich Hunger hätte, und daß

Kannibalen besonders von jungen, fleischigen Mädchen angetan seien. Man rate den Frauen in Manhattan, Parkanlagen zu meiden und sich spät nachts nicht mehr auf die Straße zu begeben.

Darunter war ein Artikel über die Geschichte des Kannibalismus und über australische Ureinwohner, die sich um die Jahrhundertwende weiße Menschen kochten. Zur Illustration waren ein paar Kupferstiche abgebildet, auf denen tafelnde Kannibalen zu sehen waren. Auf Seite sechs stieß ich auf ein Foto von mir, aufgenommen während der Hochzeit. Es zeigte mich blöde lächelnd in meiner clownartigen Gesichtsbemalung.

Zum Schluß war da noch ein kurzes Interview mit einem gewissen Wachtmeister Marc Goldblatt vom neunten Revier, der behauptete, vor ein paar Wochen im Central Park mit einem Mann gesprochen zu haben, der der gesuchte Kannibale sei. »Er trieb seltsame Dinge mit einem Eichhörnchen«, sagte Wachtmeister Goldblatt. »Damals hielt ich ihn einfach für einen schlichten Irren. Aber irgendwie kam mir der Kerl nicht ganz koscher vor. Ich wollte ihn mir noch mal vorknöpfen, konnte ihn aber nicht mehr finden. Mir war noch nie jemand über den Weg gelaufen, der derart hinter einem Eichhörnchen her war. Aber das gibt's, man hat mir von ihnen erzählt, diesen Eichhörnchenfreaks.«

Ich blätterte die Zeitung noch weiter durch, als sich ein Mann neben mich setzte. Aus seinem Transistorradio krächzte eine Stimme: »In der folgenden Nachrichtensendung: die Geschichte eines Mannes, der Opfer seines TV-Kostüms wurde. Nach Autounfall von seinem Fernsehergehäuse zerquetscht.«

»Wo ist die verdammte Sportreportage?« sagte der Mann und suchte einen anderen Sender.

»Moment!« rief ich aufgeregt. »Ich möchte das hören.«

Daraufhin sah mich der Mann an, als habe er mich vorher gar nicht wahrgenommen. »Hey, sind Sie nicht der wahnsinnige Kannibale?« sagte er und verschwand im Straßenverkehr.

Noch bevor ich über mein eigenes Geschick nachzudenken

vermochte, versank ich erst einmal in tiefe Trauer. Wie konnte einem das Leben doch mitspielen! Daddy-o hatte mal beobachtet, wie ein Mann ein Haar aus seinem Essen zog, woraufhin er mir von seinem Freund Bronx Bronco erzählte, der es fertiggebracht hatte, drei Jahre lang ohne Unterbrechung betrunken zu sein und eines Tages versehentlich ein Haar verschluckt hatte, das dann in seinem Magen Wurzeln schlug und zu so erstaunlicher Größe anwuchs, daß es ihn tötete, noch ehe ein operativer Eingriff ihn hätte retten können.

Ich weinte kurz und wischte mit meinem Ärmel eine schlaffe Träne aus meinem Augenwinkel. Kaum hatte ich geglaubt, mein Leben in eigene Hände nehmen zu können, war ich ratloser denn je. Was sollte ich bloß tun?

Es war mir rätselhaft, wie diese schrecklichen Gerüchte über mich in die Welt gesetzt werden konnten? Kannibalismus? Einen Augenblick lang glaubte ich tatsächlich, daß Maria Fishburn tot sei, noch verwirrt von den Zeitungsartikeln, oder daß ihr sonstwas Schreckliches passiert sei, aber... Ich kannte diese reichen Leute. Ich traute Reynard nicht mehr. Auch seine Geschichte von Marias angeblichem Selbstmord erschien mir unglaubwürdig. Wahrscheinlich hatte sie sich nur für ein paar Tage auf die Bahamas verdrückt und würde Anfang nächster Woche wieder zurück sein. Reynard selbst hatte die Ansicht geäußert, Maria sei möglicherweise in Schwierigkeiten geraten und habe keine andere Wahl gehabt, ihre Wohnung ein paar Unterweltlern als Schlachthof zur Verfügung zu stellen. Vielleicht stimmte auch die Version des Zwerges: Überraschte Einbrecher hatten in ihrer Panik einen Hausgast Marias ermordet. Reynard hatte mir geraten, von der Bildfläche zu verschwinden, damit sie wieder alles ins reine bringen könnten. Hieran hatte ich mich gehalten und so sollte es auch bleiben, bis sich eine Lösung des Rätsels gefunden hatte.

Ich war nach wie vor überzeugt, daß das alles eine Art Mißverständnis war, das mit mir eigentlich nichts zu tun hatte. Am besten, ich würde mich verkleiden. Aber wie könnte ich das ohne Geld bewerkstelligen? Nun, ich würde später darüber nachdenken. Zunächst mußte ich erst mal Parker Junius im Krankenhaus besuchen, um ihm die wahre Geschichte aus der Nase zu ziehen. Vielleicht kannte er die Wahrheit? Ich war ganz sicher, daß er mich nicht verhaften lassen würde, da er reich genug war, um auf die Prämie für meine Ergreifung verzichten zu können. Mein lieber Freund mit seinem Herzinfarkt! Wie ihn der ereilen konnte, war mir ohnehin rätselhaft, da er mir versichert hatte, seit dem letzten Infarkt nur noch gesund zu leben. Ich hatte große Sehnsucht, ihn zu sehen und schlich zum Mount Sinai Hospital, wobei ich sorgsam öffentliche Plätze und bevölkerte Straßen mied. Lassen Sie mich alles der Reihe nach erzählen. Ich trat also ein und überlegte, ob ich die Leute in der Vorhalle überreden sollte, mir das ein oder andere Stück für meine Verkleidung auszuleihen. Einen Mann, der in einer Ecke saß, könnte ich um seinen Hut bitten; eine Asiatin könnte ich ersuchen, mir ihre kleinen, vergoldeten Ohrringe zu geben und so weiter. Aber dann änderte ich meinen Plan. Ich ging zur Anmeldung und erkundigte mich bei der Empfangsdame nach Parker Junius' Zimmer. »Er liegt in der siebten Etage«, sagte sie. »Zimmer 809. Aber ich glaube, daß er keinen Besuch empfangen möchte. Fragen Sie doch die Stationsschwester. Ich kann auch schnell für Sie anrufen.«

»Schon gut, Herzblatt«, sagte ich. Merken Sie, wie leicht es mir inzwischen fiel, mit Amerikanern zu sprechen? Vor allem mit Frauen – dieses »Herzblatt« ging mir von den Lippen, als hätte ich mein ganzes Leben ausschließlich in den Vereinigten Staaten verbracht.

Ängstlich zitternd fuhr ich mit dem Aufzug nach oben, umgeben von Ärzten und Besuchern und kleinen, stämmigen Krankenschwestern. Es hätte mich nicht gewundert, wenn sie sich alle schreiend auf mich gestürzt hätten, aber sie erkannten mich nicht. Bei der Hektik hier, hatten sie andere Dinge als Kannibalen im Kopf. Möglicherweise war ich auch deswegen schwer zu erkennen, weil ich in der Zeitung als Fünfundsechzigjähriger beschrieben worden war und die Leute nach einem älteren Mann Ausschau hielten.

In der siebten Etage war das Stationszimmer leer. Wahrscheinlich saß die Schwester auf der Toilette oder irgendwo vor dem Fernseher, oder vielleicht trieb sie auch gerade Gruppensex. Ich ging also den Gang hinunter und direkt in das Zimmer 809. Und hier fand ich ihn, den großen Gelehrten Parker Junius, bäuchlings auf seinem Bett liegend.

Er sah einfach schrecklich aus, mein Wort drauf. Seine Haarbüschel hingen weiß und welk auf die schlaffen Hautlappen seines Gesichts. Er hatte seine Brille nicht auf, sie lag zerbrochen auf dem Nachtkasten. Und sein Gesichtsausdruck war auch nicht die reine Freude, was daran gelegen haben mag, daß er seine Zahnprothese nicht im Mund, sondern in einem Glas neben seinem Bett hatte. An der Wand war ein Waschbekken, und das Fenster gab den Blick auf eine Baustelle frei, auf der Arbeiter mit Preßlufthämmern einen Höllenlärm veranstalteten, so daß man sich beim Reden förmlich anbrüllen mußte.

»Mein Freund«, sagte ich und machte die Tür zu, »ich wußte nicht, daß Sie Gebißträger sind. Ich bin zutiefst erschüttert.« Ich sah seine Kleidung in dem geöffneten Wandschrank hängen: einen gestreiften Sweater, weiße Shorts, ein weißes Hemd und ein Paar Turnschuhe – den ganzen Kram eines Berufssportlers. »Mein Freund, wie konnte es nur passieren, daß Sie in dieser Müllkippe gelandet sind?« rief ich.

Parker Junius' Zustand ließ nur ein kurzes Aufstöhnen zu, wobei er gerade noch imstande war, einen laschen Augenaufschlag zu riskieren.

»Was?« sagte ich. »Wie geht es Ihnen, alter Junge?« Und ich hätte ihm gern auf den Rücken geklopft, so erfreut war ich, ihn noch unter den Lebenden zu sehen, wäre da nicht diese Krankenschwester gewesen, die dauernd ihren blöden Kopf in die Tür streckte. Er stöhnte wieder auf. »Was?« fragte ich. Es war äußerst schwierig, seine Worte in dem Baustellenlärm wahrzunehmen, aber was ich verstand, lautete so: »Ich bin ein Mensch ohne Prinzipien, dennoch bin ich von drei oder vier Dingen überzeugt. So sollten die Leute ihre Familien nicht einfach auffressen, zumindest ihre Ehefrauen nicht. Und ein anderes Prinzip lautet: Man sollte Leuten mit zerrüttetem Kreislauf jedwelche Aufregung ersparen, und falls Sie gekommen sind, um mich zu foltern, darf ich Sie bitten, mich alleine zu lassen.«

»Ich? Sie foltern?« Ich war schockiert und mehr als beleidigt, stellte dann aber fest, daß mein armer Freund von seiner Krankheit stärker zerbeutelt war, als ich angenommen hatte. »Mein lieber Freund, ich fürchte, Sie sind Opfer einer schrecklichen Misinformation«, sagte ich. »Da hat jemand die schauerlichsten Gerüchte über mich verbreitet. Wie sehr wünsche ich doch, Gelegenheit gehabt zu haben, Ihnen schon früher alles zu erklären! Wäre doch alles anders gelaufen, seit ich den Boden dieses Landes betreten habe!«

»Alles läuft immer anders, als man erwartet«, flüsterte Parker Junius. »Man darf nur nicht die Hände in den Schoß legen, denn von sich aus ändert sich nichts.«

»So ist es«, sagte ich. »Jetzt erzählen Sie mir doch, was Ihnen zu Ohren gekommen ist?«

Wie sich herausstellte, hatte er gerade Squash oder Rackett gespielt (was der Unterschied zwischen diesen beiden Sportarten ist, habe ich nie herausbekommen, obwohl ich es gerne gewußt hätte), und zwar im New York Athletic Club, wo er bis zu drei Mal wöchentlich spielte. Während er gerade mitten in einem Match war, rief ihm ein Freund zu – und Sie dürfen mir glauben, daß laut Parker Junius der New York Athletic Club keine Institution war, in der lautes Rufen oder Eingeborene aus New Burnt Norton zugelassen waren – dieser Freund also rief: »Hey, ich habe gehört, daß Maria Fishburn verschwunden ist, und daß sich die Staatsanwaltschaft für das Museum interessiert. Da stimmt doch was nicht, Parker, du alter Ziegenbock!« Und diese Nachricht schockierte den guten Junius derart, daß seine Pumpe nicht mehr mitspielte und er mit dem Krankenwagen ins Hospital gebracht werden mußte. Dies alles ereignete sich vor ein paar

Wochen und genau an dem Abend, als ich in mein Hotel zurückgekehrt und dort anschließend rausgeschmissen worden war.

Ich wußte noch, wie er mir einen früheren Infarkt geschildert hatte, und ich fragte ihn, ob es diesmal genauso gewesen war? »Genauso und doch anders«, sagte er schwach. »Ich hasse Sie nicht mehr, Mgungu. Wissen Sie, ich habe Sie immer gemocht.«

»Schon gut«, sagte ich.

Es sah nicht danach aus, daß er sterben würde. Er versicherte, mein Besuch würde ihm guttun, aber als ich sagte, daß ich leider nicht lange bleiben könnte, schien ihn das offensichtlich aufzumöbeln. Ich versuchte, ihm klarzumachen, daß die Zeitungsberichte Quatsch wären und Maria Fishburn am Leben sei. Außerdem sei ich schon längst kein Kannibale mehr und verschmähe Menschenfleisch, wenn es irgend ging. Aber er hörte mir nicht zu. Dabei war ich nur gekommen, um die Hintergründe der ganzen Affäre zu erfahren.

»Bringen Sie mir bitte ein Glas Wasser«, sagte er. Dann netzte er seine Lippen und fuhr fort: »Ich habe wieder ›Bildnis einer Dame‹ von Henry James gelesen. James analysiert die Problematik der Zivilisation, und seine Figuren nehmen die feinsten Unterschiede wahr, sind für Gefühlsnuancen empfänglich. Ihm geht es darum, die Welt mit neuen Augen zu sehen. Also erst einmal, diese Unterschiede sind an der Oberfläche zu suchen: das Erscheinungsbild der Dinge – Denkmälern, Gebäuden, Plätzen.«

»So ist es«, sagte ich. Armer, alter Kerl, wie gewöhnlich wechselte er von einem Thema zum anderen. Ich ließ ihn sprechen und zog meine verdreckte Pennerkleidung aus, um mir seine schöne, weiße Sportgewandung anzulegen. Ach, wie rein und sauber war diese doch, wie herrlich duftete sie nach aprilfrischem Waschpulver!

»Darüber hinaus beleuchtet er Beziehungen – Beziehungen zwischen der Moral und der Ästhetik. Dieser Bereich ist deutlich herausgehoben. Aber ehe wir das analysieren, Mgungu, sollten wir uns erst einmal viel allgemeiner mit dem befassen, was James uns zu sagen hat. Die meisten seiner Bücher – vor allem ›Bildnis einer Dame‹ – sind voller Betrachtungen, bei denen man immer versucht ist, Kommentare an den Rand zu schreiben, finden Sie nicht auch?« Und während er weiter drauflosredete, sah ich mir die Tabelle am Fußende seines Bettes an und stellte fest, daß es sehr viel besser um ihn stand, als ich erwartet hatte. »Wie verschiedenartig waren doch die Lebensumstände von Isabel Archer und Emma Bovary! Und was meint Isabel, wenn sie sagt, sie sorge sich um ihre Unabhängigkeit? Hätte sich doch Maria bloß auch weniger Sorgen in dieser Hinsicht gemacht! Und wie steht Isabel zu sexuellen Beziehungen? Die Metaphorik ist voll von erotischen Obertönen. Hat Isabel Angst vor der Ehe? Ja. Versetzt Sex sie in Schrecken? Ich nehme es an. Vögel. Wir sehen ganz viele Vögel durch die Lüfte fliegen.«

»Möchten Sie noch etwas Wasser?« fragte ich. Ich führte das Glas an seine Lippen, aber er stieß es ungehalten zur Seite. »Man könnte sagen, daß Isabel auf der Suche nach jemandem ist, der ihren ganz speziellen Ansprüchen genügt. An einer neuen Beziehung ist sie immer interessiert, wird ihrer aber stets sehr rasch müde.«

»Ehrlich gesagt, ich habe keine Ahnung, wovon Sie sprechen«, sagte ich. »Es tut mir ehrlich leid, aber ich kapiere absolut nichts.«

»Selbstverwirklichung durch Befreiung, das darf man nicht unterschätzen. Kant – der deutsche Philosoph der Aufklärung, Sie wissen schon – hat einmal gesagt: ›Die Menschen sind die Mittel eines sich selbst erfüllenden Zwecks.‹«

Ich konnte es nicht fassen, daß er ernsthaft glaubte, ich wisse, wer Kant war. Der arme Kerl verströmte seine Gedanken – schnell und reichlich zusammenhangslos. Ich konnte nicht alles hören, da es draußen, wie gesagt, recht laut und Parker Junius so geschwächt war, daß er kaum mehr als flüstern konnte. »*Ficelle* – wissen Sie, was das ist, Mgungu?«

»Nein, ich glaube nicht, Sir«, sagte ich. Ich hatte seine Hand ergriffen und hielt sie zärtlich zwischen meinen eigenen. »*Ficelle* – eine Art Faden oder Schnur, die Henry James und mir gleichermaßen als Vertrauter dient. Sie, Mgungu, waren in dieser kurzen Zeit mein *ficelle.*«

»Natürlich.«

Jetzt betrat die Krankenschwester den Raum und sah, wie ich seine Hand hielt. »Sie haben hier nichts zu suchen«, sagte sie. »Dieser Mann ist sehr krank.« Dann flackerten ihre Augen ein wenig auf, und sie starrte mich unverhohlen an, was alles andere als höflich war. Gewöhnlich sind mir Leute nicht auf Anhieb unsympathisch, aber die da war eine kleine Katze. »Ich weiß, wer Sie sind!« sagte sie mit einem gellenden Schrei. »Sie sind der Kannibale! Was machen Sie hier? Mein Gott! Was sind Sie doch für ein Vampir! Dieser Mann ist noch nicht einmal tot und Sie hocken schon wie ein Aasgeier neben ihm! Ich habe heute über Sie in der Zeitung gelesen!« Und ihr Gesicht bedeckte sich mit leuchtend roten Flecken, was ein faszinierender Anblick war.

Ich legte Parker Junius' Hand nieder und ging auf die Krankenschwester zu. »Haben Sie vor, mich zu verraten?« fragte ich mit fester Stimme.

»Auf der Stelle«, sagte sie.

»Ich fürchte, daß ich in diesem Fall gezwungen bin, Sie gegen Ihren Willen hier festzuhalten.«

Und ich beraubte Parker Junius seines Bettuchs, da außer meinen verdreckten Plünnen weiter nichts Geeignetes in dem Zimmer war, und hielt mit einer Hand die Krankenschwester fest – sie war stark und wehrte sich wie wild, aber sie hatte keine Chance – und riß mit der anderen Hand und meinen kerngesunden Zähnen das Leintuch in Streifen.

Dann fesselte ich sie an das Bett, eines dieser großen, massiven Krankenhausbetten aus Eisen, und knüpfte die Schlingen so fest, daß ein Entkommen unmöglich war. Parker Junius warf sich inzwischen hektisch in seinem Bett hin und her, wohl eine Nebenwirkung der Medikamente, die man ihm verabreichte. Dabei murmelte er: »Ich schäme mich zu Tode. Wie konnte das nur passieren?« Der arme Junge phantasierte und wußte weder, was er sagte, noch was um ihn herum geschah.

Ich knebelte die Schwester, dann schlich ich den Gang runter, verließ das Hospital und betete, daß mich unterwegs niemand erkennen würde.

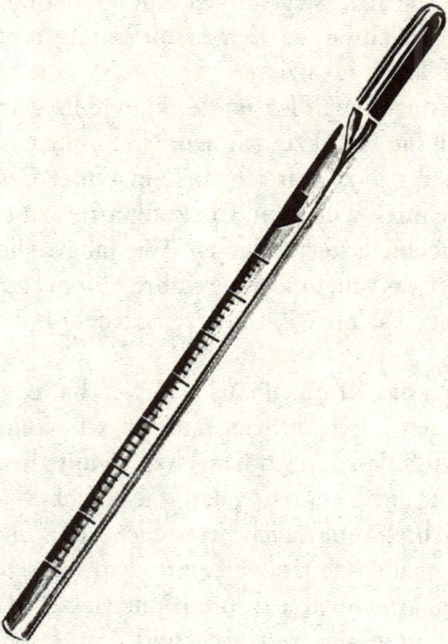

Als ich damals auf meinem Kapokbaum auf New Burnt Norton saß und den Tod meines kleinen Schweinchens beweinte, konnte ich nicht ahnen, daß ich nur wenige Jahre später in Tennisshorts ratlos durch Supermärkte wandern würde, stets auf der Hut vor der Polizei. Es war erstaunlich, in welch kurzer Zeit es mir gelungen war, bis zum Kragen in der Tinte zu sitzen!

Eins wurde mir allmählich immer klarer: Es war Zeit, mein Leben selbst in die Hand zu nehmen. Ich mußte endlich anfangen zu leben. Bis jetzt war ich nur ein Opfer der Umstände gewesen, hatte mich willig von Cocktailparties zu Pressekonferenzen und Picknicks zerren lassen. Wie langweilig! Ich sollte jetzt wirklich etwas tun, um meine wahre *Moodla* zu offenbaren – aber was nur, was nur? Ein bitteres Lächeln kräuselte meine Lippen.

Nachdem ich das Krankenhaus verlassen hatte, strolchte ich ein paar Stunden durch die Gegend, um schließlich auf einer Parkbank einzuschlafen, nachdem ich mich mit alten Zeitungen bis zum Schopf zugedeckt hatte, damit ich nicht erkannt wurde. Als ich erwachte, mußte ich feststellen, daß die Druckerschwärze auf meinen neuen weißen und so hübsch gestärkten Kleidern ein paar schwarze Spuren hinterlassen hatte, ja, ein paar Wörter hatten sich sogar da und dort festgedruckt. So standen jetzt auf meiner Brust die Wörter KANN und auch VERSCHLINGT. Natürlich würde ich diese Textilien erst einmal in die Reinigung geben müssen, bevor ich sie zurückgeben würde, das war klar. Ich rieb mir den Schlaf aus den Augen, fühlte mich aber nach wie vor ziemlich erschöpft.

Die Stadt erschien mir häßlich, die Gebäude kamen mir wie boshafte, zähnebleckende Fratzen vor. Die dunklen Fenster starrten mich geradezu an, und die Straßen waren wie ausgestorben. Das kiesige Pflaster tat meinen Füßen weh, und der Himmel war nicht schwarz, wie es sich für die Nacht gehört hätte, sondern erinnerte an ein bedrohliches Nadelkissen. Ich sehnte mich nach der kühlen, weichen Erde New Burnt Nortons, über die sich der Himmel mit seinen funkelnden Sternen wie ein Helm wölbte.

Ich ging zum Hudson, an den Broadwaypennern vorbei, die nicht mehr meine dösenden Freunde, sondern Relikte einer fernen Vergangenheit waren. Von ganzem Herzen sehnte ich mich danach, jetzt Daddy-o bei mir zu haben, und ich erwog, meinen alten Kumpel, den Pizzabäcker Joey aufzusuchen, aber der wohnte irgendwo in Brooklyn, dachte ich wenigstens, und wie man da hinkommt, wußte ich nicht mehr.

Die Stadt glotzte mich haßerfüllt an, und die Autos bedrohten mich wie fauchende Tiger.

Außerdem sah ich überall Polizisten, bildete es mir jedenfalls ein, und meinen Kopf sah ich mit einem Apfel im Mund auf einem Servierteller liegen, davor ein Schild mit der Aufschrift: »10 000 Dollar«. In derart schreckliche Gedanken vertieft hastete ich weiter am Flußufer entlang und befand mich plötzlich vor dem ›Warehouse 29‹, der beliebten Disko.

Sogar schon zu dieser Stunde, und es war weiß Gott noch nicht spät, drängten sich Menschen vor dem Eingang, wild verkleidet, als Dionysos, Garfield, Batman und Robin, King Kong oder sonstige amerikanische Heroen. Ich beschloß, geradewegs reinzugehen, bekam aber im selben Moment Fracksausen, da ich mir die Schande und Demütigung ausmalte, falls ich abgewiesen würde. Trotzdem bahnte ich mir rücksichtslos meinen Weg durch die Menge. Und siehe da, diese teilte sich bereitwillig, wenn auch einige Personen es sich nicht verkneifen konnten, mir Verbalinjurien an den Kopf zu werfen: »Paß doch auf, Lümmel!« und: »Na, Biene, kannst es wohl nicht abwarten?!« Als ich die Tür erreicht hatte, wußte ich nicht mehr, wie es weiterging. Zu meiner Überraschung jedoch öffnete sich das kleine Fenster, und das weiße, verschreckte Halbaffengesicht von Joeys Cousin erschien. Kurz darauf öffnete sich die Tür und ich wurde hineingelassen.

Drinnen hatte sich so ziemlich alles verändert. Schutt, Schotter und Asche war entfernt worden, die Böden bestanden nun aus ölglänzendem Metall. Der Aufzugschacht neben dem Eingang war durch ein Schwimmbecken ersetzt worden, nach Chlor stinkend und über und über mit farbigen Glühbirnen ausgestattet. Ein Mädchen mit einem roten Mund von den Ausmaßen einer Untertasse führte mich in einen Raum mit wackeligen Tischen. An den Wänden hingen Gemälde, ebenso zahlreich wie unverständlich. Alkohol gab es keinen mehr, nur noch Speiseeis in allen möglichen Geschmacksrichtungen mit blumigen Bezeichnungen wie: ›Blaubeer-Käsekuchen, Pralinenfüllung, Honigtopf‹ etc.

Ungebeten reichte man mir mehrere Eisbecher, und ich fragte mich, warum ich hier so seltsam höflich und zuvorkommend behandelt wurde? Natürlich hinderten diese Gedanken mich nicht, genußvoll alle diese Köstlichkeiten in mich reinzustopfen. Und diese Eisbecher. Sie waren mit Schlagsahne und allen möglichen Zutaten verziert und wurden von Männern und Frauen serviert, die vom Bauch an oben nackt waren.

Die Brüste der Frauen waren von unterschiedlicher Form und Größe, und die Brustwarzen von dunkelrot über orangebraun bis zartrosa gefärbt.

Erotisierend fand ich das allerdings nicht, im Gegenteil, es störte mich geradezu beim Essen und flößte mir direkt Widerwillen ein.

Die Männer glänzten vor Öl oder Schweiß und trugen Joggingshorts. Joeys Cousin erschien auf der Bildfläche und ging auf mich zu, seine Knopfaugen hinter einer Sonnenbrille verborgen. Er tat sehr ehrerbietig, benahm sich fast überschwenglich, als seien wir die dicksten Freunde und gab mir mehrmals seine feuchte, heiße Hand, die sich wie eine Qualle anfühlte. Vielleicht, dachte ich, werde ich heute abend einen neuen Freund gewinnen, und vielleicht weiß er Rat.

Er setzte sich, seine Leibwächter oder Handlanger pflanzten sich hinter seinem Stuhl auf, und man servierte ihm einen Eisbecher. »Schanklizenz«, erläuterte Guich, während er seine Vanillepampe mit Bananenscheiben löffelte – meiner Ansicht nach darf man so etwas keiner Banane antun. »Schrecklich schwer zu bekommen. Wir hatten eine, wurde aber wieder eingezogen. Bis ich eine neue kriege, ist das hier erst mal eine ›Säftebar‹. Gefällt's dir?«

»Ja, sehr«, antwortete ich, hätte aber gerne gewußt, ob er denn nichts von der Belohnung auf meinen Kopf wußte und meinem angeblichen Kannibalismus. Und plötzlich hielt er mir ein Röhrchen unter die Nase und klopfte mir gleichzeitig kräftig auf den Rücken, so daß ich husten, tief Luft holen und inhalieren mußte.

Beim Einatmen wurde mir kalt und schwindlig. Der Raum begann sich zu drehen, und der Löffel voll Eis landete auf meiner Backe. »Amylnitrat«, sagte er.

»Aha«, sagte ich.

»Magst du das? Hast du es schon mal genommen?«

»Nein«, sagte ich. Und ich fühlte mich wie abgekapselt, aber nur ganz kurz, und ich konnte meinem Freund zulächeln. »Komm schon«, sagte er und führte mich durch die Disco, und die Gäste verbeugten sich vor uns beiden und machten Kratzfüße.

Dann schloß er eine Tür auf und führte mich in den Keller, der voller Rohre und knisternder Elektrodrähte war. Der Hudson mußte ganz in unserer Nähe sein, denn wir konnten ihn zwischen uns gurgeln hören. Falls ich mich nicht täuschte, war der aus Erde bestehende Fußboden mit grauen Kröten übersät, auf die man ohne Zweifel getreten wäre, hätten sie sich nicht hopsend davongemacht.

Joys Cousin zeigte mir, wie man das weiße Puder durch die

Nasenlöcher einnahm, keine leichte Aufgabe, wenn einem dauernd sein Nasenschmuck im Weg ist. Ich fand es ja vulgär, geradezu obszön, daß wir zwei da im Keller standen und dieses Scheuerpulver in unsere Nasen stopften – es schmeckte nach Ajax, einem beliebten Reinigungsmittel –, aber ich sagte nichts, da es ihm offenbar gefiel und er nun mein Freund war. Dieses Zeug betäubte mein Hirn vollständig, was ich nicht so furchtbar amüsant fand.

Dann gingen wir wieder zum Tanzsaal hoch, und ich fing wie ein Wilder zu tanzen an, ohne daran zu denken, daß ich das überhaupt nicht konnte. Eine Kellnerin brachte mir ein Gläschen Bourbon nach dem anderen, und ich schluckte fröhlich drauflos. Von der Decke rieselten Schneeflocken, die sich auf dem Fußboden in Waschpulver verwandelten, so daß ich dauernd ausrutschte und auf den Kopf knallte. Von Zeit zu Zeit ließ ich meinen Kannibalenschrei los, der ungefähr so ging: »Yaaaauuuggghhhh!« und bei den anderen gut ankam.

Bald kam es mir vor, als würden wir alle ein großes Stammestanzfestival feiern, und ich glaubte sogar, daß dies genau Parker Junius' Vorstellungen entsprach, wobei ich mir einbildete, daß das Tanzfestival in diesem Moment stattfand, obwohl es schon längst vorbei war. Mehrere Fotografen machten Blitzlichtaufnahmen von mir, während die anderen Tänzer einen weiten Bogen um mich machten, dabei aber auf mich zeigten und mich anstarrten. Die majestätische Eleganz meiner Tanzkünste beeindruckte sie offensichtlich. »Der gewählte Häuptling der Lesser Pimbas!« rief ich. »Stolzer Besitzer von hundert Schweinen und nahezu vier Frauen! Erbe eines Millionenvermögens! Master Charge, Visa, American Express!« Für einen Moment hatte ich mich hinreißen lassen.

Schließlich legte ich mich auf eins der Sofas und stellte fest, daß ich wohl doch nicht mehr so jung war, wie ich mich fühlte. Dann schwanden mir die Sinne, hatte aber kurz zuvor noch eine Vision – Maria Fishburn tummelte sich nackt in einem Schwimmbecken mit Reynard, der seinen grünen Anzug trug.

Und mir war schleierhaft, warum das Wasser seinem Anzug nichts anhaben konnte.

Vermutlich habe ich eine beträchtliche Weile schlafend auf dem Sofa zugebracht.

Als ich erwachte, plagte mich ein Würgehusten, und in dem Raum schwelte dicker, schwarzer Rauch. Es roch nach verbranntem Puffmais, und meine Augen und Lungen brannten wie verrückt. »Hey!« rief ich und richtete mich auf. »Da brennt was!«

Die Tanzfläche war leer, und auch sonst war niemand mehr da, obwohl im Hintergrund eine gräßlich leiernde Platte mit ›Someone left a hamster in the rain‹ weiterlief. Meterhohe Flammen züngelten am Ende des Raums empor, und ich versuchte verzweifelt, mir meinen Weg durch den Qualm zu bahnen, der mir die Sicht versperrte.

Ich griff mir ein Sofakissen, preßte es auf Mund und Nase und taumelte von Raum zu Raum, in der Hoffnung, den Ausgang zu finden. Inzwischen waren ein paar Feuerwehrleute damit beschäftigt, von außen ein Loch durch die Mauer zu schlagen. Als sie mich sahen, riefen sie: »Da ist einer!«, und sie halfen mir nach draußen.

Glücklicherweise erkannten sie mich nicht und fuhren fort, die Mauern des Gebäudes einzureißen. Draußen hatte sich eine riesige Menge versammelt, die aus evakuierten Leuten bestand und solchen, die noch immer auf Einlaß hofften. Die Polizei hatte sie umkreist, um sie von dem Kai zu drängen, da sie sonst ins Wasser gepurzelt wären.

Feuerwehrautos sprühten Wasser aus Hydranten, und ich sah, wie die ganze Rückseite des Gebäudes in Flammen stand, und daß es sich nur noch um Sekunden handeln konnte, bis der Kai zusammenstürzte. Es wimmelte von Polizisten, und ich sagte mir, es sei wohl keine schlechte Idee, möglichst schnell zu verduften. Ein Feuerwehrmann wollte mir eine Sauerstoffbehandlung verpassen, aber ich sagte, ich sei ohnehin auf dem Weg zum Krankenhaus.

Ich mußte so schnell wie möglich fliehen und begab mich auf die Suche nach ein paar verborgenen Seitengassen. Immer mehr Polizei- und Feuerwehrautos brausten herbei. Es war ein gewaltiger Brand. Überall schossen Flammen in die Nacht, in der Luft hingen schwarze Rauchschwaden, und die ganze Gegend mußte geräumt werden. Sogar die Polizeiautos legten den Rückwärtsgang ein.

Ein paar Boote legten an und sprühten Wasser aus dem Hudson in das Feuer, aber das half nun auch nichts mehr. Die Flammen schossen höher und höher, das Gebäude brannte lichterloh, und schließlich brachen das Warehouse 29 und der Kai in den Fluß. Meine letzten Kräfte sammelnd, lief ich weiter, rannte so gut ich konnte, wollte ich doch so schnell wie möglich aus dem Blickfeld der Polizei geraten.

In erschöpftem Zustand war ich besonders brutal. Als ich einen spanischen Lebensmittelladen sah, regten sich meine tierischen Instinkte – ich hatte kein Geld, darum würde ich mir nehmen, was ich brauchte. In diesem Land ist für alle genug da, sagte ich mir. Es kam mir nicht in den Sinn, daß mein gegenwärtiger Zustand einige Aufmerksamkeit auf sich ziehen könnte. Ja, ich hatte einfach übersehen, daß ich rauchgeschwärzt und mit Waschpulver verunziert war und außerdem stark nach Bourbon stank. So betrat ich den Laden, der sowohl tags als auch nachts geöffnet war.

Vor mir war ein Kraftprotz, der eine Fünfzig-Pfund-Tüte Hundefutter und einen Sechserpack Bier kaufte. Hatte sein Hund plötzlich mitten in der Nacht Hunger bekommen? Ich konnte mir das nicht vorstellen, aber da er so viel größer als ich war, traute ich mich nicht, ihn zu fragen. Ich traute Fremden einfach nicht mehr über den Weg.

Verstohlen sah ich mich um und steckte einen kleinen Becher Joghurt und ein paar Schokoriegel in meine Taschen. Dann nahm ich mehrere Hühnereier aus ihren Kartons und ließ sie in meinem Hemd verschwinden und zwar blitzschnell, da jemand bei der Gefriertruhe stand und Unmengen tiefgefrorener

Schnellgerichte in seinen Einkaufswagen lud, wobei er mich verdächtig lange beäugte. Ich überlegte, ob ich mir auch eins nehmen sollte, dann fiel mir aber ein, daß ich keinen Mikrowellenherd hatte.

Ich wollte den Laden gerade verlassen, als zwei Polizisten hereinkamen. In demselben Moment bemerkte ich auch einen gekrümmten Spiegel an der Decke und sah, wie vergammelt ich war. »Der Typ da drüben!« rief der Mann an der Kasse der Polizei zu und zeigte auf mich. »Das ist der Ladendieb!«

Ich stürzte auf die Tür zu, aber einer der Polizisten verstellte mir den Weg. Er packte mich, wobei er die Eier in meinem Hemd zerdrückte. »Verfluchte Scheiße!« rief er. »Ich glaube, ich hab' da was zerdeppert.« Und gelber Dotter tropfte aus meinen Kleidern.

Zwar war ich wegen Ladendiebstahls verhaftet worden, aber als sie auf dem Revier nach meinem Namen fragten, war ihnen bald klar, wen sie vor sich hatten. Endlich war ihnen der rasende Kannibale ins Netz gegangen.

In meiner Zelle höre ich oft ein Saxophon spielen. Zuweilen ist die Musik erstaunlich laut. Dieses wahwah-wah hämmert durch die Luft wie der Schrei eines Riesenvogels, genauer eines Kasuars. Das Gekreisch kommt aus irgendeiner anderen Zelle und geht mir gewaltig auf den Geist. Vorher war mir nie aufgefallen, wie sehr der Klang dieser Instrumente einer menschlichen Stimme gleicht, eines Menschen, der so tief gesunken ist, daß sich Traurigkeit in nackte Verzweiflung wandelt. Der Klang prallt von den Stahlbetonwänden, und jede Note der uu-uu-uus hallt wider und wird zu wah-wah-wahs, bis es sich anhört, als würde ein ganzes Hyänenorchester in Tränen ausbrechen und seinen Spott über mich ergießen.

Kurz nachdem ich in U-Haft gesteckt worden war, erschienen Vertreter großer Verlagshäuser und boten mir Unsummen für die Rechte an meiner Lebensgeschichte. Noch mehr Geld wurde mir versprochen, falls ich diese selbst schreiben würde, wozu ich durchaus in der Lage war, zumal ich ja mehr als genug Zeit hatte.

Mr. Kirk war verschwunden, aber glücklicherweise gelang es mir dennoch, Kontakt zu ihm aufzunehmen, obwohl das nicht ganz einfach war. Seine Kanzlei befand sich in Brooklyn, aber Anrufe nahmen weder er noch seine Sekretärin entgegen, sondern ein Apparat, der nicht antwortete, sondern nur kurze Botschaften entgegennahm. Da ich täglich nur einmal telefonieren durfte, vergingen mehrere Wochen, ehe ich ihn erreichte. Ich hörte erst von ihm, als in den Zeitungen von einem gewissen Geldbetrag die Rede war, den ich von einem Verlag für meine Memoiren bekommen sollte. Ich war derart überrascht, ihn endlich persönlich an der Strippe zu haben, daß ich sagte: »Sind das Sie oder spreche ich mit Ihrer Maschine?«

Es entstand eine Pause, als würde Mr. Kirk nachdenken, dann sagte er: »Ich bin es.« Er habe sich mit meinem Fall befaßt, sagte er, und müsse unbedingt noch einiges wissen. »Zunächst mal, was haben Sie gemacht, nachdem Sie Ihren Vorschuß erhalten haben? Ich weiß jetzt, daß Sie schon seit einiger Zeit über das Geld verfügen. Sie hätten mich ruhig informieren können.«

»Nun, Mr. Kirk, ich habe dauernd versucht, Sie zu erreichen, aber während ich auf Ihre Rückrufe wartete, bin ich wohl ein wenig durchgedreht.«

»In welcher Hinsicht?«

»Ich habe eine vollständig neue Marotte entwickelt. Es ist mir peinlich, Ihnen das zu gestehen, Mr. Kirk, aber ich konnte dem Wunsch nicht widerstehen, Versandwaren zu erhalten. Allein der Gedanke, ein Paket oder einen Brief zu bekommen, nahm zwanghafte Formen an. In einer einzigen Woche habe ich Waren im Wert von vierzigtausend Dollar bestellt, ob Sie es glauben oder nicht.«

»Waren? Was für Waren?« hustete oder bellte Mr. Kirk gereizt ins Telefon.

»Na ja – Käse zum Beispiel. Ich bin Mitglied des Klubs der Käsefreunde geworden. Bruchbänder habe ich auch bestellt.«

»Ich weiß wirklich nicht, wovon Sie sprechen, Mr. Mgungu – verzeihen Sie, daß ich nicht gleich verstehe. Vierzigtausend Dollar?«

»Das Florida Perma-Mobile-Versandhaus hat mich am meisten Geld gekostet – aber lassen Sie mich mal kurz die Reklame vorlesen, mit der das Zeug angepriesen wird, das ich bestellt habe – Moment noch, da hab' ich's.« Und ich zog aus meiner fettglänzenden Brieftasche einen Packen Anzeigen, die ich aus verschiedenen Zeitungen geschnitten hatte. »›LÄNGERE FINGERNÄGEL IN MINUTENSCHNELLE! EIN WUNDER! *Fingernägel wie die Hollywoodstars mit dem erstaunlichen* NAGELVITAMIN.‹ Das habe ich mir gleich dreimal bestellt. ›KEINE HAARE MEHR AUF KINN, ARMEN UND BEINEN – *Endlich bin ich glücklich! Ich war entmutigt, da mich niemand wegen meines überschüssigen Haarwuchses liebte. Hatte alles probiert, sogar Rasierapparate.*‹ Hat übrigens nicht genutzt, und ich hab' es zurückgeschickt, da eine Rückgabegarantie dabei war. Aber bis heute habe ich mein Geld nicht zurückbekommen – vielleicht können Sie sich darum mal kümmern. ›*Handreflexe, richtig angewandt, können Sie von Schmerzen und Krankheiten jeder Art befreien. Lassen Sie sich diese einmalige Chance …*‹ ›*Gelegenheit für alle, die reich werden wollen! Elektronischer Sensor für versunkene Schätze. Spürt Gold, Silber und alte Waffen auf. Verschiedene Modelle.*‹ Ich hab' den für zweihundertneununddreißig Piepen gekauft. ›*Jetzt zugreifen! Vier echte, alte Buffalo Münzen für nur einen Dollar.*‹ Und für vier Dollar fünfundneunzig plus Porto und Versand erhielt ich ein Buch mit den allererstaunlichsten übersinnlichen Prophezeiungen, unter anderem ›*Wie der* PROZESS DES ALTERNS *aufgehalten werden kann, wenn eine neuentdeckte Gehirnfunktion aktiviert wird, die den Schlüssel zum Wunder des Gesundbetens enthält!*‹ Außerdem: ›EIN DIKTATOR WIRD DIE MACHT IN DEN USA *ergreifen und der* ERSTE KAISER DER MODERNEN WELT *werden. Dieser Mensch lebt unter uns, erfahren Sie, wer er ist! Eine* WELTWEITE SEUCHE *wird Millionen Menschen töten, da sie eine einfache Schutzmaßnahme nicht kennen.*‹ Wirklich, wir leben in aufregenden Zeiten.«

»Himmel! Mein Gott, vierzigtausend Dollar! Das darf doch nicht wahr sein?!« Ich hörte, wie Mr. Kirk lange an seiner Pfeife sog.

»Ein Karat für sieben Dollar. Eine seltene Gelegenheit für Edelsteinsammler, echte geschliffene Smaragde zu erwerben, in Geschenkkassette und mit Echtheitszertifikat eines führenden Juweliers von der Fifth Avenue. Eine solche Gelegenheit konnte ich mir doch einfach nicht entgehen lassen, Mr. Kirk?«

»Wie viele haben Sie gekauft?«

»Hunderte. Tausende. Ich weiß es nicht … ›*Schluß mit den*

lästigen Lockenwicklern! Für nur zwölf Dollar fünfundneunzig gibt es die ewige Dauerwelle.‹ Jetzt kann ich endlich meine Brennschere beiseitelegen und muß mein Haar nur noch mit dem neuen *Ondulierkamm* kämmen. Es wird dann sofort wellig. ›*Einfach anzuwenden, keine Elektrizität nötig! Das Geheimnis dieses sensationellen Dauerwellenkamms liegt in seinen doppeltgereihten Zähnen!* ...‹ Für 19 999 Dollar erstand ich ein Haus in Florida. ›JETZT ZUGREIFEN! *Solange die Kaufpreise noch niedrig sind!*‹ Um NIE WIEDER KÄLTE UND SCHNEE– erdulden zu müssen, kaufte ich ein ›*komplett eingerichtetes Drei-Zimmer-Fertighaus inkl. fünfhundert qm Rasengrundstück!*‹ Für zehn Dollar erstand ich ›*das verblüffende Diätgeheimnis einer verzweifelten Hausfrau*‹ ... fünfzehn Dollar und ich erhielt Informationsmaterial, wie man ›*durch astrale Seelenprojektion Erkenntnisse höherer Welten erlangt!*‹ ... Ich habe auch kostenloses Informationsmaterial erhalten, Mr. Kirk, verstehen Sie mich recht. Ich habe kein Geld verschwendet, wenn was umsonst zu haben war. So bekam ich zum Beispiel Broschüren über die Behandlung von Schuppenflechte und Schluckauf, wie man per Post einen akademischen Grad erwerben kann und über die Arbeitsmöglichkeiten auf Neuseeland.«

»Na ja, wieviel ist von Ihren Verlagsvorschüssen noch übrig, Mgungu?«

»Nichts.«

»Wissen Sie, Mgungu, es ist nicht ganz billig, sich einen Anwalt zu halten.«

»Aber was ist mit dem Geld meiner Frau? Bin ich nicht ein wohlhabender Mann?«

»Leider nein. Können Sie sich noch an die Papiere erinnern, die Sie in Reynards Auto unterschrieben haben? Da hat es gewaltige Probleme mit dem Fishburnvermögen gegeben und ...«

Ich traute meinen Ohren nicht. »Aber Sir, hatten Sie nicht versprochen, mir zu helfen? Soll ich ewig in diesem Loch hier sitzen?«

»Nein, nein, nein«, sagte Mr. Kirk. »Natürlich nicht. Sie sind Ausländer und verstehen das amerikanische Rechtssystem nicht. Natürlich werde ich Sie nicht im Stich lassen. Mein Assistent und ich werden uns weiterhin Ihres Falles annehmen, nur kann ich ohne Honorarvorschuß leider nicht so viel Zeit aufwenden wie ich möchte, das ist alles.«

»Mr. Kirk, Sie sind ein wahrhaft gütiger Mensch, und ich danke Ihnen für alles«, sagte ich.

»Wenn Ihnen was einfällt oder wenn Sie mich aus irgendeinem Grund sprechen möchten, rufen Sie ruhig an. Sie haben ja meine Nummer. Wenn ich nicht da bin, erreichen Sie auf jeden Fall meinen Anrufbeantworter. Sie hören von mir.« Und mit diesen Worten hängte er auf und ließ mich in der verschmierten Telefonzelle allein. Der Wärter, der mich zum Telefon begleitet hatte, klopfte nun gegen die Scheibe und deutete an, daß er mich wieder in meine Zelle zurückführen wollte.

Anfangs hatte ich eine Menge Sympathisanten. Eine Zeitlang erschienen sie fast täglich vor den Gefängnistoren und hielten Schilder hoch, auf denen FREIHEIT FÜR MGUNGU oder PROTEINMANGEL IST KEIN VERBRECHEN und ähnliches stand. Einige dieser Leute waren zu Fuß von Kalifornien über Washington, D. C., gekommen, unter ihnen junge Freiheits- und Bürgerrechtskämpfer. Jurastudenten der Columbia Universität zählten ebenso zu dieser Gruppe, wie bekannte Politaktivisten, Filmstars und Mitglieder eines Indianerstamms, die behaupteten, in nicht allzu ferner Vergangenheit bei ritualen Handlungen Menschenfleisch verzehrt zu haben. Und sie waren es auch, die verlangten, ebenfalls eingesperrt zu werden, falls ich nicht unverzüglich auf freien Fuß gesetzt würde.

Wie gesagt, eine Zeitlang war ich bekannt wie ein bunter Hund, was mir wohltat. Wir konnten meine Sympathisanten sogar in den Fernsehnachrichten sehen, und einige aßen aus Solidarität nichts als Fleisch, manche sogar schon seit zweiundzwanzig Tagen.

Es gab sogar eine Talkshow über »Mgungu, der Kannibale aus New Burnt Norton, der aus Versehen seine amerikanische Frau aufgegessen hat.« Die Quintessenz der Diskussion war, daß mich der Gouverneur von New York wahrscheinlich in naher Zukunft begnadigen würde. Einmal wurde sogar ein politisch aktiver Filmstar interviewt, der sich seit dem Ende des Vietnamkrieges über viele Sachen beschwert hatte.

Abend für Abend diskutierten meine neuen Freunde, die Knastbrüder, meinen Fall. Sie waren nämlich allesamt große Rechtsgelehrte, die sich autodidaktisch ausgebildet hatten, in der Hoffnung, die juristischen Winkelzüge für ihre Freilassung zu erlernen. Überhaupt hatte ich viele Freunde im Gefängnis. Da war Murdoch, der dann zwanzig Jahre für Unzucht mit einem dreizehnjährigen Mädchen bekam. Ferner Bad Omen, ein Fassadenkletterer, der die Kunstakademie von Rhode Island absolviert hatte. Er hatte sogar mal eine Einzelausstellung im Whitney-Museum gehabt – Hauptwerk war damals eine Plastik aus gestohlener Damenunterwäsche. Wirklich, alle waren sie tolle Kumpel, obwohl sie zu der Kaste der Mörder, Vergewaltiger, Drogenhändler und anderer Schwerverbrecher gehörten. Ehrlich, es waren nette Kerle, woran auch die Tatsache nichts änderte, daß so mancher Gefangene in der Früh mit einem Messer zwischen den Rippen aufgefunden wurde. Schließlich muß man bedenken, daß diese Brüder in einer strapaziösen Umwelt lebten und schon von Haus aus nicht zimperlich waren.

Sie waren immer nett zu mir und boten mir alle möglichen Drogen und Sexpraktiken an, obwohl sie dadurch in Schwierigkeiten hätten kommen können.

Im Freizeitraum verstummte alles, wenn ich eintrat, um die Fernsehnachrichten zu sehen. Vermutlich hatten sie nicht allzu oft einen Kannibalen in ihrer Mitte. »Weißt du«, sagte Murdoch, »es ist so, Mgungu. Du hast was auf'm Kerbholz, außerdem bist du Ausländer. Wenn sie Reynard schnappen und ihm was anhängen könnten, wärst du fein raus. Aber wie die Dinge liegen, ist Reynard untergetaucht und unauffindbar. Sie haben nur den Zwerg geschnappt, der natürlich alles leugnet, und was wiegt dein Wort gegen seins? Irgendeinen Schuldigen müssen sie finden. Und dieser Kerl ist ein berühmter Schriftsteller und kennt alle juristischen Tricks – hast du jemals sein Buch ›Geronnenes Blut‹ gelesen? Er bereitet sich offenbar jahrelang auf seine Verbrechen vor und läßt sich von den besten Anwälten der Nation beraten. Wenn wir nur die Kinder auftreiben könnten, die dich an diesem Nachmittag bei Co-op City gesehen haben! Scheiße. Würdest du sie wiedererkennen?«

»Weiß ich nicht«, sagte ich wahrheitsgemäß. »Die Leute in diesem Land sehen für mich alle mehr oder weniger gleich aus, ob weiß oder schwarz.«

»Meine Schwester wohnt in Co-op City«, sagte Dagmor und blätterte weiter in seinem Garfieldheftchen. »Sie hat 'nen Stall voll Kinder, fünf oder sechs vielleicht, und ich geh' jede Wette ein, daß einige in diesem Alter sind. Wie alt waren diese Kinder noch mal?«

»Fünfzehn, sechzehn«, sagte ich.

»Soll ich sie fragen?« wollte Dagmor wissen.

»Du Arschloch«, sagte Bad Omen, »in Co-op City wohnen fünftausend Leute. Warum sollen ausgerechnet die Kinder deiner Schwester diejenigen sein, die Mgungu gesehen haben?«

»Nenne ihn nicht Arschloch, Bad Omen, deins ist sowieso das größte«, sagte Murdoch. »Es kann doch nichts schaden, wenn er mal nachfragt. Woran soll Mgungu sich denn halten? Einen Versuch ist es jedenfalls wert.«

Wie gesagt, es handelte sich um echte Freunde. Sie liehen mir ihre Gesetzbücher und wiesen mich in deren Studium ein, was mir allerdings wenig nutzte. Ich erhielt auch jede Menge Post, darunter Mahnschreiben vom Holiday Inn und von einem Versandhaus in Hollywood, wo ich während meiner Zeit als praktizierender Millionär in lodernder Begeisterung stapelweise Reizwäsche und Stöckelschuhe bestellt haben mußte.

Neben einigen Drohbriefen bekam ich viele nette Briefe aus anderen Teilen des Landes, vor allem aus Texas, in denen die Schreiber versicherten, sie hätten schon oft Lust verspürt, so zu handeln wie ich, und sie würden mich voll verstehen. In anderen Briefen wurde ich um Rezepte gebeten. Auch sollen die Briefe von den Frauen, die mir Nacktfotos beigelegt und Heiratsanträge gemacht hatten, nicht unerwähnt bleiben.

Das alles war für mich recht ungewöhnlich, muß ich zugeben. Inzwischen hatte Mr. Kirk angeblich Haftbeschwerde eingelegt. Die Zeit verging jedoch mehr als langsam. Das Gericht ließ sich Zeit, und jedesmal wenn es einen kleinen Schritt vorwärts ging, kam Mr. Kirk und berichtete von etwas, das uns zwei Schritte zurückwarf.

Schließlich bot mir die Gefängnisverwaltung an, zur Schule zu gehen, selbstverständlich nur innerhalb des Knasts, und ich belegte Geologie und Weben. Kurze Zeit hatte ich sogar erwogen, den kreativen Lyrikkurs zu absolvieren, entschied mich dann aber anders – warum, ist mir bis heute ein absolutes Rätsel.

Eines Tages wurde ich zu meiner Überraschung in den Besucherraum geführt. Ich hatte schon geglaubt, daß mich alle Welt da draußen vergessen hatte, ein Umstand, der mir zu schaffen machte. Wer könnte ein Interesse daran haben, mich zu besuchen? So war ich höchst überrascht, Sophie Tuckerman auf der anderen Seite der Plexiglasscheibe vorzufinden, die Delikateßladenbesitzerin und Philosophin. »Du siehst schrecklich aus«, sagte sie. »Was ist los mit dir? Du bist eine Million Jahre gealtert.«

»Wirklich?« fragte ich und strich mir mit der Hand übers Gesicht und erwartete, tiefgefurchte Falten auf meiner talgigen Haut zu fühlen.

»Ach du lieber Affenpinscher«, sagte sie auf deutsch und fuhr dann fort: »Einfach schrecklich, dich so zu sehen.«

»Dafür siehst du prima aus«, entgegnete ich. »Ich bin glücklich, dich wiederzusehen.«

Aber in Wahrheit sah sie alles andere als gut aus und war ebenfalls ganz schön gealtert. Ihr Körper war zusammengekrümmt, ihre Augen trieften, ihre Haut war rundum runzeliger geworden. »Also«, sagte sie, »ich werde jünger, während du alterst. Stimmt's? Ha! Das ist der Lauf der Welt, was, Pierre?«

»Perry», sagte ich.

»Was?«

»Perry, du hast mich Perry genannt.«

»Na und? Ich hab' dich Perry genannt? Mehr als unwahrscheinlich. Ich kenne keinen Perry. Ich nenn' dich jetzt halt Pierre. Haste was dagegen? Wenn's dir nicht paßt, mach' ich mich wieder auf die Socken.«

»Nein, nein, schon gut«, sagte ich.

»Pech gehabt, ich bleibe. Worüber beschwerst du dich eigentlich überhaupt?«

»Ich beschwere mich nicht.«

»Ach, Pierre, ich hab' dir doch gesagt, die Finger von diesem Mädchen zu lassen, wie hieß sie doch gleich?«

»Maria Fishburn«, sagte ich.

»Ich hab' dir gesagt, dich mit der nicht einzulassen, weil die in ihrem Hirn nichts als Dollarnoten hat. Und hast du auf mich gehört? Nein, weil du ein Ausländer bist, der sich natürlich besser auskennt als eine alte Dame, die in diesem Land schon dreißig Jahre gelebt hat. Haben Sie etwas erreicht, Mr. Schlaumeier? Hier, ich hab' dir ein Sandwich mitgebracht.« Und sie entnahm ihrer Handtasche ein Sandwich, das in Papierservietten eingewickelt war, durch die der Saft träufelte, wie bei einer alten Windel. Dann quetschte sie den Leckerbissen unter der Plexiglasscheibe hindurch.

Ich sah den Wächter verstohlen an.

»Schon gut«, sagte sie. »Ich hab' ihm auch eins in die Hand gedrückt, darum hat er nichts dagegen, daß ich dir das hier gebe. Schmeckt's?« rief sie dem Wärter zu.

»Mhm«, sagte dieser und schmatzte vernehmlich.

»Essen Sie nicht so schnell, Mister, sonst kriegen Sie Bauchweh«, rief sie. Und mir sagte sie: »Worauf wartest du noch? Iß, iß. Oder wie man in deiner Heimat sagt, *mangia, mangia.*« Und sie lachte. »Nicht schlecht, was? Siehste, sogar 'ne alte Jüdin wie ich kann noch 'ne Fremdsprache lernen. Wie ist meine Aussprache?«

»Gut«, sagte ich. Das Sandwich übertraf meine schrecklichsten Erinnerungen. Völlig durchweicht und mit Senf verklebt, enthielt es nur ein winziges Stück Fleisch von der Beschaffenheit eines Schwamms.

»Truthahnsemmel«, sagte sie. »Nicht übel, was? Sowas bekommt ihr nicht, gell? Womit halten sie euch am Leben? Kartoffelbrei? Na, auch recht! Kann dir nichts schaden, da du einen ganz schönen Bauch angesetzt hast. Ich habe den Eindruck, daß das Essen hier deine Haut heller macht.«

Das konnte durchaus stimmen. Die Verwandten meines Vaters zum Beispiel waren der festen Überzeugung, daß die Menschen den Opfern glichen, die sie aßen. Darum waren sie immer besonders scharf darauf, ein Mitglied der mächtigen Greater Pimbas zu verzehren. Zuerst wurden immer das Gehirn und die Handflächen gegessen, um sich die Intelligenz und Stärke des Opfers anzueignen. Den übrigen Körper bekamen die Frauen und Kinder. Aber mein Vater und auch mein Großvater meinten, daß das reiner Blödsinn sei, oder nur ein primitiver Aberglaube.

Vielleicht war aber doch was dran, da ich neulich gelesen habe, daß primitiver Volksglaube ein Born der Weisheit sei.

»Ich möchte dir eine Frage stellen«, sagte Sophie Tuckerman. »Wir beide haben viel gemeinsam. Wir hatten beide unsere eigenen Kriege auszufechten. Du hast doch an Kriegen teilgenommen, oder?«

»Ja«, sagte ich, »aber unsere Stammesfehden gehören schon längst der Vergangenheit an.«

»Bei mir auch«, sagte sie. »Obwohl das alles nicht allzulange her ist. Mich würde interessieren: Was geschieht, wenn du in so einem Krieg verletzt wirst? Ihr habt doch keine Ärzte, oder? Du bist ein Primitiver – fühlst du überhaupt Schmerz?«

»Es ist so«, sagte ich, »wenn jemand in einem Krieg von einem Pfeil getroffen wird, muß er schnell handeln. Er muß sich so schnell wie möglich aus dem Staub machen, sonst kommt jemand und gibt ihm mit einer Steinaxt den Rest. Und dann ist Essenszeit, du weißt, was ich meine.«

Ich legte das entsetzliche Sandwich beiseite. »Es ist nicht einfach«, sagte ich, »mit einem Pfeil im Körper davonzurennen. Der Urwald ist ganz schön dicht und mit einem meterlangen Stock zwischen den Rippen durch das Gesträuch zu fliehen, ist kein Kinderspiel. Am besten ist es daher, den Pfeil möglichst nahe der Wunde abzubrechen.«

»Gütiger Himmel!« sagte Sophie Tuckerman. »Ihr Pimbas!« Aber sie hörte fasziniert zu.

»Wenn es sich nur um eine Fleischwunde handelt, hast du Glück gehabt. Die Pfeilspitze zersetzt sich im Laufe der Zeit. Und obgleich sich der Verwundete geraume Zeit krank fühlt, stirbt er in der Regel nicht. Viel unangenehmer ist es, wenn der Pfeil im Kniegelenk oder unter dem Kiefer oder im Rückgrat steckt. Wenn nämlich der Unglückliche verkrüppelt bleibt, wird er nicht selten im Wald ausgesetzt.«

»Genau wie die Eskimos auf einer Eisscholle«, sagte Sophie Tuckerman.

»Was?«

»Du weißt schon, die Eskimos. Wenn einer zu alt wird, setzen sie ihn auf einer Eisscholle aus und überlassen ihn den Eisbären.«

»Wie schrecklich!« sagte ich. »Wir verehren unsere Alten. Nur die Kranken mögen wir nicht. Sie beeinträchtigen die *Moodla* des Dorfes.«

»*Moodla?* Das hast du mir, glaube ich, nicht erläutert.«

»Das ist so – einst bin ich in einem weit von meinem Dorf entfernten Krieg von einem Pfeil in den Hintern getroffen worden. Ich mußte drei Tage laufen, um ins Dorf zurückzugelangen, dauernd die Pfeilspitze im Podex. Da ich aber jung und meine Kriegs*moodla* stark ausgebildet war, habe ich kaum Schmerz verspürt. Und Hand aufs Herz – Schmerz ist nur ein unvermeidlicher Bestandteil der menschlichen Existenz, stimmt's?«

»Stimmt wohl.« Sie stöhnte und erhob sich.

»Moment mal«, sagte ich. »Wo gehst du hin? Geh noch nicht – die Besuchszeit ist noch nicht vorbei. Ich bekomme nicht viel Besuch.«

»Nein«, sagte sie, »ich muß gehen. Ich hab' gleich 'ne Verabredung. Oh! Beinahe hätte ich vergessen, warum ich überhaupt gekommen bin, was ich dir sagen wollte. Ich erzähl' es dir gleich. Möchtest du nichts über Mikey erfahren? Du hast mich nicht mal nach Mikey gefragt. Ts, Ts. Du mußt dir angewöhnen, dich für andere zu interessieren, Pierre, trotz deiner gegenwärtigen Situation. So benimmt sich nun mal ein Gentleman.«

»Schon gut, schon gut«, sagte ich. »Du meinst den fetten Kerl mit dem Turban, der hinter dem Tresen in deinem Laden arbeitet?«

»Genau der. Nun, der hat das große Los gezogen. Er wird in Johnny Carsons Talkshow auftreten und zeigen, wie man ein Delikatessensandwich zubereitet.«

»Donnerlittchen!« bemerkte ich, ein Ausdruck, den ich am Abend zuvor in einer Fernsehsendung aufgeschnappt hatte.

»Allerdings«, sagte sie. »Und wenn du dieses Sandwich nicht aufißt, nehme ich es wieder mit. Mikey kommt wirklich voran, und du, Pierre, was wird aus dir?«

Von einer kühlen Philosophin wie Sophie Tuckerman hatte ich derart mütterliche Gefühle nicht erwartet, und in ihren blassen Augen standen tatsächlich Tränen.

»Ach mein lieber Pierre, ich mache mir solche Sorgen um dich, auch wenn du mir das nicht glaubst. Nachts kann ich kaum noch schlafen, aber jetzt muß ich wirklich gehen. Ich muß nämlich zum ›Freiheit-für-Mgungu-Fanclub‹, dessen Ortsgruppenvorsitzende ich bin.«

»›Freiheit-für-Mgungu-Fanclub?‹« fragte ich erstaunt. »Nie davon gehört. Und Ortsgruppenvorsitzende?«

»Nun ja, designierte Vorsitzende. Es gibt schon eine ganze Reihe Zweigstellen, wobei die Ortsgruppe New York die größte ist.«

»Aber wozu?« wollte ich wissen.

»Wozu? Dreimal darfst du raten, du Riesenaffe. Wir haben eine Sammlung mit allen möglichen Dokumenten und Andenken deiner New-York-Eskapaden. Außerdem schreiben wir unseren Abgeordneten Briefe, um deine Freilassung zu fordern. Wer ist denn in diesem Land heutzutage nicht auf die ein oder andere Weise ein Kannibale, und warum sperrt man dich ein, nur weil du deinen Wunsch nach menschlichem Fleisch ehrlicher ausgelebt hast? Genau darüber werde ich heute nachmittag sprechen.« Und sie nahm ihre Tüten und begab sich unter den argwöhnischen Blicken des Wärters zur Tür.

»Einen Moment noch«, sagte ich. »Verstehst du nicht? Man hat mich gelackmeiert! Ich hatte keine Ahnung, daß ich Kannibalismus trieb! Das habe ich schon längst aufgegeben und wenn ich heute eine Frau mit besonders verlockenden Lenden sehe, kommt es mir kaum noch in den Sinn, wie sie wohl schmecken würde?«

Sophie Tuckerman drehte sich noch einmal um. »Du kannst mir keinen Bären aufbinden, Mgungu«, sagte sie. »Warum bleiben Fische in Schwärmen zusammen, obwohl sie einen ganzen See oder das ganze Meer zur Verfügung haben? Weil es so sein soll, das ist alles. Fische sind zu doof, die Weite ihrer Umwelt wahrzunehmen. Vielleicht sind sie auch nur einsam. Oder sie wollen sich gegenseitig schützen, was weiß ich. Dann kommt ein größerer Fisch daher und schnappt sich einen aus dem Schwarm; vielleicht glaubt jeder Fisch, daß es unwahrscheinlich ist, geschnappt zu werden, wenn man links und rechts und vorne und hinten zehntausend Artgenossen hat.«

Diese Dame war eine echte Philosophin, aber ich hatte keine Ahnung, was sie eigentlich meinte.

»Im Klub stricken wir dir einen Pullover mit einer Aufschrift«, sagte sie. »Wenn er fertig ist, bring' ich ihn dir vorbei.«

»Wie lautet die Aufschrift?« fragte ich.

»Lecker-lecker«, sagte sie.

Ich versuchte, ihr noch einmal klarzumachen, daß ich Opfer einer Verschwörung gewesen war, aber sie ging weg und sagte noch: »So ergeht es den Leuten, die nicht bleiben, wo sie hingehören.« Aber sie vertrat standhaft meinen Fall, und in den nächsten Jahren erschien sie oft in den Nachrichten, wobei sie den Pullover, den sie für mich gestrickt hatten, hochhielt, und sagte, daß Ehrlichkeit nicht bestraft werden sollte. Sie besuchte mich oft und brachte mir jedesmal ein Sandwich aus ihrem

Laden mit, der nun glänzend florierte und in ›Kannibalen-Delikatessen‹ umbenannt worden war.

Wie bereits erwähnt, nahm ich damals an mehreren Kursen teil, wobei mir Geologie am besten gefiel. Felsen hatten es mir besonders angetan, ich liebte ihre Formen und Gestalt, aber auch ihre Bezeichnungen, Namen wie Oolithkalkstein, Manhattan Schiefer, Karborundum, Beryll, Topas, Schwefelkies, Quarzkristall und viele andere. Für mich waren all diese Steine im Klassenzimmer wie eßbare Sachen, und manchmal leckte ich heimlich an ihnen.

Mit wahrer Begeisterung las ich alles über Vulkane und bildete mit den Chemikalien im Klassenzimmer einen Minivulkan nach, wobei es mir aber nicht gelang, die diversen Substanzen herzustellen, die diese Berge ausspeien, die Lava und das Tephrit und das Magma, alles von unglaublicher Hitze.

Bald war ich so belesen, daß ich mehr als die Lehrerin wußte, einem rotschöpfigen Mädchen vom City College of New York, das einmal pro Woche freiwillig Kurse im Gefängnis gab, in der Hoffnung, einen Ehemann zu finden. Es dauerte nicht lange und ich konnte die ausgefallensten Gesteinsschichten analysieren, eine reife Leistung für jemanden, der zuvor von diesen Dingen keine Ahnung hatte.

Natürlich waren diese neuerworbenen Fähigkeiten in einem Gefängnis von geringem Nutzen, aber während des täglichen Hofgangs, las ich Kieselsteine auf, deren Granit- und Quarzgehalt ich sofort feststellte. Ich bereitete mich mit großem Vergnügen auf mein Examen im zweiten Bildungsweg vor und träumte davon, dereinst ein großer Geologe zu werden, der vielleicht einen neuen Kontinent entdecken würde.

Ich geb' ja zu, daß ich mir damals ganz schön was vorgemacht habe.

Auch im Webkurs stellte ich mich recht geschickt an, was mir half, meine Unsicherheit zu überwinden, unter der ich, darf man dem Gefängnispsychologen Glauben schenken, erheblich zu leiden hatte. Ich lernte, wie man kleine Handwebstühle zusammenbastelte, aber es gab im Gefängnis auch einen richtigen großen Webstuhl, den man mit den Füßen bediente. Ich war der Meinung, daß ich mir da noch eine nützliche Fähigkeit aneignen konnte, ehe ich nach New Burnt Norton zurückkehrte. So würde ich meinen Frauen zeigen können, wie man diese sechsstängigen Handwebstühle bedient, die ich leicht aus lokalem Bambus zurechtgebastelt hätte. Die Lamawolle hätte ich einfach aus Peru importiert. Wir wären dann nicht nur in der Lage gewesen, uns unsere Kleider zu weben, sondern hätten noch einiges von dem Zeug im Flughafen an Touristen verkaufen können.

Ich war damals so durchgedreht, daß ich nicht daran dachte, daß es auf New Burnt Norton viel zu heiß für Wollkleidung war.

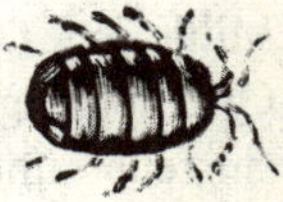

Was war aus meinem Freund Joey geworden, diesem stämmigen und verluderten Kerl, der mich aufrichtig mochte und so ganz jemand nach meinem Geschmack war? Ich sehe ihn heute noch, wie er sabbernd über seinem Pizzateig stand, den er dann so überaus geschickt in die Luft wirbelte.

Dummerweise hatte er die Pizzeria bei Pferdewetten als Pfand eingesetzt und alles verloren. Danach wurde er Leibwächter seines Cousins Guich. Nachdem das Warehouse 29 niedergebrannt war, haben die Versicherungsfritzen festgestellt, daß die elektrische Installation nicht den Bestimmungen entsprach, und sie haben keinen Pfennig bezahlt. Über vierzig Leute waren in dem Brand ums Leben gekommen, und Guich wurde auf fünfzig Millionen Dollar Schadenersatz verklagt. Obwohl er einen Offenbarungseid geleistet hatte, konnte er Joey als Leibwächter einstellen und gleichzeitig eine Steakhauskette auf Long Island eröffnen. Doch das Finanzamt ließ nicht locker, und Guich begab sich außer Landes. Glücklicherweise hatte er rechtzeitig Geld in eine brasilianische Smaragdmine tief im Amazonasdschungel investiert, die sich, nachdem die Autobahn durch den Dschungel fertig war, als überraschend ergiebig erwies. Die Mine schuf Arbeitsplätze für fast zweitausend primitive Indianer, die zuvor nur am Rand der Autobahn gestanden und auf den raren Anblick vorbeifahrender Autos gewartet hatten.

Aber Joey war mal wieder arbeitslos. Er besuchte mich wenig später im Gefängnis und sah ganz und gar nicht gut aus. Einen Arm hatte er in einer Schlinge, und seine Rippen waren mit einer Art Tuch umwickelt.

»Na ja«, sagte er. Obwohl er munter drauflos plapperte, vermied er es, mir ins Gesicht zu sehen. »Ich hatte eine kleine Auseinandersetzung mit einem Kunden in ›Guich's Steak Barn‹ auf Long Island. Der Kerl behauptete, das Fleisch sei zäh, er bestand sogar darauf, daß es auch kein Rindfleisch war. Dann meckerte er, die gehackte Leber in der Salatbar sei nicht koscher und er wollte sein Geld zurück. Ich bat ihn, das Lokal zu verlassen. Darauf drehte der Kerl durch, warf Steakmesser und Käsetorten durch die Gegend. Ich versuchte, ihn nach draußen zu bugsieren, aber er griff einen Band der *Encyclopaedia Britannica,* die neben ihm lag, und schmiß ihn mir an den Kopf.«

»Eine Enzyklopädie?«

»Ja. Der Kerl bewarf mich mit dem Band *A* bis *Aur,* einem Riesenwälzer. Du weißt, daß ich mich nicht gern in Streitereien reinziehen lasse.«

»Ich weiß.«

»Der ganze Laden paßte mir nicht.«

»Mhm.« Ich nahm ihm seine Geschichte nicht so recht ab und konnte den Verdacht nicht loswerden, daß sein Mißgeschick mit seiner Spielleidenschaft zu tun hatte.

»Wie geht's dir denn so?« erkundigte er sich und nahm die verdrahtete Plexiglasscheibe in Augenschein, die die Gefangenen von den Besuchern trennte. Sie war so übel verschmiert und verkratzt, daß es schwierig war, sein Gesicht auf der anderen Seite genau zu erkennen. »Behandeln sie dich einigermaßen gut hier? Wirst du allmählich ein wenig abgebrühter? Du warst immer so eine Mimose, hast alles zu persönlich genommen.«

»Hör mal«, sagte ich, »willst du wissen, was mir echt auf den Keks geht?«

»Klar«, sagte er und inspizierte einen Kratzer auf seinem Arm.

»Dieses pausenlose Zähneputzen! Tag für Tag. Jahrzehntelang habe ich, unzivilisiert wie ich war, nie meine Zähne geputzt, ohne die geringsten Schuldgefühle zu entwickeln. Es macht mich noch sterbenskrank, diese ewigen Borsten und Colgatewürste.«

»Klar«, sagte Joey und fuhr mit der Hand über sein unrasiertes Kinn. »Was dagegen, wenn ich rauche?«

»Nein«, sagte ich. »Nur zu. Ich will's übrigens aufgeben, da ich ja jetzt zivilisiert bin, so einigermaßen wenigstens. Ich versuch's mal. – Sophie Tuckerman hatte übrigens recht. Ich muß bald mit einer Diät anfangen. Habe ich viel zugenommen? Hm?«

»Nein, nein. Du siehst okay aus.«

»Bist du sicher? Wie kannst du das überhaupt beurteilen bei dieser verkratzten Plexiglasscheibe?«

»Nein, nein. Es ist alles in Ordnung. Du solltest vielleicht ein bißchen Gymnastik mit Hanteln machen oder so.«

»Ich hatte eher an Tennis gedacht. Die Tennisplätze hier sind nicht übel. Die Ernährung auf New Burnt Norton war nicht abwechslungsreich, schon wahr, aber sie sorgte zumindest dafür, daß ich schlank blieb und nicht unter Verstopfung zu leiden hatte. Natürlich ist es ebenso wahr, daß viele Kinder unterernährt und von Beriberi befallen sind, aber ich nicht. Eine Diät! Halt' ich im Kopf nicht aus! Ich bin leider nicht in der Lage, Hunger mit Anstand und Würde zu ertragen.«

»Ich weiß nicht so recht, Mgungu«, sagte Joey. »Ich weiß nicht, was ich dir sagen soll. Am besten, du erzählst was: wie gefällt dir New York? Hast du es dir wirklich richtig angesehen, ich meine, ich hab' dir ein paar Sachen gezeigt, die nicht in den Reiseführern stehen, oder? Weißt du, ich hätte nichts dagegen, auch nach N B N zu ziehen. Sicher, nach ein paar Jahren würde ich wahrscheinlich das Interesse daran verlieren, aber ich glaube, ich habe allmählich kein Interesse mehr daran, interessiert zu sein. Ein wenig Langeweile in den nächsten zwanzig bis dreißig Jahren täte mir ganz gut. Du hast dort drei Frauen? Und ein kleines Dorf in den Bergen? Was hältst du davon, wenn ich dort nach dem Rechten sehe, bis du hier rauskommst? Du weißt doch, daß meine verflossene Frau einen Sozialarbeiter geheiratet hat. Ich glaubte, sie würde mich dann endlich in Ruhe lassen und mir nicht mehr wegen der Unterhaltszahlungen auf die Nerven gehen. Natürlich möchte ich was für die Kleine tun, aber die Vaterrolle steht mir nun mal schlecht.«

»Du hast Kinder, Joey? Das wußte ich nicht.«

»Ja, ich hab' ein Mädel. Sie kann mich nicht ausstehen, meint, ich habe behaarte Arme. Ich sag' dir, mit *einer* Frau bin ich nicht so gut zu Rande gekommen, aber mit dreien sähe das schon ganz anders aus. Möchte mal wissen, ob ich das in den Griff bekäme? Na ja, man muß wohl sehr diplomatisch und ein guter Manager sein, um mit allen dreien auszukommen, aber das war schon immer irgendwie meine Stärke – ich bin der geborene Direktor, und die gesetzlich vorgeschriebene Einehe in diesem Land ist einfach idiotisch.« Er zwinkerte mir kurz zu und hätte mir sicherlich auch noch einen brüderlichen Stups gegeben, wenn das Plexiglas nicht im Weg gewesen wäre.

»Oh, Joey«, sagte ich, »ihr Italaker seid doch alle gleich.«

Er kicherte vor sich hin. »Das heißt *Itaker*, Mgungu. Das wirst du nie kapieren, was? Wir zwei beide sind schon echte Kumpels. Ich meine, zuerst sah's ja nicht so aus, aber rückblickend gehören wir schon zusammen. Ich weiß noch, wie du in den Laden reinkamst und wir Pizza gegessen haben. Meine Pizzas konnten sich sehen lassen! Erinnerst du dich, du meintest, dergleichen nie gegessen zu haben. Ich nehme an, daß es auf NBN keine Pizzas gibt. Hab' ich dir erzählt, daß mein Laden pleite ist?«

»Ja«, sagte ich, »du hast es am Telefon erwähnt.«

»Ja, wegen einem Pferd, Gotta Angle. Ein Schmuckstück von einem Pferd. Ich hatte ein paar Schulden, da ich meine Kreditkarte ein wenig überstrapaziert hatte, und ich glaubte, eine Glückssträhne zu haben. So ging ich also zur Rennbahn und bin grauenvoll auf die Nase gefallen... Ich wollte dir eigentlich einen Kuchen mitbringen«, sagte er unvermittelt, »aber ich wußte nicht, welche Art du magst. Ich dachte, vielleicht verträgst du Schokolade nicht. Völlig dämlich wahrscheinlich, ich weiß auch nicht, warum ich das meinte. Meine Großmutter vertrug keine Schokolade. Nur ein Bissen, und ihr Gesicht schwoll an wie ein Ballon und sie bekam Nesselfieber, überall dicke, rote Striemen, kein schöner Anblick, glaub' mir, und sie hatte solches Kopfweh, daß sie zu Bett mußte.« Er legte seinen Kopf auf den Tisch und heulte Rotz und Wasser.

»Das mit deiner Großmutter tut mir leid«, sagte ich aufmunternd.

»Entschuldige bitte, Mgungu. Es ist einfach schrecklich, dich hier eingesperrt zu sehen. Du bist ein prima Kerl, ich will, daß du das weißt.«

»Ist ja gut.«

»Ach, Mgungu, ich bin so ein Versager! Ich bin dreiundvierzig Jahre alt, habe keine Familie, und diese Pizzeria war das Höchste, das ich je erreicht habe und nicht einmal da war ich erfolgreich. Mein ganzes Leben ist verpfuscht.«

»Sag' das nicht.«

»Als ich achtzehn war, habe ich ziemlich viel rumgegammelt und nichts gearbeitet. Aus reinem Jux habe ich mich damals in Schwierigkeiten gebracht. Ich hatte noch mein ganzes Leben vor mir und hätte nie geglaubt, wie schnell alles vorbei ist und man dasteht, ohne etwas erreicht zu haben.«

»Aber was gibt es schon zu erreichen«, warf ich ein, »außer Mensch zu sein?«

»Ich wünschte, ich wäre ein Rock-and-Roll-Star geworden.«

Das überraschte mich ein wenig. »Verstehe«, sagte ich. Und ich mußte an meinen Freund Kent Gable denken, der sich jetzt ohne Zweifel mit seinen Weltraumfreunden auf einem anderen Planeten befand.

»Das einzige Problem ist, daß Rock-and-Roll-Stars bis spät in die Nacht auf sind«, fuhr er fort, »und mir tun die Augen weh, wenn ich meine Kontaktlinsen zu lange trage.«

»Maria Fishburn hatte ständig Ärger mit ihren Linsen«, sagte ich.

»Verflucht«, sagte Joey, »wenn einer Grund zum Jammern hat, bist du es. Ich bin schon so ein Freund! Ich komm' her und fang zu flennen an, während du im Knast sitzt. Unglaublich!« Er stöhnte traurig und erschien mir in der Tat sehr niedergeschlagen zu sein.

»Hör mal«, sagte ich plötzlich. »Warum fährst du nicht nach New Burnt Norton, um eine Zeitlang in meinem Dorf zu leben? Im Ernst. Es ist mir klar, daß sich meine Frauen inzwischen irgendeinen Trottel an Land gezogen haben, um mich zu ersetzen – du weißt, wie Frauen sind; wenn's der eine Mann nicht sein kann, tut's ein anderer ebensogut. Außerdem ist vermutlich alles total runtergekommen. Ich wäre dir wirklich dankbar, wenn du hinfahren, diesen Kerl vertreiben und meinen Platz einnehmen würdest.«

»Ist das dein Ernst?« fragte Joey erstaunt. »Nee, das kann einfach nicht dein Ernst sein.«

»Doch, doch«, sagte ich. »Du bist mein Freund. Es ist mir lieber, wenn du meine Frauen bumst und die Chemolatrinen reparierst, als wenn das ein hergelaufener Fremder tut. Natürlich müßtest du mir versprechen, wieder abzuhauen, falls ich hier jemals rauskomme.«

»Wie bitte?« fragte er, offensichtlich mit seinen Gedanken woanders. »Ach so, alles klar. Ich hab' nur nachgedacht. Wenn du das wirklich willst... Vielleicht hast du recht. Schließlich muß jemand da draußen in der Wildnis wohnen... sonst wird die ganze Welt noch ein einziges zivilisiertes Einerlei. Stimmt's?«

»Mhm.«

»Ich müßte mir nicht einmal die Zähne putzen, falls dir dieser Gedanke Spaß macht. Aber ich kann's noch immer nicht fassen, daß das dein Ernst ist.«

»So glaub' mir doch endlich. Was hält dich noch zurück?«

»Nun, vielleicht nehme ich dich wirklich beim Wort. Ja, warum eigentlich nicht? Glaubst du, daß ich einen guten Wilden abgebe?« Und er drückte sich mit dem Daumen die

Nase platt und tat so, als würde er sich einen Finger durch die Scheidewand stecken.

»Ich weiß nicht so recht«, sagte ich. »Klar, warum nicht? So gut wie ich allemal. Es ist reine Gewöhnungssache.«

»Warum eigentlich nicht?« murmelte er nachdenklich. »Ich bin auch nicht zivilisierter als du. Erfolg hatten wir beide damit nicht. Jetzt muß ich dich aber was fragen und ich hoffe, du wirst es mir nicht krummnehmen. Bist du wirklich ein Kannibale?«

»Sagen wir mal so, ich bin nicht gerade ein Vegetarier.«

»Na ja«, sagte er, »wenn du dich an meine Pizza gewöhnen konntest, werde ich mich ja umgekehrt auch wohl umstellen können...«

Wir saßen uns schweigend einige Minuten lang zu beiden Seiten der versauten Scheibe gegenüber und sahen uns an. Dann säuberte Joey seine Fingernägel, und der Wärter rief: »Zeit ist um! Besucher bitte zum Abmarsch bereit machen. Besuchszeit ist vorbei. Das war's für heute.« Die ersten begannen bereits sich tränenreich zu verabschieden und dann ihre verschlafenen Kinder hinter sich her zum Ausgang zu zerren.

»Hör zu«, sagte er noch schnell. »Wir sehen uns noch mal vor meiner Abreise. Ich werde dich auf dem laufenden halten.«

Danach habe ich jahrelang nichts von ihm gehört, ehe ich rein zufällig was über ihn in der *New York Times* las. Ich war damals schon zum Gefängnishausmeister avanciert – freilich kümmerte sich Mr. Kirk nach wie vor um meinen Fall –, und zu meinen Aufgaben gehörte es, alte Zeitungen zur Mülltonne zu bringen. Zufällig blätterte ich den Stapel eines Tages mal durch, und was sah ich? Einen Artikel über einen Mann, der von Forschern auf ihrer Expedition zum Mount Bawwaar-Yaas »entdeckt« worden sei. In dem Artikel stand, daß er kein englisch konnte und wahrscheinlich von den Lesser Pimbas, einem mehr oder weniger ausgestorbenem Stamm, aus einer Missionsschule entführt worden war. Er sei völlig unzivilisiert, schrieb der Journalist, und sei ein Paradebeispiel sowohl für die Vererbungs- als auch Umwelttheorie. Es war sogar abgebildet, wie er recht zufrieden

Joey in seiner Hängematte auf New Burnt Norton

in seiner Hängematte lungerte. Obwohl das Foto recht unscharf war, handelte es sich eindeutig um Joey. Im Hintergrund konnte ich die hochschwangere Nitsa ausmachen. Ich durfte also annehmen, daß es ihm gutging.

Wie jeder zugeben muß, hatte ich soweit kein leichtes Leben. Ich habe nicht alle Ereignisse seit meiner Ankunft in New York berichtet, das Wichtigste habe ich wohl verschwiegen.

Man muß aber auch bedenken, daß ich ein Wilder bin und mich nicht allzugut ausdrücken kann. Ich verfüge über massenweise Zeit, die ich irgendwie nutzen muß. Wie gesagt, ich interessiere mich für Gesteinsarten, aber deren Vielfalt ist hier drinnen begrenzt. Über Postversand habe ich weitere Proben bestellt. Steine gehen mir nicht mehr aus dem Sinn, sind sie doch die ursprünglichsten Bestandteile unseres Planeten und damit auch unserer selbst. Viele dieser Steine strahlen einen inneren Frieden aus, den ich bislang nicht wahrgenommen hatte. Ja, man kann sogar sagen, daß Steine so etwas wie *Moodla* ausstrahlen, dumm und stumpf zwar, aber immerhin *Moodla*.

Eines Tages wird Maria Fishburn zurückkehren, dann werde ich wieder ein normaler Mensch sein und meinen Lebensfaden aufnehmen können. Ich habe mal Schweine gezüchtet. Das wäre doch ein glänzender Job für mich, auf irgendeiner Farm zu arbeiten, die sich auf irgendwelche Spezialsäue konzentriert hat; heutzutage geht man da ja höchst wissenschaftlich vor mit allen möglichen Vorrichtungen für künstliche Besamung. Ich hatte stets eine Schwäche für die Tiere und könnte auf diesem Gebiet sicherlich Nützliches leisten.

Wenn ich in der Zwischenzeit den Zwerg auftreiben könnte, würde ich diesem scheißfreundlichen Kerl gerne den Hals umdrehen. Mr. Kirk verspricht, ihm auf die Spur zu kommen. Meiner Ansicht nach gibt es zwei verschiedene Sorten von

Menschen, nicht primitive und zivilisierte, sondern jene, die stur, rücksichtslos und zielstrebig ihren Weg gehen. Sie nutzen jede Gelegenheit, sozial Schwächeren einen Tritt zu versetzen. Und dann jene, die dauernd Fehler machen, und zu denen gehöre ich.

Ein paar Wochen lang war hier ein Arzt, der Experimente mit mir durchführte. Ein gewisser Dr. Turin, Psychiater seines Zeichens, und er hatte viel Interessantes zu erzählen. Über den Kugelfisch zum Beispiel. Dieser Fisch bläht sich bei der geringsten Berührung auf, so daß ein Angreifer ihn nicht verschlingen kann. Ein weiteres Charakteristikum dieses Fisches ist, daß er ein für Menschen tödliches Gift enthält. Ich glaube, es sitzt genau hinter seinen Ohren. Wer dieses Gift ißt, ist auf der Stelle gelähmt und kann nicht mehr atmen. Die Japaner verstehen es meisterhaft, diesen Fisch zuzubereiten, genauer gesagt gibt es in Japan eigentlich nur ein oder zwei Köche, die befugt sind, die Giftdrüse des Kugelfisches zu entfernen, damit er genießbar wird. Sie brauchen eine staatliche Lizenz, da das Gift ausströmt, wenn die Drüse auch nur angeritzt wird, was den sicheren Tod des Restaurantgastes bedeuten würde. Aber die besten Chefköche können die Drüse bis auf einen winzigen Rest entfernen, so daß der Gast einen kleinen zusätzlichen Lustgewinn hat. Mund und Nase werden taub und das beschert einem einen geradezu eminenten Schlemmergenuß.

»Sehr schön«, sagte ich, »aber warum erzählen Sie mir das?« Er hatte mich mit irgendeinem Apparat verkabelt, dem eine Bio-Feedback-Maschine angeschlossen war und noch weitere, wenig erquickliche Geräte.

»Das sollen Sie mir sagen, Mr. Mgungu«, sagte Dr. Turin. »Was ist der Sinn dieser Geschichte?«

Er war ein etwas undurchsichtiger Mensch, aber er förderte mein Reaktionsvermögen.

Wie gesagt, die Therapie dauerte mehrere Wochen und tat mir enorm gut, wenn man den Beteuerungen meines Anwalts Glauben schenken darf. Der Praxisraum war schön und hell. Wenigstens das war eine angenehme Abwechslung zu meiner Zelle, die ich als viel zu klein und eng für jemanden empfand, der den weiten Blick auf Bergpanoramen gewöhnt war.

»Wissen Sie, Dr. Turin«, sagte ich, »manchmal gelangt ein Mensch in meinen Kopf und nistet sich da oben einfach ein. Und dieser Mensch redet und atmet und ist ganz wirklich. So ist es mir mit vielen Freunden ergangen, die ich hier in den Vereinigten Staaten gewonnen habe. Obwohl sie nicht anwesend und zum Teil schon tot sind, spazieren sie in meinem Inneren herum, quicklebendig und zum Greifen nahe. Aber bei Ihnen verhält es sich anders. Wie oft habe ich stundenlang Ihren Geschichten gelauscht, ohne den geringsten Sinn herausfiltern zu können?«

»Ich weiß nicht«, sagte er. »Darüber muß ich erst nachdenken.«

Und ich sah vor meinem inneren Auge die üppigen Palmen und Gärten und die schlanken, wogenden Akazien und die Kakaobäume, die die Hauptstraße Jaranektas säumen, und ich wußte, daß ich wieder einmal einen Fehler gemacht hatte.

Ich mußte auch an Maria Fishburn denken, die erst zweiundzwanzig war, als ich ihr zum erstenmal begegnete, und die für ihr Alter reichlich großspurig tat. »Ist die Strafe dem Verbrechen angemessen, Dr. Turin?« fragte ich. »Bitte sagen Sie mir mal ausnahmsweise unverblümt Ihre Meinung.«

Aber er hatte nur ein dünnlippiges Lächeln übrig.

»Na gut«, sagte ich, »jetzt habe ich mal zur Abwechslung eine Geschichte für Sie. Wenn eine Frau auf New Burnt Norton etwas zu nähen hat, stehen ihr weder Nadel noch Faden zur Verfügung. Sie kommt also mit einem Stock zu mir, dessen eines Ende sie zu einer dünnen, scharfen Spitze geschnitzt hat. Sie gibt mir den Stock, und ich ritze ihr mit der Spitze die Wade auf, bis ihr das Blut über das Bein rinnt. Die Frau hält indes ein schalenförmig gefaltetes Bananenblatt unter die Wunde, um das Blut aufzufangen. Und wenn sie die genügende Menge hat, trägt sie es in ihr Haus, um Nähte zusammenzukleistern oder Löcher zu stopfen. Blut ist ein ausgezeichneter Alleskleber, Dr. Turin.

Nicht ganz so gut wie Uhu, da es nicht ewig hält und die ganze Prozedur nach ein paar Monaten wiederholt werden muß, falls das Urwaldklima das Zeug bis dahin nicht ohnehin aufgelöst und zersetzt hat.«

»Aha«, sagte der Arzt, und ich lachte mir ins Fäustchen, da er der Meinung war, wertvolles Psychomaterial gewonnen zu haben. Dieser Arzt mit seinen langen, haarlosen Spinnenarmen war schon ein recht klägliches Würstchen.

Mein kleiner Scherz hatte mich vergessen lassen, daß ich weniger frei war als er. Und es wurde mir klar, wie schwierig es ist, in Würde zu hausen und ein Leben in Wahrhaftigkeit und Anmut aufzubauen. Von Anfang an war ich eher in meiner Haut als in Gefängnismauern gefangen.

Wer war ich schon? Ein kleiner Mann, der den Zeitläuften schutzlos ausgesetzt ist. Ein Mann, der rauhe Ursprünglichkeit mit Zivilisation vertauscht hat, ohne Sinn und Verstand. Ein Mann, der große Bäume hatte umkippen sehen, weil der Tropenboden zu locker oder von den täglich niedergehenden Gewittern einfach fortgespült war. Ich hing in den Seilen und überdachte mein Schicksal.

»Ist das alles, Doktor?« fragte ich, und er entließ mich in meine Zelle.

Ich legte mich aufs Bett und sandte meine wirren Träume dem Rauch meiner Zigarettenwolken nach. Ich war Zeuge von Dingen, die ich nicht verstand. Auch gut, so sollte es wohl sein. Aber ich werde nicht aufgeben.

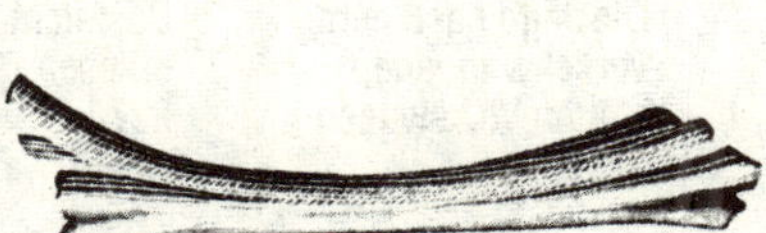

JUNGE LITERATUR

Michael Schulte
Führerscheinprüfung
in New Mexiko
9353

Manfred Maurer
Sturm und Zwang
9219

Akif Pirinçci
Felidae
9298

Karl Heinz Zeitler
Die Zeit des Jaguars
9368

Gerald Locklin
Die Jagd nach dem
verschwundenen
blauen Volkswagen
9456

Jörn Pfennig
Das nicht gefundene
Fressen
9376

GOLDMANN

ALICE WALKER

Meridian
8855

Roselily
9186

Freu dich nicht zu früh
9640

Auf der Suche nach den Gärten unserer Mütter. Beim Schreiben der Farben Lila 9442

Die Erfahrung des Südens. Good Morning Revolution
9602

GOLDMANN

AMERIKANISCHE LITERATUR

Alice Hoffman
Wo bleiben Vögel im Regen
9379

Kristin McCloy
Zur Hölle mit gestern
9365

Pete Dexter
Tollwütig
9410

Tama Janowitz
Nervensägen
9423

Margaret Diehl
Die Männer
9435

Madison Smartt Bell
Heute ist ein guter Tag zum Sterben
9288

GOLDMANN

AMERIKANISCHE LITERATUR

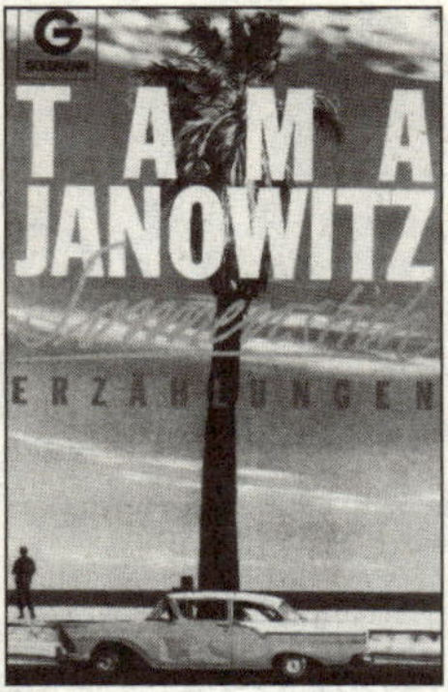

Tama Janowitz
Sonnenstich
9554

Alice Hoffman
Die Nacht der tausend Lichter 9378

Carrie Fisher
Bankett im Schnee
9310

Kaye Gibbons
Ellen Foster
oder Tausend Arten, meinen Vater zu töten
9477

Madison Smartt Bell
Ein sauberer Schnitt
9635

David Feinberg
Abgestürzt
9564

GOLDMANN

Goldmann Taschenbücher

Allgemeine Reihe
Unterhaltung und Literatur
Blitz · Jubelbände · Cartoon
Bücher zu Film und Fernsehen
Großschriftreihe
Ausgewählte Texte
Meisterwerke der Weltliteratur
Klassiker mit Erläuterungen
Werkausgaben
Goldmann Classics (in englischer Sprache)
Rote Krimi
Meisterwerke der Kriminalliteratur
Fantasy · Science Fiction
Ratgeber
Psychologie · Gesundheit · Ernährung · Astrologie
Farbige Ratgeber
Sachbuch
Politik und Gesellschaft
Esoterik · Kulturkritik · New Age

Goldmann Verlag · Neumarkter Str. 18 · 8000 München 80

Bitte senden Sie mir das neue Gesamtverzeichnis.

Name: ______________________

Straße: ______________________

PLZ/Ort: ______________________